한국 산문선 4

맺은 자가 풀어라

유몽인 외

한국 산문선

정민 · 이홍식 편역

4

맺은 자가 풀어라
유몽인 외

민음사

책을 펴내며

조선 초에 정도전은 "해달별은 하늘의 글이고, 산천초목은 땅의 글이며, 시서예악은 사람의 글이다."라고 말했다. 해와 달과 별이 있어 하늘은 빛나고, 산천과 초목이 있어 대지는 화려한 것처럼, 시서와 예악의 인문(人文)이 있기에 사람은 천지 사이에서 빛나는 존재로 살아간다. 글은 사람에게 해와 달과 별이요 산천과 초목이다.

인문은 문화이자 문명이다. 글이 있어 문화가 빛나고, 글이 있어 문명이 이루어진다. 우리는 글로 인재를 뽑고, 글하는 선비가 나라를 이끈 문화의 나라, 문명의 터전이었다. 시대마다 그 시대의 인문이 글 속에서 찬연히 빛났다. 글로 자신의 위의를 지켰고, 세계에서 문명국의 대접을 받았다.

글로 빛나던 선인들의 인문 전통은 명맥이 끊긴 지 오래다. 자랑스럽게 읽던 명문은 한문의 쓰임새가 사라지면서 소통이 끊긴 죽은 글로 변했다. 오래도록 한문 산문은 동아시아 공통의 문장으로 행세했다. 말을 전혀 못해도 필담으로 얼마든지 깊은 대화가 오갈 수 있었다. 국경과 언어 장벽을 넘어선 소통이 이 한문을 끈으로 이루어졌다. 이제 그 전통이 단절되었다 하여 해와 달과 별처럼 빛나고, 산천과 초목인 양 인문 세계를 꾸미던 명문의 전통을 없던 일로 밀쳐 둘 수 있을까?

한문으로 쓰인 문장은 오늘날 독자에게는 암호문처럼 어렵다. 그러나 그 안에 담긴 인문 정신의 가치는 현대라도 보석처럼 빛난다. 그 같은 보석을 길 막힌 가시 덤불 속에 그냥 묻어 둘 수만은 없다. 이에 막힌 길을 새로 내고 역할을 나눠, '글의 나라' 인문 왕국이 성취해 낸 우리 옛글의 찬연한 무늬를 세상에 알리려 한다.

삼국 시대로부터 20세기에 이르는 장구한 시간을 씨줄로 걸고, 각 시대를 빛냈던 문장가의 아름다운 글을 날줄로 엮었다. 각 시대의 명문장을 선택하여 쉬운 우리말로 옮기고 풀이 글을 덧붙였다. 이렇게 만나는 옛글은 더 이상 낡은 글이 아니다. 오히려 까맣게 잊고 있던 자신과 느닷없이 대면하는 느낌이 들 만큼 새롭다.

상우천고(尙友千古)라고 했다. 천고를 벗으로 삼는다는 말이다. 한 시대를 살면서 마음 나눌 벗 한 사람이 없어, 답답한 끝에 뱉은 말이다. 조선 후기 장혼은 "백근 나가는 묵직한 물건은 보통 사람이 감당하기 어렵겠지만, 다섯 수레의 책은 돌돌 말면 가슴속에 넣고 심장 안에 쌓아 둘 수 있으며, 이를 잘 쓰면 대자연의 이치를 깨달아 우주를 가득 채우리라."라고 했다. 글에서 멀어진 독자들과 다섯 수레에 실린 성찬을 조금씩 덜어 먹으며 상우천고의 위안과 통찰을 함께 누리고 싶다.

책 엮는 일을 2010년부터 시작해 꼬박 여덟 해 이상 시간이 걸렸다. 여섯 명의 옮긴이가 세 팀으로 나뉘어 신라에서 조선 말기까지 모두 아홉 권으로 담아냈다. 먼저 방대한 우리 고전 중에서 사유의 깊이와 너비가 드러나 지성사에서 논의되고 현대인에게 생각거리를 제공하는 글을 선정했다. 각종 문체를 망라하되 형식성이 강하거나 가독성이 떨어지는 글은 배제했으며 내용의 다양성을 확보하고자 했다. 부드러우면서도 분명하게 읽히도록 우리말로 옮기고, 작품의 이해를 돕는 간결한 해설을 붙였다. 더불어 권두의 해제로 각 시대 문장의 흐름을 조감해 볼 수 있도록 했다.

조선 초 서거정의 『동문선』 이후 전 시대를 망라한 이만한 규모의 산문 선집은 처음 기획되는 일이다. 글마다 한 시대의 풍경과 사유가 담기는 것을 작업의 과정 내내 느꼈다. 작업을 마치면서 빠뜨린 구슬의 탄식이 없을 수 없다. 그래도 일천 년을 훌쩍 넘긴 한문 산문의 역사를 이렇게 한 필의 비단으로 엮어 주욱 펼쳐 놓고 보니 감회가 없지 않다. 대방의 질정을 청한다.

2017년 11월

안대회, 이종묵, 정민, 이현일, 이홍식, 장유승 함께 씀

문운 융성과 산문의 새로운 문법 제시
선조와 인조 연간

4권은 조선 중기 선조조에서 인조조에 이르는 시기의 산문을 묶어 정리했다. 선조 대의 유몽인(柳夢寅)으로부터 한문 사대가로 일컬어진 이정귀(李廷龜)와 신흠(申欽), 이식(李植)과 장유(張維)의 문장을 수록했다. 여기에 허균(許筠)과 그의 벗인 권필(權韠)과 조찬한(趙纘韓)의 산문을 포함했다. 이 밖에 이수광(李睟光)과 김상헌(金尙憲) 및 최명길(崔鳴吉)을 더해 모두 11명, 68편의 산문을 실었다. 산문 창작에 대한 인식과 논의가 본격화되는 시기, 선조에서 광해군을 거쳐 인조 연간에 활동했던 작가들을 한자리에 모았다.

앞 시기인 성종조에서 중종조까지는 이른바 관각 문인(館閣文人)의 풍부하고 화려한 문체의 글쓰기가 문단의 주류를 이루었다. 장식적 수사가 중요한 외교 문서나 국가의 공식 의례에 사용되는 문장이 중시되면서 표현 위주의 문풍이 한 시대를 풍미했다. 그 반대편에는 성리학의 위상이 높아지면서 송나라 때 성리학자들이 경전을 풀이하거나 학문을 토론할 때 주로 썼던 주소(注疏) 어록체(語錄體)가 있었다. 주소는 경전의 본문에 주석을 달거나 원문에 풀이를 다는 건조한 문체인데, 중국인들의 일상 말투인 백화체(白話體)에 가까운 문체를 구사했으므로 어록체라고도 말한다.

관각 문인들의 문체는 풍부하고 화려한 반면 지나치게 과도한 수사에 흘렀다. 다른 한쪽은 꾸밈을 거부하고 학문의 알맹이를 중시했지만 감정이 담기지 않은 무미건조한 문체를 구사한 흠이 있다. 글쓰기가 이렇게 나뉘면서 내용과 형식의 양분화가 극단으로 치달았다. 관각 문학을 추구한 그룹을 사장파(詞章派)라 불렀고, 유학 경전의 탐구를 중시한 그룹을 사림파(士林派)로 불렀다. 사장파의 문학 주장에 사림파가 내실 문제를 들어 반발하면서 양측 사이에 글의 사회적 기능과 역할에 대한 논쟁이 불붙기도 했다. 글은 왜 쓰는가? 어떤 글을 써야 하나? 글을 잘 쓰려면 어떻게 해야 할까? 이 같은 질문을 사이에 두고, 과거 시험의 과목 설정 문제를 포함하여 이들 사이에 본격적인 문학 논쟁이 불붙게 되었다. 여기에 잇달아 발생한 사화(士禍)도 지식인 집단간의 해묵은 갈등과 앙금을 부추겼다.

하지만 이렇게 전개된 논쟁이 저마다의 주장을 그저 되풀이하는 것으로 이어지지는 않았다. 일련의 논쟁은 양측 모두에 반성과 각성을 불러, 선조조에 이르면 내용과 형식의 통합을 지향하는 문도합일(文道合一)의 문장을 추구하는 방향으로 문풍이 선회하게 된다. 조선 초기 이래로 역대 왕실의 우문(右文) 정책이 이 시기에 이르러 활짝 꽃을 피워 쟁쟁한 문인들이 대거 배출된 점도 이러한 분위기를 강화하는 요인이 되었다.

특별히 문학사는 이 시기를 목릉성세(穆陵盛世)로 일컫는다. 목릉은 선조가 묻힌 능의 이름이다. 이때는 임진왜란과 병자호란이라는 전대미문의 격랑 속에 백성의 삶이 도탄에 빠졌던 시기이지만, 척박한 현실의 삶이 산문사의 뚜렷한 진전과 맞물리면서 이채를 드러낸 기간이기도 하다. 특히 명나라로의 잦은 사행(使行)으로 명나라 문인과의 접촉이 활발해지고 서적의 반입이 늘어나면서, 진한(秦漢)의 문장을 중시하고 성당

(盛唐)의 시풍을 추종한 명나라 전후칠자(前後七子)의 복고적 문학론이 본격적으로 소개되고 이입되었다. 그 결과 시풍에 있어서는 낭만적 경향의 학당풍(學唐風)이 일어나고, 산문 방면에서도 진한(秦漢)의 고문(古文)을 모범으로 하여 중국 고대 산문의 고전적 이상을 회복하려는 복고적 흐름이 나타나기도 했다. 후대에 이른바 백화제방(百花齊放)의 풍웅고화(豊雄高華), 즉 온갖 꽃이 일제히 피어나 풍성하고 웅장하고 고상하고 화려한 문풍을 일구었다고 평가되는 문운(文運) 융성의 시기였다.

조금 앞선 시기 복고적 흐름을 주도하고 문장과 문체에 대한 뚜렷한 성찰과 각성을 보여 준 인물로 최립(崔岦)이 있다. 그의 글은 언뜻 보아서는 구두점을 떼기 어려울 만큼 기굴(奇崛)하고, 반복을 피해 간결성을 추구하고, 한 구절 안에서도 글자 수를 계속 변화시켜 리듬감을 극대화시키는 등 이전 시기 문장가에게서 볼 수 없었던 진한(秦漢) 문장의 형식미를 당대에 구현하려 했다.

그를 이어 유몽인이 나와 그만의 독특한 문체적 개성을 뽐냈다. 함축성이 강하면서도 간결한 유몽인의 우언 산문은 이전 시기 작가들에게서 찾기 힘든 독특한 면모를 보인다. 여기에 작가의 강골 기질까지 겹쳐지면서, 그의 문장은 이 시기 산문사에서 이채로운 위치를 점한다. 이수광의 산문도 폭넓은 스펙트럼을 보여 준다. 그는 특히 기설류(記說類) 산문에서 독특한 논지 전개의 솜씨를 드러냈고, 해외 견문이나 노비의 일생 등을 다룬 산문을 통해 고전 산문의 표현 영역을 더욱 확장시켰다.

허균은 「문설(文說)」이라는 글을 통해 이상적인 산문의 성격을 규정하고, 수사학의 세부 내용에 이르기까지 새로운 시대의 문장이 나아가야 할 방향을 구체적으로 제시했다. 당나라 때 한유가 문장에서 진부한 표현을 제거하고 자신만의 개성적 표현을 구사하며 앞선 시대의 글을 그대로 답습해서는 안 된다고 한 것을 지침 삼아, 옛글에 얽매이지 않고 그 시대를 담고 자기만의 개성을 지닌 문장을 쓸 것을 주장했다. 그의 이 글은 고문에 대한 최초의 본격적 논의여서 더욱 뜻깊다. 허균은 이 밖에도 여러 서문과 논설문을 통해 힘 있는 자기주장을 드러내는가 하면, 낭만적인 기질을 마음껏 뽐내기도 했다. 「호민론(豪民論)」 같은 글은 지금 읽어도 놀랍다는 느낌이 들 정도로 진보적인 사상을 담았다. 또 그의 편지글에는 문인적 운치가 넘쳐난다. 특히 편폭이 짧은 편지글인 척독(尺牘)에서 그 솜씨가 더욱 빛나 후대에 높은 평가를 받았다.

허균과 가까운 벗이었던 권필과 조찬한은 시 방면에서 두각을 드러냈지만, 산문에서도 교훈성과 표현미를 고루 갖춘 문예성 높은 글을 창작했다. 이들의 글에서는 새로운 시대의 문학이 나아가야 할 바람직한 길을 제시하려는 의욕이 보이고, 명 말 문인들의 소품 취향도 일부 엿보인다. 또한 산문 속에 묵직한 철리적 주제를 담으면서도 이를 문학적 필치로 담아내려고 애썼다. 이들은 임진왜란의 소용돌이를 온몸으로 부딪치며 살았으므로 당시의 시대 상황을 반영한 글도 다수 남겼다.

이를 앞뒤로 이정귀, 신흠, 이식, 장유로 이어지는 이른바 한문 사대가가 잇달아 등장하면서 산문사에 새로운 활기가 넘쳤다. 당대 산문의 흐름을 주도했던 사대가는 앞 시기 명나라 전후칠자에 많은 영향을 받았던 최립 등과 달리 당송 팔대가의 전아한 산문에 모범을 두었다. 이들의 문장은 저마다 다른 개성을 지녔으면서도 유가의 의리 도덕에 바탕을 두고 누구나 쉽게 이해할 수 있는 간명한 문체를 구사하여 후대 문장가의 모범이 되었다.

이정귀는 군더더기 없는 간결한 표현 속에 주제를 드러내는 역량을 유감없이 보여 주었다. 특별히 작가의 생각을 펼치는 데 유용한 서문과 다양한 수사를 뽐낼 수 있는 기문에 탁월한 역량을 발휘해, 이 시기 새로운 글쓰기를 선도했다. 신흠 또한 대단한 필력과 학문의 내공을 바탕으로 일상의 제재를 통해 통찰력 깊은 사유의 세계를 펼쳐 보였다. 이두 사람의 문장은 우리 고전 산문사가 성취한 가장 우수한 글로 역대에 한결같은 기림을 받았다. 학문과 문학이 조화를 이룬 전아한 산문은 이두 사람에 이르러 처음 선보일 수 있었다.

이를 이어 천성(天成)에서 비롯된 문장의 자연미가 돋보이는 장유와 단련에서 얻어진 문장의 인공미가 탁월한 이식이 등장하여 산문사를 빛냈다. 장유는 바탕을 도탑게 하고 알맹이를 중시하는 돈본상실(敦本尙實)에 주안을 두어, 기교에 빠져서 부질없이 정신을 소모하는 것을 경계했다. 그는 특히 논변류 산문에 특장이 있었고, 사유에 있어서는 장자풍의 경쾌함과 발랄함이 돋보인다. 이식은 당시의 문체가 진한(秦漢)의 산문을 모방하는 의고(擬古)에 기울어 표현에 지나치게 집착한 나머지 도에서 멀어지게 된 폐단을 경계하여, 문장의 바른길을 구체적이고 다양한 방법론을 통해 단계별로 제안코자 노력했다. 인공이란 평가에서도 알수 있듯이 그의 글은 조탁과 논리적 구성을 중시해서 때로 고지식한 느낌이 들지만, 글쓰기의 모범적 사례로 존중되었다.

내용과 형식의 통일 외에 이 시기 산문의 주요 특징 가운데 하나는 바로 시의(時宜)에 적합한 글쓰기를 강조한 데 있다. 많은 작가들이 시대와 소통 가능한 글쓰기를 강조하면서 당대의 척박한 현실의 삶이 산문속으로 자연스럽게 이입될 수 있었다. 이 시기를 대표하는 학자이자 정치가인 김상헌과 최명길의 문장도 여기에서 크게 벗어나지 않았다. 병자호란 당시 주전파와 주화파로 갈려 치열한 공방을 벌였던 두 사람은 자신의 예술적 취향을 토로하기도 하고, 당시 조선이 처한 상황을 타개할 본격적인 정론(政論)을 펼치기도 했다. 이를 통해 한 시대가 생생하게 복원되는 느낌이 있다.

이렇듯 4권에 실린 작가들의 문장은 간결하고 함축이 깊은 문장과 내용과 형식의 합일, 소통을 전제로 한 시의성의 강조 등이 공통된 특징으로 지적된다. 이 시기에 이르러 비로소 산문 창작에 대한 이론적 모색이 이루어졌고, 이는 다시 창작상의 실천으로 뒷받침되었다. 이전 시기 관각 문인들에 의해 주도된 수사의 과잉이 이 시기 사림파의 도학 주장과 만나 상호 충돌하면서 조선조의 산문은 비로소 내용과 형식이 조화와 균형을 잃지 않은 전아한 산문을 체험하게 되었다. 이들이 다룬 작품의 제재 또한 전 시기에 비해 한결 다채로워졌다.

차례

柳夢寅

유몽인

1559~1623년

본관은 고흥(高興), 자는 응문(應文)이며 호는 어우당(於于堂) · 간재(艮齋) · 묵호자(默好子)이다. 1582년(선조 15년) 진사가 되고, 1589년 증광 문과에 장원으로 급제했다. 1592년 명나라에 질정관(質正官)으로 다녀오다가 임진왜란이 일어나자 선조를 평양까지 호종하여 갔다. 왜란 중 문안사(問安使) 등 대명 외교를 맡았으며 세자의 분조(分朝)에 따라가 활약했다. 그 뒤 병조 참의; 황해 감사, 도승지 등을 지내고 1609년(광해군 1년) 성절사 겸 사은사로 명나라에 세 번째 다녀왔다. 그 뒤 한성부 좌윤, 대사간 등을 지냈다.

1617년 폐모론이 일어나자 의론에 가담하지 않았다 하여 파면되었다. 이후 도봉산 등에 은거하며 성중에 발길을 끊었다. 이후 출사의 기회가 있었으나 거부하고 금강산으로 향했다. 1622년 3월에 금강산 표훈사에 들어갔다가 1623년 인조반정 소식을 들었다. 이후 철원 보개산을 거쳐 양주 서산에서 살았다. 1623년 7월 현령 유응경이 광해군 복위 음모에 가담했다고 무고하여 국문을 받고 8월 5일에 아들 약과 함께 처형되었다. 정조 때 신원되고 이조 판서에 추증되었다.

유몽인은 조선 중기에 문장과 외교로 이름이 높았다. 글씨에도 뛰어나 여러 체에 두루 능했다. 문장은 평담한 당송 고문보다 진한 고문을 선호했다. 화려한 수사와 낭만성을 추구하여 예술성이 높은 산문을 많이 남겼다. 성품이 직선적이고 강직한 데다 자부심이 강했다. 신원 후 나라에서 의정(義貞)의 시호를 내렸다. 저서에 『어우야담(於于野談)』, 『어우집(於于集)』 등이 있다.

맺은 자가 풀어라 解辮

천하의 물건은 맺음이 있으면 반드시 풀림이 있게 마련이다. 허리띠가 묶이면 송곳으로 풀고, 머리카락이 엉키면 빗으로 푼다. 병이 단단히 맺히면 약으로 푼다. 바람은 구름을 풀고, 술은 근심을 풀며, 장군은 적진을 풀고, 사당의 기도와 주문과 부적으로는 귀신을 푼다. 묶인 것치고 풀지 못할 것이 없다.

여기 어떤 사람이 있다. 칭칭 휘감은 노끈이 있는 것도 아닌데, 마치 어떤 물건으로 동여맨 것처럼 꽁꽁 묶인 채 스스로 풀지 못하니 어찌 된 일일까? 설사 누군가가 이를 풀어 준다 해도 다른 사람이 묶어 버린다. 푸는 것과 묶는 것이 서로 대등해도 풀기가 쉽지 않다. 또한 맹분(孟賁)이나 하육(夏育) 같은 장사를 시켜 묶고 갓난아이더러 풀라고 하면, 푸는 자는 약하고 묶는 자는 강해 풀기가 더 어렵다.

이제 묶지 않았는데도 묶이고, 풀어 마땅한데도 풀지 못한 지가 스무 해다. 묶은 자가 누구인지 물어보지만 막상 묶인 그물이나 밧줄이 없다. 이는 다만 풀려 하지 않는 것이지, 풀 수 없는 것은 아닐 것이다. 진실로 친하여 아끼는 자가 있다면 차마 보기만 하고 힘쓰기를 즐기지 않겠는가? 반드시 능히 풀 수 있는 자만이 이를 풀리라.

해설

변(辨)은 주어진 주제에 대해 이치를 따지고 근원을 살펴 자신의 주장을 펴는 글이다. 키워드는 '해(解)'다. 해결(解結)은 맺힌 것을 푸는 일이다. 세상사는 여기저기에서 삶을 얽어맨다. 먹고사는 문제, 집 문제, 자식 혼사, 벼슬길과 같은 것들이 삶을 옥죄고 꼼짝 못하게 동여맨다.

엉겨 맺히면 불편하고 아프지만, 풀고 나면 가뜬하고 시원하다. 누구든 불편한 구속보다 편안한 자유를 원한다. 원하는데 왜 못 하는가? 본인이 원치 않기 때문이다. 본인이 해결을 원치 않으니 문제를 풀기가 더욱 어렵다.

묶은 사람은 없는데 묶인 사람은 있고, 풀려나야 하는 줄은 알지만 풀지를 않았다. 지난 20년간 보이지 않는 사슬로 유몽인을 답답하게 옥죈 것은 무엇이었을까? 벼슬길이다. 그는 나이 서른을 갓 넘겨 1589년 문과에 장원으로 급제해서 승승장구의 벼슬길을 살았다. 이제 50대로 접어들어 지난 세월을 되돌아보니 덧정도 없다.

어느 날 그는 문득 이런 생각이 들었던 모양이다. 나는 왜 이러고 사나? 돈과 명예 때문이 아니라면, 원치도 않는 삶에 이렇게 하릴없이 붙들려 사는 것이 옳은가? 첫 단락의 끝은 '결자해지(結者解之)'이고, 마지막 단락의 끝은 '능해지자해지(能解之者解之)'이다. 모든 일이 자승자박(自繩自縛)일진대, 맺은 자가 풀어야 마땅하겠으나 누가 묶었는지 알 수가 없다. 이를 능히 풀 수 있는 자는 누구인가? 결국 나다. 나만이 내 문제를 풀 수 있다.

짧막한 글로 많은 생각을 불러일으킨다. 재치 속에 이치를 담았다. 세상사는 결국 제가 저를 함정에 빠뜨리고 밧줄로 묶는 것이다. 결자해지가 정답이다.

담배 귀신 이야기 　　　　膽破鬼說

일본의 왜상(倭商)이 부산에 배를 대고 약을 하나 파는데 담파괴(痰破塊)라 한다. 말로는 능히 덩이진 가래를 낫게 한다고 한다. 복용할 때는 참새 알을 반으로 갈라놓은 것만 한 작은 구리 국자를 쓴다. 자루는 길이가 한 자 남짓인데, 국자에 작은 구멍이 있어 자루 속과 맞통한다. 자루의 주둥이는 좁기가 이 사이 틈만 하다. 담파괴 잎을 가루 내어 국자에 재우고 불을 붙인 뒤, 자루 주둥이로 연기를 들이마신다. 연기는 맛이 몹시 써서 한 번 마시면 세 번 기침한다. 냄새 또한 지독하다. 담파괴를 피우면 입안이 얼얼하고 목구멍이 매캐해서 견딜 수가 없다. 부인네가 복용하면 임신하기가 어렵고, 임신했더라도 낙태한다. 우리나라 사람은 처음 이것을 보고 비상이나 부자 같은 독약으로 여겼다.

　어떤 이는 이것을 복용해서 능히 담증과 곽란 증세 및 가슴 병과 뱃병을 치료했는데, 한두 번 만에 효과를 보았다. 또한 담파괴의 재는 옴과 종기도 낫게 할 수가 있다. 삼사 년 사이에 온 나라 사람이 파도가 몰아치듯 다투어 사들였다. 서울의 남녀는 어린이고 늙은이고 할 것 없이, 병이 있건 없건 즐겨 피워 대는 통에 코를 비트는 고약한 냄새가 거리에 가득했다. 간혹 못된 젊은이들은 이렇게도 노래한다. "예쁜 여자 맛난 술은 봐도 참을 수 있지만, 담파괴를 보게 되면 참을 수가 없다네."

아! 옛사람은 의원이 삼대를 지나지 않으면 그 약을 복용하지 않는다고 했다. 무릇 약은 몇 대에 걸쳐 많이 먹어 보아도 효과가 줄어들지 않아야 복용할 수 있다. 지금 일본은 우리에겐 원수의 나라다. 그 꿍꿍이가 장차 우리나라의 병 없는 사람을 다 죽이려고 신기한 처방을 만들어서 먹이는 것이다. 약방(藥方)을 물어보면 이렇게 말한다.

"『본초강목』에 보면 남방에 신령한 풀이 있어 잎 모양이 쇠귀 같은데, 아령죽(鵝鈴竹)으로 피우면 온갖 병이 낫는다고 쓰여 있소."

대저 남방의 풀은 이름이 일만 가지나 되고, 잎 모양이 쇠귀처럼 생긴 것도 얼마나 되는지 알 수가 없다. 그런데 하필 이 독초를 가리켜 『본초강목』에 나오는 신령한 풀이라 하는 것은 어찌 된 셈인가?

지난번에 진주 사는 백성이 다른 사람에게 담파괴 복용하는 법을 배우다가 죽었다. 그 아들이 관에 소송하며 말했다.

"제 아비는 이 사람과 사이가 나빴는데, 담파괴에 칡 잎을 섞어 태워 마시자 그 자리에서 죽었습니다. 이 사람이 담파괴를 써서 제 아비를 죽였습니다."

사또가 그 백성을 붙잡아 같은 방법을 써서 시험했더니 과연 대여섯 대를 피우지 못하고 죽었다. 또 북경에 사신으로 갔던 이성길(李成吉)이 돌아오는 길에 배가 조금 아파서 이 잎을 다섯 대 정도 복용하고는 객사에서 죽었다. 내 집안 조카 되는 선전관 이노무(李輅武)도 담증을 앓아 이를 복용한 지 두 달이 되었다. 내가 전관(銓官)에 뽑힌 뒤로는 날마다 찾아와서 현감 자리에 뽑히게 해 달라고 졸랐는데, 갑자기 오지 않은 것이 수십 일이나 되었다. 그 집안사람에게 물어보니, 이것을 복용하다가 이미 죽었다는 것이다.

대개 우리나라 사람은 문자의 음과 뜻을 구별하지 않는다. 무릇 사물의 이름에 흔히 같은 음을 취하고 뜻은 살피지 않는 것이다. 내가 말한 이른바 담파괴(痰破塊)란 바로 담파귀(膽破鬼)이니, 능히 간과 쓸개를 망가뜨리는 일종의 요망한 귀신이다. 근자에 들으니 항간에 떠도는 동요에 이런 것이 있다.

"밤이 한창 깊을 때 일어나 앉아, 요상한 담파귀 흉내를 내지."

물건 중에 이것보다 요상한 것이 없다. 내가 이를 위해 설을 지어 한세상에서 아는 것이 적어 억울하게 죽는 자들을 경계고자 한다.

해설

네덜란드 상선을 통해 일본에 전래된 담배는 일본을 거쳐 조선에 들어왔다. 원어 타바코(tabaco)가 와전되어 담파괴(痰破塊) 또는 담파귀(膽破鬼)로 바뀌었다. 비슷한 음을 따서 적고 보니, 담파괴는 '담을 없애 주는 덩어리'란 뜻이 되고, 담파귀는 '담을 깨는 귀신'의 의미가 되었다.

담배만큼 순식간에 퍼져서 전 국민의 기호를 바꿔 놓은 것이 있을까? 이 글은 담배가 들어온 지 얼마 되지 않은 시점에서 얼마나 급작스럽게 전국으로 퍼져 나갔는지를 이해하는 데 도움을 주는 중요한 자료다. 부산 왜관의 일본 상인을 통해 보급되기 시작한 이 신통한 잎사귀는 얼마 안 가 만병통치약으로 군림하며 전 국민의 기호품이 되었다.

첫 단락은 담배의 전래 경위와 담뱃대의 모양, 피우는 방법, 담배의 해독을 설명했다. 이어 둘째 단락에서는 만병통치약으로 담증과 곽란, 가슴 병과 뱃병을 치료하고 재를 바르면 옴과 종기도 낫게 하는 담배의 신통한 효능을 설명했다. 처음엔 독초로 알았는데 알고 보니 영약이더라는 말이다. 덕분에 담배는 서울의 남녀노소가 병이 있건 없건 모두 좋아하는 기호품이 되었다.

세 번째와 네 번째 단락은 담배의 해악을 구체적 사례를 들어 집중적으로 거론했다. 일본이 조선의 병 없는 백성을 다 죽이려고 먹이는 것이 담배라고 하여 이른바 음모론을 제기했다. 담배의 의학적 효능은 임상 실험으로도 전혀 입증되지 않았고, 『본초강목』에 나오는 남령초(南靈草)가 바로 이 풀인지도 분명치 않다. 오히려 여기에 칡 잎을 섞어 피우다가, 아픈 배를 치료하려고 피우다가, 담증을 치료하려고 피우다가 죽은 구체적 사례를 들어 담배의 위험을 경고했다. 유몽인은 담파괴를 담파귀로 읽어 간과 쓸개를 망가뜨리는 요망한 귀신이라고 뜻을 풀이했다. 그 증거로는 동요를 들었다.

이 글은 우리나라에서 담배를 제재로 쓴 최초의 글이다. 모두가 담배를 만병통치약으로 알고 법석을 떨 때 건강을 해치는 독약임을 선언하여 제대로 알아 애꿎은 목숨을 잃는 일이 없도록 할 것을 촉구했다. 이렇듯 한 편의 문장은 때로 한 시대의 풍경을 거울처럼 비춰 준다.

서점 박고서사　　　　博古書肆序

천하의 일에는 있다가 없어지는 것이 있고, 없다가 생기는 것이 있다. 있었지만 소유하지는 않아서 없었던 것과 같은 경우도 있고, 없었는데 능히 소유하여 평소부터 가졌던 듯한 것도 있다. 진실로 가진 것을 미루어 없음에서 소유하게 한다면, 천하의 없음이 모두 나로부터 나오게 될 것이다.

여기 한 사람이 있다. 만물에 대해서는 소유하려 들지 않으면서, 많이 소유한 것은 오직 옛사람의 책이다. 어려운 때를 만나 궁벽한 땅에 오고 보니, 예전에 소유했던 것이 지금은 많지 않다.

선비가 책이 없으면 갖고 싶어도 얻을 방법이 없다. 한 귀퉁이에서 없는 것에 안주하며 천하가 본디부터 소유한 것에 어둡다면 가련한 일이다. 이에 소유한 자가 제가 지닌 것을 내어 적막한 시골에 펼쳐 놓고 없는 자들로 하여금 모이지 않고도 모이게 하고, 사지 않으면서 사게 하여, 마침내 아무것도 없던 곳을 가득 찬 곳으로 만들었다. 이야말로 이른바 '없으면서도 능히 지녀 마치 소유한 것과 같은 자'가 아니겠는가?

만약 "나는 옛것을 익히고 평상의 도리를 따른다."라고 하며 중국 물건을 파는 가게에서 말(馬)이나 구한다면, 있어도 없는 것과 같으니 지닌 것이 많다 한들 또한 어디다 쓰겠는가? 생각건대 구석진 한 고장으로 하여금 전에 없던 것을 이제 갖게 하고, 사방에 없는 것을 구해서 갖게 하는 것을 찾아 어깨를 부비며 문을 다투어 시장에 달려가듯 하게 한다면, 남원은 무엇이든 뜻대로 할 수 있게 될 것이다.

해설

우리나라에 19세기까지 제대로 된 서점이 하나도 없었던 것은 뜻밖이다. 그렇게 책을 아끼고 사랑했는데, 어떻게 변변한 서점 하나 없을 수 있었을까? 박고서사(博古書肆)는 뜻밖에 16세기 말에서 17세기 초에 남원에 있었던 서점의 이름이다. 구체적인 내부 묘사와 판매 방식에 대한 자세한 설명이 있었더라면 좋았겠다는 아쉬움이 남지만, 이것만으로도 귀한 자료다.

글은 모두 네 단락으로 이루어져 있다. 첫 단락은 있고 없음, 소유하고 소유하지 못함에 대해 꼬리를 물며 이야기를 펼쳐 간다. 내가 소유한 것이 모두 내 소유는 아니다. 남의 것을 내 것처럼 쓸 수도 있고, 내 것인데 내 것이 안 되는 경우도 있다. 내 것인 줄 알았는데 정작 남의 것인 경우도 있고, 빈털터리가 남의 것을 제 것처럼 지녀 부자 행세를 하는 수도 있다. 책 이야기를 하려고 이렇게 서두를 들었다. 꼬리따기 말장난처럼 이어지는 유몽인 특유의 문투다.

어려운 때를 만나 궁벽한 땅에 왔다는 것으로 보아, 글쓴이가 1609년 남원 부사로 내려가 있을 때 쓴 글로 보인다. 글 속에서 말한 사람이 글쓴이 자신인지, 아니면 다른 사람인지는 분명하지 않다. 그는 다른 물건은 없지만 고서는 많이 가지고 있었다. 그래서 책이 없어 공부하고 싶어도 공부할 수 없는 남원 선비들을 위해 자신의 소유를 모두 내놓아 펼쳐 놓고 함께 소유하게 했다. "모이지 않고도 모이게 하고, 사지 않으면서 사게 하여"라는 말에서 이 서점이 판매가 아닌 대여 방식으로 운영되었음을 짐작할 수 있다. 서책과 지식을 공유하는 아름다운 공동체를 희망했던 것이다. 그 결과 아무 볼 것 없는 궁벽한 시골에 불과했던 이곳이 가득 찬 곳으로 바뀌었다.

그가 상식적으로 생각했다면 책을 팔아 좋은 말을 샀을 것이다. 이렇게 되면 아무것도 없으면서 모두가 소유하는 놀라운 기적은 일어나지 않는다. 이 서점이 번성해서 선비들이 저잣거리처럼 분주하게 들락거리게 된다면, 남원은 변방의 한 귀퉁이에서 모든 것을 마음대로 할 수 있는 중심으로 변모할 것이다. 얼마나 멋진 일인가?

너와 나는 하나다

여보게, 성징!

성인께서 붕우를 오륜 중에 나란히 두셨으니 그 의리가 무겁지 않은가? 죽고 사는 것만큼 큰 문제는 없건만 오히려 벗을 위해 제 몸을 바치기도 하니 다른 것이야 말해 무엇 하겠는가? 나는 지금 세상에서 붕우의 의리를 중히 여기는지는 잘 모르겠네. 어찌 벗 사이에 갈림이 이다지도 많단 말인가?

조정에서 저마다 사론(士論)을 갖게 되면서부터 붕우의 도리를 시종일관 지켜 낼 수가 있던가? 사귐의 도리는 하나뿐인데, 무슨 연유로 둘이 되었는가? 둘도 오히려 불행이거늘, 무슨 까닭에 넷이 되고 다섯이 되었던가? 하나가 되고 네다섯이 된 자가 스스로 무리를 지어 마침내 사사롭게 지내니, 어찌 한 사람에게 저버림을 당하지 않겠는가? 하나에 들어간 자는 각자 하나가 되어 네다섯과 대적하니, 그 하나가 고단하지 않겠는가? 한 세력이 성대하면 한 세력은 쇠하게 마련일세. 하나를 지키면서 나아가고 물러나며 스스로 절의로 여기지만, 절의란 것이 한 사람에게 옮길 수 있는 것이던가?

누런 것은 절로 누렇고 푸른 것은 절로 푸른데, 푸르고 누런 것이 과연 그 본성이겠는가? 갑에게 물으면 갑은 옳다 하고 을은 그르다고 하

32

지. 을에게 물으면 이번엔 을이 옳다 하고 갑은 그르다고 한다네. 모두 옳은 것인가? 모두가 잘못된 것인가? 갑과 을이 모두 옳을 수는 없는가? 나는 혼자라네. 지금의 선비를 살펴볼 때 나처럼 혼자인 사람이 있던가? 혼자서 세상을 사는데 사귐의 도리를 어찌 한쪽에만 치우치겠는가? 혼자로 치우치지 않으매 넷과 다섯도 모두가 나의 벗이라네. 그럴진대 나의 무리가 또한 많지 않은가? 얼음이 얼어붙을 만큼 추워도 나는 떨지 않는다네. 땅을 태울 정도로 더워도 나는 타지 않는다네. 되는 것도 없고 안 되는 것도 없이 오직 내 마음만을 따르지. 내 마음이 돌아가는 곳은 오직 한 사람뿐이라네. 그 떠나고 나아감이 어찌 여유가 넘치지 않겠는가?

성징! 자네는 젊은 시절의 벗일세. 성균관에서 노닐며 처음 친해졌고, 조정에 올라 더욱 돈독해졌지. 재상의 반열에 오른 뒤로는 더욱 친밀해졌네. 품은 뜻이 나와 같아서였을 걸세. 인심은 날로 각박해지고, 세상의 도리는 너무도 변했네. 풍파가 평지에서 한번 일어나면, 비록 형제라 해도 처음과 끝을 보장할 수 없는 법. 하지만 성징 자네와는 서로를 아껴서 흰머리가 되도록 처음과 꼭 같으니, 하나에 사사롭게 하지 않으며 한 사람을 저버리지 않아서였을 것이네.

하나라고는 하지만 간이나 폐를 똑같이 지녔어도 성품은 다르고, 눈과 귀가 얼굴에 똑같이 있어도 관직은 같지가 않다네. 내가 먹는 음식과 진(秦)나라 사람이 먹는 음식이 같은 맛이고, 깃털의 흰빛과 눈(雪)의 흰빛이 같은 색깔이라 해도, 다른 것을 억지로 같다고 하면 다르게 되고, 같은 것을 좇아 같다고 하면 절로 같아지는 법일세. 그 같음을 같이할 때 생사를 허락하지 않을 수 있겠는가? 부자와 형제로 함께 지내지 않을 수 있겠는가? 혹 그렇지 않고 그 하나를 홀로 사사로이 하여 한 사람을 뒤로 둔다면, 나는 장차 홀로임을 내맡겨 두고 넓음을 따를 것이네. 성징이 장차 북경으로 가는데, 내가 전별할 것이 없어 이것으로 노자 삼기를 청하니 괜찮겠는가?

해설

성징(聖徵)은 월사(月沙) 이정귀(李廷龜, 1564~1635년)의 자다. 유몽인은 이정귀와 젊었을 때부터 가깝게 지냈다. 이정귀는 여러 차례 사신으로 중국을 다녀왔는데, 그때마다 유몽인은 그에게 전별의 글을 써 주었다. 『어우집』 권3에 실린 「송호부상서이성징정귀주청천조시서(送戶部尙書李聖徵廷龜奏請天朝詩序)」와 「봉별사은주청사이월사정귀사부연산시서(奉別謝恩奏請使李月沙廷龜四赴燕山詩序)」가 그것이다.

이 글은 1620년 봄, 이정귀가 진주사(陳奏使)로 차출되어 북경으로 갈 때 전별 선물로 보낸 글이다. 유몽인이 1617년에 벼슬에서 물러나 전원에 살며 도성에는 발걸음도 들이지 않을 때였다.

글에는 당시의 시국과 지식인의 행태를 바라보는 착잡한 심회가 담겨 있다. 붕우의 도리는 오륜에 든다. 벗을 위해 목숨을 바치는 일도 있으니 그 의리의 무거움을 굳이 따로 말할 것이 없다. 그런데 이상하다. 그 붕우의 도리란 것이 갈래도 많고 사단도 많다. 당파에 따라 저마다 사론(士論)을 내세우기 시작하면서, 진정한 붕우의 도리는 사라지고 다만 패거리의 논리만 남았다.

누구나 아는 뻔한 것도 당파 논리에 따라 옳고 그름이 왔다 갔다 한다. 엇갈림이 있을 뿐 절대로 의견이 합치되는 법이 없다. 그들의 옳고 그름은 내 편이냐 아니냐의 구분에 따른 것이기 때문이다. 이런 세태에서 자신은 어느 쪽에도 속하지 않고 철저히 혼자로 살아왔다고 유몽인은 말한다. 집단의 논리가 가증스럽고, 한쪽에 치우치는 것이 싫어서였다. 덕분에 염량의 세태에 언제나 초연할 수 있었다. 그가 판단하는 기준은 언제나 자신의 마음이었지, 집단의 이익이 아니었다. 하지만 늘 안타까웠다.

이렇게 착잡한 가운데 오직 이정귀만은 변함없는 한 사람으로 있어 주었다. 두 사람은 성품도 다르고 관직도 같지 않다. 겉으로 드러난 것은 하나도 같지 않은데 품은 생각, 하는 행동은 똑같다. 생사를 같이하고 형제보다 가깝다 할 만하다. 그런 그가 먼 길을 떠난다기에 따로 줄 것이 없어 변치 않는 한마음을 전하고자 한다. 이 글을 쓴 유몽인의 심경이 이러하다.

코 묻은 떡을
다투지는 않겠소

奉月沙書

어제 대간(大諫)이 편지를 보내와서 월사(月沙)께서 비변사에서 논의를 꺼내, "태학사(太學士)의 자리가 비게 될 텐데 유 아무개가 제학(提學)으로 관직에서 물러나 있으니 때에 맞춰 처리하는 것이 마땅하다."라고 했다더군요. 몽인은 편지를 받고 혼자 가만히 웃었습니다. 이는 합하께서 지금 세상에 문장이 실추됨을 근심하여 이를 진작시키려는 것이겠지요. 또 몽인이 오랫동안 체직됨을 불쌍히 여겨, 이 일을 핑계로 저를 기용하려는 것일 터입니다. 감격하고 또 감격합니다.

몽인은 죄인입니다. 그런데도 제학이란 직명을 전처럼 지니고 있었던 것은, 소차(疏箚)를 올려 세 번이나 면직을 청하는 것이 모두 석고대죄하는 자가 할 일이 아니었기 때문입니다. 번민하며 입 다물고 지낸 것이 이미 사 년째입니다. 하물며 태학사가 제게 가당키나 하겠습니까? 지금 사람이 또한 옛사람인 셈이로군요. 예로부터 문인으로 뼈가 썩기 전에 자기를 알아주는 이를 만난 사람이 있었습니까? 지금 세상에서 나를 알아줄 양자운(揚子雲)이 있을 줄은 생각지도 못했습니다.

그건 그렇지만 지난해 기근이 들었을 때 아이들 여럿이 떡을 두고 다투었는데 돌아와 살펴보니 콧물이 묻어 끈적거리더군요. 몽인은 강호에 살면서 한가하여 아무 일이 없습니다. 지난해에는 『춘추좌씨전』을 읽었고, 올해는 두보의 시를 외우고 있습니다. 이는 참으로 노년의 벗이라 하겠습니다. 여생을 보내기에는 이것으로 충분합니다. 여러 아이들과 콧물 묻은 떡을 다투는 일 같은 것은 원하는 바가 아니올시다. 이번에 비국(備局)의 여러 원로들은 모두 몽인과 나이가 같거나 앞뒤로 태어난 사람들입니다. 합하께서 이 평계로 사양해 주신다면 다행이겠습니다. 몽인은 두 번 절합니다.

해설

유몽인이 다시 이정귀에게 보낸 편지다. 1617년에 파면된 그가 벼슬을 그만둔 지 4년이 되었다고 쓴 것을 보면, 1621년에 쓴 편지임을 알 수 있다. 이때는 앞서 읽은 송서(送序)를 쓴 이듬해로, 광해의 폐정이 막바지로 치닫던 즈음이었다. 당시 유몽인은 이름뿐이지만 제학(提學)의 직임을 유지하고 있었다. 죄인의 처지에 직임을 면해 달라는 상소를 두 번이나 올려도 답이 없자, 외람되어 그만둔 것이 그대로 유지되었던 것이다. 그러던 중 그가 뛰어난 역량을 갖추고도 재야에 묻혀 지내는 것을 애석하게 여긴 이정귀가 태학사 자리에 자신을 추천했다는 말을 전해 듣고, 그는 대뜸 이 편지를 썼다.

입으로는 감격하고 감격한다고 했지만 편지를 받고 가만히 웃었다는 말에서 냉소적 태도가 드러난다. 나는 당신이 나를 알아주는 양자운 같은 인물일 줄은 미처 생각지도 못했다. 고맙기 짝이 없다. 사뭇 비꼬는 말투다.

이어지는 비유에서 그는 속내를 거침없이 드러낸다. 지난해 기근 때

아이들이 떡 하나를 서로 먹겠다고 다투는데 그 떡이란 것이 코 묻어 먹을 수도 없는 더러운 것이었다. 오늘날의 조정에서 벼슬한다는 것은 코 묻은 떡을 서로 먹겠다고 아우성치던 그 아이들과 다를 게 없다. 나더러 코 묻은 떡을 함께 다투자는 것이냐? 그냥 초야에 묻혀 읽고 싶은 책 읽고, 외우고 싶은 시 외우며 마음 편히 살다 가겠다. 후의는 대단히 고맙지만 사양하겠다.

따져 읽으면 대단히 앙칼진 편지다. 그냥 체면치레로 싫다고 한 것이 아니라, 정색을 하고 거절한 사연이다. 유몽인의 각지고 매서운 성격의 일단을 또렷이 느낄 수 있다. 그는 이 일이 있고 나서 아예 멀리 금강산으로 들어가 버렸다. 허투루 한 말이 아님을 행동으로 보였던 것이다.

후세를 기다릴까?

送申佐郞光立
赴京序

내가 일찍이 살펴보니 우리나라가 중국을 본뜨는 것이 마치 동시(東施)가 미녀 서시(西施)를 흉내 내는 것과 같아 대부분 중국의 찌꺼기에 지나지 않았다. 하지만 우뚝하고 빼어나며 헌걸찬 선비가 천 년 백 년에 한둘쯤은 있었다. 우리나라 사람은 이런 사람을 익히 보면서도 살피지 못한 채 다른 이들과 같은 무리라고 말하곤 한다. 하지만 중국 사람이 그를 크게 기이하게 여기고 당시에 일컬은 것이 후세에 전해진다. 어째서 그런가?

중국은 재주를 숭상하지만 우리나라는 재주를 숭상하지 않는다. 중국은 사람을 알아보는데, 우리나라는 사람을 알아보지 못한다. 우리나라에서 태어난 인재는 운수도 기박하다 하겠다. 그 이치를 따져 보면 족히 이상할 것도 없다. 이목구비와 사지와 근골이 보통 사람과 같으니 겉만 보고 속을 얻음을 어찌 누구나 능히 할 수 있겠는가?

오늘날 중국에는 반드시 안목 있는 사람이 있을 것이다. 하지만 동방에 다시금 옛사람과 같은 이가 있다 한들 어지러이 뒤섞여서 비슷한 부류와 더불어 무리 짓고 있는 것을 어찌 알겠는가? 중국에 비록 그런 사람이 있다 해도 땅이 수천 리나 떨어져 있어 그림자와 소리를 만나 볼 길이 없다. 그렇다면 동방의 초목과 함께 썩어 없어져서 마침내 알아주는 이 없이 죽고야 말 것인가? 아니면 다른 사람을 통해 뽑혀서 혹 언어와 문자를 전해 지금의 천하에다 이를 베풀 것인가? 비록 그렇기는 해도 사람의 재주에는 크고 작음과 깊고 얕음이 있다. 옛날에 중국에서 태어난 어떤 이는 재주가 굉장하고 학문이 깊었으나 당시에 알려지지 못하다가 후세를 기다려 혹 알려지기도 했다. 진실로 그 재주가 깊고도 크다 하더라도, 지금의 중국에서조차 반드시 알려진다고 기약하기는 어렵다. 그러니 장차 후세를 기다리겠는가?

좌랑 신광립은 총명한 선비다. 하지만 우리나라에서야 이런 사람이 있는 줄 어찌 알겠는가? 이제 중국에 가게 되면 그 자신에게나, 서로 알고 지내는 사람에게나 중국 사람이 반드시 물을 터인데 어떻게 대답할 것인가? 나는 그대와 같은 동방의 박명한 사람으로 바다 밖에 어지러이 뒤섞여 있다. 생각건대 천하 후세에 알려질 길이 없을 것이다. 작별에 임해 다시금 이 글에 느낌이 일어난다.

해설

신광립(申光立, 1567년~?)이 북경에 사신으로 갈 때 써 준 송서다. 예전에는 이렇듯 송별 선물을 대신하는 글로 먼 길을 떠나 탈 없이 돌아올 것을 축원하는 관례가 있었다.

글은 처음부터 의표를 찌르는 것으로 순탄치 않게 시작한다. 우리나라는 중국 흉내 내기에 바쁜 나라다. 무얼 해도 중국의 찌꺼기일 뿐이다. 이따금 걸출한 선비가 나왔다 하더라도 우리나라에서는 알아주지 않았고 중국 사람이 알아보아 기록으로 남겼다. 어째서 이런 일이 생기는가? 우리나라 사람은 남 흉내 내기에 바빠 정작 제 나라의 인재를 알아보지 못하기 때문이다. 그러니 조선에서 태어났다는 것은 박명하다고 할 수밖에 없다.

중국에는 안목 있는 사람이 지금도 있겠지만 우리나라에 오지 않는 한 우리나라 사람 틈에 끼어 있는 진정한 인재를 만날 기회는 없다. 우리가 중국에 가지 않는 한 그곳의 인재 또한 만나 볼 기회는 없다. 그런 뜻에서 중국 사신 행차에 참여하게 된 그대는 행운아다. 나는 결국 이 땅에서 쓸쓸히 묻혀 잊히고 말겠지만 그대는 이번에 중국에 가서 안목 있는 사람을 만나 그대의 말과 글을 천하에 널리 펴고 오기 바란다. 직접 말하지 않고 말을 배배 꼬아 놓았지만, 정작 그가 하고 싶었던 말은 이것이었다.

내 죽음이 또한 영화로우리

贈表訓寺僧慧默序

천계(天啓) 2년(1622년) 겨울, 어우자(於于子)가 금강산 표훈사에 은거하고 있었다. 표훈사의 승려 혜묵(慧默)이 다음과 같이 위문했다.

"그대의 춘추가 몇이오?"

"『주역(周易)』의 괘수(卦數)와 같은 예순네 살이오."

"벼슬을 그만둔 지는 몇 해나 되셨소?"

"닷새를 빼면 여섯 해올시다."

"무슨 연유로 이곳에 오셨소?"

"가을 구경하러 왔다가 해를 넘기게 되었구려."

"어디 오래 아프셨소?"

"힘들고 주려서 그렇소이다."

"어찌 힘들고 주렸다고 하시오?"

"영서(嶺西) 길을 따라 험준한 고개를 넘고, 동해를 지나 북쪽 길로 돌아 풍악으로 들어왔소이다. 곁마를 타고 가마도 타고, 지팡이 짚고 걷기도 했지요. 하인 아이가 밥을 지어 주었는데 시고 짠 간이야 맞는다 해도 늙은이 입에는 맞지를 않아 병이 난 모양이오."

"어찌 병이 조금 나을 만하면 밤낮없이 책을 읽고, 시문을 짓고 편지를 써 댑니까?"

"성품이 즐기는 바라 피곤한 줄 모르오."

혜묵이 말했다.

"그대는 틀렸소. 내가 지금 세상에서 숨어 지내며 자취를 잃은 자들을 살펴보니, 어떤 이는 한 해 만에, 어떤 이는 여러 해 만에, 어떤 이는 얼마 되지 않아 모두 다시 일어납디다. 벼슬을 구하는 길에 단계가 많기 때문이었소. 그대는 어찌 홀로 뭇사람들을 따라 나아가기를 도모하지 아니하고, 오륙 년이나 오래도록 더욱 스스로 세상과 멀어지려 하시오? 내가 사람들을 살펴보니, 환갑이 지나면 앉을 때는 탄식하고 일어날 때는 한숨을 내쉬며, 동자를 시켜 방 안에서 안마하고 가려운 데를 긁게 하면서도 오히려 끙끙대며 힘들어합디다. 그대는 어찌 지쳐 힘들고 험난한 것을 견디면서 한때의 마음과 눈을 시원스럽게 한단 말이오? 거의 죽다 살아나고선 기력이 얼마나 된다고 다시금 부지런히 책 읽고 글 쓰는 데에 정신을 소모한단 말이오?"

어우자가 발끈하여 낯빛이 변하며 소리 높여 대답했다.

"그대는 참으로 요즘 사람이구려. 어찌 옛날의 기준으로 나에게 요구하지 않는가? 자하(子夏)가 말하지 않았소? '삶과 죽음은 운명이고, 부귀는 하늘에 달렸다.'라고 말이오. 부귀를 구한다고 해서 이룰 수 있다면 순경(荀卿)과 한비(韓非)는 어린 나이에 남면(南面)하여 임금이 되었을 일이지, 어찌 하류(下流)에서 낙척불우(落拓不遇)를 괴로워했겠소. 죽고 사는 것이 수고로움과 안일에 따라 끌어오거나 재촉할 수 있는 것이라면, 저 호화로웠던 신릉군(信陵君)이 어찌 무덤이 있으며, 섶을 지고 살았던 영계기(榮啓期)는 어찌 백발이 되도록 오래 살았단 말이오? 하물며 세상길은 험하고 위태롭고, 태항산(太行山)은 양의 창자처럼 구불구불하여 실은 곡식이 엎어지며 다리가 부러져도 앞뒤로 수레가 이어지지 않았던가? 어찌 내가 산과 바다를 유람하면서 수레를 타고 말도 타며 계수나무 덤불 속에서 심신을 기쁘게 하는 것에 견준단 말인가?

게다가 나는 일찍이 옛사람이 문장을 짓는 것이 모두 한쪽으로 치우쳐서 고르지 못한 것을 병통으로 여겼소. 사마천(司馬遷)과 양웅(揚雄)은 문장에는 능했지만 시는 잘하지 못했고, 이백과 두보는 시는 잘 지었어도 문장에는 능하지 못했소. 그런 까닭에 나는 일생 동안 부지런히 애를 써서 시와 문을 아우르고 양쪽 모두에서 일가를 이루려고 생각했던 것이오. 내가 지은 책 오십여 권이 쌓여 있는데, 문장이 반이고 시가 반이라오. 삼십 년 전만 해도 근력이 좋고 등산을 잘해 산 안팎을 두루 다니기로 나만 한 사람이 없었소. 「유산록(遊山錄)」 한 부가 우리나라에서 간행되었는데 전쟁 통에 잃고 말았소. 이제 다리 힘이 벌써 물러져서 다시 지난날처럼 승경을 감상할 수는 없지만, 영가(永嘉) 사람 사조(謝脁)의 시와 유종원(柳宗元)이 영주에서 지은 유기(遊記)는 끝내 스러지지 않을 것들이 아니겠소. 그대는 어찌 오늘날 관리나 과객들이 시중드는 비용을 들여 가며 산림을 소란스럽게 하는 데다 나를 견주려는 것이오?

더욱이 나는 올해로 여동빈(呂洞賓)이 신선이 된 나이가 되었소. 비록 산에서 죽더라도 푸른 산을 관곽(棺槨) 삼고, 단풍나무와 노송나무를 울타리로 삼을 것이오. 향로봉(香爐峰)으로 향로를 삼고, 석마봉(石馬峰)을 석마로 삼으며, 붉은 노을과 흰 구름과 푸른 이내를 아침저녁 밥으로 삼아, 옛 신선 영랑(永郎)·술랑(述郎)과 더불어 동해 가를 날며 읊조릴 터이니, 내 죽음이 또한 영화롭지 않겠는가?"

그러자 혜묵이 손을 모으고 절하며 말했다.

"빈도가 태어나 신선 세계의 화려한 말을 들어보지 못했습니다. 그대의 말씀은 옛 신선 안기생(安期生)도 그만 못할 것이오."

해설

유몽인은 1617년 인목 대비 폐비 논의 당시 의론에 가담하지 않았다 하여 파면되었다. 이듬해에는 부인 신씨가 세상을 떴다. 이 글은 1622년 금강산 표훈사에 들어가 지낼 때 표훈사 승려 혜묵과 주고받은 대화를 적은 것이다. 당시 64세로 고령이었던 유몽인은 힘든 일정과 거친 음식 탓에 도중에 병이 나서 여러 달을 절에 머물며 섭양하던 중이었다.

혜묵은 유몽인이 병중에도 밤낮 독서와 시문 창작에 몰두하는 것을 두고, 아픈 사람이 어째서 쉬지 않고 일만 하느냐고 묻는다. 유몽인이 좋아서 하는 일이라 힘든 줄 모르겠다고 대답하자, 혜묵은 답답하다는 듯 말한다. 벼슬을 그만둔 지 6년이나 되었으면 이리저리 손을 써서 복귀를 도모할 일이지 어째서 세상과 더 멀어지려 하는가? 기력도 없으면서 쓸데없이 독서와 글쓰기에 힘을 쏟으니 어리석지 않은가?

유몽인이 반박한다. 운명은 인간의 뜻으로 움직일 수 없다. 아등바등 작위해서 애를 쓴들 수고스럽기만 할 뿐 거둘 보람이 없다. 역사 인물들이 지나온 긴 자취를 보고서도 그런 말을 하는가? 인생의 큰 기쁨은 마음이 기쁜 일을 하는 데 있다. 내게는 그것이 독서와 글쓰기이다. 시와 문에 모두 능해 양쪽에서 일가를 이루는 것은 내 삶의 목표 중 하나였으며 나는 그 결과를 자부한다. 그저 풍악을 울리며 기생을 옆에 끼며 산림을 소란스럽게 하는 저 벼슬아치들의 유람에 견주는 것은 불쾌하다.

나는 이제 이 산에서 병으로 죽는다 해도 아무 거리낄 것이 없다. 단풍나무와 노송나무를 울타리로 삼고 푸른 산을 관 삼아 누울 것이다. 앞쪽의 향로봉은 무덤 앞의 향로로, 건너편 석마봉은 무덤 앞을 지키는 석마로 여기련다. 노을과 구름은 조석상식이 아닌가? 내 넋은 영랑·술랑과 삼일포 위를 날며 시 짓고 놀 터이니, 죽음이 어찌 내 즐거움을 앗아 가겠는가.

이 말을 들은 혜묵이 신선의 말을 들었다고 하면서 속물적으로 문제 제기한 데 대해 정중히 사과하는 것으로 글은 끝난다. 유몽인의 기질과 성품이 잘 드러난 글이다. 그는 이듬해까지 계속 표훈사에 머물다가 인조반정 소식을 들었으며, 이후 절을 나와 철원 보개산을 거쳐 양주 서산에 머물렀다. 1623년 7월에 광해군 복위 음모에 가담했다는 무고로 체포되어 그해 8월 5일에 아들과 함께 처형당했다. 어찌 보면 그가 돌연히 금강산에 들어가 오래 머물렀던 것 또한 알 수 없는 운명의 힘과 시시각각으로 다가오는 죽음의 그림자를 피해 가려던 안간힘처럼 느껴진다.

금강산 정령들과의 하룻밤 노닒

楓嶽奇遇記

어우(於于) 유 선생이 풍악의 표훈사에서 지낼 때 석 달을 앓다가 겨우 일어났다. 밤이면 늘 남쪽 누각에 올라가 마음을 달래곤 했다.

갑자기 이인(異人)이 나타났는데 생긴 모습이 호걸스러워 우뚝한 바위 같았다. 아이를 시켜 이름을 통하게 하자 그가 말했다.

"견백주인(堅白主人, 바위의 별칭)이 선생 뵙기를 청합니다."

동자에게 부축하게 하여 두 번 절하고 자리를 하고, 동자에게 부축하게 하여 두 번 절하고 자리를 치운 후 좌석을 정하여 앉았다. 견백주인이 말했다.

"나는 본래 이 산의 주인이니 성은 석씨(石氏)입니다. 개벽 이래로 우리 석씨가 이 땅에 봉해진 것이 일만 이천 봉우리입니다. 모두들 굳세고 흰 것을 숭상하여 공손걸자(公孫乞子)의 동이(同異)의 학문을 즐겨 합니다. 이제 선생께서 나그네로 여러 달 머무시니, 한가한 날을 틈타 기이한 만남을 갖기를 청합니다."

잠시 후 다시 어떤 객이 명함을 통하는데, 자호를 청계도류(淸溪道流, 시내의 별칭)라 하고 자는 중심(仲深)이라 했다. 선생에게 읍을 올리고 말했다.

"나는 안문점(雁門岾)에서 나와서 선파(仙派)의 청류(淸流)를 이끌고 골짜기를 따라와 누각 아래서 노닐고 있는데, 주인옹께서 선생을 모시고 아름다운 모임을 갖는다는 말을 듣고 감히 와서 좌석 아래 함께할까 합니다."

다시 키가 열 길이나 되는 어떤 객이 푸른 수염을 드리우고 붉은 갑옷을 입고는 기쁜 듯 와서 문안했다. 동자가 말했다.

"이분은 회계산(會稽山)의 장장인(張丈人, 소나무의 별칭)이십니다. 온 가족이 모두 이 산에 살고 있는데, 몇천만인지 알지 못합니다."

선생은 그 의표를 기이하게 여겨 신을 거꾸로 신고 이를 맞이했다.

다시 어디에서 왔는지 알 수 없는 어떤 객이 말없이 재빨리 들어와 앉으며 말했다.

"나는 이 산을 나가 아래위 사방을 가고 싶은 대로 노닐었습니다. 오늘 밤은 고요한 데다 산도 적막해서 뿌리를 찾아 돌아왔지요."

그 성명을 묻자 단지 무심과객(無心過客, 구름의 별칭)이라고 했다.

또 목이 길고 몸이 솟은 단관노선(丹冠老仙, 학의 별칭)이 너울너울 춤추며 도착하더니 이렇게 말했다.

"동쪽 봉우리 밖에 금강대(金剛臺)가 있습니다. 굴이 맑고도 깊습니다. 다만 사람의 자취는 닿지 못하고 나는 매도 우러를 뿐 미치지 못하지요. 나는 그 속에서 삽니다. 삼십 년 전에 선생과 묵은 교유가 있어 감히 와서 절합니다."

또 객이 바람 소리를 내며 들렀는데 사람의 살과 뼈를 온통 맑고 시원하게 했다. 누구냐고 묻자 청빈일사(靑蘋逸士, 바람의 별칭)라 하고 웅(雄)이 그의 이름이라 했다.

잠시 후 온갖 골짜기가 한꺼번에 환해지더니 뭇 봉우리가 모습을 드러냈다. 상서로운 빛이 동편으로부터 왔다. 주인이 놀라 기뻐하며 말했다.

"이는 지극히 밝고 참으로 희며 몹시 둥글고 찼다가 기우는 우리 태청 태부인(太淸太夫人, 달의 별칭)께서 동해로부터 일출봉의 왼편을 따라 솔숲을 뚫고서 오신 것입니다."

주인이 자리를 옮기면서 청했다.

"오늘은 날도 길하고 절기도 좋고 여러 이인도 모두 모였소이다. 마침 유 선생께서 오랜 병에서 회복하셨으니 어찌 한 잔 술을 올려 위로하지 않겠소이까?"

태부인이 말했다.

"아주 좋습니다. 주인 말씀대로 하십시다."

이에 주인옹은 중향성(衆香城)의 진선(眞仙)에게 푸른 계수나무 열매를 한 소반씩 올리게 하고, 송림암(松林菴) 도석(道釋)에게 복령(茯苓) 떡 한 그릇씩을 올리게 했다. 만폭동(萬瀑洞) 주인은 적포도와 꿀물을 내왔고, 구정동(九井洞) 신령은 다섯 가지 맛이 나는 향기로운 엿을 받들어 올렸다. 비로봉(毘盧峯)에게 명해 석지(石芝)를 따 오게 하고, 미파령(彌坡嶺)에게는 자지(紫芝)를 캐 오게 했다. 마하연(摩訶衍) 신인(神人)은 솔 싹으로 담근 울황주(鬱黃酒)를 올렸고, 사후(獅吼)와 경명(鯨鳴)을 늘어세워 범패와 징과 북의 음악으로 즐겼다. 다시금 붉은 노을로 만든 비단 종이를 펼쳐 동명(東溟)을 끌어와 연지(硯池)로 삼고, 오로봉(五老峯)을 뉘어 붓끝으로 삼아 선생에게 시 짓기를 청했다. 선생이 붓을 휘둘러 시를 지으니 산 귀신과 숲속 도깨비가 모두 소리 내 울었다.

술이 몇 순배 돌자 태청태부인이 먼저 일어나 사례하며 말했다.

"이제 아직 날이 밝지 않은지라 곤륜산을 지나 현포(玄圃)를 거쳐서 서영선자(西瀛仙子)와 더불어 약목(若木, 해 지는 곳에 있다는 상상의 나무)의 빈터에서 만나기로 했습니다."

마침내 누각을 내려가 떠나자 좌석에 있던 모든 이가 무엇을 잃은 듯 허둥댔다. 이윽고 음산한 기운이 사방에서 몰려들더니 산기운이 자욱해졌다.

주인이 낯빛이 변하며 탄식하듯 말했다.

"화산(花山)의 백거사(白居士, 해의 별칭)가 다시 오신다."

선생이 자리를 옮겨 기댄 채 사방을 둘러보았다. 견백주인은 이미 호호백발 늙은이가 되어 있었고, 청계도류는 깊은 골짜기 밑으로 자취를 감추었다. 무심과객은 산마루 위로 돌아갔고, 회계 장장인은 팔다리를 아래로 드리운 채 푸른 수염이 온통 흰 수염이 되어 더는 지난날의 모습이 아니었다.

장장인이 청빈일사에게 말했다.

"이제 내가 피곤하다. 원컨대 청빈일사가 내 무거운 짐을 풀어 주어 내 일만 가지 춤사위를 보지 않겠는가?"

선생이 옷깃을 걷고 다락을 내려오자 단관노선이 뒤따랐다. 지름길이 없는데 지상에는 흰빛이 닷 발이나 환했다.

해설

금강산 표훈사 체류 시절, 어느 날 밤의 상상 체험을 형상화했다. 금강산의 여러 자연 경물을 의인화하여, 이들과 하룻밤 동안 벌인 잔치를 환상적 필치로 그려 낸 문예미 넘치는 글이다. 글 전체가 낭만적 상상력을 자극하는 선적(仙的)인 비유로 가득하다.

본문에 등장하는 다양한 인물들은 모두 사물의 정령이다. 견백주인은 바위, 청계도류는 시내, 회계 장장인은 소나무, 무심과객은 구름, 단관노선은 학, 청빈일사는 바람, 태청태부인은 달, 화산 백거사는 해를 각각 가리킨다. 등장인물의 형상화 방식은 사물을 의인화하는 가전체(假傳體) 양식에서 빌려 왔다.

금강산의 주인인 견백주인이 유어우(柳於于) 선생을 찾아오는 것으로 글은 시작된다. 개골산(皆骨山)이라는 별칭에서 보듯 금강산이 바위산임을 빗댄 설정이다. 견백이 즐긴다고 한 공손걸자의 동이의 학분은 중국 전국 시대의 사상가 공손룡(公孫龍)이 주장한 견백론(堅白論)에서 끌어온 것이다. 이 논변을 더 깊이 파고들면 부분의 속성으로는 전체를 파악할 수 없다는 유몽인의 평소 철학과 만나게 된다. 견백주인에 이어 청계도류와 회계 장장인이 등장하고 무심과객과 단관노선, 청빈일사가 속속 모여들며 흥이 점차 고조된다. 달을 상징하는 태청태부인이 도착하면서 잔치는 절정에 달한다. 이에 견백주인은 일행에게 오랜 병에서 회복한 유 선생을 위해 술을 한 잔씩 올리자고 제의한다. 주변 사물을 차례로 호명하는 방식이 흥미롭다.

다시 중향성 진선과 송림암 도석, 만폭동주와 구정동령, 비로봉과 미파령, 마하신인 등이 견백주인의 명에 따라 각종 진귀한 음식을 내오고 풍악을 울리는 중에 흥을 못 이긴 유 선생이 붉은 노을 위에 동해 바다를 먹물 삼고 오로봉을 붓 삼아 시 한 수를 짓는다. 이들의 이름은 중향성, 송림암, 만폭동, 구룡연(九龍淵)과 같은 금강산의 봉우리나 폭포 또는 암자에서 따왔다. 이들이 가져온 것은 금강산 각지에서 나는 특산품으로 모두 선계의 신선들이 먹는 음식이다.

이때 태청태부인이 선약을 이유로 자리에서 일어나고, 뒤이어 화산 백거사 즉 아침 해가 환히 뜨면서 잔치를 마친다. 그 순간 모든 등장인물은 본래 모습으로 되돌아간다. 환상이 끝나고 현실로 돌아온 것이다. 마지막에 회계 장장인의 푸른 수염이 온통 희게 변했다는 구절은 소나무 가지에 눈이 쌓인 모습을 가리킨다. 청빈일사에게 무거운 짐을 풀어 주어 춤사위를 보지 않겠느냐고 제의하는 대목으로 바람이 가지 위에 쌓인 눈을 흩날려 솔가지가 너울너울 흔들리는 장면을 묘사했다. 유 선생이 다락을 내려오자 지상에는 이미 해가 다섯 자나 높이 솟아 있었다.

결국 전체 줄거리는 어느 날 밤 표훈사 남루에 올라가 앉았는데, 바위가 시야에 들어오고 냇물 소리가 들려오며 소나무와 구름과 학과 바람이 어우러진 가운데 흰 달이 떠올라 금강산 1만 2000봉의 웅자가 낱낱이 모습을 드러냈다는 이야기이다. 그러다가 달이 지고 먼동이 트면서 하룻밤의 황홀한 만남은 끝난다.

이수광

李晬光

1563~1628년

본관은 전주, 자는 윤경(潤卿), 호가 지봉(芝峯)이다. 1585년에 문과에 급제한 뒤 한림·이조 정랑·제학 등을 역임하고 벼슬이 이조 판서에 이르렀다. 사후 영의정에 추증되고 수원의 청수서원(淸水書院)에 제향되었다. 시호는 문간(文簡)이다.

전쟁과 반정과 반란 등 내우외환이 끊임없었던 선조에서 인조 연간에 활동했다. 내외의 주요 직책을 두루 맡아 관료로서의 역할에 충실했고, 당쟁에 휩쓸림 없이 강직하면서도 온화한 입장을 견지했다. 계곡 장유는 그를 위해 쓴 만시에서 "큰 옥에 흠결이 하나도 없고, 영지처럼 뭇 향초의 으뜸 되었지(大玉無瑕玷, 靈芝冠衆芳)"라고 노래했다. 그의 인품이 잘 드러난다.

학문적 성취 또한 남다르다. 우리나라 최초의 백과사전적 저술인 『지봉유설(芝峰類說)』이 그의 손에서 나왔다. 당시 공리공담으로 흐른 성리학을 벗어나 실학적 학풍을 개척했고 세 차례의 중국 사행을 통해 『천주실의(天主實義)』를 조선에 처음 소개하는 등 서양 문물 도입에서도 선구적 면모를 보였다. 특히 베트남, 오키나와 사신들과의 교유를 통해 조선의 동아시아 인식을 확장시키는 데 기여한 바가 크다.

상촌 신흠은 그의 문장에 대해 "여사(餘事)로 지은 문장 오묘하여서, 젊은 나이 정승 됨을 기약했었지. 한 걸음에 한림에 올라섰으니, 명성이 문단을 휩쓸었다네.(文章餘事妙, 台輔早年期. 逸步通鰲禁, 英聲擅鳳池.)"라고 평했다. 월사 이정귀는 제문에서 "문장으로 종장(宗匠)이요, 경술로도 순유였네.(詞華宗匠, 經術醇儒.)"라고 읊었다. 학문의 성취만큼이나 그 문장을 높이 평가한 것이다. 우복(愚伏) 정경세(鄭經世)는 그의 문장이 "정련(精鍊)에 힘쓰고 전아(典雅)함을 추구하여 험하고 날카로운 말은 쓰지 않았다."라고 보았다.

『지봉유설』 전체 20권 가운데 3분의 1이 넘는 7권가량이 시 비평을 포함한 문학론으로 구성되어 있다. 이수광이 문학에 쏟은 관심과 열정을 엿볼 수 있다. 선조~인조조의 명신이자 학자였으며 또한 당대 문단의 거봉이었던 이수광의 문학적 면모는 『지봉유설』에 실린 다채로운 문학 담론과 문집 『지봉집(芝峰集)』을 통해 확인 가능하다.

집은 비만 가리면 된다

東園庇雨堂記

내가 사는 집은 동대문 밖 낙봉(駱峯)의 동편 귀퉁이에 있다. 상산(商山)의 산자락 한쪽 기슭이 구불구불 남쪽으로 내려와 마치 두 손을 맞잡고 인사를 올리는 형상을 한 것이 지봉(芝峯)이다. 지봉 위에는 수십 명이 앉을 만한 평퍼짐한 반석이 있다. 또 큰 소나무 십여 그루가 마치 덮개처럼 반석을 덮고 있어 이를 서봉정(棲鳳亭)이라고 한다. 그 아래쪽 땅은 더욱 평평해서 둘레가 일백 무가량 된다. 구획을 지어 동산으로 만들고 동원(東園)이라 했다. 깊고 아늑한 데다 평평하고 넓어서 숨어 사는 거처로 마침맞다.

애초에는 청백리로 세상에 이름난 하정 유관 정승이 이곳에 터를 잡아 초가 몇 채를 지었다. 비가 오면 우산으로 새는 곳을 받쳤다는 얘기를 이제껏 사람들이 하곤 한다. 이분은 내게 외가로 오대조이시다. 내 선친께서 살아 계실 적에 너무 낡아 조금 덧대 넓혔다. 손님 중 어떤 사람이 지나치게 소박하지 않느냐고 말하자 선친께서 바로 말씀하셨다. "우산에다 견준다면 이것도 너무 사치스럽지요." 이 말을 들은 사람들이 다들 기뻐하며 감복했다.

내가 못난 바람에 선대의 사업을 잘 보전하지 못해 임진년(1592년)의 병란을 거치는 사이 낮은 주춧돌과 키 큰 나무가 하나도 남은 것이 없었다. 내가 두려워하면서 바로 그 옛터에 작은 초당을 얽고 비우당(庇雨堂)이란 편액을 달아 누워 쉬는 곳으로 삼았다. 대개 간신히 비바람이나 막는다는 뜻에서 취해 왔다. 후손임을 잊지 않고 우산으로 비를 막던 유풍을 가만히 따르려는 마음을 담았다. 팔경(八景)이 있는데, 옆에 기록해 둔다.

해설

이수광이 선대의 집터에 비우당(庇雨堂)을 새로 짓고 그 위치와 공간에 얽힌 내력을 간단히 살핀 기문이다. 외가로 5대조인 하정(夏亭) 유관(柳寬)이 짓고, 부친 동고(東皐) 이희검(李希儉, 1516~1579년)이 수리해 살던 낡은 구옥은 임진왜란의 전화를 거치는 동안 빈터만 덜렁 남았다. 유관은 청백리로 이름 높아 비 새는 방 안에서 우산을 받치고 앉아 이런 날 우산 없는 집은 어찌하겠느냐고 걱정했다는 유명한 일화를 남긴 인물이다. 이수광의 부친은 집이 쓰러지기 직전까지 가자 하는 수 없이 개축하면서 조금 덧대 크기를 키웠다. 그래도 남이 너무 초라하다고 하자 우산으로 비를 막던 선대의 일에 견주면 이것도 호사롭지 않느냐고 대답했다. 집안에 청백의 가풍이 맥맥이 이어져 온 것을 이렇게 보였다.

전란 후 집이 흔적도 없이 사라지자 이수광은 그 터에 전처럼 소박한 초가집 한 채를 지었다. 집 이름은 비우당! 비나 간신히 가리는 집이란 의미다. 자신 또한 선대로부터 지켜 내려온 가풍을 굳게 지키겠다는 의지를 집 이름에 담았다.

구성이 파란 없이 평평하나 담백한 가운데 함축이 깊어 이수광 글 특유의 전아한 맛이 느껴진다. 이 글은 한편으로 지봉 자신이 삶에서 지향한 바를 압축적으로 보여 준다. 이긍익은 『연려실기술』에서 선조조의 명신으로 지봉을 논하면서 "평생 향을 피우지 않았고 촛불을 태우지 않았다. 연회를 베풀지 않았고 노래와 음악을 듣지 않았다. 의복과 집기의 검소함이 벼슬하지 않았을 때와 다름이 없었다."라고 했다. 평생 검소함을 지켰던 이수광의 삶이 비우당이라는 당호 속에 그대로 녹아 있다.

비바람만 겨우 가릴 수 있게 소박하게 지었던 비우당은 현재 서울 종로구 낙산공원 내에 복원되어 있다. 지하철 6호선 창신역에 내려 숭인교회를 끼고 낙산 쪽으로 오르다 보면 길 오른편에 조그맣게 자리하고 있다. 원래는 종로구 창신동 쌍용2차아파트 단지 내에 있던 것을 이리로 옮겼다. 워낙 상전벽해로 변해 지봉과 동원의 정확한 위치 고증은 어렵다. 그래도 낙산에 올라 동편을 바라보면 굽이굽이 이어진 성곽을 따라 지봉의 숨결이 가깝게 느껴진다.

고양이와 개 기르기 畜貓狗說

고양이는 쥐를 잘 잡고 개는 짐승을 잘 쫓는다. 한 사람이 개와 고양이를 좋아했다. 재주가 있는지 없는지는 따지지 않고 덩치가 크고 털이 윤기 나며 길을 잘 들일 수 있는 놈으로 골라 잘 먹여 길렀다. 덩치가 나날이 커지고 털도 점점 더 윤기가 났다. 이를 본 사람이 기이하다고 칭찬했다. 하지만 쥐를 잡게 하자 마치 못 본 듯 굴고, 짐승을 쫓게 하니 못 들은 체하는 것이었다. 배가 불러 잡을 뜻이 없을 뿐 아니라 살찌고 뚱뚱해서 민첩하지 못했기 때문이었다. 그 사람은 재주가 형편없다 해서 물리치지 않고 아껴 기르기를 더욱 열심히 했다. 그저 날마다 배불리 먹고 편안히 잠만 잤다. 오히려 밥과 고기를 훔쳐 먹으며 살만 더 쪘다. 한 번씩 돗자리에 오물을 토하거나 섬돌과 뜨락에 똥을 싸놓기까지 했다. 그래도 그 사람은 아무렇지도 않게 여겼다. 이것이 어찌 개와 고양이의 본성이 그래서이겠는가? 잘못 가려 취한 데다 길러 먹이는 것이 지나쳤기 때문이다. 아! 임금이 장수를 쓰는 방법도 이와 다를 게 없다.

해설

문집의 잡저(雜著)에 실린 이 글은 짧지만 설(說)의 문체적 특성을 잘 갖추었다. 설은 사물에 얹어 이치를 설명하는 글이다.

158자의 짧은 편폭에 담은 뜻이 넓고 깊다. 고양이는 본성이 쥐를 잘 잡고, 개는 타고나기를 짐승을 잘 쫓는다. 그런데 주인이 배불리 잔뜩 먹이기만 하니 덩치만 크고 털만 윤기가 반드르르했지 쥐를 봐도 잡을 생각이 없고 짐승을 봐도 쫓을 마음이 없다. 그런데도 주인이 귀엽다고 오냐오냐하니 이 녀석들이 하는 일이라고는 배불리 먹고 퍼져 자는 것뿐이다. 그것도 모자라 밥과 고기까지 훔쳐 먹는다. 음식을 토해 자리를 더럽히거나 섬돌 위에 똥을 싸도 주인은 괜찮다 괜찮다고만 한다.

이 집의 개와 고양이가 이렇게 된 것은 주인의 잘못이다. 기르는 방법이 잘못되었기 때문이다. 끝에 가서 글쓴이는 임금이 장수를 쓰는 방법도 다를 게 없다고 한마디를 톡 덧붙이고는 바로 글을 맺었다. 이 돌연한 마무리가 글의 여운을 길게 끈다.

이 글은 분명히 실제로 목격한 일을 빗대 말한 것이다. 무슨 짓을 하든 주인이 오냐오냐 귀엽다고만 한 개와 고양이는 조정의 대신과 장수다. 이들은 집 안 알곡을 훔쳐 먹는 쥐나 밖에서 안을 엿보는 바깥 짐승들을 막고 쫓아내는 역할을 해야 할 사람들이다. 그런데 주인이 주는 먹이에 배가 불러 도둑이 들어도 남의 일 보듯 한다. 게다가 온갖 비리를 저지르면서 조금의 부끄러운 기색도 없다. 이수광은 개와 고양이에 빗대 제구실을 못 하는 조정 대신과 그들을 그 지경으로 만든 임금의 무능을 풍자했다.

겉으로 개와 고양이 이야기를 하면서 속으로는 임금과 신하의 관계를 논했다. 전형적인 우언의 방식이다. 이수광은 고양이를 아껴 기른 애묘인이었던 듯하다. 이 글 외에도 「두 마리 고양이(二貓說)」란 글을 따로 남겼다. 우연히 함께 살게 된 큰 고양이와 작은 고양이가 서로 양보하며 화목하게 지내는 모습을 그린 글이다. 역시 고양이에 빗대 이익 앞에서 남을 해치는 인간은 고양이만도 못하다고 풍자했다.

수도 이전에 대한 반론

玉堂箚子

신등이 삼가 전하께서 하교하신 것을 보매 교하(交河)에 관청을 열어 서울을 그리로 옮기는 것이 편리한지 여부를 두고 이품 이상의 여러 신하들이 모여 의논하게 한 내용이었습니다. 가만히 생각건대 감여(堪輿)와 풍수의 주장은 경전에 나오지 않으니 후세에 허깨비로 만들어진 것입니다. 그 말은 어리석어 징험할 수 없고 그 술책은 허탄하여 근거가 없습니다. 진실로 이치를 아는 군자라면 취할 바가 아닙니다.

지금 이의신(李懿信)이란 자는 풍수가의 이런저런 이론을 주워 모아 아무 근거 없이 사악한 혓바닥을 놀려 감히 상소해 아뢰기를 한양은 땅 기운이 쇠하고 교하는 왕성하다고 온통 떠들면서 비기(秘記)를 들어 증거로 삼기에 이르렀습니다. 반드시 나라의 도읍을 옮기려고 하여 장황하게 늘어놓고 방자하여 거리낌이 없습니다. 그 마음에 조정에 이를 알 만한 사람이 있을까 하고 여긴 것이겠지요. 이 상소가 한번 들어오자 원근(遠近)이 놀라고 미혹되어 서로들 뜬말로 부채질해 끝도 없습니다. 사악한 도리로 요망한 말을 한 죄는 그에 맞는 법률이 있습니다.

신등은 애초에 예조에서 의논하라는 비답이 내렸다는 말을 들었습니다. 혼자 생각에 성상께서 이의신이 말한 이치를 들을 리 만무하시니 반드시 예조의 관리로 하여금 먼저 그 시비를 의논한 후 그 망령되이 말한 죄를 의논케 하시어 가만두지 않으시려니 여겨 가만히 입 다물고 기다려 왔습니다. 지금에 이르러 회의하라는 명령이 있었는데 그에게 망언의 죄를 물으려는 것이 아닐 뿐 아니라 장차 그 말을 써서 시행하려는 것이라 합니다. 우리 성상의 총명하심으로도 그 말에 흔들리지 않을 수 없어 이 같은 움직임이 있게 되니 신등은 대단히 의혹스럽습니다. 이른바 회의를 한다면서 이 일이 편리한지 그렇지 않은지만을 따지려 한다고 하니, 이는 절충하자는 데 뜻이 있는 것입니다. 하지만 이제 이의신의 상소는 나라 사람이 모두 죄를 주어야 한다고 여기고 도읍을 옮기는 일은 나라 사람이 모두 불편하다고 생각합니다. 이럴진대 그것이 편리한지 않은지의 여부는 논의할 거리조차 못 됩니다.

청컨대 신등이 이를 밝혀 보겠습니다. 하늘이 신성한 도읍을 내시어 동방에서 으뜸이 되었습니다. 화산(華山, 북한산을 가리킴)을 성으로 삼고 한강을 못으로 삼아 형세가 빼어나 굳이 말로 꾸밀 필요가 없습니다. 이백여 년 동안 인재가 융성하고 민물(民物)이 풍부해서 통치가 융성하고 나라가 태평하니 예전보다 훨씬 낫습니다. 이는 이미 확인된 분명한 징험입니다. 만약 풍수가의 주장을 믿어 징험이 있게 한다면 이른바 복지란 것이 마땅히 이보다 낫지는 않을 것입니다. 어찌 교하처럼 지대가 낮고 습하며 국면이 좁고 누추한 고을과 견주어 의논할 수 있겠습니까?

우리 성조께서 창업하신 초기에 사방을 경영하시고 이곳에 도읍을 정하시니 깊은 꾀와 밝은 헤아림은 후세의 얕은 식견으로 미칠 바가 아닙니다. 열성조에 전하여 만대에 굳세어 뽑히지 않는 터전으로 삼으셨으니 그 의탁하신 무거움이 또한 어떠합니까? 종묘와 사직이 여기에 있고 신하와 백성이 여기에 있습니다. 하루아침에 아무 까닭 없이 필부의 잘못되고 요망한 의견에 따라 옛 터전을 가벼이 버려 놓아두고 떠난다면 하늘에 계신 조종(祖宗)의 넋이 어찌 기꺼이 내게 뒷날이 있을 것이라고 말하겠습니까? 또 현재의 터전을 편안히 여기고 옮기는 것을 무겁게 생각하는 것은 만물의 변치 않는 성정입니다. 때문에 박읍(亳邑, 은나라의 수도)이 여러 차례 무너져 뿔뿔이 흩어져 옮겨 살 지경이 되자 반경(盤庚, 은나라의 17대 임금)은 두 번 세 번 거듭 고해 백성이 따르지 않을 것을 염려했으니 그 부지런함이 이와 같았습니다.

이제 국가가 변란을 겪은 뒤로 전쟁에서 다친 사람들을 겨우 모아 종묘와 궁궐을 새로 짓고 고치는 역사를 폈습니다. 비록 어쩔 수 없이 한다고는 해도 백성 또한 고생스러워 거의 잠시도 쉬지 못한지라 눈을 부라리며 서로 헐뜯고 욕하니 차마 들을 수가 없는 상태입니다. 이 같은 때에는 가만히 눌러 진정시켜도 오히려 뜻대로 안 될까 걱정입니다. 그런데도 때의 형세를 헤아리지 않고 인심을 굳이 거슬러 가며 거친 들판 가운데로 내몰아 그들로 하여금 궁실을 짓게 하는 수로고움을 감당케 한다면 반드시 물고기가 놀라고 새가 흩어지는 듯한 형세가 될 것입니다. 가만히 뭇 백성의 마음이 들끓고 나랏일이 무너지고 갈라져서 장차 말할 수 없는 변고가 일어나게 될 것을 염려합니다.

성상께서 교서에서 또 다른 서울이라 말씀하시니, 신등은 또 다른 서울이란 것이 어떤 서울을 말씀하시는 것인지 모르겠습니다. 옛날에 이른바 행도(行都) 즉 임시 도읍으로 삼은 것은 주나라의 낙읍(洛邑)과 명나라 때 연경(燕京, 북경)뿐입니다. 중앙에 자리 잡아 통치를 도모하거나 북방 오랑캐를 진압하기 위해서였으니 모두 나라의 큰 계획에서 나온 것이지 어거지로 술수에 맞춰서 한 것이 아닙니다. 고려 말에 이르러 도선(道詵)이 남긴 참설(讖說)을 깊이 믿어 별도로 서경과 남경을 세워 놓고 네 계절마다 차례로 행차해 복과 이익을 구했지만 도리어 패망하는 재앙만 재촉했으니 이제껏 후세의 웃음거리가 되었습니다. 하물며 이의신 같은 자는 해괴하고 불경스러움이 도선과는 견줄 바가 아닌데도 감히 큰소리를 쳐서 임금의 귀를 현혹시키고 조종조 만년의 터전을 단번에 내던지라고 희롱하니 또한 애통하지 않겠습니까?

『맹자』에 "지형의 이로움은 사람의 화합만 못하다."라고 했습니다. 오늘날 근심할 만한 것이 과연 땅의 기운이 쇠하고 성한가에 달려 있습니까? 아니면 인심의 향배에 달려 있습니까? 만약 사람의 일은 가지런히 하지 않으면서 기운의 운수에다 허물을 돌린다면 덕스러운 정치를 닦지 않고 요망한 술책의 명령을 따르는 것입니다. 이 어찌 옛날의 제왕이 하늘에 영원한 천명을 빌던 도리이겠습니까? 신등은 직분을 걸고 눈으로 본 것에 대한 생각을 논했습니다. 삿된 주장이 온통 행해진다면 장차 나라를 잃은 뒤라야 그칠 것입니다. 감히 끝까지 입 다물고 있을 수 없는지라 무거운 죄입음을 각오하고 엎드려 바라옵건대 전하께서 깊이 돌이켜 생각하시어 요망한 말을 배척해 끊고 행하기 어려운 의론을 급히 잠재워 뭇 사람의 의심을 진정시키시고 나라의 근본을 굳건히 하신다면 이보다 큰 다행이 없겠습니다.

해설

차자(箚子)는 조선 시대 관료가 국왕에게 올리는 비교적 간단한 형식의 상소문이다. 표(表), 장(狀)과 비슷한 종류로 신하가 임금에게 건의하기 위해 시기에 관계없이 작성하는 공적인 글이며 주로 사간원과 홍문관의 관리가 올렸다. 문집에서 일반적으로 소차(疏箚)라 하여 상소문과 차자를 한곳에 묶는 데서도 문체적 특성이 드러난다. 『지봉집』에는 네 편의 차자가 실려 있다. 그중 한 편인 이 글은 대사성으로 있던 1612년(광해군 4년)에 썼다. 당시 뜨거운 쟁점이었던 수도 이전 논란을 정면에서 다루었다.

광해군은 단종과 연산군이 창덕궁에서 폐위된 사실을 기억해 1609년 창덕궁의 주요 전각을 새로 지었는데도 행궁에 계속 머물며 거처를 창덕궁으로 옮기려 하지 않았다. 사헌부 등에서 강력히 상소하자 마지못해 1611년에 창덕궁으로 들어갔지만 이곳을 좋아하지는 않았다.

이 와중에 임진왜란 이후 피폐해진 국토와 흉흉해진 민심을 다잡기 위해 수도를 이전해야 한다고 주장한 이의신의 상소가 올라왔다. 풍수설에 밝았던 이의신은 서울의 지덕이 쇠했고 왕궁의 기운을 잃었으니 수도를 교하로 옮겨 기운을 되찾을 것을 주장했다. 그의 주장에 광해군이 솔깃해하자 여러 신하가 동조하면서 천도 논의가 탄력을 받았다. 임금은 삼사(三司)에 명하여 교하 일대의 지도를 작성케 했고 천도를 위한 구체적 실행 계획까지 논의하게 했다. 1612년까지 논란은 수그러들지 않고 계속되었다.

이수광은 대신과 함께 공론을 정한 후 위 차자를 올림으로써 오래 끌던 천도 논란을 잠재웠다. 글은 천도를 본격적으로 논의하라는 임금의 하교를 듣고 놀란 심정을 피력하는 것으로 시작해 이의신이 올린 상소가 요망한 말에 지나지 않음을 설파하는 내용으로 이어진다. 진작 알고 있었지만 가만히 있었던 까닭은 워낙 말 같지 않은 주장이기에 당연히 임금이 죄를 물을 것으로 알고 기다렸던 것이라며 임금의 돌연한 거조가 대단히 당혹스럽다고 토로했다.

이 글에서 이수광은 세 가지 근거를 들어 천도가 옳지 않음을 조목

조목 비판했다. 첫째, 한양이 풍수설로도 명당임은 지난 200년의 역사가 증명한다. 둘째, 성조가 창업하고 열성조로 이어 내려온 전통을 버릴 수 없다. 더욱이 종묘사직이 여기에 다 있다. 셋째, 전란 후 가뜩이나 민심이 흉흉한데 이런 큰일을 새로 벌이면 재정적 문제를 포함해 뒷감당이 안 된다. 이어 그는 풍수설에 빠져 망국에 이른 고려 말의 교훈을 되새기는 한편 지리(地利)가 인화(人和)만 못하다고 한 『맹자』의 글을 인용함으로써 삿된 논의를 물리쳐 국본(國本)을 세울 것을 주장했다.

장유는 이 차자를 두고 이렇게 평가했다. "이의신이 한양의 기운이 다하여 교하로 서울을 옮겨야 한다고 진언하자 임금이 받아들이려 했다. 공이 관료들을 거느리고 차자를 올려 반박하니 그 말의 이치가 정확하므로 일이 잠잠해졌다." 수식을 거두고 뼈대만 남긴 단단한 글의 힘이 느껴진다.

논리적 근거로 설득력을 갖춘 이 글은 1625년(인조 3년) 대사헌의 자격으로 열두 조목에 걸쳐 시무에 대해 논한 「조진무실차자(條陳懋實箚子)」와 더불어 이수광의 대표작으로 일컬어진다.

노비 연풍의 일생 年豐傳

연풍은 김천 역참에 딸린 노비이다. 임진왜란 당시 내가 원임이부랑(原任吏部郎)으로 방어사의 종사관에 뽑혀 영남에 부임했다. 당시는 적의 기세가 대단해서 아전과 군졸 중에 따르던 자들이 대부분 도망가서 흩어졌다. 연풍만이 내가 탄 말의 고삐를 잡고 나를 따르며 잠시도 떠나지 않았다.

하루는 밭 사이에서 노숙했다. 적의 주둔지에서 몹시 가까웠다. 군중이 야간에 기습을 당해 인마의 진용이 무너지고 말았다. 연풍이 다급하게 날 붙들어 말에 오르게 해서 간신히 유린당하는 것을 면할 수 있었다. 또 금산의 시골집에 있을 때 일이다. 내가 누웠다가 채 일어나기도 전에 갑자기 적군이 돌진해 왔다. 거리가 열 걸음도 떨어지지 않았다. 연풍이 급히 말을 타라고 재촉해서 겨우 뒤편 골짝으로 들어갔다. 돌아보니 칼을 뽑아 들고 뒤쫓아 오는 적들이 무수했다. 이 같은 일이 한두 번이 아니었다.

운봉에 도착했을 때 도성을 지키지 못했다는 소식을 들었다. 나는 동행한 장사들과 함께 서쪽을 향해 통곡했다. 연풍 또한 몹시 슬프게 곡을 했다. 삼도의 병사와 함께 수원 경계 지역에 진을 쳤다가 패배해 달아나게 되었다. 왜적이 거의 등 뒤에까지 이르렀을 때 연풍이 말에 채찍질을 하는 바람에 진흙탕 속에서 벗어나 탈출할 수 있었다. 그해 가을 의주 행재소(行在所)에 이르렀다가 얼마 안 되어 어사로 함경북도에 부임했다. 내가 연풍에게 말했다. "너의 고생이 몹시 심하구나. 또다시 불모의 땅에 들어갈 수는 없으니, 이곳에 머물면서 내가 돌아올 때까지 기다려라." 연풍이 말했다. "저 혼자 뒤에 남을 수는 없습니다. 함께 가기를 굳이 청합니다." 이듬해 계사년에 한양의 적이 물러가자 연풍은 비로소 인사하고 돌아갔다. 집에 도착해서 보니 그 어미는 건강했고 그 처는 상복을 입고 있었다. 그가 죽은 지 오래라고 생각했던 것이다. 서로 만나 보게 되자 귀신인가 의심했다.

그 이듬해 연풍은 서울로 다시 나를 만나러 왔다가 떠난 지 얼마 못 되어 죽었다. 영남에서 의주까지 갔다가 또 돌아서 함경북도로 갔다. 몇만 리 길을 걸어 다니며 적진 속을 드나들 때 목숨이 위태로웠던 적이 여러 번이었다. 적이 닥쳐오면 연풍은 종일 망을 보며 새벽까지 자지 않았다. 늘 말안장을 채워 놓고 기다렸다. 밤중에 험한 지형을 만나면 연풍은 오른손으로는 말을 붙들고 왼손으로는 내 몸을 부축해서 아래쪽을 살피고 위쪽을 올려다보며 굴러떨어지는 것을 막아 주었다. 여러 가지 일 처리와 붙들어 지키는 것이 모두 지성에서 나와 조금도 게으른 법이 없었다.

처음 영남에 있을 적에 그의 집이 수십 리 근처에 있었다. 그 어미와 아내의 생사를 모르면서도 떠나려는 뜻이 조금도 없었다. 달아나 피해야만 했을 때는 양옆과 앞뒤가 모두 적뿐이었다. 아침이나 저녁에 틀림없이 죽을 것을 알았지만 시종 떠나지 않았다. 걸핏하면 양식이 떨어져 혹 온종일 굶기도 하니 괴롭기 짝이 없었다. 그런데도 성내는 말 한마디 내는 법이 없었다. 남들이 왜 떠나지 않느냐고 물으면 그는 이렇게 대답했다. "내가 갈 수 없는 게 아니라, 차마 가지 못하는 것일 뿐이오."

아! 나는 연풍과 평소 서로 알고 지내던 사이도 아니었다. 은혜나 위엄으로 부릴 수 있는 처지가 아니었다. 그러다가 하루아침에 갑자기 만나서 그를 얻게 되었다. 연풍은 천한 노비일 뿐이라 그에게 사군자의 행실이 있음을 아는 이가 없다. 속마음을 숨기고 명예를 구해 벼슬을 얻으려는 것은 더더욱 아니었다. 그런데도 능히 이처럼 했으니 가상하다. 당시 종이 주인을 버리고 아들이 어버이를 남겨 두는 일이 대부분이었다. 벼슬살이하는 신하 중에도 혹 목숨을 구하려 생쥐처럼 숨어서 제 처자만 생각하며 임금을 잊고 나라를 배신한 자가 있었다. 비록 의관이 번듯해서 두려워할 만해도 이 사람과 견줘 보면 어떠한가? 연풍은 이때 나이가 스무 살이었다. 사람됨이 조심스럽고 말수가 적으며 자질이 아름다웠다.

해설

역노(驛奴)인 연풍의 일생을 기록한 전이다. 기록할 만한 업적을 남긴 인물의 일대기를 기술하는 전의 대상이 주로 사대부였음을 고려하면 천한 관노(官奴)의 삶을 기술한 이 글은 매우 이례적이다. 작품 전반에 걸쳐 영남에서 의주로, 다시 함경도로 옮겨 가며 어려움을 함께 겪었던 연풍에 대한 고마움이 묻어난다. 그뿐만 아니라 생사의 갈림길에서 연풍이 보여 준 의리를 통해 군신 간의 의리가 허물어진 당대 사회를 비판하려는 의도 또한 엿보인다.

이수광은 1592년 4월 경상우도 방어사(慶尙右道防禦使) 조경(趙儆,

1541~1609년)의 종사관이 되어 황간과 추풍령에서 싸웠으나 패했고, 금산과 수원 전투를 겪은 뒤에 의주의 행재소로 옮겨 간다. 그 후 9월에 함경도 선유어사(宣諭御史)에 차출되어 함경북도에 부임했다. 이때까지 이수광을 옆에서 시종한 이가 바로 연풍이다. 본문에서 밝힌 것처럼 두 사람은 원래 아는 사이도 아니었고 주종으로 직접 얽힌 관계도 아니었다. 그럼에도 연풍이 보여 준 헌신은 어느 누구보다 지극하고 가상했다.

이듬해인 1593년에 이수광은 지평, 교리, 병조 정랑, 헌납을 역임하고 대간으로서 비랑(備郎)을 겸해 왜란에 사절(死節)한 사람의 사적을 4권으로 찬집(撰集)했다. 연풍은 신분 때문에 이 찬집에는 끼지 못했다. 그 점이 아쉬웠던 이수광은 이 글을 따로 남겨 문집에 포함함으로써 그의 이름을 길이 남겼다. 임란 초기 이수광의 행적을 알려 주는 자료이기도 한 이 작품은 한 사람의 태도를 담담하나 세밀하게 묘사함으로써 절로 그 성품을 드러내는 글쓰기 방식을 취했다.

당시를 배워야 하는 이유

詩說

시는 진실로 작은 기예다. 하지만 문장 가운데 지극히 정밀한 것도 시를 넘어서지 못한다. 때문에 성정이 서로 맞지 않으면 아무리 애를 써서 해도 마침내 비슷해질 수가 없다. 하물며 뜻 둔 바가 낮고 성정이 맞지 않으며 노력도 하지 않는 사람이야 말할 것도 없다.

시는 위진 시대 이후로 쇠퇴하기 시작해서 서릉(徐陵)과 유신(庾信)에 이르러 화려하게 꾸미는 것이 극에 달했다. 초당(初唐, 당나라 문학사를 초중성만(初中盛晚)의 네 시기로 나눌 때의 첫 시기) 때부터 조금씩 다시 진작되더니 성당(盛唐)의 여러 시인들이 나오면서 시의 도가 크게 이루어져 더할 나위가 없게 되었다. 만당(晚唐)에 이르자 또 변했다. 잡스러운 체제가 마구 일어나 시의 기운이 위축되고 나약해졌다. 간혹 남의 말을 훔치거나 진부한 말을 늘어놓아 사람들이 쉬 싫증을 냈다. 하지만 송나라 때에 견준다면 체제와 격률이 절로 구별된다. 뒷사람들은 언뜻 작은 흠집만 보고는 한몫으로 몰아 당시가 가볍다고 생각한다. 또 만당의 시만 당시인 줄 알지 초당의 시야말로 당시인 줄은 모른다. 심한 경우 우물 안 개구리의 좁은 소견을 고수하며 이러쿵저러쿵하는 말을 함부로 해 댄다. 성률(聲律)의 좋고 나쁜 것은 하나도 모르면서 망령되이 좋네 나쁘네 하며 시비를 논한다. 당시는 배워서는 안 된다고 하거나, 당시는 굳이 배

이수광

71

울 필요가 없다고 말하기까지 한다. 그러고는 휩쓸리듯 송시만을 뒤좇아 겨우 글을 엮을 줄 알게 되면 "이 정도면 충분하다."라고 하며 더 나아갈 생각이 없다. 그저 당대 사람의 안목을 즐겁게 하는 데 그치고 만다. 아! 시에 대해 말하는 것이 참 어렵구나.

옛사람은 이렇게 말했다. "고니를 새기려다 안 되면 집오리와 비슷하기라도 하다. 범을 그리려다 못 이루면 도리어 개와 비슷해지고 만다." 나는 혼자 이렇게 생각한다. 당시는 비유한다면 고니에 해당한다. 송시는 범에 견줄 수 있다. 성당의 시를 부지런히 배우면 한위(漢魏)로 나가 옛날에 미칠 수가 있다. 송시를 배우면 더욱 낮아져서 옛 시의 정신을 회복할 수 없게 될까 염려한다. 아! 진실로 묘한 조예에 침잠해서 문득 깨달아 홀로 얻은 자가 아닐진대 어찌 족히 이것을 일으키랴.

해설

시의 본질에 대해 짧게 쓴 설명문이다. 시의 뜻이 중요한가 아니면 표현이 더 중요한가는 시학에서 지속적으로 제기된 질문 중 하나다. 『시경』에서는 '시언지(詩言志)'라 하여 시에 담긴 뜻을 중시했다. 하지만 시, 특히 한시는 형식적 제약이 심해 후대로 가면서 표현이 형식에 많이 구애받게 되었다.

당시와 송시는 이러한 시학상의 두 흐름을 대변한다. 당시는 서정성이 넘치고 표현이 아름다웠다. 정서를 일으키고 그림을 떠올리는 표현미를 추구했다. 시가 곧 그림이고, 그림이 바로 시라는 표현을 환기한다. 반면 송시는 서사와 의론이 강화되고 사변적 전개가 강조되었다. 당시 성행한 선종의 영향이 컸다. 후대로 갈수록 성률 즉 음운의 규칙을 따지고 격률의 엄정함을 강조하는 논의가 잇달아 나오면서 기교주의적 성향이 강해졌다.

조선의 시학은 고려 중기 이래 300년 동안 소동파를 중심으로 한 송시풍이 주조를 이루었다. 조선 전기 박은(朴誾)·정사룡(鄭士龍)·노수신(盧守愼)·황정욱(黃廷彧) 등이 주도한 송시풍은 대구의 조탁과 성률의 엄격성을 강조한 중국 강서 시파(江西詩派)로부터 큰 영향을 받아 해동 강서 시파로 불렸다. 하지만 이들의 시는 용사(用事)가 험벽하고 전고(典故) 사용이 복잡한 데다 규칙에 지나치게 얽매여 일반의 정서와 유리된 그들만의 성채를 쌓고 있었다.

이에 점차 염증이 일어나는 상황에서 명대 문풍의 영향으로 명종·선조 연간에 백광훈(白光勳)·최경창(崔慶昌)·이달(李達) 등 삼당시인(三唐詩人)과 이수광, 권필(權韠) 등에 의해 당시풍이 대두했다. 특히 이수광은 성당시(盛唐詩)에서 성취한 고도의 예술성을 입론의 출발점으로 삼고, 당시와 송시의 변별적 특징을 개념화함으로써 시론의 정당성을 입증하려 했다. 그는 당시의 본질적인 특징으로 의흥(意興)을 들었다. 의흥이란 "시인의 뜻이 경물과 접촉하여 흥기된 정서"로 "성정에서 절로 우러나온 것(發自性情)"이다. 이는 송시에 비해 낭만적 감성이 두드러지는 당시의 특징을 잘 짚어 낸 말이자 이수광이 이해한 시의 본질이기도 하다.

역대 제가들 또한 당시에서 얻은 이수광의 시적 성취를 매우 높게 평가했다. 장유는 문집 서문에서 "공은 시를 지을 때면 늘 약삭빠르게 유행을 따르며 떠들어 대는 세상의 풍조를 못마땅하게 여기고는 반드시 당대(唐代) 명가들의 시를 자신의 법도로 삼았다."라고 했고, 신흠은 "신령스러운 분위기로 동화되는 듯한 느낌을 받는다."라고 했으며, 차천로

(車天輅, 1556~1615년)와 김현성(金玄成, 1542~1621년)도 "격조가 높고 어휘가 절묘하며 성구(成句)가 원만하고 뜻이 살아 움직이니 성당 시대의 영역으로 들어가고도 남음이 있다."라고 했다.

17세기 전쟁 포로의
베트남 견문기

趙完璧傳

조완벽(趙完璧)이라는 사람은 진주의 선비다. 스무 살 때인 정유년(1597년) 왜란 당시 포로로 잡혀 일본 경도(京都, 교토)로 끌려갔다. 이곳은 왜황이 사는 곳이다. 왜를 위해 몹시 힘들게 일하면서도 고향 땅을 그리며 언제나 도망쳐 돌아갈 뜻이 있었다. 왜놈들은 목숨을 가벼이 여기고 이익을 무겁게 보아 장사하는 것을 농사일처럼 생각하고 배 타고 노 젓는 것을 말에 안장 없는 것처럼 생각한다. 바다 밖 남번(南番)의 여러 나라까지 멀다고 해서 가지 않는 곳이 없었다.

조생이 문자를 잘 알았으므로 함께 데리고 배에 올랐다. 갑진년부터 해마다 세 차례 안남국(安南國, 베트남)에 갔다. 안남은 일본에서 바닷길로 삼만 칠천 리 떨어진 곳이다. 살마주(薩摩州, 사쓰마 주)에서 바다로 나가 중국의 장주(漳州)와 광동(廣東) 등을 거쳐 안남국 흥원현(興元縣)에 이르렀다. 흥원현은 그 나라의 동경(東京)에서 팔십 리 떨어진 곳으로 나라의 수도다. 나라는 절반으로 나뉘어 둘이 되었다. 하나는 안남국이고 다른 하나는 교지국(交趾國)이다. 서로 다투며 싸워 승부가 아직 결판나지 않았다. 문리후(文理侯) 정초(鄭勦)라는 자가 환관으로서 제멋대로 해서 나이 여든에 거처가 몹시 사치스러웠다. 그 지역은 대부분 띠풀로 지붕을 이었는데 문리후의 집만 기와를 썼다. 기와 이음새는 유회(油灰)로

때우고, 공작 깃털로 짠 깁으로 휘장을 만들었다.

하루는 문리후가 조생을 초대했다. 조생이 가 보니 높은 관리 수십 명이 열을 지어 앉아 술자리를 베풀고 있었다. 조생이 조선 사람이란 말을 듣더니 모두 후하게 대하며 술과 음식을 대접했다. 포로로 잡힌 연유를 묻고는 이렇게 말했다. "왜놈들이 귀국을 침략한 일은 우리도 들었소." 자못 측은하게 여기는 빛이 있었다. 인하여 책 한 권을 꺼내 보여 주며 말했다. "이것은 바로 귀국의 이지봉(李芝峯)의 시요.〔지봉은 바로 나의 호다. 시는 내가 정유년에 중국에 사신으로 갔을 당시 그 나라 사신에게 주었던 것이다.〕 그대는 고려 사람이니 능히 이지봉을 알겠구려?" 조생은 시골의 서생인 데다 젊은 나이에 포로가 되었다. 게다가 이름으로 부르지 않고 지봉이라고만 일컬었으므로 지봉이 누구를 가리키는지 몰랐다. 여러 사람들이 한참 동안 탄식하며 의아해했다. 조생이 그 책을 펼쳐 보니 고금의 명작 수백 편이 적혀 있고 표제에 '조선국 사신 이지봉 시'라고 쓰여 있었다. 모두 붉은 먹으로 비점을 찍었다. 그중 "산 모양 기이해서 코끼리 뼈와 같네(山出異形饒象骨)"라 한 구절을 지목하며 말했다. "이곳에 상산(象山)이 있소. 특히나 절묘하오." 그러면서 서로 칭찬하고 탄복해 마지않았다.

며칠 뒤에는 유생(儒生)들이 또 자기 집으로 초대해 술과 안주를 성대하게 갖춰 대접하면서 이렇게 말했다. "귀국은 예의의 나라라 우리와는 한 몸이오." 그러고는 위로하고 달래기를 지극하게 했다. 얘기하던 도중 책 한 권을 꺼내 보여 주며 말했다. "이것은 귀국의 재상 이지봉의 작품이오. 우리 제생(諸生)들은 저마다 베껴 써서 외우지요. 한번 보시구려." 조생은 스스로 언제 죽을지 모르는 사람으로 여겨 살펴 베껴 쓸 생각이 없다가 종이와 붓을 청해 다만 몇 편을 베껴 쓰고는 배로 돌아왔다. 그 뒤에 학교에 있는 제생들을 보니 과연 이 책을 끼고 있는 자가 많았다.

문리후가 조생에게 말했다. "네가 본국으로 돌아가고 싶다면 이곳에서 중국을 통해 돌아가는 방법으로 해결해 줄 수 있다. 너는 이곳에 남는 것이 어떠냐?" 조생은 그 말을 따르고 싶었지만 그 나라 사람이 속임수가 많은 것을 보고 믿기가 어려웠다. 또 본국과의 거리도 너무 멀었으므로 그만두고 말았다고 한다.

이 나라는 남녀 할 것 없이 모두 머리 풀고 맨발로 나녀 신발을 신시 않았다. 비록 높은 관리라도 그러했다. 어른은 이에 검은 칠을 했다. 장수하는 사람이 많았다. 어떤 노인은 머리가 희어졌다가 다시 누렇게 되더니 어린아이처럼 이가 돋았다. 이른바 '황발아치(黃髮牙齒)'라는 것이다. 그 나이를 묻자 백이십 세라 했다. 백 살을 넘은 사람이 종종 있었다. 또 풍속이 독서를 숭상하는지라 시골 마을까지도 곳곳에 학당이 있어 책 읽는 소리가 들리곤 했다. 아이들은 모두 아동 학습서인 『몽구(蒙求)』와 『양절반씨론(陽節潘氏論)』을 암송하거나 혹 시문을 익혔다. 글자를 읽는 법이 입을 모아 내는 합구성을 쓰는지라 우리나라의 한자음과 서로 비슷했다. 다만 종이가 가장 귀해서 서적은 모두 중국 책뿐이었다. 또 조총 쏘기를 좋아하여 어린아이까지도 능히 잘 쏘았다.

이곳은 몹시 따뜻해 이월이나 삼월에도 수박과 참외 같은 과일이 난다. 무논에서는 때를 가리지 않고 심고 갈고 한다. 삼월인데 새로 막 갈기도 하고 다 익어 가는 것도 있으며 추수하는 경우도 있었다. 날씨는 낮은 덥고 밤은 추웠다. 바닷가 지역인데도 해산물은 풍부하지 않다. 과일은 귤과 여지 외에는 특별한 것이 없다. 곶감을 주었더니 무엇인지 잘 몰랐다. 늘 빈랑(檳榔)을 먹는데 푸른 잎에 싸서 함께 먹는다. 무엇 하는 것인지 잘 모르겠다.〔소설에 이렇게 적혀 있다. "남방 사람은 빈랑을 먹는데 부유등(扶留藤) 잎과 함께 씹으면 떫지 않다.") 빈랑나무는 높이가 몇 길쯤 된다. 곧추 솟았고 대나무처럼 마디가 있다. 잎은 마치 파초와 비슷하다. 목화나무는 몹시 높고 큰데 밭머리 어디든 있다. 꽃은 크기가 작약만 하다. 방적해서 베를 짜면 몹시 튼튼하고 질기다. 뽕나무는 매년 벼나 보리처럼 밭을 갈아 심는다. 뽕잎을 따서 누에를 먹이므로 비단이 가장 흔하다. 귀한 사람이나 천한 사람이나 모두 비단옷을 입는다. 갈증이 나면 사탕수수를 먹는다. 밥은 간신히 배나 채울 정도만 먹는다. 언제나 소주를 마신다. 침향 가루를 연고처럼 만들어 얼굴과 몸에 바른다. 물소는 생김새가 멧돼지 같은데 색깔이 검푸르다. 인가에서 먹여 기르고 밭 가는 데 쓰고 혹 잡아먹기도 한다. 날씨가 무더워 낮에는 소들이 모두 물속에 있다가 해 진 뒤에야 나온다. 뿔이 몹시 크니 지금의 흑각(黑角)이다. 왜놈들이 무역해서 사 가지고 온다.(『오대사(五代史)』에 "점성국(占城國)에 수시(水兕)가 있다."라고 했는데, 이른바 물소가 바로 시(兕)인가 싶다.) 코끼리는 오직 노과(老撾) 지방에서만 나서 상산이라고 한다. 덕상(德象)이라는 종류의 코끼리는 어금니가 최장 오륙 척가량이나 된다. 국왕은 코끼리를 칠십 마리까지 기른다. 외출할 때 코끼리를 탄다. 코끼리 중에는 사람처럼 무릎 꿇고 절하는 놈도 있다. 공작과 앵무, 흰 꿩과 자고새 그리고 후추가 많이 난다.

조생은 또한 여송국(呂宋國, 필리핀)까지도 따라갔더랬다. 그 나라는 서남해 가운데에 있다. 토산에 보화가 많다. 사람들은 모두 중처럼 머리를 박박 밀었다. 유구국(琉球國, 오키나와)은 땅이 몹시 좁다. 그 나라 사람은 다들 한쪽으로 쏠린 상투를 하고 두건을 쓴다. 칼 쓰고 총 쓰는 따위의 여러 기술은 익히지 않는다. 일본 살마와는 약 삼백 리가량 떨어져 있다. 유황산(硫黃山)이 있어 멀리서 보면 산빛이 모두 누런색이다. 오뉴월에는 언제나 연기와 불꽃이 있다. 일본에 있을 적에 경도에서 보니 서복(徐福)의 사당이 있었다. 서복의 후예가 지키고 있으면서 불교의 법식을 배웠고, 식읍이 딸려 있으나 국정에는 참여하지 않았다. 또 왜인들은 우리나라 서적을 가장 귀하게 쳐서 흔히들 보배롭게 간직하고 있었다. 안남 사람 또한 비싼 값을 주고 이를 구하곤 했다.

조생은 또 이렇게 말했다. "바닷물은 서쪽이 높고 동쪽이 낮다. 중국 광동과는 칠십 리 떨어져 있다. 바다 가운데 계룡산이 있다. 산이 몹시 높고 가파르다. 땅은 대부분 얕은 개펄이다. 계룡산 동쪽에서 물줄기가 꺾여 동편으로 흐르는 바람에 배로 가기가 몹시 힘이 든다. 그래서 반드시 산 안쪽을 통해 지나간다. 그렇게 하지 않으면 표류해서 동해까지 가서야 멈춘다. 물의 형세가 사납고 급하기가 이와 같다. 일본에서부터 밤낮없이 사십 일 또는 오륙십 일을 가야 겨우 안남 땅에 도달한다. 돌아갈 때는 물길을 따라가게 되므로 십오 일 밤낮이면 일본에 도착할 수 있다. 한바다 가운데에서 바람 편에 배를 타고 가므로 매년 삼, 사, 오월에만 갈 수 있다. 유월 이후에는 배로 갈 수 없다. 또 일본 배는 작아서 한바다를 타고 넘을 수가 없다. 그래서 백금 여든 냥을 주고 중국 배를 구입한다. 배에 타는 사람은 모두 백팔십여 명이다. 중국 사람 중 바닷길에 익숙한 자를 선주로 삼아 지남침을 써서 동서의 방향을 결정한다. 또 새끼줄을 아래로 드리워 물 밑바닥의 흙을 긁어내서 그 색깔을 보고 방위와 원근을 판단한다.

그가 본 것 중에 기괴한 일도 몹시 많았다. 바다 가운데 노니는 용을 보았는데 자주 출몰하곤 했다. 하루는 수십 보 밖에서 푸른 용이 갑자기 다가왔다. 뱃사람들이 새파랗게 질렸다. 잠시 후 검은 안개가 허공에 자욱하더니 오색 무지개가 이를 뒤덮었다. 비와 우박이 차례로 쏟아지고 파도가 펄펄 끓는 것처럼 용솟음쳤다. 배가 아래위로 마구 흔들려 거의 엎어질 것만 같았다. 이와 같이 한 것이 서너 차례나 되었다. 대개 용이 몸을 떨쳐 허공으로 솟구쳐 오르려 하나 능히 하지 못했기 때문이었다. 뱃사람들은 용을 만나면 문득 유황과 닭 털을 태우곤 했다. 용이 그 냄새를 싫어해서 피해 가기 때문이었다. 이날은 산 닭 수십 마리를 잡아 불에 던져 굽기까지 했다. 그런데도 용이 배에 바싹 다가왔으므로 뱃사람들이 어찌할 바를 몰랐다. 총포 수십 방을 한꺼번에 발사하자 용이 홀연 물속으로 들어가 떠나갔다. 그래서 겨우 벗어날 수 있었다고 한다.

조생은 정미년(1607년)에 회답사 여우길(呂祐吉) 등이 일본에 들어갔을 때 자신의 주인인 왜에게 애절하게 고해 본토로 돌아올 수 있었다. 노모와 처는 모두 무탈했으니 이 또한 기이한 일이다. 대저 안남은 우리나라에서 몇만 리나 떨어져 있어 예로부터 교통하지 않았다. 하물며 바닷길이 아득히 머니 어찌하겠는가? 조생은 동쪽 끝에서부터 교지국과 안남국에 이르렀다. 바람과 파도의 험난함을 겪고서 오랑캐의 고장까지 갔다. 만 번 죽을 위험을 무릅쓰고서 한 번 살아남을 얻어 몸을 온전히 해서 돌아왔다. 이는 전고에 일찍이 없었던 일이다. 공자께서는 "말이 충직하고 신실하며 행실이 도탑고도 공손하다면 오랑캐의 나라라도 갈 수 있다."라고 하셨다. 조생 같은 사람이 바로 이 말에 가깝다고 하겠다. 게다가 조생은 이름이 완벽이니, 자기 이름을 저버리지 않은 사람이라고 말할 만하다.

해설

조완벽은 생몰년조차 제대로 알려지지 않은 인물이다. 진주의 유생이었던 그는 장령(掌令) 하진보(河晉寶, 1530~1585년)의 질손녀사위였다. 1597년 정유재란 때 스무 살의 나이로 왜구의 포로가 되어 일본 교토까지 끌려갔다. 이후 1604년 일본의 대상인 스미노쿠라 료이(角倉了以)에게 고용되어 베트남, 필리핀, 오키나와 등지를 수차례 왕래하다가 1607년 쇄환사 여우길(呂祐吉, 1567~1632년)의 행렬에 동참하여 귀환했다.

세 차례나 베트남을 왕래한 그의 체험은 고향의 학자인 김윤안(金允安)에 의해 정사신(鄭士信, 1558~1619년)과 이준(李埈, 1560~1635년) 등에게 소개되면서 세상에 알려졌다. 이 이야기가 이수광에게 다시 전해져 1607년에서 1611년 사이에 한 편의 전기로 기록되었다.

이수광이 이 글을 짓게 된 것은 조완벽의 베트남 체험기 속에 자신에 관한 이야기가 포함되어 있었기 때문이다. 이수광은 1597년에 진위사(進慰使)로 북경을 다녀왔다. 이때 베트남 사신 풍극관(馮克寬)을 만나 옥하관에서 50여 일 동안 함께 머물면서 많은 필담과 시문을 주고받았다. 풍극관의 시집인 『성절만수경하시집(聖節萬壽慶賀詩集)』에 서문을 써 주기도 했다. 이때의 창화 기록을 엮은 「안남국사신창화문답록(安南國使臣唱和問答錄)」이 『지봉집』에 실려 있다. 당시까지만 해도 전혀 알려진 바 없던 베트남에 관한 광범위한 내용이 수록되어 있어 조선 중기 한월 교류사에서 의미 있는 작품으로 일컬어진다.

조완벽은 베트남에 갔다가 그곳 지식인들이 이수광의 시문을 교과서처럼 읽고 외우고 있는 것을 보았고 이 일은 이수광의 귀에까지 들어갔다. 이수광은 이 글을 지어 자신에 대한 자부를 드러내는 한편 조완벽의 눈과 귀를 통해 본 베트남의 문화와 풍물을 기록함으로써 해외에 대한 관심의 확대를 촉구했다. 이 글에는 베트남의 기후와 풍토, 언어와 문자, 독서 경향과 과거 제도, 풍속과 특산물 등 베트남과 관련된 다양한 정보들이 기술되어 있다. 그뿐만 아니라 필리핀과 오키나와의 복색과 지형에 대한 기록도 대단히 진귀하다.

이 밖에 조완벽에 대한 기사로 경섬(慶暹)의 『해사록(海槎錄)』과 정사신의 『매창선생집(梅窓先生集)』, 안정복(安鼎福)의 『목천현지(木川縣誌)』와 이지항(李志恒)의 『표주록(漂舟錄)』, 이규경(李圭景)의 『오주연문장전산고(五洲衍文長箋散稿)』 등이 있다.

벗과 스승의 의미를 묻는다

東園師友對

押韻之文

동원자(東園子)가 한가한 곳에 살며 자취를 감춘 채 세상일을 사절하고 참됨을 보전했다. 어수선한 방을 청소하지 않아 책상 위엔 먼지가 자옥하다. 대문은 낮에도 잠겨 있어 참새 그물을 아침부터 편다. 시서(詩書)를 양편에 두고 우러러 생각하고 고개 숙여 읽다가 마음에 와 닿아 깨달음을 얻은 지가 여러 해이다.

어떤 손님이 지나가다 들러서 이렇게 물었다.

"선비가 세상을 살아가면서 벗을 취하는 것만큼 급한 것이 없습니다. 기운으로 서로를 찾고 이익으로 서로 합쳐지지요. 심장을 쪼개고 간을 갈라 서로 믿고 술잔을 들고 손을 맞잡으며 가까이 지냅니다. 화목하게 붙좇고 기쁘게 웃으며 얘기도 나누지요. 의리를 맺으면 산악을 옮길 수 있고 말을 꺼내면 아교와 옻칠보다 더 단단합니다. 이는 예나 지금이나 무겁게 여기는 바이고 진취하는 데 있어 가장 힘써야 할 일입니다. 선생께선 그렇지가 않군요. 젊어서는 남과 합치됨이 드물었고 장성해서는 더욱 기이하여 외따로 세속과 떨어져 고독하게 유약함을 지키고 있군요. 거처에는 함께 얘기 나눌 벗이 없고 나가서는 갈 곳이 없습니다. 아무도 술을 들고 와 따르지 않고 문 앞을 지나면서도 들르는 법이 없습니다. 마음이 세상과 어그러지고 도는 시속과 등진 채입니다. 도시에 살면서도 숨어 사는 듯하고 자취를 없애고도 혼자서 보배로이 여깁니다. 걸을 때는 그림자를 두려워하고 가만히 있을 적엔 남을 두려워합니다. 도대체 무슨 이유에서입니까?"

동원자가 말했다.

"아! 그대가 어찌 나를 알 수 있겠는가? 들으니 벗이란 그 덕을 벗 삼는 것이라고 하더군. 공자 같은 대성인께서도 오히려 벗이 있음을 즐거워하셨고 맹자 같은 대현 또한 상우(尙友)를 말씀하셨다네. 하물며 나 같은 사람이야 벗 없이 어찌 능히 스스로를 바르게 할 수 있겠는가? 하지만 오늘날 벗 사귀는 자들을 살펴보면 이익과 손해를 서로 다투어 뒤집거나 엎기를 밥 먹듯 한다네. 세상은 모두 둥글게 구멍을 뚫는데 내 행동은 모가 나지. 시속에서는 속임수를 숭상해 따르지만 나는 오장이 군세다네. 아첨과 빈말로 구차하게 기쁘게 하려고만 드니 내가 능히 이들과 함께 나아갈 수가 없더군. 마음속 생각과 입으로 하는 말은 거리가 아득히 멀고 아침엔 친하다가 저녁에는 적이 되는지라 내가 그들과 같은 행동을 할 수가 없었네. 사정이 이렇고 보니 고요한 침묵 가운데 몸을 거두어서 도리어 한 칸 방 안에서 구했던 것일세. 옛 성현의 글을 가져다가 모두 자리 오른편에 놓아두고 아침저녁 살피면서 좋은 벗으로 삼곤 한다네. 움직일 때는 성현과 나란히 지내고, 앉아 있을 때도 성현과 대화를 나누곤 하지. 송나라 때 학자 주렴계(周濂溪)와 정이천(程伊川)을 언제나 사모해 마치 한 시대에 함께 있는 것만 같고, 안연(顏淵)과 맹자를 신교(神交)로 삼아 마치 직접 가르침을 받는 것같이 한다네. 그들이 행한 바를 살펴 나의 허물을 바로잡고 그들이 한 말을 외워 나의 게으름을 경계하곤 한다네. 고인을 차례로 논하여 나보다 나은 이를 찾고 지난 역사를 함께 통하여 견문의 자료로 삼는 데 이르러서는 삼가 선으로써 서로를 권면하고 언제나 글로써 서로 만나니 어느 하루 함께하지 않는 날이 없고 어느 때고 강습하지 않은 때가 없다네. 무릇 책 속의 훈계는 바로 내 벗의 착한 길이요 책 속에서 배움에 힘 쏟는 것은 내 벗의 충고인 셈이지. 이익 볼 것이 없어졌다 해서 사귐이 시들해질 근심도 없고 나를 일으켜 더 나아지게 만들어 주는 이익만 있을 뿐이라네. 내가 벗을 취함이 이만하면 근사하지 않은가?"

객이 말했다.

"벗은 그렇다 칩시다. 스승의 도가 전해지지 않은 지가 오래입니다. 선생께선 스승이 있으신지요?"

동원자가 말했다.

"대저 벗은 인(仁)을 보태 주고 스승은 학업을 주시는 분이지. 진실로 벗이 있다 해도 스승이 바로잡아 주지 않으면 배운다고 말할 수는 없는 걸세. 내가 이미 성현의 글을 가져다가 벗으로 삼고 내 마음을 가지고 엄한 스승으로 삼았다네. 경건하게 공경으로 받들고 독실히 믿어 그 말씀을 따르지. 예로써 폐백을 삼고 공경으로 법도를 삼으며 도덕을 글방인 듯 생각하고 인의를 호피(虎皮)처럼 귀하게 여긴다네. 들고날 때면 반드시 아뢰고 행동할 때마다 반드시 여쭙곤 하지. 잠깐 사이에도 감히 태만하게 하지 않고, 터럭만큼도 스스로를 속이지 않는다네. 거처에서 편히 쉴 때에도 삼가고 조심을 하지. 스승을 섬기는 자가 한결같이 마음을 섬긴다면 마음이 있는 곳이 바로 스승이 있는 곳이 되는 걸세. 어찌 반드시 옷깃을 걷고 자리로 나아가 얼굴을 맞대 귀를 바싹 대고 들은 뒤라야 스승이라고 말하겠는가? 대저 사람은 모두 마음이 있는 법이고 마음은 반드시 주인이 있는 법일세. 사방 한 치의 마음속은 신명(神明)의 곳집이라 요순의 정일(精一)의 법칙이 갖추어져 있고 주공과 공자의 도덕의 체용(體用)이 갖추어져 있다네. 붙들어 보존하면 사람인 게고, 놓아 버려 떠나가면 짐승인 게지. 그런 까닭에 마음보다 엄한 스승이 없으니 그렇지 않으면 경전을 손에 들고 있어도 실질은 없게 되네. 마음보다 숭상할 만한 스승이 없으니 그렇지 않으면 학문은 말단에 흐르고 만다네. 박문약례(博文約禮, 널리 배워 익힌 것을 예로써 요약한다는 『논어』의 말)에 침잠하고 삼성사물(三省四勿, 하루에 세 번 반성하고, 예가 아니면 보지도 듣지도 말하지도 행하지도 않는다는 『논어』의 말)에 젖어 들어 지내면서도 일 중에 마땅치 않은 바가 있다면 마음에다 이를 물어 옳고 그름을 살펴야 한다네. 이치 중에 의심할 만한 것이 있더라도 마음에 돌이켜 보아 거취를 결정해야 하는 것이지. 따뜻한 아랫목에 있으면서도 어른과 가까이 있는 듯이 하고 집 귀퉁이에 있으면서도 대문과 담장 밖에 있는 것처럼 한다면 고명한 영역을 엿보고 성인의 집에 오를 수 있을 것이네. 그대가 돌아가 이대로 해 보게나. 스승이 남아돌게 될 걸세."

객이 말했다.

"훌륭하군요. 선생께서는 이른바 제 스승이요, 제 벗은 아니십니다그려. 청컨대 여기에 종사하렵니다."

해설

동원의 비우당에서 스승과 벗에 대해 논한 글이다. 답객난(答客難)의 문답 방식으로 전개되는 논변류 산문이다. 가상의 객을 설정해서 손님의 주장에 대답하는 형식으로, 쟁점과 예상되는 반론을 제기하게 하고 이를 반박했다. 동원자는 이수광 자신이고 객은 그보다 후배뻘의 젊은 사람으로 나온다.

이수광은 이 글에서 명리(名利)를 구하는 수단으로 전락해 버린 우정을 신랄하게 비판한다. 객이 어째서 이토록 고립된 생활을 하느냐고 묻자 자신은 온전히 혼자만의 공간에 칩거하며 천고의 옛사람을 벗으로 삼는다고 했다. '상우천고(尙友千古)'의 의미를 자신에 비추어 설명한 것이다. 그러면서 현금의 작태를 몇 가지로 예시했다.

이에 객이 다시 스승에 대해 묻자 이수광은 자신의 스승은 다름 아닌 자신의 마음일 뿐이라고 대답한다. 옛글을 벗으로 삼고 마음을 스승으로 삼는다고 한 것인데, 벗이 나를 넓혀 주고 높여 주더라도 마음이 이를 올바로 통어(統御)하지 않는다면 아무 보람이 없기 때문이다. 마음을 붙들고 마음 거울을 맑게 닦는 것 외에 다른 스승이 있을 수 없다.

사우(師友), 즉 스승과 벗에 대한 이수광의 논의는 그의 삶과 그대로 일치한다. 그가 세상을 떴을 때『인조실록』1628년 12월 26일자 기사에 실린 이수광의 졸기(卒記)에는 이런 대목이 있다. "약관의 나이(23세)에 급제하여 청현직(淸顯職)을 두루 거쳤다. 사람들은 교유를 일삼지 않고 전랑(銓郞)이 된 사람은 이수광뿐이라고들 했다." 당쟁이 차츰 격렬해지던 무렵 이들과 거리를 두고 당색에 초연했던 그의 사람됨이 잘 드러나 있다. 위 글에서 보았던 상우에 기반을 둔 그의 사우관과도 잘 맞아떨어진다.

당시는 동인과 서인, 남인과 북인으로 갈려 붕당 정치가 본격화되면서 사우의 도는 사라지고 패거리 문화만 남았다는 비판이 일어나던 때였다. 이러한 사회 분위기 속에서도 이수광은 '인을 돕고 배움을 전하는' 보인수업(輔仁授業)의 정신으로 중도의 입장을 줄곧 유지했다. 조정의 정권이 남인에서 북인으로, 다시 서인으로 교체되는 과정에서 누구와도 교유하지 않았다. 이수광은 지방 산림의 스승과 제자로 이어지는 일체의 사승 관계 없이 관직에 진출한 독립적 지식인이었다.

이수광은 광해군이 생모인 공빈 김씨를 공성 왕후로 승격시키자 홀로 예의에 어긋난다며 반대 의견을 냈다. 이 일을 계기로 광해군과의 사이가 멀어졌고 1614년 영창 대군이 죽임을 당하는 계축옥사가 일어나자 관직을 버리고 비우당에 은거하며 두문불출했다. 그의 나이 51세 때였다. 이 작품이 언제 지어졌는지는 분명치 않으나 도입 단락의 설명으로 보아 비우당에 본격적으로 은거하며 『지봉유설』을 창작했던 시기를 전후해서 쓴 것으로 보인다.

문체 면에서 볼 때 4언체를 기본 리듬으로 하면서 변화와 기맥을 살려 힘 있고 탄력적인 문장으로 구성했다. 글 제목에 '압운지문(押韻之文)'이라 한 데서 알 수 있듯 산문임에도 군데군데 압운하여 글의 리듬감을 잘 살려 냈다. 동원자의 대답 부분에서는 구절 끝 자를 상(常)·방(方)·강(剛)으로 압운하거나 우(右)와 우(友)를 나란히 놓는 등 가락을 맞추었다.

이정귀

李廷龜

1564~1635년

조선 중기의 대표 문신으로 본관은 연안(延安), 자는 성징(聖徵), 호는 월사(月沙)·보만당(保晚堂)·치암(癡菴)·추애(秋崖)·습정(習靜), 시호는 문충(文忠)이다. 세조 대의 명신인 이석형(李石亨)의 현손이며 윤근수(尹根壽)의 문인이다.

1590년(선조 23년) 증광 문과에 병과로 급제했다. 중국어에 능통해 한중 간 중요한 외교 현안을 처리할 때 두각을 나타냈다. 1598년(선조 31년)에 명나라의 병부 주사(兵部主事) 정응태(丁應泰)가 "조선에서 왜병을 끌어들여 중국을 침범하려고 한다."라며 무고 사건을 일으키자 진주 부사(陳奏副使)로 명나라에 들어가 정응태의 주장이 아무런 근거가 없음을 밝혀 그를 파직시켰다. 1601년(선조 34년)에는 동지사의 서장관으로, 1604년(선조 37년)에는 세자 책봉 주청사로 명나라에 다녀오는 등 여러 차례 중국을 다녀왔다. 이후 왕의 두터운 신임을 받아 병조 판서, 예조 판서와 우의정, 좌의정 등 조정의 중요한 직책을 두루 역임했다.

이정귀는 수사의 기교보다 이치를 중시한 조선 중기의 대표적인 문장가로 장유, 이식, 신흠과 더불어 한문 사대가의 한 사람으로 거명된다. 그의 문장은 문도합일에 바탕을 둔 온유돈후한 풍격이 특징이다. 이정귀의 시문을 두고 명나라 사람 양지원(梁之垣)은 "호탕하면서도 지나치게 방탕함에 빠지지 않았고 표일하면서도 너무 화려하지 않으며, 정교하면서도 과도한 기교에 빠지지 않았다."라고 하면서 그를 이백의 후신(後身)으로 치켜세웠다.

장유는 그의 문장을 두고 "영원히 썩지 않을 위대한 경국지대업(經國之大業)"이라 칭송했고 고문대책(高文大冊, 왕명으로 찬술하는 문서)을 신속히 쓰는 능력을 높이 평가했다. 정조 또한 "문장이 순후하면서도 광대하여 얼핏 보아서는 그다지 맛을 느끼지 못하지만 읽으면 읽을수록 싫증이 나지 않는다."라고 높게 평가했다. 김창협(金昌協)은 이렇게 평했다. "이정귀와 신흠은 동시대에 나란히 이름이 났는데 지금까지 논자들의 평이 서로 엇갈려 왔다. 당시 문단의 논의는 신흠을 상당히 우위에 두었으니 계곡(장유)이 쓴 두 공의 문집 서문을 보면 알 수 있다. 그러다가 근세에 이르러 우암(송시열)이 비로소 월사를 우위에 두었다. 이는 상촌(신흠)이 옛 수사법에 비해 꾸미는 노력을 많이 기울인 데에 반해 월사는 마음 가는 대로 풀어내어 곡절을 묘사한 흥취가 뛰어나기 때문이다."

시문집에 문인 최유해(崔有海)가 펴낸 『월사집(月沙集)』 68권 22책이 전한다.

천산 유람기 遊千山記

답답하게 구석진 나라에 사는 우리나라 사람은 흔히 중국에 사신으로 가는 것을 장쾌한 유람으로 여긴다. 나는 무술년(1598년) 겨울에 사신으로 황제에게 올리는 주문(奏文)을 받들고 북경에 갔다. 이때만 해도 나이가 아직 젊었던지라 지나는 곳마다 반드시 마음껏 둘러보곤 했다. 드넓은 요동 벌과 웅장한 만리장성, 높고도 시원한 망해정(望海亭)과 맑고도 빼어난 채미사(採薇祠, 백이숙제의 사당), 돛단배가 떠다니는 노하(潞河)와 둥글고 화려한 천단(天壇) 및 웅장하고 견고한 북경성과 굳세고 정예로운 병마, 존엄한 궁궐과 묘당, 탁 트인 성서(省署), 번화한 시장과 바둑판처럼 펼쳐진 진보(鎭堡), 유관(楡關)과 북경의 땔감 시장(柴市), 황금대(黃金臺) 같은 고적들이 모두 다 장관이었다. 다만 기이한 산과 빼어난 물만큼은 따로 기록할 만한 것이 없었다. 듣기로는 요양(遼陽)의 서쪽에 있는 천산(千山)과 광녕성(廣寧省) 북쪽에 있는 의무려산(醫巫閭山), 산해관 성굽이 제일 높은 꼭대기에 자리한 각산사(角山寺) 등이 모두 기이하고 빼어나다고 일컬어진다. 하지만 길에서 육십 리 또는 삼십 리와 이십 리씩 떨어져 있는 데다 멀고도 험해, 공식 일정에서 멋대로 할 수가 없는 처지라 그저 멀리서 바라보고 생각만 부쳐 볼 뿐이었다.

갑진년(1604년)에 또 주문을 받들고 행차가 요양에 가닿았는데 한 수

재(秀才)를 만나 천산까지의 거리를 탐문했다. 마침내 역관들과 상의 없이 노새 주인에게 후하게 비용을 주기로 약속하고 팔리참(八里站)에서 남쪽으로 오십여 리를 돌아가서 저녁 무렵 산 아래 마을에 투숙했다. 부사 민백춘(閔伯春)과 서장관 이숙평(李叔平)이 따라왔다.

다음 날은 날씨가 맑았다. 아침 일찍 영원사(靈遠寺)로 들어갔다. 조월사(祖越寺)라고도 부른다. 절 문에는 황금색 간판에 '인구별경(人區別境, 인간 세상의 특별한 장소)'이라고 적혀 있고 불전(佛殿)의 편액에는 '천봉공취(千峯拱翠, 천 개의 봉우리가 푸른빛을 감싼다)'라고 쓰여 있었다. 절의 주지승 보쇠(普釗)는 호가 송봉(松峯)인데 절 입구에서 우리를 맞이하여 별전으로 안내해 들게 했다. 별전은 태감 고회(高淮)가 시주해 새로 지은 것으로 구경 온 사람들이 머물러 자는 곳이다. 여러 승려가 다투어 앵두를 바쳤다. 보쇠는 따로 여러 가지 진귀한 다과를 차려 내왔다.

별전 뒤로 높이가 수십 길쯤 되는 층층의 누각이 있다. 누각 뒤편으로 난 돌길을 따라 두 층을 올라가면 옥황전(玉皇殿)이 나온다. 옥황전 곁에 큰 바위가 우뚝 서 있는데 태극석(太極石)이라고 새겨져 있다. 바위 왼편에 종각이 있어 바람이 불면 종이 혼자서 운다. 또 한 층을 올라가면 관음전(觀音殿)이 있다. 앞서 말한 누각과 전각들은 모두 깎아지른 절벽에 의지한 채 삼나무와 소나무 등속에 둘러싸여 있다. 뿌리와 가지가 뒤엉켜 서려 덮인 채 아래위로 무성하여 마치 사람이 인위적으로 심어 기른 것만 같다.

또 큰 절벽이 있어 높이가 만 길이나 된다. 그 암면에 '독진군봉(獨鎭群峯, 홀로 뭇 뫼를 누른다)'이란 네 글자를 새겨 놓았다. 또 '함택선기(含澤宣氣, 은택을 머금어 기운을 편다)'라고도 새겨져 있다. 어떤 호사가가 그랬는지는 모르겠으나 대체 어디에다 손발을 붙이고서 이처럼 위험하기 짝이 없는 일을 했단 말인가? 산을 쪼갠 조물주의 손길이 우연히 교묘한 솜씨를 편 것은 아닐까? 또 한 층을 오르자 큰 봉우리의 중간이 갈라지더니 우멍하니 큰 굴을 만들어 은은한 석문을 이루었다. 뚫고서 수십 걸음을 지나가자 바로 나한동(羅漢洞)이다. 부도 삼십여 개가 나란히 놓였고 양편 바위에는 이름난 학사의 시와 기문이 많이 새겨져 있었다.

길을 꺾어 북쪽으로 꼭대기 끝까지 오르자 또 절벽이 나온다. 진의강(振衣岡)이라고 쓰여 있다. 암자 두 개가 그 위 조금 움푹한 곳에 자리를 잡아, 이따금 하늘 꼭대기에서 풍경 소리가 울려 나온다. 이곳이 가장 높은 곳이다. 경계가 지나치게 맑아 오래 앉아 있을 수가 없었다. 중의 부축으로 영원사로 돌아왔다. 중이 늦은 식사를 내오는데 산에서 난 채소와 계곡에서 난 나물이 모두 향기롭고 좋았다.

식후에 걸어서 사대(沙臺)를 나서니 암반을 흐르는 시내가 이를 에워싸 쟁글쟁글 물소리가 난다. 긴 다리를 걸쳐 두고 난간을 끌어다 수각(水閣)을 만들었다. 주방에서 술과 육포를 내와 피곤함을 풀었다. 시내를 지나니 높은 멧부리가 절과 맞겨룰 듯 서 있다. 멧부리 위에는 화려한 건물이 벌여 섰고 담장에 둘리어 있다. 전각에는 '순안청(巡按廳)'이란 편액이 높직이 걸렸다. 왕순안(王巡按)이 세운 것이다. 산의 진면목이 눈앞에 자옥하게 늘어서서 흡사 금강산의 진헐대(眞歇臺)와 같았다.

왼쪽으로 방향을 틀어 몇 리를 가서 용천사(龍泉寺)를 찾았다. 골짝이 깊고 험해 등나무와 새삼 넝쿨이 하늘을 가렸다. 주지승 혜문(惠文)은 호가 운봉(雲峯)으로 시에 능하고 바둑도 잘 두었다. 벽에 족자 세 폭이 걸려 있었다. 여러 학사가 써 준 금글자로 된 서문과 시였다. 작은 집은 맑고도 고요했다. 좌우에 불경과 차 화로가 놓였고 먼지 하나 없이 깨끗했다. 그윽한 샘물이 퐁퐁 솟아나 섬돌을 뚫고서 우물이 되고 절구 확이 되어 지게문을 감돌아 흘러간다. 그 소리가 커졌다가는 문득 가늘어진다. 중이 다과를 차려 내 대접하더니 데리고 가서 함께 서각(西閣)을 구경시켜 준다. 승려 보진(普眞)의 거처이다. 맑고 시원스러워 인간의 경계가 아니었다.

서각 뒤편으로 돌아 등나무 넝쿨을 더위잡고 성여암(聖與庵)에 올랐다. 백춘과 숙평은 피곤해 능히 따라오지 못했다. 나는 종자 두 사람과 승려 보진과 함께 끌어 주고 당겨 주며 올랐다. 암자는 겹겹의 봉우리 가장 깊은 곳에 자리 잡고 있었다. 늙은 승려가 혼자 살고 있었다. 또 한 봉우리로 오르자 바위가 단을 이루었다. 너비가 수백 보쯤 되는데 큰 소나무가 그 위에 서리어 있었다. 해묵은 줄기가 가지를 옆으로 뻗어 은은한 것이 일산(日傘) 같았다. 소나무 아래 새로 정사(精舍)를 얽었는데 고요해 사람 소리가 없었다. 다만 중당에서 향 연기가 피어오르는 것이 보였다. 지게문을 나서고서야 비로소 승려가 있는 줄을 알았다.

중당 왼편에 방이 있고 문에는 검은 휘장을 드리워 놓았다. 승려 보진이 휘장을 걷더니 손을 모아 배례했다. 나이가 쉰 살 남짓한 승려가 있는데 푸른 눈 긴 눈썹에 모습이 마른 나무 같았다. 가부좌를 튼 채 아무것도 보이지 않는 것처럼 앉아 있다. 보진이 조선의 대학사께서 오셨다고 말하자 승려는 그제야 일어나 내려오더니 나를 의자에 앉히고는 읍을 하며 말한다.

"노승이 이 산에 들어온 지 십여 년인데 세간 사람은 한 번도 보지 못했습니다. 외국의 높은 관리께서 어이 이 먼 곳까지 오셨습니까?"

내가 말했다.

"먼 곳 사람이 승경을 구경하다가 저도 모르게 천태동(天台洞)으로 잘못 들어 삼청(三淸) 선계를 몹시 소란스럽게 했습니다. 어찌 다생(多生)의

묵은 인연이 아니겠습니까?"

승려는 손을 들어 가늘게 웃는다. 상 위에는 송화와 솔잎이 그릇에 가득하고, 발우 하나에 깨끗한 물이 채워져 있다. 벽에는 선황제(宣皇帝)가 친히 금글자로 써서 내린 찬(讚)이 적힌 큰 족자가 고리를 열어 아래로 드리웠는데 마치 이를 보여 과시하려는 듯했다. 산사람 또한 이름을 좋아하는 것이 아니겠는가? 한동안 앉아 있으려니 정신이 맑아지고 몸이 가뜬했다. 읍을 하고 물러나니 승려가 석단 밖까지 나와 배웅했다. 보진이 말했다.

"이 승려는 곡기를 끊고 말을 하지 않은 지가 이미 칠팔 년이나 되었습니다. 이제 공을 위해 석단으로 나오고 또 입을 열어 말하기까지 했으니 재상께서는 분명 선계의 연분이 있으신 것이겠지요."

산허리를 따라 몇 개의 묏부리를 돌아 상원사(上元寺)로 찾아갔다. 그윽하고 빼어나기는 용천사와 한가지나 맑고 우뚝함은 영원사만 못했다. 더위를 먹어 중도에 그만두는 바람에 중원사(中元寺)와 회선사(會仙寺) 등의 절은 다 방문하지 못했다. 용천사로 돌아오자 주방에서 이미 저녁밥을 차려 내왔다. 날이 어느덧 뉘엿해졌다.

이 산은 그다지 웅대하지는 않다. 하지만 기이한 봉우리와 깎아지른 절벽이 묶인 듯 서 있는 것이 마치 창칼과 같다. 우리나라의 삼각산과 도봉산을 합친다면 이 산에 대적할 만하겠다. 하지만 절집과 정자는 단청이 화려하고 바위 하나 골짜기 하나마다 모두 아름다운 명칭이 있다. 범이 웅크린 것 같고 사람이 서 있는 듯하며 큰 옹기를 반으로 가르거나 하늘 꼭대기에서 드리운 것 같은 바위들이 이루 셀 수가 없다. 길이 꺾어지면 반드시 누대가 있고 누대 위에는 틀림없이 기이한 소나무나 아름다운 나무가 있었다. 대부분 사람의 힘으로 애써 가꾼 것들이다. 혹 조물주의 솜씨처럼 절로 기이해 사람의 힘으로 미칠 바가 아니었다. 교묘한 지혜를 갖춘 자가 시설해 둔 것만 같으니 이는 삼각산과 도봉산에는 없는 것이다.

저녁에 수레를 몰고 나와 동구 밖 산촌에서 잤다. 영원사의 승려 보쇠와 용천사의 승려 혜문, 보진과 대여섯 명의 젊은 승려가 가마를 붙들며 차마 작별하지 못하고 오 리 남짓이나 배웅했다. 나는 각각 시를 남겨 작별하며 팔월 돌아오는 길에 단풍과 국화를 따라 다시 오겠노라고 약속했다.

해설

이정귀가 중국에 사행 가는 도중에 근처에 있던 천산을 유람하고 기록한 산수유기(山水遊記), 즉 기행문이다. 내국인이 외국의 산수를 유람하고 기록한 몇 안 되는 작품일 뿐 아니라 그 속에 담겨 있는 산수관(山水觀)과 서술 방식의 특이함 때문에 일찍부터 주목을 받은 글이다.

이 글은 성리학적 이념이 반영된 당대의 여느 산수유기와는 사뭇 다르다. 당시 일반적인 산수유기는 유산(遊山)의 행위를 통해 공자나 주희의 삶을 체현한다는 관념성이 강했다. 대개는 단순한 유람이 아니라 마치 성지 순례를 하듯이 선현의 자취를 따라 그 속에 투영된 정신을 기렸다. 하지만 이정귀의 글은 관념적 이상의 추구보다 경관에 대한 상세한 묘사와 정보 전달에 치중해 순수한 유산의 즐거움을 핍진하게 그려 내고 있다.

또한 유람의 의미를 부여하기 위해 적극적으로 자신의 주장을 펼치지도 않았다. 단지 자신의 솔직한 느낌을 담백하게 기술했다. 천산에 대한 총평 대신 절의 승려들과 작별하며 뒷날의 기약을 남기는 것으로 글을 맺어 장황한 설명이나 논의를 생략하고 상쾌한 마무리로 여운을 주었다. 특히 성여암의 승려와 만나 대화하는 장면에서 현장감이 돋보인다. 담담한 묘사를 통해 독자는 천산의 구석구석을 함께 유람하는 듯한 흥취를 느낄 수 있다. 김창협이 이정귀의 문장을 두고 "변화가 있고 시원스러워 난삽하거나 궁색한 데가 전혀 없다."라고 한 것은 이 글에 딱 어울리는 평이다.

북경 가는 길에 있는 천산은 의무려산 및 각산사와 더불어 대표적인 승경처로 꼽혀 역대 연행사(燕行使)들의 발길이 끊이지 않았다. 이 산은 지금의 남만주(南滿洲) 요양현(遼陽縣) 남쪽 40킬로미터 지점에 있다. 이정귀의 이 글로 말미암아 그 기절한 산수가 조선에 더 알려졌다. 1713년 3월 7일 김창업(金昌業, 1658~1721년)이 북경에서 돌아오는 길에 천산에 올랐고 1833년 2월 26일 김경선(金景善, 1788~1853년)도 이곳을 유람했다. 모두 이 글을 안내서로 삼았다.

이정귀는 사신으로 여러 차례 중국을 왕래하며 네 편의 연행록을 남겼다. 1598년의 연행 기록인 『무술조천록(戊戌朝天錄)』에 이어 1604년의 『갑진조천록(甲辰朝天錄)』과 1616년의 『병진조천록(丙辰朝天錄)』 그리고 1620년의 『경신조천록(庚申朝天錄)』이 그것이다. 이정귀는 두 번째 사행 때인 1604년 5월에 천산을 유람하고 6월에는 각산사를 방문했다. 또 1617년 북경에서 돌아오는 길에 의무려산에 올라 세 곳의 승경을 모두 구경했다. 이때의 유람은 세 편의 산수유기로 따로 남아 전한다.

평양에서 출토된 옛 거울

箕城古鏡說

만력 경신년(1620년) 십일월 아흐렛날 평양의 정양문 밖에서 선비 조흡(趙洽)이 땅을 파다가 거울 하나를 얻었다. 뒷면에 양각으로 스무 글자가 빙 둘러 새겨져 있었는데 동왕공(東王公) 등의 글자를 알아볼 수 있었다. 순찰사 박엽(朴燁) 공이 이를 얻어 기이하게 여기고는 짧은 글을 써서 이 일을 기록하고 간직해 보기(寶器)로 삼았다.

서울에서는 떠들썩하게 말을 전해 평양에서 기자(箕子)의 거울을 얻었다고들 했다. 내가 비록 병으로 궁벽한 뒷골목에 누워 있었지만 와서 말하는 자가 아주 많았다. 속히 한번 보고 싶었으나 인편이 없었다. 덕평부원군(德平府院君) 기자헌(奇自憲) 공이 옛것을 좋아하고 사물에 밝아편지를 보내 보기를 구하자 관찰사 박 공이 기병을 시켜 보내왔다. 인하여 내가 직접 살펴볼 수가 있었다.

거울에는 글이 빙 둘러 적혀 있고 처음과 끝이 맞물려 쓰여 어떤 글자가 첫 글자인지 알 수가 없었다. 관찰사 박 공과 여러 사람은 모두 '동왕공서주회년익수민의손자오양음진자유도(東王公西周會年益壽民宜孫子吾陽陰眞自有道)'로 읽었다. 이를 본 사람들은 동왕(東王)을 기자로 보고 서주회년(西周會年)을 맹진회년(孟津會年)으로 여겨 지금부터 이천팔백팔십여 년의 거리가 있다고 생각했다.

내가 자세히 살펴보았다. 서주(西周)의 주(周) 자는 국(囯) 자였다. 국(囯)은 국(國)의 고자(古字)이다. 다만 흙에 부식되어 가운데 획이 이지러진 것이다. 나는 회년(會年)의 회(會) 자도 증(曾) 자로 보았다. 증(曾)은 증(增) 자의 뜻이다. 진자(眞自)의 진(眞) 자는 경(竟) 자로 보았는데 경(竟) 자는 바로 경(鏡) 자이다. 옛사람들은 통용자를 즐겨 써서 편방(偏旁)에 얽매이지 않았다. 대개 여러 사람이 정한 바대로 보면 글의 뜻이 통하지 않고 또 어느 글자로부터 읽기 시작해야 하는지도 알지 못하겠다. 한편 글씨는 예서였다. 예서는 이사(李斯)가 만든 것으로 한나라 초기에 비로소 사용되었으니 서주회년의 글이 아닌 것은 분명하다. 『동사(東史)』에 이르기를 "동명왕이 처음으로 성천에 도읍을 정하고 그 손자 동천왕이 평양으로 도읍을 옮겼다."라고 했다. 이때는 한나라 원제 말년으로 옛날의 글자체로 예서를 썼다. 국(囯), 증(曾), 경(竟) 자가 모두 『한서』에 실려 있는 옛 글자체이다. 그렇다면 이 거울에 새겨진 글은 한나라 때의 것이 분명하다.

이른바 동명왕과 동천왕은 모두 천손이다. 평양에서 동왕방(東王坊)이라 일컫는 곳은 바로 옛 궁궐터이다. 거울이 발굴된 곳이 이 궁궐터와 이백 걸음 떨어져 있으니 이것은 동명왕 때의 거울임에 틀림없다. 빙 돌려 쓴 글은 비록 처음과 끝은 없지만 오(吾) 자 위에 점을 찍어 표시를 해 둔 것 같으니 이제 마땅히 오 자를 첫 글자로 삼아 '오양음경자유도동왕공서국증년익수민의손자(吾陽陰鏡自有道東王公西國曾年益壽民宜孫子)'라고 읽어야 한다. 그러면 글의 뜻이 조금 통하고 연대도 걸맞게 된다. 이른바 동왕공은 동명왕이고 서국은 비류의 성천이다. 유도(有道)는 『주서』에 나오는 유도증손(有道曾孫, 도를 지닌 자의 증손)이란 말에서 따왔다. 증년익수(曾年益壽)는 임금에 대한 축수이며 민의손자(民宜孫子)는 백성에 대한 축원이다. 대체로 이 거울이 비록 기자 때의 물건은 아니라 해도 동명왕 때의 물건임은 분명하다.

지금 거의 이천 년이 지났으니 참으로 오래된 것이다. 동명왕은 기린 마를 타고 하늘로 올라갔는데 그때의 유물이 여태 인간 세상에 남아 있으니 어찌 신이하지 않겠는가? 신령한 솥이 튀어나오고 고검이 새겨지는 것은 예로부터 그러했으니 물건을 만나는 인연도 다 때가 있는 법이다. 마침내 전말을 쓰고 내 생각을 함께 기록하여 뒷날의 박식하고 훌륭한 사람을 기다린다.

해설

1620년 평양에서 출토된 구리거울이 기자 때의 것이 아니라 고구려 동명왕 때의 것임을 변증한 글이다. 옛사람들이 고고학적 자료를 어떻게 생각하고 어떻게 다루었는지 알려 주는 귀중한 자료이다. 과학적이고 논리적인 방법으로 거울에 새겨진 명문을 판독해 제작 연대를 추정하는 이정귀의 해박한 식견이 돋보인다. 나아가 지금의 평양을 기자 조선의 도읍으로 기정사실화한 당대 지식인들의 관념이 오류임을 밝혔다.

당시 사대부 사이에서는 기자 조선을 중심으로 고대사를 이해하는 것이 일반적이었다. 역사적으로 지금의 평양을 기자의 도읍으로 보기에는 문제가 많음에도 대다수의 사대부가 이를 믿어 의심하지 않았다. 제작 연대가 제대로 증명되지 않은 구리거울을 두고 기자의 거울이 평양에서 발견되었다는 소문이 삽시간에 서울뿐 아니라 궁벽한 시골까지 퍼진 것은 믿고 싶은 역사에 대한 환상과 이를 확인하고 싶은 욕망 때문이다.

1780년 박지원은 『열하일기(熱河日記)』「도강록(渡江錄)」에서 다음과 같이 말한 적이 있다. "우리나라 선비들은 만일 '봉황성이 바로 평양'이라고 말하면 크게 놀랄 것이다. 더구나 요동에도 또 하나의 평양이 있었다고 하면 해괴한 말이라며 나무랄 것이다." 역사가 아닌 환상이 만들어 낸 땅 평양에서 기자의 유물을 발견한다는 것은 사실상 불가능하다. 이런 상황에서 기자 시대의 것으로 보이는 거울이 발견되자 사대부들의 이목이 단번에 집중되었다. 순찰사 박엽은 서둘러 짧은 서문으로 그 내력을 기록하고 보물로 소장했다. 하지만 이정귀는 설득력 있는 논거를 바탕으로 잘못된 사실을 논리적으로 바로잡고 이 같은 관념의 허구성을 밝혔으며 이 구리거울이 고구려 동명왕의 유물임을 밝혀 중국 것이 아닌 우리 고대사의 유물로 자리매김하게 했다.

동방 일백여 넌에 없었던 글

象村集序

나는 젊은 시절 현옹(玄翁) 신흠과 함께 글을 배웠다. 나란히 진사가 되고 나서 또 앞뒤로 벼슬길에 올랐다. 과거에 급제해 조정에 들어가서는 임금의 은총을 거듭 입었다. 문단(文壇)을 나란히 내달리며 차례로 주맹(主盟)이 되었다. 계축년의 옥사 때 함께 감옥에 갇혔으며 무오년의 재앙 당시 나는 교외로 쫓겨났고 공도 궁벽한 시골에 은둔했다. 이후 창성한 시기를 만나 공이 먼저 조정에 들어가자 나도 곧 뒤따라 들어갔다. 공과 함께 진퇴와 영욕의 사이에서 주선한 것이 이제껏 오십 년이나 된다. 늙고 병든 나는 여전히 인간 세상에 남아 있는데 공이 그리워도 볼 수가 없다. 공의 원고를 보면 책을 덮고 눈물을 흘리지 않은 적이 없었다.

공이 살아 있을 때도 공의 문집이 이따금씩 나오기는 했다. 하지만 공이 세상을 뜨고 나서 비로소 크게 전해졌다. 그 전모를 본 사람은 저마다 기가 질리고 말았다. 아, 훌륭하도다. 우리 동방 일백여 년 동안 일찍이 없었던 명가(名家)이다.

나는 일찍이 이렇게 말한 적이 있다. 문장은 천지의 정기(精氣)요 썩지 않을 큰 사업이다. 그것이 드러나고 드러나지 않음은 사람에 달렸지만 흥하고 망함은 세상의 도리에 달렸다. 때문에 군자가 때를 얻으면 정기를 펴서 사업이 되고 때를 얻지 못하면 정기를 거두어 문사(文辭)를 한다. 하지만 문사에 능한 사람은 혹 세상일에 서툴고 경제를 맡은 사람은 글을 쓸 겨를이 없다. 그런 까닭에 예로부터 작가는 근심스러운 생각과 곤궁한 가운데서 많이 나왔다. 사마상여는 소갈병을 앓고 사마천은 부형(腐刑)을 당하고 나자 그 글이 더욱 풍부해졌다. 굴원은 못가에서 빠져 죽고 나서 「이소부(離騷賦)」가 세상에 알려졌다. 이로 볼 때 글에 능한 자가 궁하게 되는 것이 아니라, 궁한 뒤에 글이 좋아지는 것이다. 당나라 때 연국공(燕國公) 장열(張說)과 허국공(許國公) 소정(蘇頲)은 당시에 관각(館閣, 조선 시대 홍문관과 예문관 및 규장각의 통칭)의 큰 솜씨로 일컬어졌지만 사업은 이렇다 알려진 것이 없다. 송나라 때 한기(韓琦)와 부필(富弼)은 공명이 역사 기록에 드러났지만 지은 글은 전하지 않는다. 어찌 사람의 재주에 한계가 있고 하늘이 부여한 것이 온전키 어렵기 때문이 아니겠는가?

공은 일찍부터 선왕께서 문학을 우대하는 다스림의 때를 만나 문사의 책임을 맡은 직임을 두루 거쳤다. 국가의 계획을 담은 글을 써서 높은 문장과 훌륭한 글이 대부분 공의 손에서 나왔다. 불운한 운수를 만나 전야(田野)로 쫓겨나서는 옛 경전을 깊이 생각하여 유학의 공부에 크게 힘을 쏟았다. 제자백가를 종처럼 부리고 천고를 우습게 보았다. 위로 선천(先天)의 오묘한 뜻에서 아래로 야사(野史)와 소설에 이르기까지 여러 체제를 모두 갖추어 일가를 이루었다. 대개 곤궁하고 간략한 처지에서 얻은 것이 더욱 많았다. 그 뒤 중흥을 보좌하여 지위가 재상에 이르게 되자 정신과 문채를 발휘하여 경륜을 이룬 것이 모두 한세상을 환히 밝히기에 충분했다. 어찌 하늘이 장차 큰 임무를 맡기려 함에 온전한 재주를 주어 궁달(窮達)과 현회(顯晦)의 사이에서 시험 삼아 살펴보아 문장과 사업으로 하여금 나란히 우뚝하게 하려 한 것이 아니겠는가? 이 문집을 살펴본다면 알 수 있을 것이다.

기억건대 나와 공은 실로 평생의 부탁이 있었다. 이제 공의 무덤에 묘지명을 짓고 또 공의 문집에 서문을 썼으니 나중에 죽는 사람의 책임을 내가 이제 저버리지 않게 되었다. 하지만 저승에 있는 공을 일으킬 수는 없으니 내 글은 누가 능히 평가해 줄 것인가? 슬프도다.

해설

상촌(象村) 신흠(申欽)의 문집에 붙인 서문이다. 두 사람은 생전에 더 오래 사는 사람이 먼저 죽은 사람의 비문과 서문을 써 주기로 약속했다. 그 정황은 「영의정증시문정신공신도비명(領議政贈諡文貞申公神道碑銘)」에 자세하다. 『주역』부터 야사 소설에 이르기까지 두루 섭렵한 신흠의 학문과 문학의 특징을 잘 포착하여 기술했다. "우리 동방 일백여 년 동안 일찍이 없었던 명가"라는 말과, 문장과 사업 모두에서 탁월했다는 표현에 신흠에 대한 이정귀의 평가가 압축되어 있다.

이정귀는 작가가 근심겹고 곤액을 당한 사람 가운데서 많이 나왔다는 이른바 '궁이후공(窮而後工)'의 논리에 기대 신흠의 정치적 부침과 문학의 성취를 연결 지어 한 편의 글을 완성했다. 두 사람의 오랜 인연으로 글머리를 열고 신흠의 문학적 성취를 기술한 뒤에 신흠에 대한 애도와 탄식으로 글을 맺었다. 특별히 눈을 놀라게 하는 파란은 없지만 "마음 가는 대로 풀어내어 곡절을 묘사한 흥취가 뛰어나다."라고 한 김창협의 평가에 꼭 들어맞는 글이다.

신흠은 1613년 계축옥사 당시 유교칠신(遺敎七臣)으로 지목되어 양포

(楊浦)로 쫓겨난 뒤 인조 즉위 전까지 재야에 묻혀 지냈고, 1617년에는 춘천에 귀양 가기까지 했다. 10년 가까이 지속된 고통의 시기는 그의 문학 세계가 한층 깊이 있고 난숙해지는 발판이 되었다. 인조반정 이후 이조 판서로 복귀한 신흠은 이정귀가 기술한 대로, 그 정신과 문채가 발현되어 경륜이 세상에 환히 빛났다.

이정귀는 신흠의 만사(輓詞)에 이렇게 썼다. "유배지에서 준걸로 몇 해나 한가했나, 재상의 자리 올라 경륜을 펼쳤도나. 평생의 그 지조는 빙벽처럼 깨끗했고, 문장은 힘 쏟지 않았지만 귀신조차 감동했지.(楚澤幾年閑俊傑, 黃扉當日任經綸. 平生志操同氷蘗, 餘事文章動鬼神.)" 대체로 문사를 중시하는 이들은 신흠을 우위에 두고, 담긴 이치에 비중을 두는 이들은 이정귀를 높이는 등 늘 비교의 대상이 되곤 했지만 두 사람은 지기(知己)로서 서로의 삶과 문학을 인정했다.

훌륭한 시는 온전한 몰두 속에 있다

習齋集序

문장은 하나의 재주지만 반드시 오로지 몰두한 뒤라야 훌륭해진다. 대개 부귀로 야단스럽게 꾸미고 명성과 이익을 다투어 좇는 자는 능히 오로지할 수가 없다. 때문에 예로부터 시에 능한 사람은 대부분 곤궁의 근심과 떠돌이의 괴로움 속에서 그 시대와 만나지 못했다. 시에 능한 것이 그로 하여금 궁하게 만든 것이 아니라 궁하다 보니 절로 능히 몰두하게 되고 몰두하다 보니 절로 훌륭하게 된 것이다.

내가 습재 권벽 공의 시를 살펴보니 맑고 담박하면서도 맛이 있고 전아한데도 화려함은 없었다. 이는 오묘함을 한데 모아 그 정수를 얻은 것이다. 진실로 당시에 곤궁한 사람이 아니라면 어찌 능히 이처럼 오로지할 수 있겠는가? 하지만 공은 젊은 나이에 대과에 급제하여 명성이 자자했다. 조정에 선 지 오십 년 동안 벼슬이 예부 시랑에 이르렀으니 궁하다고 말할 수는 없다. 그런데도 시가 이처럼 깊은 경지에 들어간 것은 어째서일까?

나는 젊은 시절 공의 집 곁에 살았다. 또 공의 여러 자제들과 교유했다. 늘 보면 공은 공무가 없을 때 외출하는 일이 드물었다. 나오더라도 볼품없는 말과 허름한 하인을 데리고 무심하게 다니셨다. 몸은 비록 벼슬길에 있었지만 생각은 퇴고(推敲)에 있었다. 들어오면 문을 닫아걸고 고요히 앉아 시를 읊조리며 홀로 즐거워했다. 사물에 있어서는 달리 좋아하는 것이 없었고 다만 옛 책을 좋아해 손에서 놓지 않았다. 위로 경전으로부터 제자백가에 이르기까지 기이한 표현과 오묘한 뜻을 깊이 탐구하고 끝까지 뒤졌다. 부지런히 애쓰며 노력하여 죽을 때까지 즐기면서도 지칠 줄을 몰랐다. 이것이 공이 시에 온전히 몰두할 수 있었던 까닭이다.

그렇다면 공은 과연 세상에 뜻이 없어 그저 술잔을 잡고 믹을 희롱한 부류의 사람이었던가? 내가 들으니 공은 젊은 시절 안명세(安明世)와 윤결(尹潔) 공과 더불어 친하게 지냈는데 두 분이 을사사화 때 함께 예기치 못한 화를 당하자 이때부터 세상일을 떨쳐 버리고 다시는 남과 교유하지 않았다고 한다. 찾아오는 사람이 있으면 안부만 묻고는 한마디도 섞지 않은 채 진흙으로 빚은 사람처럼 오도카니 앉아 있기만 해 남들이 그 품은 속을 감히 엿볼 수가 없었다.

집이 가난해 뒤주가 자주 비어 처자가 굶주림과 추위를 면치 못했지만 아무렇지도 않게 여겨 마음에 두지 않았다. 무릇 희로애락과 무료하고 불평스러운 마음을 반드시 시에다 폈을 뿐 밖으로 영욕에 마음이 팔려 그 오롯한 몰두를 움직이려 들지 않았다. 대개 시에다 지혜를 담고 벼슬길에 자취를 감춘 분이시다.

아! 공의 문장과 덕량(德量)으로 세상에 맞춰 지내며 세속과 어울렸다면 사업상의 성취를 어찌 헤아릴 수 있겠는가? 하지만 빛을 감추고 재주를 숨겨 벼슬에 승진하는 데 마음을 두지 않고 세상과 더불어 잊고서 한결같이 시에만 몰두했으니 이것이 어찌 공의 본마음이었겠는가? 만약 공으로 하여금 재상에 올라 다스림의 도를 펴는 지위에 이르게 했다면 어찌 반드시 힘들고 괴롭게 시에만 힘을 쏟아 한 가지 재주에 몰두하는

데 그쳤겠는가? 오직 한 시대와 만나지 못한지라 능히 시에 온통 집중해서 후세에 전한 것이다. 이 어찌 하늘이 공에게 문장의 자루를 맡겨서 그로 하여금 오로지 몰두하게 한 것이 아니겠는가? 이렇게 보면 공의 불우는 또한 하늘의 뜻이다. 잠깐 영화를 누려 빛나다가 스러져 아무 전함이 없는 자들과 견줘 본다면 어떠하겠는가?

공의 시를 살펴보면 공께서 남기신 풍모를 떠올려 볼 수가 있다. 아! 훌륭하도다. 나는 세상 사람들이 한갓 문장으로만 공을 보고 그 온전한 덕과 통달한 식견이 사표로 본받을 만한 줄을 모를까 봐 걱정이 되어 마침내 책머리에다 이 글을 쓴다.

해설

권벽(權擘, 1520~1593년)은 조선 중기의 문신으로 본관은 안동, 자는 대수(大手), 호는 습재(習齋)이다. 선조 때 시인 석주(石洲) 권필(權韠, 1569~1612년)이 그의 아들이다. 스물네 살에 문과에 급제하여 벼슬길에 오른 이래 내외직을 두루 거쳤다. 시문에 뛰어나 사관으로『중종실록』,『인종실록』,『명종실록』의 편찬에 참여했고 서장관이 되어 명나라에 두 차례 다녀왔다. 이후로도 제술관과 종사관을 여러 차례 지냈다.

1545년 을사사화 때 벗 안명세(安名世, 1518~1548년)와 윤결(尹潔, 1517~1548년)이 죽임을 당하자 세상에 뜻을 잃고 오직 시문 창작에만 침잠했다. 비록 몸은 벼슬길에 있었지만 세인들과의 교유를 끊어 이은(吏隱)의 삶을 살았다. 현실을 외면하고 자기 내면에 파묻힘으로써 세상과의 갈등을 잊으려 했던 것이다.

권벽은 기재(企齋) 신광한(申光漢, 1484~1555년)을 사사하여 일찍부터 시명이 높았다. 당시 신광한에게서 시가 핍진하다는 평을 들었다. 이정귀는 고전 시학에서 흔히 말하는 시는 궁한 뒤에 공교해진다는 '궁이후공(窮而後工)'의 논리를 끌어오되, '궁(窮)' 자의 자리에 '전(專)' 자를 넣어 시는 전공한 뒤에 공교해진다는 '전이후공(專而後工)'의 논리를 펼쳤다. 권벽이 대과에 급제하고 50년간 벼슬길에 몸을 담아 지위가 예부 시랑에 이르렀으므로 궁하다는 말로는 그의 작품 세계를 설명할 방법이 없었기 때문이다. 그가 궁하지 않았음에도 궁한 자의 공교로움을 얻을 수 있었던 것은 어째서일까? 이정귀는 그 까닭을 마음속에서 일어나는 희로애락과 무료불평(無聊不平)의 심기를 시에 집중하여 편 데서 찾았다. 시에다 지혜를 담고 벼슬길에 자취를 감춘 권벽의 일생을 이정귀는 담담하면서도 애틋한 마음을 담아 그려 냈다. 군더더기 없이 자연스럽게 곡절을 풀어내는 이정귀 특유의 글쓰기가 잘 구현된 산문이다.

한가로움을 사랑하다　　　愛閑亭記

괴탄(槐灘)의 상류는 땅은 외져도 아름답다. 푸른 절벽과 맑은 못, 키 큰 소나무와 대숲의 빼어남이 있다. 내 오랜 벗인 박익경(朴益卿)이 집을 짓고 여기 살면서 그 정자에 애한정(愛閑亭)이란 이름을 붙이고 귀한 분들에게 기문을 구했다. 오봉(五峯) 이호민(李好閔) 상공이 맨 먼저 글과 시를 짓고 그 이름을 바꿔 한한정(閑閑亭)이라 했다. 대개 스스로 한가로운 것을 가지고 아낀다고 말하면 오히려 외물이 되고 만다는 의미였다. 익경이 소매에 넣어 와 내게 보여 주는데 이해되지 않는 점이 있는 눈치였다. 그가 말했다. "정자 이름을 무엇으로 할까? 그대의 얘기를 듣고 싶네." 그래서 내가 그 뜻을 이렇게 풀이해 주었다.

　대저 이른바 한가로움이란 일없이 자적하는 것을 말한다. 사람은 반드시 스스로 한가한 뒤라야 남도 한가롭다. 한가로움에다 뜻을 쏟는 것은 진정한 한가로움이 아니다. 사물 중에 한가한 것으로 갈매기만 한 것이 없다. 날고 울며 마시고 쪼아 먹는 것이 절로 그 본성에 맞을 뿐이어서 한가로움에 뜻을 두는 법이 없다. 그런데도 보는 사람은 한가롭게 여긴다. 대저 저 자신이야 어찌 한가로운 줄을 알겠는가? 이것이 오봉의 말이 나온 까닭이다.

　비록 그렇긴 해도 한가로움은 공적인 것이다. 오직 아끼는 것만 능히 자신이 소유할 수 있다. 진실로 아끼지 않는다면 비록 안개와 노을이 어린 수석(水石)의 사이에 처한다 해도 그 마음은 오히려 이리저리 바쁘기만 할 것이다. 저 개처럼 구차하고 파리처럼 꼬여 들어 밤낮 애걸하고 형세와 이익을 위해 골몰하면서 늘 얽매여 있는 자들은 진실로 한가로움이 무엇에 쓰는 일인지조차 모를 테니 어찌 아낄 겨를이 있겠는가?

익경은 대대로 서울에 살아왔다. 애초에 벼슬길에 뜻이 없었던 것은 아니나, 지금은 번화함을 사절하고 느긋하고 한가로운 것을 즐거워하여 호젓한 한 칸 방에서 늙음이 장차 이르는 줄도 알지 못한다. 아침에는 해가 떠서 한가롭고 저녁에는 달이 밝아 한가롭다. 봄에는 꽃이 피니 한가롭고 겨울에는 눈이 내려 한가롭다. 거문고를 타며 그 운치를 아끼고 낚시를 하면서 자적함을 아낀다. 걸어가며 시를 읊고 누워서는 책을 본다. 높은 데 올라 먼 곳을 바라보고 물가에 임해 물고기를 살핀다. 만나는 곳마다 모두 한가롭고 보니 애한정이라고 이름 짓는 것이 또한 마땅하지 않겠는가? 아껴 마지않아서 마침내 스스로 한가롭다는 사실조차 알지 못하기에 이르렀으니 '한한(閒閒)', 즉 한가로움을 등한하게 여긴다는 뜻 또한 담겨 있다. 이는 실로 하나면서 둘이요, 둘이면서 하나인 것이다. 익경은 어느 쪽을 택하겠는가?

호수와 산의 승경 같은 것은 내가 한 번도 직접 본 적이 없다. 가만히 그대가 이름 붙인 팔경에 따라 시를 지어 노래한다.

해설

박익경의 애한정에 붙인 기문이다. 기문을 짓게 된 이유를 먼저 말하고 정자에 붙인 뜻을 밝힌 뒤에 정자의 이름에 걸맞은 삶을 주문하는 것으로 글을 맺었다. 『월사집(月沙集)』에는 이정귀가 지은 「애한정팔영(愛閑亭八詠)」이 따로 실려 있는데, 박익경의 유유자적한 삶을 잘 묘사해 이 기문과 좋은 짝을 이룬다.

애한(愛閑)과 한한(閑閑)의 명명을 두고 벌어진 한가로움의 의미 해석에 대한 논점을 비교하는 중에 진정한 한가로움의 의미를 성찰하는 담백한 글이다. 글에서 말한 이호민의 「한한정기(閑閑亭記)」(3권 수록)도 그의 문집에 따로 남아 있다.

한 사람은 자신의 한가로움을 너무도 사랑하고 자랑스러워한 나머지 애한정이라고 이름을 붙였다. 그의 벗은 진정한 한가로움은 풍경에 있지 않고 마음에 있는 것이어서 한가롭다는 그 마음 자체도 의식하지 않는 상태야말로 진정한 한가로움일 것이라며 한한정이라고 고쳐 주었다. 한가로움은 경치 속에 있는가 아니면 마음에 달린 것인가? 전원생활을 하는 벗이 도시 생활을 하는 벗에게 집 자랑을 했다가 한 방 먹은 이야기이다. 하지만 이정귀는 「한가로움을 사랑하다」에서 박익경의 손을 들어 주면서도 이호민이 말한 '한한'의 의미까지 아우르는 논리를 마련함으로써 애한정에 담긴 뜻을 더 깊고 한결 넓게 만들어 주었다.

섭세현에게
부친 편지

寄葉署丞世賢
庚申朝天時

일전에 듣기로 왕 학사(왕휘)께서 제 문집을 보고자 하신다니 제가 어찌 감히 숨기겠습니까? 저는 집안이 대대로 글공부를 해서 사대조이신 아무개는 과거에서 세 번이나 장원하여 우리나라에서 이름이 크게 울렸습니다. 대대로 벼슬이 이어지고 문헌이 아름다워 사람들이 '삼장원가(三壯元家)', 즉 세 차례나 장원한 집안이라고 일컫습니다.

제가 비록 못났지만 또한 거칠게나마 옛사람의 조박(糟粕)을 익혀 성인이 된 이래로 문사를 지어 왔고 이제 백발이 성성해졌습니다. 일찍 과거에 급제해 여섯 차례 종백(宗伯, 예조 판서)을 맡았고 두 차례 문병(文柄, 대제학)을 잡았으며 관각(홍문관과 예문관)에 있었던 삼십 년 동안 응제한 여러 글이 쌓여 책을 이루었고 시 또한 몇천 편은 됩니다. 하지만 모두 비루하고 거칠며 궁벽하니 어찌 감히 작가의 울타리를 바랄 수 있겠습니까? 비유컨대 나무에 붙은 매미나 땅속의 지렁이와 같아 그 소리가 마른땅에 멈추고 마는 것과 한가지입니다. 어찌 갑작스레 인쇄에 부쳐 천추에 비난을 받을 수 있겠습니까? 때문에 지니고 있는 시문의 초고를 높은 다락에 묶어 두고 전부 가져오지 않았습니다. 묵은 빗자루를 천금으로 여기는 꼴이라 다만 혼자 웃기에 족할 뿐입니다. 이제 성대하신 분부에 따라 그저 조천 기행시(朝天紀行詩)와 함께 지난번 사행 때 지은 몇 수를 나란히 베껴 적어 모두 일백여 편을 그대에게 올려 드리니 장독 덮개로나 쓴다면 또한 영광일 것입니다.

　인하여 생각해 보니 성조(聖朝, 중국을 가리킴)의 문장의 성대함은 아득히 전고(前古)에 없던 일입니다. 근세에 이공동, 하대복, 이창명, 왕봉주 등 제공들이 높은 글솜씨로 차례로 문단의 맹주가 되니 대개 시는 대력 연간의 위에서 나왔고 문장은 양한(兩漢)을 능가했습니다. 삼가 춘방(春坊)의 대학사이신 주하(柱河) 노선생 왕휘 공께서는 문장과 필법이 천하에 우뚝하다고 들었습니다. 작은 나라의 사람인지라 그 도덕과 광휘의 성대함을 한 번이라도 우러르며 만나뵐 길은 없지만 사사로운 마음으로 흠모해 온 지 오래입니다. 이제 그대를 통해 수십 글자의 필적을 얻어 선인의 묘석 앞면에 새기고 싶습니다. 들으니 이미 승낙하셨다고 하니 대군자의 충신(忠信)으로 사람을 아끼시는 덕이 지극하다 하겠습니다. 이승과 저승 모두 영예로 여기고 산 이나 죽은 이나 함께 은혜를 잊지 않을 것입니다.

　기행시 묶음은 그저 연도에서 경물과 접촉해 근심을 달래려 붓을 끄적거린 것일 뿐입니다. 모두 제대로 지은 것이 아니라서 진실로 귀한 안목을 더럽힐 만한 것이 못 됩니다. 그러나 혼자 생각에 저의 관직이 이미 지극하고 나이도 예순에 가까워 하루아침에 훌쩍 떠나 초목과 함께 썩어 버린다면 천하에 누가 있어 이 아무개가 있었다는 사실을 알겠습니까? 이제 흰머리로 중국을 구경하여 다시금 사문(斯文)의 끌끌한 인재의 아름다움을 직접 보고 낮은 자리에서 가르침을 들으니 가만히 절로 기운이 솟는지라 감히 자장(子長, 사마천)의 말채찍이라도 잡으려는 의리를 사모하고 안연의 말 꼬리에 붙는 영광이라도 얻기를 생각했습니다. 이제 보잘것없는 음률로 군자께 나아가 올바름을 얻고자 하오니 그대가

혹 이를 노선생께 바쳐 맑은 자리의 여가에 한 차례 살펴보아 책머리에 글을 써 주신다면 썩지 않을 성대한 일이 될 것입니다. 혹 한 말씀으로 가르침을 입어 천고에 빛나는 보물로 삼게 해 주신다면 풍류와 문채가 장차 해동에서 해와 달같이 빛날 것이니 현안(玄晏)의 은덕은 땅속에 들어가도 잊지 못할 것입니다. 그대가 먼 곳 사람을 위해 거듭 마음을 써 주시면 고맙겠습니다.

해설

이정귀가 1620년 섭세현(葉世賢)에게 보낸 편지이다. 섭세현은 연행을 가는 이정귀 일행을 접대했던 중국인 서반(序班)으로 두 사람은 1615년 이정귀의 세 번째 연행 때 처음 만났으며 1620년 네 번째 연행에서 재회했다. 이정귀는 당시 한림원 수찬이었던 왕휘(汪輝)가 자신의 문집을 책으로 엮고 싶어 한다는 소식을 전해 듣고 섭세현에게 이 편지와 시문을 보냈다. 편지에는 자기 문장에 대한 자부와 문집 간행에 대한 고마움이 겸손한 언사 속에 잘 드러나 있다.

실제로 왕휘는 이정귀의 기행시를 모아 『조천기행록(朝天紀行錄)』이란 이름으로 중국에서 간행했다. 이 『조천기행록』은 명대에 출간된 조선 문인 최초의 문집인 셈이다. 왕휘는 책 서문에서 이정귀의 시를 평하여 "조식(曹植)과 유정(劉楨)보다 월등하고, 이백과 두보를 능가하며, 한위(漢魏)의 수준 이상이고 삼당(三唐)보다 낫다."라며 극찬했다.

이정귀는 몇 차례의 연행에서 당대의 정치 현안 해결에 적극적이었을 뿐 아니라 명나라 말 문사들과의 교유를 통해 자기 문학의 지평을 지속적으로 확장해 나갔다. 섭세현과 왕휘 외에도 웅화(熊化)와 진창언(陳昌言), 왕손번(王孫蕃)과 그의 숙부인 왕몽조(王夢祖) 등과 만나 교유했다. 이들과 주고받은 시문이 『월사집』에 온전히 남아 있다. 17세기 초 한중 교류의 국면과 문학 교류의 실체를 파악하는 데 대단히 흥미롭고 중요한 자료이다.

한편 왕휘가 출간한 『조천기행록』은 이정귀가 귀국한 뒤 논란에 휩싸였다. 1620년 11월 10일 사헌부에서 광해군에게 이정귀를 파직하고 서용하지 말 것을 건의하면서 논란이 촉발되었다. 표면적으로는 한중 간 재앙의 불씨가 될 것을 염려한 것이라 말했지만 실제로는 계축옥사 당시 축출하지 못한 이정귀를 몰아내기 위한 의도가 다분했다.

계축옥사 당시 이정귀는 폐출된 인목 대비의 친정아버지인 김제남(金悌男)의 당으로 지목되어 친국을 받고 예조 판서와 대제학에서 물러났다. 하지만 이후에도 광해군은 이정귀를 내치지 않고 중용했다. 계축옥사 이후 실권을 잡은 대북파에게 서인인 이정귀의 존재는 눈엣가시일 수밖에 없었다. 이에 중국에서 문집을 출간한 사실을 트집 잡아서 김제남의 당으로 정청(庭請)에 참여하지 않았던 지난 일을 끌어와 제거를 시도했던 것이다.

광해군이 사헌부의 간언을 한 번 더 물리침으로써 『조천기행록』을 둘러싼 논란은 일단락되었다. 이긍익은 『연려실기술』에서 이 사건을 "권간(勸諫)들이 대간(大諫)을 사주하여 탄핵하게 했다."라고 규정하여 정치적 의도가 깔려 있음을 지적했다. 당쟁이 치열했던 시대에 요직을 두루 거치며 여러 정치 현안들을 매끄럽게 처리한 것에서도 당색을 떠나 공평무사하게 정치 능력을 발휘했던 이정귀의 면모가 잘 읽힌다.

일본에 사신 보내는 일을 논함 　遣使日本議

사신을 일본에 보내는 것과 대마도에 보내는 것은 이해의 경중이 확연히 다릅니다. 대개 세견선(歲遣船)이 오가는 것은 대마도에서 하는 일로 일본과는 애초에 상관이 없습니다. 또 통신사가 오가는 것은 일본이 하고자 하는 것이라 대마도는 감히 제멋대로 하지 못합니다. 다만 덕천가강(德川家康, 도쿠가와 이에야스)이 매번 대마도를 시켜 통신사를 청하는 뜻을 전달해 오고 여러 차례 청을 얻지 못함을 가지고 문책하여 대마도주를 교체하겠다는 뜻을 내비치기에 이르렀습니다. 이로 인해 대마도에서 요구가 있을 때마다 반드시 통신사를 위협할 거리로 삼아 왔습니다. 이것이 처음에는 간청하다가 마침내는 애걸하고 애걸이 성냄에 이르고 성냄이 겁박하기에 이른 까닭입니다.

세견선이 죄다 돌아간 것은 책략일 뿐입니다. 군대를 움직임에 이르러서는 비록 덕천가강이라 해도 이제 막 새로 자기편이 된 무리를 거느리고 경솔하게 동맹국을 침략하지는 못할 것입니다. 게다가 대마도는 그 명줄이 세견선에 달려 있는데 어찌 한 차례 사신이 늦는다 하여 급작스레 일백 년간의 우호를 끊을 수 있겠습니까? 우리 안에 믿을 만한 것이 없는 줄 알고 일부러 성내는 뜻을 보여서 우리를 겁주어 재촉하려는 것에 지나지 않습니다. 저들이 비록 우리를 위협한다 해도 우리는 두려워할 필요가 없습니다. 꼼짝 않고 움직이지 않으면서 저들이 오가는 것을 내버려 둔다면 진실로 아무 문제가 없을 것입니다. 안팎으로 근심하고 당황해서 놀란 눈으로 서로를 살피는 것은 대개 천시(天時)와 인사(人事)로 되풀이해 서로를 간섭하는 격이라 비록 다른 빌미가 없더라도 화를 불러오기에 충분합니다.

대저 통신사를 보내는 것이 옳은지 그른지는 군이 논할 일이 아닙니다. 지난날 원수의 도적들이 막 물러간 뒤에는 백성을 살리려는 계책으로 사신을 보내 우호를 맺을 수밖에 없었지만 또한 이미 중국에 아뢰어 알렸던 일입니다. 그 뒤로는 따로 다시 끊을 만한 계기가 없었고 덕천가강 자신도 풍신수길(豐臣秀吉, 도요토미 히데요시)이 한 것을 모두 되돌리라고 했던 터입니다. 이제 또 풍신수길의 잔당을 모두 섬멸해서 왜 땅을 하나로 통일했으니 한 차례 사신을 불러들여 제 무리에게 뽐내고자 하는 것이 실제 속내입니다. 우리 편에서는 군이 끊을 방법이 없을 듯하니 성상께서 "회유하는 계책을 의논하지 않을 수 없다."라고 하교하신 것은 이를 두고 하신 말씀입니다. 거절하고 보내지 않아야 한다고 말하면 그뿐이나 보낸다면 마땅히 일본으로 보내야지 대마도까지만 보내서는 졸렬한 계책이 될 것입니다. 대마도에서 일본의 형세를 끼고서 우리를 겁박하려고 꾀를 낸 것인데 한번 세견선이 돌아갔다고 해서 급작스레 저들의 소굴로 사신을 보낸다면 저들은 틀림없이 우리의 얕고 깊음을 엿보아 우리가 자신들의 술책에 빠진 것을 비웃을 것입니다 .

정탐을 가지고 말한다 해도 전혀 그렇지 않습니다. 부산에서 대마도까지의 거리란 한 줄기 바다를 사이에 둔 데 지나지 않습니다. 대마도에서 덕천가강이 있는 곳까지의 거리는 큰 바다를 세 번이나 건너는 수천 리 길입니다. 사신을 청하는 실정과 거짓은 가지 않아도 알 수 있지만 군사를 움직이는 허실은 비록 간다 해도 알기가 어렵습니다. 이는 앞서 송운 대사(松雲大師, 사명 대사)를 보냈던 때와는 차이가 있습니다. 그때는 세견선을 보내는 일을 강구하기 전이고 통신사도 아직 가지 않았을 때입니다. 지금은 왜선의 왕래가 뻔질나고 왜의 사신이 늘 부산의 왜관에 머물고 있습니다. 저들의 실정과 형세를 어찌 반드시 섬에 들어간 뒤에야 알겠습니까?

일의 대소를 막론하고 모두 중국에 보고해야 하니 이런 기회에 처해서는 명백한 것이 가장 중요합니다. 이제 마땅히 총진(摠鎭)에 공문을 보내 덕천가강이 사신을 요청한 정황을 자세히 설명하고 이 기회에 적을 정탐하고 포로를 쇄환하겠다는 명분을 내세우십시오. 강직하고 반듯한 관원 한 사람을 즉각 일본에 보내 저들의 요구를 막는 한편 먼저 동래 부사를 시켜 대마도주에게 편지를 써서 다음과 같이 유시(諭示)하십시오. "귀 대마도에서 여러 차례 덕천가강이 사신을 요청한다고 말을 하므로 조정에서는 이미 중국에 품의하여 아뢰었다. 머지않아 마땅히 회답이 있을 것이고 사신 또한 즉각 출발할 것이다. 다만 덕천가강이 여태 직접 요청하는 글을 보내오지 않았다. 덕천가강이 만약 진심으로 사신을 바란다면 마땅히 포로를 돌려보내고 대마도에서 사신을 맞이해야 할 것이다." 이렇게 한다면 대마도의 간사한 꾀를 거꾸로 꺾을 수 있고 우리 측의 처리도 체모를 얻게 되어 신축성 있게 저울질할 수 있을 것입니다.

신의 구구한 어리석은 소견이 이와 같습니다. 마침 하문하심을 받자와 어리석음을 무릅쓰고 모두 말씀드립니다. 살펴 헤아리시어 재량하소서.

해설

임진왜란 이후 한일 간 국교가 정상화되는 과정에서 제출된 이정귀의 논설이다. 『선조실록』 1606년 5월 17일 기사에 일본과의 국교 재개에 대한 논의가 요약되어 실려 있는데 이 글을 바탕으로 정리한 것이다. 17세기 초 급박하게 돌아가는 동아시아 국제 질서 속에서 이정귀의 상황 판단력과 정치가로서의 면모가 잘 드러나 있다. 이 글은 1607년 조선과 에도 막부 사이에 통신 관계가 새롭게 구축될 무렵 한일 관계의 향후 방향을 설정하는 데 시금석이 되었다.

대마도가 아니라 일본에 직접 사신을 파견해야 한다고 주장한 점이나 일본이 군대를 움직일 가능성은 적고 통신사를 통해 내치(內治)를 강화하고자 한다는 의도를 정확히 짚어 낸 점, 도쿠가와 이에야스의 국서를 요청하고 포로 쇄환과 사신 영접 등 양국 간의 민감한 의례 문제를 일괄 타결하자고 정리한 부분, 정탐과 포로 쇄환이라는 명분을 앞세워 한중 간의 위상 정립을 시도한 점 등은 외교관으로서의 탁월한 판단력을 여실히 보여 준다.

도쿠가와 이에야스는 1603년에 에도를 거점으로 막부를 개설했다. 하지만 1614년 도요토미 히데요리 등 히데요시의 잔존 세력을 완전히 제거한 뒤에야 온전한 막부 체제를 구축할 수 있었다. 따라서 그 전에는 대외 관계 정상화를 통해 내치를 강화할 수밖에 없었다. 이에 대마도주를 통해 조선과의 국교 정상화에 주력하게 되는데 1604년 사명 대사(四溟大師) 유정(惟政, 1544~1610년)이 탐적사(探賊使)로 일본에 건너가 통교 의지를 확인함으로써 양국 간 국교 재개 논의가 급물살을 타게 된다.

한편 한일 양국의 국교 재개에 사활을 걸 수밖에 없었던 대마도는 임진왜란이 끝나고부터 1606년까지 스물세 차례에 걸쳐 사절을 파견하고 포로를 송환하면서 강화를 요청했다. 이 과정에서 이정귀가 지적한 것처럼 간청과 애걸에 분노와 협박이 뒤섞이게 되고 조선 내에서도 다양한 의견이 충돌하면서 큰 논란이 빚어졌다. 더욱이 한일 양국 간에는 전쟁의 책임 문제와 외교 의례를 둘러싼 인식의 괴리가 심하여 국교 정상화가 쉽지 않았다. 대마도는 양국의 국서를 열 차례 이상 개작하면서까지 두 나라의 국교 정상화에 적극적으로 개입했다.

조선과 일본은 국내 정치의 필요성과 국제 정세의 변화에 따라 임진왜란이 끝난 지 채 10년이 못 된 시점에 국교를 재개한다. 조선이 국서를 먼저 보내 왕릉을 범한 도적을 포박해 보낼 것을 요구하고 에도 막부가 이를 수락함으로써 일이 성사되었다. 이에 1607년 1월 여우길을 정사로 하는 1차 회답 겸 쇄환사(回答兼刷還使)를 파견했다. 통신사라는 명칭으로 파견된 사절단은 1636년(인조 14년)에 파견된 제4차 병자통신사(丙子通信使)가 처음이다. 당시 조선은 병자호란으로 인해 일본과의 우호가 절실했고, 새로운 국제 질서에 대처하기 위해서도 국교 재개라는 조처가 필요했다. 이후 조선은 1811년까지 아홉 차례에 걸쳐 통신사를 파견하여 일본과 우호 관계를 유지했다.

신흠

申欽

1566~1628년

본관은 평산(平山), 자는 경숙(敬叔), 호는 현헌(玄軒)·상촌(象村)·현옹(玄翁)·방옹(放翁), 시호는 문정(文貞)이다. 1586년 별시 문과에 급제한 뒤 요직을 두루 거쳐 벼슬이 영의정에 이르렀다. 1592년 임진왜란이 일어나자 신립을 따라 조령 전투에 참가했다. 1617년에 인목 대비의 일로 선조의 유명을 받은 일곱 신하가 죄를 입을 때 춘천으로 귀양 갔다. 그는 거처에 여암(旅菴)이라 이름을 붙이고는 5년간 뜰 밖을 나가지 않았다. 인조반정 후에 정계에 복귀하여 이조 판서와 대제학을 겸했다. 1624년 이괄의 난 때는 인조를 공주로 호종했고, 1627년 정묘호란 때는 세자를 수행하여 전주로 피란을 갔다.

그는 이정귀, 장유, 이식과 함께 고문 사대가의 한 사람으로 꼽힌다. 문장이 뛰어나 외교 문서와 각종 의례 문서 작성에 자주 참여했다. 그의 문장을 두고 장유는 "힘차고 빼어나며 광채가 현란하여 명나라의 여러 대가들을 쫓아가 자못 그들과 서로 힘을 겨루고 앞을 다투려는 기상이 있다."라고 했다. 이정귀도 "옛 경전을 깊이 생각하여 유학의 공부에 크게 힘을 쏟았다. 제자백가를 종처럼 부리고 천고를 우습게 보았다. 위로 선천(先天)의 오묘한 뜻에서 아래로 야사(野史)와 소설에 이르기까지 여러 체제를 모두 갖추어 일가를 이루었다."라고 신흠을 높이 평가했다. 신흠은 당대에 많은 영향을 끼친 명나라 전후칠자(前後七子)의 문학을 개성적으로 수용하여 그들과 구별되는 독자적 문학 세계를 구축했다. 그의 논설은 공명정대하고 주장은 조리가 정연하여 빈틈이 없다. 또한 표현은 간결하면서도 함축이 깊고 철학적 무게를 갖추고 있다.

백성이 함께 즐기는 집

樂民樓記

선조 대왕 즉위 40년(1607년)에 북쪽 오랑캐 홀자온(忽剌溫)이 군대를 칭탁하며 변경을 침범했다. 얼마 후에 또 서쪽 오랑캐의 늙은 우두머리와 연결하여 날마다 호시탐탐 우리의 빈틈을 엿보았다. 선조 대왕께서 성대한 계책으로 이를 진무(鎭撫)하시려고 낙서(洛西) 장만(張晩) 공에게 명하여 가서 그곳의 군사를 다스리게 하셨다. 공은 도착하자마자 몸가짐을 바로하고 법도를 엄숙히 해서 기강을 바로잡았다. 겉으로 베풀면서 안으로는 가로막아 그 어금니와 뿔을 뽑아 버렸다. 마침내 오랑캐가 감히 기운을 내어 제멋대로 굴지 못하니 변경에 아무 일도 없게 되었다. 북쪽 둘레의 수천 리 땅에서 여위었던 자가 살이 오르고 더위 먹었던 자가 제정신으로 돌아와, 공을 위해 한바탕 쓰이고자 하지 않는 자가 없었다.

공이 함흥 지역의 성과 보를 살펴보니 제도와 같지 않은 것이 있었다. 그가 말했다.

"지형이란 것은 군대에 도움이 된다. 강하고 유약함은 모두 땅의 이치를 얻는 데 달린 것으로 모두가 내 책임이다. 내가 감히 힘쓰지 않으랴."

여러 장수와 보좌관을 모아 놓고 의논하여 의견의 일치를 보았다. 이에 너비와 길이를 재고 기운 것을 바로잡았다. 그러자 주위가 굽이지고 풍기가 모여 꺾어지고 구부러진 것이 모두 법도에 맞게 되어 성의 제도가 크게 갖추어졌다.

성의 남쪽에 예전부터 낙민정(樂民亭)이 있었는데 전쟁 통에 무너졌다. 공이 그 터를 넓히고 새로 정비해서 아래쪽은 포루(砲樓)로 쓰고 위쪽에는 연각(燕閣)을 마련했다. 공사를 시작해도 백성들이 괴로워하지 않았고, 공사를 마치자 백성들이 기뻐했다. 사적을 찾아 그 편액 그대로 낙민루(樂民樓)라 했다.

내가 나아가 사실을 살펴보고 이렇게 말했다.

"누대 아래에는 만세교(萬歲橋)라는 다리가 있다. 여러 물길이 모여들어 다리 아래에서 합쳐지는데, 사방 오 리가량 된다. 물결이 넘실거려 멀리서 보면 마치 큰물 같다. 다리 너머로는 들판이 있어 평평하게 멀리까지 이어진다. 한쪽 면은 바다와 맞닿아 눈길 닿는 데까지 보아도 끝이 없다. 들판 밖은 산이다. 모두 북쪽에서 뻗어 나와 험준하고 우뚝하니, 위로 하늘을 어루만지는 듯하다. 늘어선 것은 병풍이 되며 치솟은 것은 성벽이 되어 양편에 둘러서 있다. 이것이 낙민루의 지극히 빼어난 경치다. 이 정도라면 백성을 즐겁게 할 수 있지 않을까? 그렇지 않다.

길한 날과 명절에는 손님을 맞아 잔치를 여는데, 새를 잡아 고깃국을 끓이고 물고기로 회를 친다. 관현악이 차례로 연주되는 동안 술잔은 어지러이 오가고, 어여쁜 미녀들은 고운 자태를 다투느라 귀고리를 떨구고 비녀를 빠뜨린다. 촛불을 밝혀 밤을 나누고 온갖 춤사위가 어우러지는 것은 낙민루의 지극한 오락이다. 이 정도라면 백성을 즐겁게 할 수 있지 않을까? 그렇지 않다.

온 고을의 백성들이 모두 모이고 휘하의 관료들이 하나가 되어, 병사는 갑옷을 입고 내달리며 말은 재갈을 문 채 솟구친다. 내달리다가 고삐를 당기는 것은 마치 날개와 같고, 줄지어 뒤쫓는 것은 짜임새가 있다. 묵직한 갈고리를 단 두 개의 창을 좌우로 휘두르니, 초나라의 폭이 넓은 광거(廣車)와 오나라의 단련된 병졸들이 바람이 일고 번개가 치는 듯하다. 생선을 잡아 잔치를 열어 하급의 병졸까지 배불리 먹이며 어리진(魚麗陣)·아진(鵝陣)·관진(鸛陣)은 법도에 맞지 않음이 없다. 이것이야말로 낙민루의 지극한 장관이니, 이 정도라면 백성을 즐겁게 할 수 있지 않을까? 그렇지 않다.

누각이 지극히 아름다워도 백성이 즐기기에 부족하고, 지극히 즐거워도 백성이 즐기기에는 부족하다. 지극한 경관도 백성이 즐기기에는 충분치가 않다. 그렇다면 백성은 진실로 이곳에서 무엇을 즐길 것인가? 또한 이런 데 기대지 않고도 백성들을 즐겁게 하기에 충분한 것이 있다는 것인가?

그사이 여러 해 동안 변방의 관리가 격문 하나를 전달하려면 가는 이는 싸 들고 가고 머무는 이는 전송하느라 닭과 개조차 남아나지 않았다. 이제 공이 오매 오랑캐가 남쪽으로 내려오지 않아 들판에는 곡식이 가득 차고 베틀에는 베가 넘쳐 난다. 밤중에도 베개를 높이 베고 자고 낮에 다닐 때도 아무 걱정이 없다. 이것이야말로 우리 백성이 즐기기에 충분한 것이 아니겠는가?

주린 사람은 때맞춰 밥을 먹고 추운 사람은 때가 되면 옷을 입는다. 어린이는 때에 맞춰 양육되고 늙은이는 때에 맞게 봉양하며 죽은 사람은 때에 맞춰 장사 지낸다. 법도가 서서 속이지 못하고 명령이 펼쳐져서 범하지 아니하니, 평소에는 따뜻한 볕이 되고 유사시에는 매서운 서리가 된다. 이것이야말로 우리 백성이 즐기기에 충분한 것이 아니겠는가?

백성이 이미 두 가지 즐거움을 갖추었는데, 공이 또 이 누각의 아름다움을 꾸며 주었다. 그럴진대 공이 백성과 더불어 함께 즐기는 것이 어찌 환히 드러나지 않겠는가? 백성이 이를 즐거워함도 또한 마땅하지 않겠는가? 어찌 맹자가 말한 '어진 이라야만이 이것을 즐긴다.'라는 것이 아니겠는가?

북쪽 길은 실로 우리나라의 등뼈에 해당한다. 예전에는 오랑캐의 소유였지만 우리 태조께서 나라를 여시면서 왕실이 일어난 고장이 되어, 황유(黃楡)와 백초(白草)가 자라던 땅이 뽕밭과 삼밭으로 변하고 오랑캐의 갖옷과 털로 짠 천막은 좋은 자리로 바뀌었다. 이제껏 대대로 지켜 온 지가 이백 년이 넘는다. 사물은 성하면 쇠하기 마련이라 날로 일그러지는 형세가 있고 보니 식자들의 근심이 해마다 있었던 것이다. 공이 근심할 일을 근심하여 그 근심을 잘 처리하지 않았더라면 어찌 능히 근심을 즐거움으로 바꾸어 그 즐거움을 누릴 수 있었겠는가? 공과 같은 분이야말로 임금이 걱정하는 바에 맞서 무력을 쓰지 않고 적의 예봉을 꺾은 사람이 아니겠는가?

하지만 공이 덕정(德政)으로 백성을 즐겁게 할 수 있었던 것은 선조 대왕께서 사람을 알아보신 현명함과 지금 전하께서 전권을 위임하신 일에 말미암은 것이 아닐 수 없다. 백성은 즐거운 줄만 알 뿐 즐겁게 된 까닭은 알지 못한다. 공은 능히 백성을 즐겁게 할 수 있었지만 그들에게 즐거움의 연유까지 알게 할 수는 없다. 그런 까닭에 먼저 누각의 승경이 즐길 만함을 서술하고, 그다음으로는 백성의 지극한 즐거움이 밖으로 드러나는 것에 미칠 겨를이 없음을 펼쳐 보인 것이다. 바라건대 공의 뒤를 잇는 사람이 공이 백성과 더불어 즐거움을 함께하고자 한 뜻을 잃지 않았으면 한다."

공의 이름은 만(晩)이고, 자는 호고(好古)이다. 낙서(洛西)는 그의 호이다. 큰 재주를 지닌 데다 뜻과 기상을 아울러 갖추었으니, 훗날 임금을 보필하고 나라를 경영할 때 대개 공에게 기대함이 있을 것이다. 만력 경술년(1610년) 기망(旣望, 음력 16일)에 숭정대부 행 지중추부사 겸 지춘추관 동지성균관사 예문관제학 신흠이 적는다.

해설

원제인 '낙민루기(樂民樓記)'는 함흥 관아의 낙민루에 대한 기문(記文)을 뜻한다. 하지만 실제 내용은 낙민루를 세운 함경도 관찰사 장만(張晚, 1566~1629년)의 치적과 공훈을 '낙민'이라는 키워드에 얹어 풀이한 것이다. 삼엄한 단락 연결과 함축적 표현, 군더더기 없는 전개가 돋보이는 신흠의 대표작 가운데 하나다. 4자구를 기본으로 하여 넘치지 않는 수사적 미감이 뛰어나다.

글의 주인공인 장만은 본관이 인동(仁同)이며 자는 호고(好古), 호는 낙서(洛西), 시호는 충정(忠定)이다. 선조 대부터 인조 대까지 활동했던 문신이자 장군으로, 임진왜란과 정묘호란의 위기 상황에서 타고난 자질과 능력으로 두각을 나타내 정국의 핵심 인물이 되었다. 특히 국경 방어에서 탁월한 역량을 발휘했다. 1598년 황해도 봉산 군수로 부임하여 왜란의 후유증이 남아 있던 서로(西路) 지역을 수습하고 명나라 군과의 마찰을 없앤 일은 그의 실무 능력과 외교적 역량을 잘 보여 준다. 주화파의 대표 인물인 최명길이 그의 사위다.

장만은 1607년에 함경도 관찰사로 부임했다. 북방 여진족의 정세 파악에 주력하여 조정에서 국방 대책을 세우는 데 지대한 공헌을 했다.

임기가 끝난 후에도 역량을 인정받아 1년 더 유임했고, 광해군 대 북인 정권 아래에서도 함경도 관찰사로 재임했다. 그의 주된 업적으로는 1608년 9월 21일 비변사에 보고하여 오랑캐에 대한 방비를 주문했던 일과 1610년 11월 여진족의 산천을 그린 지도를 바친 일 등이 있다. 국경 방어에서 보여 준 공적과 누르하치의 침략을 정확히 예견했던 안목은 이 글에도 잘 드러나 있다.

기사(記事)와 논리가 균형을 이루고 있는 이 글은 전반부에서 함경도 관찰사로서 장만이 보여 준 탁월한 실무 능력과 낙민루의 중건 내력을 서술했다. 이어 "이 정도라면 백성을 즐겁게 할 수 있지 않을까? 그렇지 않다."로 끝나는 세 단락을 잇달아 제시한 후, "이것이야말로 우리 백성이 즐기기에 충분한 것이 아니겠는가?"로 맺는 두 단락을 대비하여 '낙민'의 진정한 의미를 밝힌 대목이 글의 핵심을 이룬다. 낙민루의 주변 경관이나 그곳에서 펼쳐지는 놀이 같은 외적 조건이 아니라 안정적인 삶이라는 내적 요인에서 낙민루의 참된 의미를 찾아내는 논의의 전개가 중후하면서도 참신하다. 장만을 한껏 치켜세우면서도 그 공을 임금에게 돌리는 것을 잊지 않았고, 후대의 관찰사에 대한 당부로 글을 맺어 과거에서 현재를 거쳐 미래로 이어지는 전망을 펼쳤다.

글이 넘치지도 않고 부족하지도 않으니 고문 사대가의 명성에 조금도 부끄럽지 않다. 각 표현은 하나하나 옛 명문과 경전에 전거를 두고 있어 화려하면서도 온자(蘊藉)한 맛이 있다. 학문의 계보나 당쟁 중심의 역사 기술이 다루지 않아 잊힌 장만과 같은 국방의 영웅을 재평가한다는 점에서도 시사점을 주는 글이다.

백성을 탓하는 관리　　民心篇

조정에서 벼슬하는 자들이 늘 하는 말이 있다. 그들은 민심이 흉악하다고 하지 않으면 반드시 민속이 각박하다고 말한다. 민심은 진실로 선하고 민속은 참으로 후하다. 사람들이 살피지 않은 것뿐이다. 무엇으로 아는가? 백성을 맡아 다스리는 자를 보고 안다.

　오늘날 백성을 다스리는 자는 뇌물을 써서 임용된 자가 아니면 권세 높고 총애받는 집안이다. 권세 높고 총애받는 집안이 아니면 그런 집안이 뽑은 자다. 시작을 뇌물로 한 자는 항상 시커먼 속내로 마무리 짓고, 권세와 총애로 시작한 자는 늘 포학함으로 끝맺는다. 시커먼 속내를 드러내야 뇌물을 보상받고, 포학하게 굴어야 세력이 드러나기 때문이다. 다스리는 자가 시커먼 속내를 드러내도 백성이 거부했다는 말을 들은 적 없고, 다스리는 자가 포학을 부려도 백성이 두 마음을 품었다는 소리는 못 들었다. 아침에 영을 내려 "백성은 삼실을 내놓아라." 하면 이를 내놓는다. 저녁에 명령해서 "백성은 곡식을 내놓아라." 해도 이를 내놓는다. 여덟 식구가 쌀겨조차 넉넉하게 못 먹으면서도 윗사람을 받드는 데는 감히 인색함이 없다. 원망의 기운이 가슴에 가득 차 있어도 기한만은 감히 소홀히 하지 못한다. 나는 잘 모르겠다. 백성 된 자가 악한가? 아니면 백성을 다스리는 자가 악한가? 백성 된 자가 각박한가? 백성을 다스리는 자가 각박한가?

백성은 아래에 있고 다스리는 자는 위에 있다. 아래로써 위를 논하면 비록 바른말이라도 쓰이지 않는다. 위에 있으면서 아래를 논하면 비록 속인다 해도 따지지 못한다. 위와 아래가 실정(實情)을 얻지 못한 지가 이미 오래다. 옛날에는 나라를 다스림에 법전이 있었고 백성을 다스림에 원칙이 있었다. 백성이 부역이나 세금으로 바치는 재물에는 일정한 숫자가 있었다. 그러나 국가의 법전이 무너지고 백성을 다스리는 원칙이 무너지면서 백성의 조세와 부역은 법도를 벗어나지 않는 경우가 없게 되었다. 경상 비용이 떨어지면 때가 아닌데도 걷는다. 경사가 빈번하면 그때마다 거둬들인다. 이것은 그래도 공적인 용도다. 사적인 욕심에서 걷는 것이 공적 용도인 것보다 더 많다. 공물로 바치고 뇌물로 바친다. 처자의 생활비와 하인에게 드는 비용, 그 밖에 여러 띠를 두르고 관을 쓰는 데나 부엌과 무덤에 드는 비용 모두가 백성에게서 나오지 않는 것이 없다. 이것으로 그 집안을 살찌우고 그 몸을 윤택하게 하니 백성의 곤핍함이 극에 달했다. 하지만 백성은 오히려 분수를 각별히 지키고 있으니 그 마음이 착하고 그 풍속은 후하다고 말할 만하다. 그런데도 스스로 반성하지 않고 백성만 탓하니 이와 같은 자는 우리 백성을 병들게 할 뿐 아니라 또한 장차 우리나라를 위태롭게 할 것이다.

무릇 사람의 정리는 이익을 보면 나아가지 않을 수가 없고 손해를 보면 피하지 않을 도리가 없다. 이익과 손해의 갈림길에서 백성은 따르거나 등 돌리게 된다. 오늘날의 백성은 이로운가, 해로운가? 마땅히 따르겠는가, 등을 돌리겠는가? 관중(管仲)이 말했다. "자신을 잘 탓하는 자는 백성이 탓하지 못하고, 능히 자신을 탓하지 못하는 자는 백성이 탓한다." 무릇 백성의 다급함과 느긋함은 윗사람에게 달려 있다. 아랫사람이 윗사람에게 죄를 줄 권리가 없는데도 이렇게 말했던 것은 맹자가 "지금 이후로 이를 뒤집을 수 있다."라고 말한 것과 같다. 그런 까닭에 자신의 죄라고 일컫는 자는 강해지고, 그 죄를 남 탓으로 돌리는 자는 망하고 만다. 등 돌리기 전에 이롭게 해 주면 등 돌리려던 자가 도로 따르게 된다. 이미 등 돌린 뒤에 이롭게 해 주면 따르려던 자까지 모두 등을 돌리게 된다. 그러니 삼가지 않을 수 있겠는가? 뇌물은 재물에서 나오고, 재물은 백성에게 보관되어 있다. 백성이 흩어지면 재물은 바닥이 난다. 권세는 나라에 힘입어 나오니, 나라란 권세가 기대어 의지하는 바이다. 나라가 망하면 권세도 없다. 이는 터럭을 붙인다면서 그 가죽을 먼저 도려내고, 가지를 무성하게 한다면서 그 뿌리를 먼저 뽑는 것이니 도대체 생각을 하지 않기 때문이다.

무릇 백성은 사(士)를 살피고, 사는 대부(大夫)를 살피며, 대부는 경(卿)을 살피고, 경은 임금을 살핀다. 들에서는 현(縣)을 살피고, 현에서는 주(州)를 살피며, 주는 도(都)를 살피고, 도는 조정을 살피니, 서로가 서로를 본받게 마련이다. 경과 대부가 진실로 어질면 백성을 다스리는 자가 저만 홀로 어질지 않을 수 없다. 조정이 진실로 바르면 주현에서 저만 바르지 않을 도리가 없다. 정치에서 우선할 일은 백성의 마음을 순하게 하는 것이다. 그 근심과 노고를 고쳐 편안하고 즐겁게 해 주는 것이다. 언덕이나 골짜기처럼 힘든 것을 고쳐서 편안한 잠자리처럼 해 주는 것이다. 두려워 피하는 것을 고쳐서 보존하고 안정되게 해 주는 것이다. 막히고 잘못된 것을 고쳐서 열리고 풀리게 해 주는 것이다. 이렇게만 한다면 민심의 선함은 더 선해질 테고, 민심의 두터움은 더 두터워질 터이다.

하늘은 항구한 상(象)이 있고 땅은 일정한 형(形)이 있으며 사람은 변함없는 성(性)이 있다. 이 세 가지 변치 않는 것을 아울러 하나로 만드는 것은 임금의 변함없는 덕에 달렸다. 임금이 변함없는 덕이 있다면 나라에는 일정한 법도가 있게 되고 백성에게는 일정한 생산이 있게 된다. 하지만 임금으로 하여금 여기에 이르게 하는 일은 또한 백성을 다스리는 자가 미칠 수 있는 것이 아니다.

해설

장유는 신흠의 『상촌집』에 쓴 서문에서 "내·외편은 오묘한 이치를 말하거나 당시에 할 일들을 분석하여 설명해 놓았는데, 깊은 조예로 혼자만이 터득한 견해가 많았다."라고 적었다. 이 글은 이러한 평에 가장 부합한다. 『상촌집』 권39와 권40에는 「검신편(檢身篇)」과 「재용편(財用篇)」 등 수신(修身) 및 치국(治國)과 관련된 잡저(雜著)가 실려 있다. 당대의 당면 과제를 분석한 이 글은 권40의 두 번째 편이다. 후대의 비평가들이 신흠의 대표작으로 꼽은 글이다.

전개에 차서가 있고, 단계를 갖추어 논리가 삼엄하다. 차곡차곡 쌓아 올려 정점에 도달하는 글쓰기에서 힘이 느껴진다. 뇌물을 바치거나 가문의 권세를 등에 업고 지방관이 된 자들은 공적 비용뿐 아니라 사적 비용까지도 백성들의 고혈을 빨아 충당한다. 그러면서도 민심이 간악하다느니, 민속이 각박하다느니 하는 말을 입에 달고 산다. 백성들은 그들의 밥이다. 하라는 대로 하고 시키는 대로 한다. 그러는 사이에 백성은 골병이 들고 나라는 위태로워진다. 마침내 견딜 수 없는 지경이 되어 백성이 등을 돌리면 관리는 설 땅을 잃고 나라는 망하고 말 것이다. 그때

가서도 민심을 탓하고 민속을 허물하겠는가?

국가의 구성단위는 바탕을 이루는 백성에서 가장 높은 임금까지, 지방 고을에서 중앙 정부까지 모두 긴밀하게 연결되어 있다. 이를 전제한 후 신흠은 고을을 다스리는 관리가 포학한 것은 경대부의 포학을 본받기 때문이고, 경대부의 포학은 명시적으로 말하지는 않았지만 임금의 무능에 기인한다고 지적했다. 그러니까 문제는 백성이 아니라 윗사람의 무능력과 폭력성이다. 민심을 순하게 하기 위한 해결책 또한 백성 자신이 아닌 윗사람이 차례로 반성하는 것이다.

천상(天象)과 지형(地形)과 인성(人性)의 세 가지 변치 않는 원리가 임금의 변함없는 덕에 의해 통합되어야만 나라에 법도가 있고 백성은 살아갈 일정한 수단을 갖게 된다. 끝에서 임금이 이런 경지에 이르게 하는 것은 벼슬아치들이 할 수 있는 일이 아니라고 하여 하늘의 뜻을 묻는 것으로 글을 맺었다. 각박한 민심과 풍속은 나라를 위태롭게 할 수 있다. 이를 바로잡으려면 문제의 근원부터 다스려야 한다. 신흠은 만연한 부정부패와 일상이 된 매관매직의 폐습을 버리라고 관료들에게 일침을 가하는 한편 임금의 각성과 반성과 개혁을 촉구했다. 비판의 수위가 결코 낮지 않다.

딴마음을 품는 신하 　　書蕭何傳後

대신이 임금을 섬길 때는 도리로 해야지 술수로 해서는 안 된다. 성의로 대할 뿐 거짓으로 대해서도 안 된다. 도리로 섬기면 임금 또한 도리로 아랫사람을 부리고, 성의로 대하면 임금 또한 성의로 아랫사람에게 응답하여, 상하가 서로 미쁘게 될 것이다. 진실로 술수나 허위로 섬긴다면 임금이 도리로 부리고 성의로 응대하기를 어찌 바랄 수 있겠는가? 임금과 신하 사이의 틈은 항상 여기에서 비롯된다.

일찍이 『한서(漢書)』를 보니 소하(蕭何)는 한 고조가 자기를 의심할까 두려워하여 밭과 집을 사서 스스로를 더럽혔다. 이를 두고 도리로 임금을 섬기고 성의로 임금을 섬겼다고 말할 수 있는가? 나라의 으뜸 되는 신하가 그 몸을 더럽혔다면 신하 된 도리를 잃은 것이다. 화를 면하려고 짐짓 허물을 지었다면 성의로 임금을 섬긴 것이 아니다. 둘 중 어느 것도 올바로 하지 않았다면 이를 대신이라 할 수 있는가?

한 고조는 너그럽고 인자하며 사람을 아꼈다. 활달한 데다 배포가 크고, 꾀를 좋아해서 남의 말을 잘 들었다. 한 고조는 세상에 드문 임금이라 말할 만하다. 소하는 한 고조를 몇 년 동안 섬겼다. 능히 제 마음의 정성으로 임금의 뜻을 바로잡아 임금과 신하가 덕을 같이하고 하늘과 땅이 서로 통하게 했다면 한 고조가 어찌 소하의 마음을 의심했겠는가?

소하 또한 어찌 한 고조가 자기를 의심한다고 의심했겠는가?

평상시 행진(行陣)의 사이에 주선한 일들이 지략이나 기교, 속임수와 힘 같은 말단의 것에서 벗어나지 못했던 탓에 윗사람은 아랫사람을 해치고 아랫사람은 윗사람을 해치게 되었다. 때문에 위태롭고 어지러운 즈음에 화복(禍福)이 그 마음을 슬프게 하더라도 어찌해 볼 수가 없었던지라, 이렇듯 자기를 그르치는 일을 하면서도 부끄러운 줄을 몰랐다. 부끄러운 줄 몰랐을 뿐 아니라 스스로 계책을 얻었다고 여기기까지 했으니아, 또한 이상한 일이다.

게다가 소하의 시대에 한신(韓信)과 팽월(彭越) 같은 사람은 천하에 큰 공이 있었고 뚜렷한 모반의 자취가 드러나지 않았는데도 잇달아 죽임을 당했다. 한신의 죽음은 소하가 만든 것이다. 소하가 만약 그의 모반의 형상이 사실이 아님을 밝혀서 한 고조로 하여금 그를 살려 두게 했더라면, 한 고조가 여러 공신들 또한 반드시 의심하여 꺼리는 지경에 이르지는 않았을 것이다. 그런데도 이런 생각은 하지 않고 여후(呂后)와 공모하여 주살하되 조금도 불쌍하게 여기지 않았다. 한신과 팽월을 의심하는 것이 자기를 의심하는 조짐이라는 것을 전혀 몰랐던 것이다. 구구하게 밭과 집을 가지고 한 고조의 의심을 막으려 했으니 또한 오활하지 아니한가? 다행히도 한 고조의 의심이 깊지 않았기에 망정이지 정말 깊었더라면 논밭과 집으로 스스로를 더럽힌들 벗어날 수 있었겠는가? 정위(廷尉)에게 송치된 지 며칠 만에 사형장으로 끌려갈 뻔했으니, 왕위위(王衛尉)의 한마디가 아니었다면 위태로웠을 것이다.

조물주는 본래 딴마음을 품은 사람을 꺼린다. 스스로를 더럽히는 데 뜻을 두어 마침내 형틀에 갇히게 되었으니, 이는 술수와 허위가 빌미가 되었던 것이다. 가령 소하가 재앙에 빠지지 않으려 했다면 어찌 장량(張

良)처럼 고상하게 행동하지 아니하고 이처럼 저자의 장사치가 이문을 구하듯 했단 말인가? 이러니 누가 소하를 대신이라고 말하겠는가?

옛날의 대신은 동궁(桐宮)에다 임금을 칠 년이나 방치했어도 임금은 의심하지 않았고, 동산(東山)에서 삼 년을 살았건만 덕은 더욱 드러났으니, 도리와 성의에서 출발했기 때문이다. 이와 같은 뒤라야 대신이라고 말할 수가 있다. 소하 같은 자는 대신의 반열에 설 수 있었던 것만으로도 다행이라 하겠다. 반고(班固)는 찬(贊)에서 "소하는 도필리(刀筆吏)로 시작한지라 녹록해서 기특한 절개가 없다."라고 했다. 이것은 제대로 알고서 한 말이다.

해설

『한서』 「소하전」을 읽고 쓴 독후감이다. 역사적 사실이나 인물에 대한 생각을 적은 사론(史論)에 해당한다.

소하는 한 고조 유방의 모신(謀臣)으로 항우를 물리치고 한나라를 창업하는 데 큰 공을 세웠다. 유방의 군대가 진(秦)나라의 수도 함양에 입성했을 때 진나라 승상부(丞相府)에 보관되어 있던 율령과 도서, 지도 등을 먼저 수습하여 새 왕조 경영의 틀을 마련했던 일은 모신으로서 소하의 자질과 능력을 잘 보여 준다. 그는 토사구팽(兎死狗烹)을 외치며 목이 잘린 한신이나 두려움을 이기지 못해 병력을 동원하다 죽임을 당한 팽월과 달리 한나라의 법령과 제도의 골격을 만든 명재상으로 이름이 높다.

비판보다는 칭송이 늘 따르던 소하에 대해 신흠은 두 가지 일화를 들어 비판했다. 한 고조의 의심을 피하기 위해 궁벽한 시골에 집을 사서

검소하게 사는 척했던 일과 여후를 도와 한신과 팽월을 죽음으로 내몬 일이 그것이다. 신흠은 소하의 과오를 정확히 지적했다. 군신의 관계는 전쟁터에서나 통하는 술수와 허위가 아니라 도리와 성의(誠意)로 이루어져야 함을 강조한 것이다. 논리 전개도 명쾌하지만, 그냥 지나치기 쉬운 부분에서 의미를 찾아내는 안목이 돋보인다.

　결론적으로 신흠에게 훌륭한 대신의 본보기는 소하가 아니라 무도한 태갑(太甲)을 동궁에 방치했음에도 의심을 받지 않았던 이윤(伊尹)과 시를 지어 자신에게 씌워진 무고를 풀었던 주공(周公)이다. 두 사람 모두 도리와 성의로 임금을 섬기고 감복시켰기 때문이다. 이와 같은 사론은 글 쓴이가 현실의 비슷한 상황을 우회적으로 풍자하고 비판하기 위해 쓴 경우가 많다. 당대 대신들에게 이 글은 반성과 경계를 촉구하는 목소리로 들렸을 법하다.

왜적은 또 처들어온다 備倭說

왜는 신라 혁거세 왕 때부터 이미 우리나라의 걱정거리였다. 신라 말엽부터 점점 드세지더니 고려 말에 이르러 더욱 포학해졌다. 고려의 쇠약함을 틈타 어느 한 해 침범하지 않은 때가 없었다. 멀리 변경 고을부터 가까이 경기 지역까지 모두 그 해독을 입었다. 우리 태조께서 실로 이를 자르고 꺾어 왕업을 여시자, 왜의 우환은 즉시 끊겨 해마다 조공을 바치는 하나의 바깥 부서가 되었다.

세종 25년(1443년)에 왜가 제주를 침략하다가 변방의 장수에게 붙들리자 나머지 적들은 달아나 대마도로 돌아갔다. 이예(李藝)를 파견하여 대마도주에게 그들을 잡아 보내라고 타이르니, 도주가 감히 숨기지 못하고 열세 명을 붙잡아 이예에게 넘겨주었다. 물어보니 일찍이 중국 지방을 침범했던 자들이었다. 세종께서 배신(陪臣) 신인손(辛引孫)을 뽑아 황제에게 이들을 바쳤다. 중종 5년(1510년)에 삼포의 왜인이 반란을 일으켜 경상도 제포(薺浦)와 웅천(熊川) 등의 성이 함락되었다. 방어사 유담년(柳聃年)과 황형(黃衡)을 보내 토벌하여 깨뜨렸다. 명종 10년(1555년)에 왜가 전라도를 노략질하여 달량·장흥·영암·어란포·마도·강진·가리포를 함락하고, 병사(兵使) 원적(元績) 등을 죽였다. 서울에서 경계를 엄하게 하고 도순찰사(都巡察使) 이준경(李浚慶)과 방어사 남치근(南致勤)·김경석(金景錫) 등을 파견하여 쳐서 평정했다. 선조 20년(1587년)에는 손죽도(損竹島)를 노략질하여 만호(萬戶) 이대원(李大源)을 죽이고 바로 물러갔다.

무릇 이백 년의 오랜 기간 동안 겨우 네 차례 들어와 노략질했고, 모두 패하여 물러가거나 제풀에 떠나갔다. 조정에서는 늘 이기는 것에 길이 든 데다가 편안히 즐기는 것에 익숙해져 달리 유념하지 않았다. 기축년(1589년)에 이르러 귤강광(橘康光)이 통신사의 왕래를 요구했다. 평의지(平義智)와 현소(玄蘇)와 세준(世俊)이 날짐승과 말과 포로를 바쳤다. 간사한 계책을 알 법도 했건만 조정에서는 이를 깨닫지 못했다. 통신사 황윤길(黃允吉)이 돌아왔을 때 반역의 실상이 이미 열에 여덟아홉은 드러났건만, 부사(副使) 김성일(金誠一)은 절대로 침략해 오지 않는다고 했다. 조정이 이를 믿어 잠시 편안히 지내고 놀며 쉬느라 한 사람의 장수도 뽑지 않고 병사 하나도 훈련시키지 않았는데 적은 이미 바다를 건넜던 것이다. 마침내 삼경(三京)을 잃고, 선릉(宣陵)과 정릉(靖陵) 두 능이 파헤쳐졌으며, 팔로(八路)는 빈터가 되고, 오묘(五廟)에는 신주가 없어지고 말았다. 남녀와 재물을 모두 싣고 남쪽으로 가매 공사 간에 뿔뿔이 갈라져 어느 곳이건 텅 비어 버렸다. 병화(兵火)의 처참함이 일찍이 책에서조차 듣도 보도 못한 것이었으니 비록 송나라 남조(南朝) 송 문제(宋文帝) 때인 원가(元嘉) 연간에도 이처럼 심하지는 않았다.

선조께서는 타고난 자질이 영명하시어, 비록 난리를 당했어도 정해 두신 계획이 있었다. 도성을 떠나던 날, 먼저 신묘년(1591년) 당시 부당하게 죄를 입었던 여러 신하들을 부르시고 당시에 일을 그르쳤던 권신들을 파직시켜 한때의 지켜보던 사람들로 하여금 시원스레 새롭게 보게 하시니, 크고 작은 인재들이 힘을 쏟지 않음이 없었다. 장차 명나라에 주문

(奏文)을 올려 고하자 천자께서 크게 노하여 수많은 군사와 양식을 보내 앞뒤로 칠 년 만에 비로소 적을 물리쳤다. 하지만 삼천 리 온 둘레가 솥 안의 물고기와 굴속의 개미처럼 어지럽고 눈 닿는 곳은 잡초만 무성하며 백골은 들판을 뒤덮어 다시 살아갈 희망조차 없었다.

적이 물러간 지 십여 년이 되어서야 비로소 점차 회복의 움직임이 있었다. 병오년(1606년)에 왜의 추장 덕천가강이 사람을 보내 "풍신수길의 정치를 모두 혁파하고 그를 대신하여 관백이 되었다."라고 알리면서 노 통신사를 요청했다. 조정에서는 "이미 풍신수길의 정치를 모두 혁파했다면 덕천가강은 마땅히 원수가 아니다."라고 하여 마침내 통신사 파견을 허락했다. 여우길을 상사로 삼고 경섬을 부사로, 정호관(丁好寬)을 보좌로 삼아, 일컬어 회답사(回答使)라 할 것이라 대답해 주었다. 돌아올 때는 본국 사람 일천이백사십여 명을 데리고 왔다. 이로부터 왜국의 사신이 우리 지경 안에 끊이지 않았다. 기유년(1609년)에 약속을 고쳐 정하고, 정사년(1617년)에는 다시 그들의 요청에 따라 오윤겸(吳允謙)과 박재(朴榟) 등을 통신사로 파견했다. 무릇 십이 년 사이에 통신사가 두 차례나 갔는데 우호를 다지는 예가 임진년 이전에 비해 더욱 두터웠다.

대저 왜는 우리나라와 한 하늘 아래 살 수 없는 자들이다. 이를 물리친 것은 우리 군대가 아니라 중국의 군대로써였다. 그럴진대 이를 물리친 것은 요행이었지 무력으로써가 아니었다. 때마침 풍신수길이 죽었기에 망정이지 진실로 죽지 않았더라면 그들의 퇴각 또한 장담하기 어려웠다. 그가 죽은 것은 다행 중 또 다행이라 하겠다. 그런데도 우리나라는 요행을 기뻐하며 군사 일은 여전히 내버려 둔 채 무(武)를 강구하지 않아 임진년 이전보다 더 게을러졌다. 나는 이게 무슨 까닭인지 알지 못하겠다.

통제사의 직임이란 오로지 왜를 방비하기 위해 만든 것이다. 하지만 이순신(李舜臣)이 죽고 나서 그를 대신한 자들은 점점 앞선 사람만도 못했다. 급기야 근년에는 조정에서 뇌물로 장수를 뽑아 군사를 살피는 날부터 병사들을 못살게 굴면서 재물을 거둬들이는 일만 독촉한다. 조정의 높은 벼슬아치에게 뇌물로 주고, 임금을 가까이에서 모시는 사람에게 헌납하며, 처첩이 쓸 재물과 친구의 요구에 주는 것이 무엇 하나 이러한 재물에서 나오지 않는 것이 없다. 귀한 것은 금은과 옥백(玉帛)이요, 크게는 거마(車馬)와 미포(米布)며, 작게는 옷가지와 신발이요, 하찮게는 어육(魚肉)과 육포에 이르기까지, 이목구비에 맞고 궁실과 거처에 필요한 것들이 여기에서 나오지 않는 것이 없다. 높고 큰 배는 권력 있고 총애받는 자의 대문으로 죄 들어가고, 적을 막을 배는 낡고 썩어도 수리조차 하지 않는다. 수군이든 육군이든 온통 비용을 깎는 용도로 쓰니 적을 막을 대오가 빠지거나 없어져도 따져 묻지 않는다.

아! 임진년의 재앙에도 뉘우친 바가 없단 말인가? 임진년의 일은 경계로 삼을 만한데도 그리하지 않으니, 만약 다급한 일이 생기면 임진년처럼 하려 해도 할 수가 없을 것이다. 그런데도 위아래가 혼미하여 반성하거나 깨닫지를 못하니, 나는 또 이게 무슨 까닭인지를 알지 못하겠다.

기강이 무너진 지는 벌써 오래되었다. 이미 법도로 바로잡아지지 않으며 법조차 지키는 이가 없다. 저들과 사사로이 물건을 사고팔아도 금하여 막지 않는다. 시정에서 장사하는 자 중에 중국의 물건을 가지고 곧장 부산의 왜인 시장으로 달려가 왜의 물건과 바꿔서 돌아오는 자가 날마다 길에 끊이지 않는다. 왜가 이 자금을 사사로이 운영해서 사신으로 온 자는 눌러앉아 돌아가지 않고 장사차 온 자는 잠깐 갔다가는 다시 오니, 머무는 기한이 다하는 법이 없다. 이를 관리하는 자는 동래 부사이다.

일찍이 들으니 역대 조정에서 부사를 가려 뽑을 때는 반드시 청렴하다고 이름난 자를 얻어 파견했다. 그런 까닭에 시장의 장사치가 제멋대로 함부로 굴지 못했고, 왜의 상인 또한 감히 눌러앉아 있지 못했다. 지금은 그렇지가 않다. 부사로서 장사치를 두둔하지 않는 자가 거의 드물다. 왜인들은 조정의 동정을 훤히 꿰뚫어 보지 않음이 없다. 다만 틈이 없을 뿐이지, 틈이 생기기만 하면 두려운 일이 머지않을 것이다.

이를 고쳐 바로잡지 않으면 나라에는 반드시 왜로 인한 근심이 다시 생긴다. 고쳐 바로잡는 계책은 다른 데서 구할 수 있는 것이 아니다. 오직 뇌물로 장수를 등용하지 않으면 된다. 권세 높고 총애받는 신하에게 맡기지 않고, 가까이에서 모시는 사람에게 맡기지 않으면 된다. 가까이에서 모시는 자의 우환이 사라지면 권세 높은 자들이 저절로 움찔하게 된다. 권세 높은 자의 폐단이 개혁되면 뇌물로 장수를 뽑는 일이 절로 근절되어 서로서로 연계될 것이다. 가까이에서 모시는 자의 폐단을 제거하지 않고 권세 있는 자들의 행태를 개혁하지 않으며 뇌물로 장수를 뽑아 쓰면서 바깥의 우환을 면하려 한다면 바보이거나 미치광이일 것이다. 그런 까닭에 옛날에 통치의 도리에 대해 말한 자는 밖을 물리치려면 반드시 내부를 먼저 다스리라고 했던 것이다.

해설

왜적의 침략에 대비해야 하는 이유와 그 자세를 점검한 글이다. 신흠은 중년 이후 내우외환을 두루 겪었다. 1592년의 임진왜란과 1624년의 이괄의 난, 그리고 1627년의 정묘호란이 그것이다. 절체절명의 국가 위기를 수차례 헤쳐 나가면서 그는 무비(武備)의 중요성을 절감했다.

본론에 앞서 신흠은 왜의 침략사를 고대에서 바로 이전 시대까지 일목요연하게 정리했다. 그들은 힘으로 누를 때는 꼼짝 못하고 순종하는 체하다가 이쪽에서 틈만 보이면 어김없이 침략하는 행위를 지금껏 되풀이해 왔다. 그중에서도 가장 참혹한 피해를 입힌 것이 임진왜란이다.

임진왜란은 왜 일어났는가? 조정이 안일에 빠져 정황을 살피지 않고 수수방관하는 동안 저들이 틈을 노렸기 때문이다. 상대를 얕잡아 보고 분명한 징조가 드러났음에도 낙관하다가 화를 입은 것이다. 결과는 역사상 유례가 없을 정도로 참혹했다. 다시 살아갈 희망조차 찾기 어려울 정도였다.

여기까지 설명한 뒤 신흠은 통신사 왕래 재개 이후 "우호를 다지는 예가 임진년 이전에 비해 더욱 두터웠다."라는 내용의 단락과 "요행을 기뻐하며 군사 일은 여전히 내버려 둔 채 무(武)를 강구하지 않아 임진년 이전보다 더 게을러졌다."라는 내용의 단락을 교묘하게 병치했다. 참혹한 전란이 끝난 지 10여 년도 못 되어 지난날의 교훈을 잊고 다시 안일에 빠진 상황이 이를 통해 적나라하게 드러난다. 게다가 수군 지휘의 책임을 맡은 통제사를 뇌물로 뽑아 쓰니 장수들이 병사들에게 가혹하게 거둬들이는 일에 혈안이 되어 전함이 낡아도 수리하지 않고 군사의 편제가 흐트러져도 거들떠보지 않는 현실을 개탄했다. 이어 다시 "나는 이게 무슨 까닭인지 알지 못하겠다."로 끝나는 두 단락을 잇대어 사사로운 이익에 눈이 멀어 임진년의 교훈을 까맣게 잊고 있는 벼슬아치들을 성토했다.

마지막 단락의 첫 문장인 "이를 고쳐 바로잡지 않으면 나라에는 반드시 왜로 인한 근심이 다시 생긴다."가 이 글의 주제문이다. 고쳐 바로잡는 방안은 뇌물로 사람을 뽑아 쓰는 관행을 근절하고 그 사이에 얽힌 이해관계의 고리를 과감히 끊어 내는 것이다.

외환(外患)을 막으려면 내수(內修)에 힘써라! 이와 같은 신흠의 주장은 대단히 힘 있고 구체적이어서 설득력이 있다. 고질화된 안일과 타성의 습벽은 훗날 다시 일제의 식민 통치를 불렀고, 한일 간의 갈등은 지금도 진행형이다. 다산 정약용조차 일본인들의 경전 연구 성과를 보고 이들이 성현의 학문에 눈떴으니 이제 침략을 걱정하지 않아도 될 것이라는 낙관적 전망을 내린 것은 순진하게까지 여겨진다. 100년 후에 다시 돌아오겠다며 조선을 떠났던 조선 총독부의 마지막 총독 아베 노부유키의 말을 새삼스레 떠올리게 하는 글이다.

부쳐 사는 인생 　　　寄齋記

어떤 것을 지녀 자기 것으로 만드는 것은 망령된 일이다. 어떤 것을 지니고도 마치 소유하지 않으려는 듯이 구는 것은 속이는 짓이다. 어떤 것을 가지고서 잃을까 염려하는 것은 욕심 사나운 일이다. 아무것도 없으면서 반드시 가지려 드는 것은 성급한 짓이다. 다만 있으면 가지고 없으면 없이 지내며, 있고 없고 간에 어디에서든 편안치 않음이 없어 자신에게 보탬도 손해도 없었던 것이 옛날의 군자였다. 기재 옹 같은 분은 이에 대해 들은 바가 있었던 걸까?

'부친다(寄)'는 것은 '붙어산다(寓)'는 뜻이니, 있기도 하고 없기도 해서 가고 옴에 일정함이 없음을 말한다. 사람이 천지 사이에 있는 것은 참으로 있는 것인가, 없는 것인가? 아직 태어나기 전의 관점에서 본다면 본시 없다 하겠고, 이미 태어난 관점에서 볼진대 분명히 있다 하겠다. 그러다가 죽게 되면 또다시 무로 돌아간다. 그렇다면 사람이 산다는 것은 있음과 없음의 사이에 부쳐 사는 일인 셈이다. 우임금은 이렇게 말했다. "삶이란 부쳐 사는 것이고, 죽음은 돌아가는 것이다." 삶이 내 소유가 아니라 천지에 형상을 맡겨 둔 것임을 알겠다. 삶 자체가 부쳐 사는 것이라면 하물며 밖에서 오는 영욕이나 화복이야 말해 무엇 하겠는가? 얻고 잃음, 이익과 손해도 마찬가지다. 이것들은 모두 성명(性命)이 아니라 부

146

처 사는 것일 뿐이니 어찌 일정할 수 있겠는가? 영욕도 화복도 한결같지 않고, 얻고 잃음, 이익과 손해도 일정치가 않다. 이것들은 사람과 더불어 변화하니, 일정하지 않은 것이 변화할 뿐 한결같은 것은 변화하지 않음을 그 누가 알겠는가?

변화하는 것은 사람이요, 변화하지 않는 것은 하늘이다. 하늘과 부합하는 자는 반드시 사람과는 맞지 않게 마련이다. 깨달은 사람은 이를 비유해서 "때에 편안하고 순리를 따르라.(安時處順.)"라고 말했다. 성인은 이를 논하여 "편히 지내며 천명을 기다린다.(居易俟命.)"라고 했다. 경우에 따라 속박을 벗어나고 성품을 다해 하늘을 섬겨야 그 돌아감이 한결같다. 부쳐 살 것이 와도 없는 듯 여기고, 부쳐 살던 것이 떠나가도 본래부터 없던 것으로 안다. 사물이 내게 부쳐 살아도 나는 사물에 부쳐 살지 않는다. 형상은 마음에 부쳐 살지만 마음은 형상에 부쳐 살지 않는다. 이렇게만 한다면 어디에서든 부쳐 살지 못하겠는가? 풀은 봄에 무성함을 고마워하지 않고, 나무는 가을에 잎이 짐을 원망하지 않는다. 내 삶을 잘 살아야 내 죽음이 훌륭해진다. 그 부쳐 사는 것을 잘한다면 돌아감 또한 훌륭하게 되는 법이다.

나와 기재 옹은 같이 죄를 얻었다. 나는 산골로 귀양 왔고, 옹은 바닷가로 쫓겨 갔다. 나는 또한 산골짝의 거처에다 '여암(旅菴)'이라는 편액을 내걸었다. '나그네(旅)'와 '부쳐 사는 것(寄)'은 그 뜻이 같다. 어찌 한가지 병을 앓는 사람이 길을 같이한 것이 아니겠는가? 나그네의 삶과 부쳐 사는 삶이 언제나 끝날지는 모르겠다. 하지만 나그네로 살지 않고 부쳐 살지도 않으면서 또한 조물주에게 내맡겨 둘 뿐이다. 나와 옹은 그사이에 아무 일도 없으리라. 잠시 나그네로 지내면서 내가 평소 느낀 바를 써서 부친다.

해설

박동량(朴東亮, 1569~1635년)의 유배지 거처인 기재(寄齋)를 위해 써 준 기문이다. 박동량은 본관이 반남, 자는 자룡(子龍), 호는 기재(寄齋)·오창(梧窓)·봉주(鳳洲), 시호는 충익(忠翼)이다. 1590년에 증광 문과에 병과로 급제한 뒤 호조 좌랑·이조 참판·경기도 관찰사 등 내외 요직을 두루 거쳤다. 신흠과 함께 선조에게 영창 대군의 보필을 부탁받은 유교칠신(遺敎七臣) 중 한 사람이다.

박동량은 1617년 1월 6일 인목 대비 폐비와 김제남(金悌男)의 가죄(加罪) 문제 등에 연루되어 충남 아산으로 유배되었다. 이때 신흠도 춘천으로 유배되어 이인(吏人) 박선란(朴善蘭)의 집에서 지냈다. 자신의 거처를 여암(旅菴)이라 부른 때가 바로 이 시기다.

이 글은 일반적인 기문과 달리 집에 대해서는 한 구절도 언급하지 않고 오로지 '기(寄)' 자의 뜻풀이에 집중했다. 박동량이 귀양지의 처소에 '기재(寄齋)'라는 이름을 붙였다. 잠시 부쳐 살다 가는 집이라는 뜻이다. 신흠은 이 이름을 듣고 그의 심정을 헤아려 '부쳐 산다'는 말의 뜻풀이를 그럴듯하게 해 주었다. 귀양지의 삶만이 아니라 인생 자체가 부쳐 사는 것이라고 의미를 확장한 뒤 있고 없음, 잃고 얻음의 차이에 연연하지 말고 한결같은 하늘의 도리를 믿으며 안시처순(安時處順)의 자세를 견지하여 떳떳함을 잃지 말자고 서로를 위로했다. 우리 두 사람은 하늘의 이치를 따르려다 죄를 입은 것이니 부끄러울 것이 없다. 그러니 현재의 처지에 마음을 다치지 말고 한결같은 마음에 형상을 부쳐 군자의 삶을 살아가자는 당부다. 신흠은 네 해 뒤인 1621년에, 박동량은 그 이듬해에 유배에서 풀려나 고향으로 돌아갔다.

우물 파기에서 배울 점 　　　　穿井記

나는 조정에서 쫓겨나 수춘(壽春)으로 귀양을 갔다. 호장(戶長) 박선란(朴善蘭)의 집에 부쳐지냈다. 집에 예전부터 우물이 없는지라 냇물을 길어다가 마셨다. 여름철에는 더럽고 흐린 것이 괴로웠다. 고을 늙은이에게 물어 그 집의 서북쪽 모퉁이를 파고 벽돌을 쌓아 물을 저장하니 달고도 맑았다. 근원에서 끝없이 물길이 솟아나 기쁘게 주인과 이를 함께 썼다.

　얼마 뒤 객이 와서 내게 말했다.

　"『주역』 정괘(井卦)의 상(象)에 이렇게 나와 있더군요. '군자가 이것으로 백성을 위로하고 서로 돕기를 권면한다.'라고요. 대개 우물은 길러 줌에 다함이 없습니다. 기른다는 것은 다만 자신을 기르는 것만이 아니라 백성을 기르는 것이지요. 백성을 기르는 것은 군자의 일입니다. 초육(初六)에서는 '흐려서 마시지 못한다.'라고 했고, 구이(九二)에서는 '항아리가 깨져서 샌다.'라고 했습니다. 구삼(九三)에 이르러서야 비로소 우물을 친다고 했고, 구사(九四)에서 겨우 벽돌을 쌓고, 구오(九五)에 와서 마신다고 했습니다. 상육(上六)에 이르러서야 미쁨이 있으리라 했으니, 그 덕은 성대하나 그 과정은 몹시 힘이 듭니다. 이제 이 우물은 이미 준설되었으니 벽돌을 쌓아 달게 마시며 미쁘게 됨이 장차 그렇게 하기를 기약하지 않더라도 절로 그리될 것입니다. 그대의 몸에 견준다면 도를 온축하고 덕이 풍부한데도 오히려 마시지 못하여 측은한 것과 같으니, 이 우물이 막힌 채 열리지 않았던 것과 비슷하지 않겠습니까? 하지만 상육에서 '믿음이 있어 아주 길하리라.' 했으니 임금이 밝아 복을 받으면 내가 장차 이 우물을 덮어 두지 않게 할 것입니다. 그대에게 명이 내려 허물이 없게 될 조짐입니다."

내가 웃으며 대답했다.

"고을은 옮겨 가도 우물은 옮기지 못한다고 했네. 우물을 어찌 구하겠는가? 물 길으러 온 사람은 바람이 깊고 길어서 가는 자는 욕구가 충족되겠지만, 우물이야 이것과 무슨 상관이 있겠나. 가득 차서 내보내니 길어 간다 해도 그 가득 참에 손해되지 않고, 비면 받아들이니 길어 가지 않는다 하여 늘 비어 있지도 않을 것이네. 길어 가고 길어 가지 않고는 우물의 입장에서 아무 차이가 없는 법이지. 이 우물은 사방으로 통하는 큰길 가운데 있지 않고 험한 바위와 깊은 골짝 사이에 있는지라 시장에 늘어선 많은 백성들이 쓰게끔 드러나지 못하고 기이한 귀양객의 처소에 드러났다네. 그 바탕과 쓰임이 실로 내 처지와 비슷하기는 하구려. 하지만 쓰이거나 버려지거나 간에 우물과 상관없기도 마찬가지일세. 또 애초에 하늘에서 치지 않은 것이 아니라면 나 또한 이 사이에서 일없이 지내려네. 잠시 그대와 더불어 향기로운 나물을 캐고 물풀로 자리를 깔아 한 국자의 술을 떠서 주고받으면 어떻겠는가?"

인하여 이 글을 쓰니, 이때는 정사년(1617년) 사월 하순이다.

해설

귀양지 거처에 우물을 판 뒤 『주역』 정괘에 비유해 현재 자신의 처지를 묘사하고 역경에 임하는 자세를 다짐한 글이다. 사물을 유비하는 철학적 사색이 돋보인다. 신흠은 1617년 1월에 춘천으로 유배 갔다. 이 글은 그해 4월에 지었으니 유배 초기 작품이다.

호장인 박선란의 집에 묵게 된 그는 주인집에 우물이 없어 냇물을 길어 마시는 사정이 딱하고 괴로워 마을 노인의 도움을 받아 뒤란에 우물을 팠다. 우물을 파는 과정은 이렇다. 먼저 구덩이를 넓고 깊게 파서 안쪽에 돌을 쌓아 무너지지 않게 하고, 바닥을 정리해 개흙이 일지 않게 한다. 그런 다음에는 사시사철 달고 찬 샘물을 길어 마실 수가 있다.

물길은 땅속에 진작부터 있었지만 흙으로 덮여 아무 쓸모가 없었다. 그런데 눈 밝은 사람을 만나 구덩이를 파고 벽돌을 쌓는 수고를 거치자 단 샘물이 원 없이 솟아났다. 집주인은 날마다 시냇물을 길어 오는 수고를 덜었고, 나는 여름철 흐리고 탁한 물을 더는 마시지 않아도 되었다.

이어지는 객과 나의 문답은 허구적 설정이다. 객이 불쑥 『주역』을 부연하며 우물을 파는 과정과 신흠 자신의 처지를 빗대어 설명한다. "그대가 귀양 온 것은 좋은 근원을 갖추고도 땅속에 숨어 있어 마실 수 없는 물과 같았다. 그런데 이제 벽돌을 쌓아 새 우물을 갖게 되었으니, 이 우물이 세상에 환히 드러난 것은 장차 풀려날 조짐이 아닐 수 없다."

객의 축원하는 말을 들은 신흠이 대답한다. "우물이 드러나고 드러나지 않고는 본래 우물과는 아무 상관이 없다. 사람들이 길어다 목을 축이건 그냥 흘러넘치건 우물은 그 자리를 지키고 있을 뿐이다. 내가 죄를 입어 이곳까지 온 것도 어찌 보면 하늘의 뜻이 아니겠는가. 그러니 이곳에서 마음을 비운 채 천명을 기다릴밖에. 술이나 한잔하는 것이 어떤가?"

환난과 역경에도 남을 원망하지 않고 적연부동(寂然不動)하는 자세와 『주역』의 괘상 풀이에 자신의 처지와 마음을 빗댄 전개가 눈길을 끈다.

나를 말한다　　　　　　　　玄翁自敍

현옹(玄翁)은 어떤 사람인가? 문장으로 세상에 이름났지만 옹은 문장을 자기 일로 여기지 않았다. 벼슬하여 조정에서 드러났어도 벼슬에 마음을 두지 않았다. 죄를 입어 밖으로 쫓겨났으나 죄 때문에 마음이 흔들리지 않았다. 특별히 좋아하는 것도 없고 이루려고 애쓰는 것도 없었다. 가난을 부유함과 같게 보고 풍성함 속에서도 간소한 듯이 지냈다. 남과 사귐에서는 남들이 친하고 소원함을 얻지 못했고, 사물에 응접해도 그것에 얽매이지 않았다.

젊어 학문에 뜻을 두고 곁으로 제자백가까지 익혔다. 거칠게나마 그 근원을 섭렵했지만 마침내 끝까지 파헤치지는 않았다. 뒤늦게 『주역』을 좋아하여 소강절(邵康節)이 주장한 대지 만물의 수(數)에서 깨달은 바가 있지만 이 또한 가장자리의 대략을 통했을 뿐이다. 책은 보지 않은 것이 없다. 하지만 책 외에는 종일 그저 있어도 속된 물건이 감히 방해하지 못했다. 사귄 벗들은 모두 한때의 빼어난 부류였다. 옹을 아는 자가 많았지만 어떤 이는 문장으로써 알고 어떤 이는 한 일로써 알았다. 백사(白沙) 이항복(李恒福)이 옹의 이웃에 살아 능히 옹의 취미와 조예를 알았고 옹 또한 백사를 알았다. 백사가 곧은 말로 죄를 얻어 북녘의 황량한 곳에 귀양 가서 죽자, 옹은 지음(知音)을 잃은 탄식으로 인간 세상에 아무 뜻이 없었다.

귀양살이하면서 한번은 「자찬(自贊)」을 지었다. 그 내용은 이렇다.

"현옹이라 하려니 이가 빠지고 머리는 벗겨졌으며 얼굴은 야위고 몸은 깡말라 지난날의 현옹이 아니다. 현옹이 아니라고 하자니 진흙탕에서도 더럽혀지지 않고 곤궁할수록 더욱 형통하므로 옛날의 현옹이 틀림없다. 현옹이 아니라고 한 것이 옳은가? 현옹이라고 한 것이 잘못인가? 내 장차 나를 잊어 옛 모습을 잃지 않으리니, 이른바 지난날의 현옹이 아니라고 한 것이 어찌 지난날의 현옹이 아니겠는가? 천지는 손가락 하나요, 만물도 한 마리 말에 지나지 않는다. 비록 몸뚱이를 합한들 어느 것이 진짜이고 어느 것이 가짜란 말인가? 아, 현옹이여! 하늘 일에는 능하면서 사람 일에는 능하지 못한 사람이던가? 하늘인가, 사람인가? 내 장차 큰 조화로 돌아가리라."

대개는 사실을 적은 것이었다. 지은 것에 「구정록(求正錄)」과 「화도시(和陶詩)」 및 잡문과 잡시 몇 편이 있으니 이는 옹의 나머지이다. 세상에서 옹을 아는 자가 없거늘 어찌 후세에 아침저녁으로 만남이 있기를 바라겠는가? 옹의 별장이 금촌(金村)의 상두산(象頭山) 아래에 있는지라 상촌거사(象村居士)란 호를 쓰기도 한다. 세상에서는 현옹이라 일컬으므로 이에 현옹으로 살아가련다.

해설

"나는 누구인가?" 자기 실존에 대한 물음은 문학 생성의 중요한 토대다. 자신의 초상화를 보고 쓰는 화상자찬(畵像自贊)과 거울에 비친 자기 모습을 보고 쓰는 임경찬(臨鏡贊) 같은 자찬(自贊) 문학도 있다. 직접 그린 자기 초상화에 자찬을 쓰는 것은 자화자찬(自畵自讚)이다. 이 밖에 여러 문집에는 자제문(自祭文)·자만시(自挽詩)·자전(自傳)·자찬연보(自撰年譜) 등 자신의 일생을 스스로 정리하고 평가하는 글이 적지 않다. 간혹 자기에게 편지를 써서 자기 자신과 맞대면하기도 했다. 이 과정에서 서(書), 기(記), 서(序) 등 여러 문체가 자연스럽게 활용되었다.

이 글은 제목 그대로 자기 자신에 대해 서술한 일종의 자서전이다. 글 중간에는 신흠이 1617년에 지었던 「현옹자찬(玄翁自贊)」이 실려 있다. 내용 중에 "죄를 입어 밖으로 쫓겨났으나 죄 때문에 마음이 흔들리지 않았다."라거나 진흙탕에 빠져 곤궁하다는 구절이 있는 것으로 보아 유배 시기에 지은 글로 보인다. 옳고 그름, 진짜와 가짜에 대한 논의를 펼쳐 겉모습은 변해서 나답지 않지만 정신만은 꿋꿋하므로 변한 것이 없다고 했다. 인간사에는 소루해서 역경에 처했지만 변치 않는 천도를 지켜 떳떳한 삶을 살겠노라는 다짐도 함께 담았다. 나직한 어조와 더불어 어려움 속에서도 자부심을 잃지 않는 태도가 인상적이다.

권필

權韠

1569~1612년

자는 여장(汝章), 호는 석주(石洲), 본관은 안동이다. 이름난 시인이었던 아버지 권벽(權韠)의 영향으로 시명이 높았다. 1591년 왕세자 책봉을 둘러싸고 일어난 이른바 신묘당사(辛卯黨事)의 충격으로 과거를 포기했다. 젊은 날의 원대한 포부가 점차 불의한 현실에 대한 환멸로 바뀌면서 공분을 쌓은 그는 평생 반골의 저항 시인으로 일관했다.

임진왜란 이후 29세 때인 1597년 겨울 강화에 정착했다. 1599년 양택이라는 자가 아버지를 죽인 사건이 일어났는데, 뇌물을 받은 관리가 오히려 고발한 사람을 벌주자 분연히 상소를 올려 양택의 죄를 바로잡고 마포 서강으로 돌아왔다. 1601년 11월에 이정귀의 추천으로 중국 사신을 맞는 원접 행차에 백의(白衣)의 신분으로 제술관에 발탁되었다. 2년 뒤인 1603년 8월 처음으로 동몽교관에 제수되었으나 바로 그만두었다. 이후 다시 강화로 돌아갔다가 42세 때인 1610년에 서강으로 돌아왔다. 이듬해인 1611년 봄에 임숙영(任叔英)이 전시(殿試)의 대책에서 외척의 교만 방자함과 후비(后妃)의 정사 관여를 비판한 글을 올렸는데, 이를 본 광해군이 격노해 그의 삭과를 명했다. 이에 권필이 분개하여 「문임무숙삭과(聞任茂叔削科)」를 지어 이 일을 풍자하자 광해군이 격분했으나 치죄의 꼬투리를 찾지 못했다. 그러나 이듬해 2월에 일어난 김직재(金直哉)의 무옥(誣獄)에 연루되어, 광해군이 친국하여 혹독

한 형벌을 내렸다. 대신들의 만류로 사형을 면하고 유배형이 결정되었으나 동대문 밖에서 벗들이 건네준 위로의 술을 마시고 장독(杖毒)이 나 죽었다.

그의 시는 삼당시인을 이어 한국 한시에서 가장 뛰어나다는 평가를 받았다. 시의 명성에 가려 문장은 크게 알려지지 않았으나, 여기에 실은 글을 보면 군더더기 없이 단계를 밟아 의표를 찌르는 글맛이 살아 있고 전거를 활용하는 역량이 탁월하다. 세상을 바라보는 강골의 반항적 기질도 충분히 감지된다.

아비를 죽인
양택의 죄악

請誅賊子梁澤疏

삼가 생각건대 선왕께서는 천하를 소유하신 뒤 가장 먼저 인륜을 밝혀서 교화를 세웠습니다. 진실로 강상(綱常)의 도리는 천지를 바꿀 수 없고 일월을 폐할 수 없는 것과 같기 때문입니다. 가르침이 이미 서서 교화가 행해져도, 오히려 인의(仁義)를 해치는 자가 그사이에 이따금씩 나올 것을 염려한 까닭에 오형(五刑)을 제정하여 위엄을 보였으니, 교화를 유지함이 지극하다 하겠습니다. 후세로 내려와 풍속이 쇠퇴하고 교화가 행해지지 않게 되자, 비록 수레로 몸을 찢어 해체하는 형벌이 앞뒤로 서로 이어져도 아비를 죽이고 임금을 시해하는 자가 이따금씩 있었습니다. 하물며 엄한 형벌과 무거운 법으로 위엄을 보임이 없다면 천하 국가의 일에는 장차 차마 말할 수 없는 것이 있을 것입니다.

신등이 삼가 살피건대 강화부 사람 양택이 그 아비를 죽인 것은 본 고을의 백성들이 한결같이 말하는 바입니다. 구상(具湘) 등 열여섯 명이 연명으로 관에 알린 것은 온 고을이 공론을 펴는 것을 이미 덮어 가릴 수가 없었기 때문입니다. 강화 부사 이용순(李用淳)과 교동 현감 이억창(李億昌)이 앞뒤로 검시(檢屍)한 것만 보더라도 때려서 상하게 한 흔적이 『무원록(無冤錄)』과 부절을 맞춘 듯 합치되어, 양택이 아비를 죽인 죄상은 의심할 만한 것이 없었습니다. 그런데도 유사(有司)는 의심스러운 옥사라고 핑계 대면서 형벌을 시행하지 아니하고, 시신을 아무렇게나 놓아 두어 살이 썩어 문드러져 증거를 살필 수 없게 된 뒤에야 다시 검시하겠 다고 해서 명분으로 삼았습니다. 검시할 수 없을 지경이 되자, 이에 구상 등 열여섯 명을 잡아다가 말의 뿌리가 나온 곳을 끝까지 추궁하여, 마치 양택을 위해 복수라도 하려는 것 같았으니, 신등은 가만히 의혹합니다.

지금 이 일을 맡은 자들이 어찌 모두 아비 없는 사람이겠습니까? 또 아비 죽인 사람을 하루라도 용납할 수 없음을 어찌 모르겠습니까? 하지 만 두루뭉수리로 덮어 가려 오늘에 이른 것이 어찌 연유가 없겠습니까? 저 양택은 본시 재물이 넉넉하여 밭과 집을 다 팔아 뇌물로 바친 것을 온 고을 사람들이 알고 있습니다. 다만 어느 집 대문으로 들어갔는지 알 지 못할 뿐입니다. 양택이 아비를 죽인 것은 지난해 칠월이었고, 이용순 의 초검(初檢)은 십일월에 있었으며, 이억창의 재검은 올 이월에 있었습 니다. 개검(改檢)은 유월에 있었으니, 천하의 대역 죄인으로 하여금 감옥 안에 드러누워 늙기를 기다리게 하면서도, 재상은 그 잘못을 알지 못하 고 대간은 그 그릇됨을 말하지 않음에, 신등은 적이 부끄럽습니다.

아! 자식이 아비를 죽이고도 오히려 능히 뇌물로 스스로를 지켜 시 일을 일 년이나 끌기에 이르렀으니, 다른 것이야 또 말해 무엇 하겠습니 까? 신등이 살펴보니, 본 고을의 백성들이 처음 이 일을 듣고는 분을 내 어 주먹을 부르쥐지 않는 이가 없었습니다. 지금은 사람마다 벌벌 떨며 도리어 관에 고한 구상 등을 경계로 삼습니다. 대저 처음에 분을 내어 주먹을 부르쥔 것은 하늘의 이치와 백성의 떳떳한 윤리가 스러짐을 용납 할 수 없었던 것이요, 이제 와 벌벌 떠는 것은 위에 있는 자가 그렇게 만 든 것입니다. 아아! 남의 윗사람이 된 자가 능히 인륜을 밝히고 풍속을 바로잡아 사람마다 효제(孝悌)의 도리를 행하게 하지는 못할망정, 강상의 막대한 변고가 도성에서 멀지 않은 지역에서 일어났는데도 능히 법의 적용을 밝게 보여 하늘이 벌을 내림을 통쾌하게 하지 못함으로써 스스로 새로워지려는 백성으로 하여금 본심을 잃게 만드니, 신등은 가만히 통탄합니다.

신등은 장차 하늘과 땅이 자리를 바꾸고, 해와 달이 차례를 잃으며, 삼강(三綱)과 구법(九法)이 인멸되고 끊어지는 것을 보게 될 것입니다. 천하 사람은 아비와 아들이 서로 죽이는 것을 드물지 않게 보게 될 것입니다. 말과 생각이 이에 미치니, 어찌 통곡하여 눈물을 흘리는 데 그칠 뿐이리이까? 엎드려 원하건대 전하께서는 크게 성내 통쾌하게 밝은 형벌을 보이시고, 천하 사람으로 하여금 시역(弑逆)한 자가 하늘과 땅 사이에 용납될 곳이 없음을 환히 알게 하소서. 그리하신다면 하늘과 땅이 막혔다가 다시 열리고, 해와 달이 어두워졌다가 다시 밝아질 것입니다. 삼강이 바로잡히고 온갖 법이 바로 서서, 천하에 아비와 아들 된 자가 안정을 찾을 것이오니 어찌 통쾌하지 않으며, 어찌 성대하지 않겠습니까? 그렇지 않다면 신등은 장차 바다로 달려가 죽거나, 혹은 머리를 풀어헤치고 산에 들어가며, 혹은 남만이나 북월의 오랑캐 땅으로 달아날 뿐입니다. 어찌 능히 예의의 나라가 변화하여 아비 없는 나라가 되고 깜깜하게 금수와 더불어 무리가 되는 것을 그저 앉아서 보겠습니까?

신등은 도성에서 태어나 어려서부터 훌륭한 교육을 받아 떳떳한 윤리의 법도를 거칠게나마 압니다. 이 고을로 들어와 살다가 직접 이 일을 보게 되니, 의리로 묵묵히 있을 수가 없었으나, 미루다가 여기까지 온 것은 선비들에게 바라는 바가 있었기 때문입니다. 이제 살피건대 추고경차관(推考敬差官) 조정지(趙廷芝)는 가솔까지 이끌고 와서 양택의 처자식으로 하여금 문간을 드나들게 하고 있습니다. 교동(喬桐) 율생(律生)이 추고

한 공초가 명백하고도 정확한데도 위로 보고조차 하지 않으니, 이와 같이 한다면 아비 죽인 도적을 끝내 죽일 수 있는 때가 없을 것입니다. 신등은 구구한 분노의 지극함을 이기지 못하여, 삼가 목욕하고 말씀드리나이다.

해설

임금에게 올린 상소문이다. 1599년, 권필의 나이 31세에 썼다. 당시 강화도에 머물고 있었는데, 그곳에서 일어난 양택이란 자의 시부(弑父) 사건을 처리하는 관청의 미온적인 태도를 지켜보다 격분하여 강화 부민을 대신해 붓을 들었다.

국가의 통치에서는 무엇보다 인륜의 교화가 중요하며, 이것이 지켜지지 않을 때를 대비해 오형(五刑)의 엄한 형벌을 제정하여 위엄을 보인다는 내용으로 서두를 시작했다. 이후 이어지는 세 단락은 끝 구절을 "신등은 가만히 의혹합니다.(臣等竊惑焉.)" "신등은 적이 부끄럽습니다.(臣等竊恥焉.)" "신등은 가만히 통탄합니다.(臣等竊痛焉.)"로 나란히 맺어 점층의 논의를 펼쳤다.

처음에는 사건의 경위와 관청의 처리 과정에 대한 의혹을 제기했다. 이어 양택이 쓴 뇌물이 먹혀든 정황과, 그럼에도 재상과 대간이 손을 놓고 있는 사실을 부끄러워했다. 나아가 강상의 윤리가 전복되어 백성들이 고변을 후회하게까지 만든 현실을 통탄했다. 고전 수사법으로는 층체법(層遞法), 즉 단계를 밟아 차곡차곡 논의를 쌓아 가는 논법에 해당한다.

글의 후반부에는 삼강구법(三綱九法)의 엄정함을 밝혀 달라는 탄원을 담았다. 마지막 단락에서는 서울에서 파견된 경차관 조정지의 부당한 일 처리를 거론하며 끝내 자신이 나설 수밖에 없었던 저간의 사정을 짚는 한편 청원의 강도를 높였다. 논리가 엄정하고 단락이 차서를 갖춘 짜임새가 높은 글이다. 사실 기술에서 정황 파악으로, 다시 고발과 탄원으로 이어지는 전개가 상소문의 한 전형을 이루었다.

이 글은『선조실록』32년(1599년) 9월 7일자 기사에 축약된 형태로 실려 있다. 당시 강화 부사 이용순은 자신이 파직될 것을 염려해 옥사를 고의로 지연시켰고, 양택이 감사 유희서(柳熙緖)에게 양마(良馬)를 바쳐 1년 넘게 옥사가 지연된 사실을 보충한 사관의 기록이 덧붙어 있다. 끝에는 "의금부에 내려보내 처리하라."라는 왕의 처결이 붙어 있다.

창고 옆 백성 이야기 倉氓說

나라의 창고 옆에 사는 백성이 있었다. 그는 장사를 하지도 않았고, 농사를 짓지도 않았다. 매일 저녁 나가서 밤에 돌아오는데, 올 때 반드시 쌀 닷 되를 가지고 왔다. 어디에서 났느냐고 물어도 알려 주지 않았다. 그 아내나 자식조차 알 수가 없었다. 이처럼 지낸 수십 년 동안 좋은 밥을 먹고 화려한 옷을 입으며 지냈으나, 그 집을 살펴보면 아무것도 없었다.

병들어 죽게 되었을 때, 그는 그 아들에게 몰래 일러 주었다.

"창고의 몇 번째 기둥에 구멍이 있다. 크기는 손가락 하나 들어갈 만하다. 쌀이 안쪽에 가득 쌓여 있으니 꽉 막혀 꺼낼 수가 없다. 너는 손가락만 한 나무를 가져가서 구멍 속에 넣어 살살 꺼내도록 해라. 하루에 닷 되만 하고 그쳐야지 더 이상 하면 안 된다."

그 백성은 죽고, 아들이 이어서 그 일을 했다. 입고 먹는 것이 아비 때와 다를 바 없었다. 얼마 안 있어 아들은 구멍이 너무 작아 많이 가져올수 없는 것을 답답하게 여겼다. 그래서 구멍을 뚫어 크게 만들고는, 날마다 몇 말씩 꺼내 왔다. 그러고도 부족해서 또 구멍을 뚫어 더 크게 했다. 창고지기가 도둑질을 알게 되어 잡아다가 죽였다.

아! 도둑질은 소인의 나쁜 행실이다. 하지만 진실로 족함을 안다면 또한 그 몸을 보전할 수 있다. 백성이 그랬다. 되나 말은 잗다란 이익이다.

하지만 진실로 족함을 알지 못한다면 또한 제 몸을 죽일 수 있다. 백성의 아들이 그랬다. 하물며 군자로서 족함을 안다면 어떻겠는가? 하물며 천하의 큰 이익을 취하고도 만족할 줄 모르는 자는 어떻겠는가? 고령 신질부(申質夫)가 날 위해 말해 주었다.

해설

벗인 신박(申樸)이 들려준 이야기를 바탕으로 인간의 탐욕과 만족에 대해 쓴 설(說)이다. 질부(質夫)는 신박의 자다. 제목의 '창맹(蒼氓)'은 맨머리의 백성을 뜻한다. 글은 기승전결의 네 단락으로 구성되어 있다.

기(起)는 무위도식으로 평생을 살면서 밤만 되면 쌀 닷 되를 가져와 배불리 먹고 잘 입었던 도둑의 이야기다. 쌀을 얻게 된 연유는 말하지 않아 독자의 궁금증을 불러일으켰다. 도둑이 죽으면서 아들에게 창고에서 곡식을 훔쳐 내는 방법을 알려 주는 것이 승(承)이다. 아버지가 죽자 아들이 아버지를 따라 했는데, 욕심이 생겨 구멍을 크게 만들었다가 창고지기에게 발각되어 붙잡혀 죽었다. 여기까지가 전(轉)이다. 아들은 아버지의 당부를 금방 잊었던 것이다.

결(結)은 간명하다. 구멍을 뚫어 곡식을 훔치는 것은 나쁜 짓이다. 하지만 족함을 알면 수십 년 동안 문제없이 잘 먹고 잘 살 수 있다. 되나 말은 큰 차이가 없다. 그러나 족함을 모르면 죽음을 부른다. 도둑의 아들은 작은 이익 때문에 목숨을 잃었다. 문제는 족함을 아느냐 모르느냐에 달렸다.

권필이 정작 하고 싶었던 말은 그다음의 한마디다. 군자가 바른길을 가면서 족함을 안다면? 반대로 천하의 큰 이익을 독차지하고도 족함을 모른다면? 그는 이렇게 말하고 싶었던 듯하다. 나는 가난해도 족함을 아는 군자의 길을 떳떳이 가겠다. 지금 천하의 큰 이익을 다 가지고도 족함을 모르는 인간이 있다. 그의 말로가 어찌 될지 지켜볼 참이다. 행간에 기풍(譏諷)의 뜻을 담았다.

종정도 이야기　　　　　　　　　從政圖說

세상에 한가로운 자들이 무리 지어 할 일이 없으면, 몇 폭의 종이를 잇대어 관직의 차례를 죽 늘어놓고, 오르내리고 쫓겨나고 승진하는 규칙을 붙여 두고는, 나무를 여섯 면이 되게 깎아 덕(德)·훈(勳)·문(文)·무(武)·탐(貪)·연(軟)이란 여섯 글자를 각 면마다 써 둔다. 이 같은 것이 무릇 세 개다. 몇 사람이 판을 앞에 두고 소리치며 이것을 던진다. 얻은 결과에 따라 벼슬을 올리고 내리며, 지위의 귀천을 살펴보아 승부를 결정한다. 이것을 이름하여 '종정도(從政圖)'라고 하니, 그 유래가 오래되었다.

나는 어릴 적부터 이 놀이를 좋아하지 않아, 무리들이 노는 것을 보면 문득 손을 내젓고 가 버리곤 했다. 병신년(1596년)에 호남에 머물 때였다. 하루는 우연히 들에 있는 정자로 나갔는데, 몇 사람이 마침 이 놀이를 하고 있었다. 내가 곁에서 자세히 살펴보니, 벼슬이 올라가 귀하게 된 사람도 있고, 내려가 천하게 된 자도 있었다. 혹은 처음에 쫓겨났다가 나중에 벼슬이 올라가기도 하고, 혹은 처음에 올라갔다가 나중에 쫓겨나는 경우도 있었다. 또한 그 사이에 무슨 운수가 있는가 싶었다.

대저 올라가 귀하게 된 자가 반드시 모두 어진 것이 아니요, 내려가 천하게 된 자도 반드시 모두 어리석지는 않을 것이다. 처음에 쫓겨났다가 뒤에 올라간 자가 어찌 처음에는 형편없다가 뒤에 훌륭해진 것이겠는가? 처음에 올라갔다가 나중에 쫓겨난 자가 어찌 처음에는 현명했다가 나중에 멍청해졌겠는가? 벼슬이 오르내리고, 승진하고 쫓겨나는 일이 어질고 멍청함을 가지고 논할 수 없는 것이라면 다만 운이 있고 없고에 달렸을 뿐이다.

아아! 내가 지금 정치에 종사하는 자들을 살펴보니 이 종정도 놀이와 비슷하지 않겠는가? 어떤 사람은 그것이 우연이 아니라 기교를 부리는 지혜에서 비롯된 것이라고 하지만, 이런 말을 나는 믿지 않는다.

해설

종정도는 놀이의 일종으로, 승경도(陞卿圖)라고도 불렸다. 윷놀이처럼 판을 펼쳐 놓고 주사위를 던지며 노는 놀이다. 커다란 종이에 조정의 벼슬 품계를 갈래에 따라 차례로 적고, 육면 주사위 세 개를 던져서 나온 글자에 따라 벼슬이 올라가거나 내려간다. 최고 관직인 영의정을 거쳐 명예롭게 은퇴한 관리에게 내리는 봉조하(奉朝賀) 사궤장(賜几杖)을 먼저 통과하는 사람이 이긴다. 가장 아래는 파직인데, 어느 한 사람이 여기로 내려가도 승패가 결정된다. 각종 벼슬의 이름을 모두 적어 놓았으므로 공부하는 유생들이 조정의 벼슬 체계를 친숙하게 익힐 수 있는 학습 효과도 아울러 볼 수 있다.

권필은 종정도 놀이를 하는 장면을 곁에서 지켜본 소감을 적었다. 벼슬이 올라가고 내려가는 것은 능력에 달린 것이 아니라 조화의 운수가 작용하는 것일 뿐이다. 높고 귀하게 된 사람이 어진 것이 아니고, 낮고 천하게 된 자가 어리석은 것도 아니다. 벼슬의 높고 낮음은 단지 운이 좋으냐 나쁘냐에 달렸을 뿐이다. 이렇게 운을 뗀 뒤 오늘날 정치에 종사하는 자들의 경우도 한 판의 종정도 놀이와 다를 것이 없다는 결론에 도달한다. 능력은 벼슬길에서의 승승장구와 아무런 상관이 없기 때문이다. 높은 벼슬에 오르려면 기교를 부리는 지혜가 필요하다고 말하는 사람도 있다고 언급한 것은 고전 수사법 중 도미법(掉尾法)에 해당한다. 끝에서 꼬리를 한 번 더 치고 마무리 짓는 수법이다. 그러나 기교의 지혜라는 반론 또한 결국 잔꾀를 부리는 수완을 말하는 것이니 애초에 능력과는 거리가 멀다. 당시의 현실을 부정적으로 바라보는 권필의 시각이 드러난다.

대나무와 오동나무가 서 있는 집　　竹梧堂記

새 중에 신령스러운 것을 봉황이라 한다. 단혈(丹穴)에서 나와 사해를 날며, 오동나무가 아니면 깃들지 않고, 연실(練實)이 아니면 먹지 않는다. 연실이란 것은 대나무 열매다. 봉황은 높이 날고 머뭇머뭇 모이며, 때에 따라 나타났다가 숨는다. 그런 까닭에 군자가 이를 취하는 것이다.

내 친구 임자정(林子定)이 금강 물가에 집을 지었다. 그 동산이 열 묘(畝)인데, 일천 그루의 키 큰 대나무가 빼곡하니 솟았고, 늙은 오동나무 한 그루가 당의 동쪽 모퉁이에 서 있다. 그래서 이 두 물건을 가지고 당의 이름을 지었으니, 대개 그 소유한 것으로 봉황에 뜻을 의탁한 것이다.

팔월 어느 날 내가 찾아갔다가 말하는 사이에 밤이 되었다. 산 달이 비스듬히 환하여 오동나무 그늘이 땅에 깔렸다. 바람이 시원하게 대숲으로부터 일어났다. 뜨락 가운데서 서성이다 돌아서 방으로 들어왔다. 자정이 흔연히 말했다.

"이 또한 늙어 죽도록 아무 걱정이 없다는 것 아니겠는가?"

내가 대답했다.

"그렇군. 하지만 때에는 막힘과 뚫림이 있고, 도에는 드러남과 감춰짐이 있는 법이라네. 자네가 너울너울 춤추며 순(舜)임금에게 예를 올리고, 해맑게 울며 주나라에서 상서를 드리우지 않을 줄 어찌 안단 말인가?

만약 그렇게 되면 자네가 이곳에 오래 머물고자 한들 되겠는가?"

자정은 말없이 고개를 떨군 채 졸고 있었다.

내가 탄식하며 말했다.

"봉황이여, 봉황이여!"

그러고는 마침내 촛불을 잡고서 기록한다.

올해는 만력 무술년(1598년, 선조 31년)이고, 나는 화산(花山) 권 아무개이다.

해설

벗인 임탁(林悏)의 거처 죽오당(竹梧堂)에 지어 준 글이다. 자정(子定)은 임탁의 자다. 그 밖에 상세한 내용은 알려진 것이 없다. 권필은 금강 주변에 있는 그의 집을 찾아갔다가 이 글을 지었다. 봉황은 대나무 열매를 먹고 오동나무에 깃들어 산다는 상상 속의 신조(神鳥)다. 임탁은 자신의 거처에 대숲을 둘러 두고 집 모퉁이에 오동나무 한 그루를 심어 기른다. 그 집에 사는 사람은 봉황인 셈이다. 아무리 배고파도 죽실(竹實)만 먹고, 아무리 힘들어도 오동나무에만 깃든다는 새.

임탁은 오동나무 사이로 비쳐 드는 달빛 아래 서서 대숲에서 불어오는 바람을 맞으며 말한다. "어떤가? 이만하면 늘어 죽기까지 지내기에 충분하지 않은가?" 권필이 대답한다. "봉황은 순임금의 뜨락에 나타나고, 주나라 조정에서 상서로운 울음을 울었지. 이런 한적한 시골 구석은 봉황이 삶을 마치도록 숨어 있을 곳이 아닐세. 이제 세상이 맑아지고 도가 드러나면 자네가 이곳에 머물려 해도 머물 수 없을 것이네." 임탁은 권필의 말을 듣지 못한 채 꾸벅꾸벅 졸고 있다. 대화 광경의 선명한 묘사를 통해, 봉황 같은 인재가 뜻을 펴지 못하고 초야에 묻혀 세월을 보내는 상황에 대한 안타까움과 당시 현실에 대한 우울한 심경을 드러냈다.

글쓴이는 중간중간 전거(典據)를 숨겨 행간을 넓혔다. 순임금과 주나라를 운운한 대목은 『서경』 「익직(益稷)」에 나오는 "봉황이 와서 춤을 추었다."라는 말과 『국어』 「주어(周語)」에 실린 주나라 문왕 때 봉황이 기산(岐山) 아래 날아와 울었다는 이야기를 취해 임탁을 봉황에 비긴 것이다. 늙어 죽도록 아무 근심이 없다는 말은 당나라 유종원의 「여양회지소해거의제이서(與楊誨之疏解車義第二書)」에서 "호미 잡고 삽을 메고 냇물을 끌어와 채마밭을 만들어 나물을 대고, 한가하면 도랑과 못을 파서 나무를 심는다. 걸으며 노래하고, 앉아서 낚시하다 푸른 하늘과 흰 구름을 바라본다. 이로써 자적하니 또한 늙어 죽을 때까지 근심이 없다 하기에 족하다."라고 한 구절에서 따왔다. 끝에서 졸고 있는 임탁에게 "봉황이여, 봉황이여!"라고 한 것도 『논어』 「미자(微子)」에서 초나라의 광인(狂人) 접여(接興)가 공자 앞을 지나며 "봉황이여, 봉황이여! 어찌 그리 덕이 쇠하였는가.(鳳兮鳳兮 何德之衰.)"라고 한 데서 취한 말이다.

술집 주인의 나무람　　　　酒肆丈人傳

옛날 소옹(邵雍)이 낙양에 살았다. 하루는 작은 수레를 타고 천진교(天津橋)에서 꽃구경을 하다가 술집 옆에서 쉬는데, 수염과 머리털이 허연 늙은이가 발을 걷고 앉아 있는 것이 보였다. 늙은이가 왼손으로 갓끈을 쥐고, 오른손으로는 소옹을 가리키며 말했다.

"너는 소옹이 아닌가?"

소옹이 손을 모으고 대답했다.

"그렇습니다."

"너는 천지의 조화를 꺾고, 음양의 만남을 흩으며, 귀신의 기미(機微)와 도의 비밀을 누설하여 세상 사람들에게 아첨한 자가 아닌가? 너 같은 자가 바로 옛사람이 말한 천형(天刑)의 백성일 것이다."

소옹이 놀라 어쩔 줄 몰라 하며 머뭇머뭇 나아가 말했다.

"선생께서는 소옹을 탓하심이 어찌 그리 심하십니까? 저는 어렸을 때부터 선왕의 글을 읽어 지금에 이른 지 사십여 년이 되었습니다. 말은 감히 도리에서 어그러지지 않았고, 행실은 감히 도를 어김이 없었습니다. 선생께서는 어찌 저를 탓하심이 이리 심하십니까?"

장인(丈人)이 씩 웃으며 말했다.

"심하다. 너의 미혹함을 깨닫게 하기가 어렵구나. 이리 오너라. 내가 네게 말해 주겠다. 지극한 도의 정미(精微)함은 그윽하고도 어두우며, 지극한 도의 극치는 어둡고도 묵묵하다. 음과 양이 서로 엇갈려 온갖 변화가 나타나는 것은 돕는 것이 있어 그리된 것이 아니다. 동서남북과 중앙의 다섯 기운이 고르게 퍼져 네 계절이 운행하는 것은 재량하여 조절하는 것이 있어 그리되는 것이 아니다. 아득한 옛날의 세상에서는 그 임금은 어리석고 그 백성은 소박하고 비루하였지만 저도 모르는 사이에 천지사방을 뛰어다녔다. 무릇 하늘과 땅 사이에 생물의 종류로는 벌거벗은 것과 털 있는 것, 날개 달린 것과 껍질 있는 것, 비늘 있는 것과 달팽이처럼 꿈틀거리는 것, 너무 작아 보이지 않는 것, 팔짝팔짝 뛰며 울어 대는 것 등이 있지만 모두 그 있을 곳을 얻었으니, 이와 같은 때는 지덕(至德)의 때라고 이를 만하다. 그러던 것이 복희(伏羲)가 괘(卦)를 만들고부터 태초의 조화가 흐트러지게 되었고, 문왕(文王)이 그 뜻을 부연하고 공자가 십익(十翼)을 짓자 원기는 찢어지게 되었다. 이에 있어 천하의 지혜롭다는 자들이 어지러이 일어나 '나는 『주역』의 상(象)을 잘 말한다.'라고 하면서 서로 무릎을 맞대고 앉아 강유(剛柔)와 소장(消長)의 변론을 늘어놓은 것이 천하에 가득 차게 되었다. 이런 까닭에 구름의 기운은 모이기를 기다리지 않고도 비를 내리고, 초목은 단풍 들기를 기다리지 않아서 지고 말며, 해와 달의 빛은 날로 거칠어졌다. 아! 이 모두가 『주역』을 만든 자의 허물이로다. 이제 너는 진단(陳摶)의 남은 의론을 몰래 훔쳐다가 괴이한 주장을 만들어 선천학(先天學)이라 이름 짓고는, 기이함을 뽐내 속인의 이목을 어지럽히고, 속임에 힘써 세상 사람들을 미혹시키니, 아아! 천하를 어지럽히는 것은 반드시 너의 말일 것이다."

소옹이 말했다.

"제가 듣건대 천지의 정미함은 괘로 인하여 드러나게 되었고, 괘획의 감추어진 뜻은 계사(繫辭)로 인하여 드러나게 되었으니, 이야말로 사물을 열어 온당함을 얻게 하는 개물성무(開物成務)의 도가 아니겠습니까. 선생께서 잘못이라고 여기시니, 다른 의견이라도 있으신지 감히 묻사옵니다."

장인이 말했다.

"내가 술집에서 자취를 감추고 지낸 지가 백여 년이다. 빚는 술이 날마다 수십 석이 되지만, 그 맛은 차이가 없다. 그런 까닭에 무릇 술을 구하는 자는 옆집으로 가지 않는다. 왜 그런가? 능히 술의 성질을 알아 이를 따라 만들었기 때문이다. 내가 만물에 있어 술 외에는 아는 것이 없으므로, 내가 장차 술을 비유로 말해도 괜찮겠는가? 대저 술은 처음에는 뒤섞인 한 기운일 뿐이니, 어찌 이른바 진하고 묽고, 텁텁하고 싱겁고가 있겠는가. 거르고, 받아 내며, 짜고, 체에 걸러 낸 뒤에야 맑고 탁한 것이 나눠지게 된다. 이에 진한 술은 묽어지고 텁텁한 술은 싱거워져서 술의 성질이 바뀌는 것이다. 대저 지극한 도의 엉킴은 술이 뒤섞여 있는 상태가 아니겠는가? 복희가 거르고, 문왕이 받아 내며, 공자는 이를 짜고, 이제 그대가 또 장차 체로 걸러 내려 하니, 나는 그 그윽하고 감추어진 것이 환하게 드러나고, 어둡고 묵묵한 것이 뚜렷해져서 지극한 도가 천착(穿鑿)될까 두렵다. 그렇게 되면 이른바 감히 거스르지 못하던 자도 이를 거스르게 될 것이고, 이른바 감히 어기지 못하던 자도 이를 어기게 될 것이다. 내가 천지의 성(性)을 따를 뿐 무엇을 알 것이며, 천지의 조화를 좇을 뿐 무엇을 하겠는가? 대저 한 기운은 저절로 운행되고, 네 계절은 저절로 가며, 비는 절로 내리고 물건은 절로 자라는 것이다. 그대 또한 도를 놓아두고 행할 뿐이지, 어찌하여 남몰래 이를 알려 하고 힘을 다해 이를 하려 하면서 스스로 성인이라 하는가?"

소옹이 몸을 굽혀 땅에 엎드리며 얼굴을 푹 숙이고, 기운을 가라앉힌 뒤에 말했다.

"선생의 말씀이 지당합니다. 제가 감히 삼가 밝은 가르침을 따르지 않으오리까? 그러나 적이 의문이 있습니다. 원컨대 선생께서는 이를 가르쳐 주십시오. 복희와 문왕과 공자는 세상에서 큰 성인이라고 이르는 바입니다. 선생의 말씀이 이와 같으니, 그렇다면 저 세 분의 성인에게는 본받을 것이 없다는 말씀인지요?"

장인이 말했다.

"이런 까닭에 말만 번드르르한 자를 미워하는 것이다. 너는 돌아가라. 나는 입을 다물겠다."

소옹이 공손히 물러나서는 수레에 올라서도 세 번씩이나 고삐를 놓치면서, 낙망하여 한참이나 안절부절못했다. 따르던 사람이 말했다.

"선생님께 좋지 않은 기색이 있는 듯합니다."

소옹이 한숨을 내쉬고 탄식하며 말했다.

"내가 성인의 학문에 힘쓴 지가 또한 이미 오래되어, 스스로 도가 나에게 있다고 생각해 왔다. 이제 술집 늙은이의 말을 들으니 나는 참으로 소인이었다. 감히 다시는 도를 논하지 아니하고, 다시는 『주역』을 말하지 아니하리라."

정자(程子)가 이 이야기를 듣고 "은자로다." 하고는 제자를 시켜 가서 찾아보게 했으나, 술집은 이미 비어 있었다.

군자는 말한다. 예로부터 도를 지니고도 저잣거리에 숨어 지낸 자로 엄군평(嚴君平, 한나라 때의 은자로, 촉군(蜀郡)에서 점을 치며 생활했다.)과 사마계주(司馬季主, 한나라 때 사람으로 장안의 저자에서 점을 치며 살았다.) 같은 무리가 많았다. 술집의 늙은이는 그 말이 비록 불경(不經)한 듯하지만, 왕왕 노장(老莊)과 더불어 합치되니 이른바 방외에서 노니는 자가 아니겠는가.

해설

주사(酒肆)는 술집이고 장인(丈人)은 나이 많은 남자니, 원제인 '주사장인전'은 나이 많은 술집 주인의 전기다. 끝까지 읽어도 그가 어떤 사람인지는 드러나지 않는다. 주사장인은 실재하는 인물이 아니라 글쓴이가 자신의 주장을 펼치기 위해 만들어 낸 가공의 인물이다. 이렇게 허구의 인물을 설정해서 쓴 전기를 탁전(托傳)이라고 한다.

장인의 대화 상대는 소옹(1011~1077년)이다. 그는 송나라 때의 유명한 학자로 자가 요부(堯夫), 시호는 강절(康節)이다. 『주역』과 상수학(象數學)에 조예가 깊었다. 상수학은 『주역』의 이치를 수리로 풀어 미래를 점치는 학문으로 주목되었다. 소옹은 흔히 소강절(邵康節) 선생으로 불린다. 그는 낙양 천진교에서 두견새 울음소리를 듣고 천하에 병란이 일어날 것을 정확히 예견한 일로 유명하다.

글의 무대는 바로 소강절이 명성을 얻었던 낙양의 천진교다. 의도적으로 설정한 묘한 배경이다. 노인은 대뜸 당대의 유명한 학자 소강절에게 반말로 말을 걸어, 천기를 누설해서 세상에 아첨한 자라고 야단을 친다. 소옹은 노인의 느닷없는 나무람에 화를 내지 못하고 오히려 한껏 예를 갖춰 공손하게 변명한다.

소옹의 대답을 들은 주사장인은 『주역』의 괘를 만들고 해설을 붙이면서 천지의 조화가 흐트러져 질서를 잃게 되었다고 대답했다. 또 소옹이

북송 때 도사 진단의 학설을 부연해서 만든 선천학이라는 학문으로 세상을 더욱 미혹시키기에 이르렀으니 그 죄가 더없이 크다고 야단쳤다.

소옹이 다시 자신의 학문은 『주역』「계사(繫辭)」에 나오는 개물성무의 도를 드러낸 것이라고 강변하자, 주사장인은 다시 한번 도도한 변설을 펼친다. 자신이 100여 년 동안 날마다 수십 석씩 술을 빚었지만 맛이 일정했던 비결은 술의 성질을 잘 알고 있었기 때문이라는 것이다. 처음에 술은 천지간의 한 기운일 뿐이어서 맛의 차이가 없다. 이것을 거르고 받아 내며, 짜고, 체에 걸러 내는 과정에서 맑고 탁하고 진하고 묽고의 구분이 생긴다. 이런 조작을 거치면서 천지의 조화는 사라지고, 작위를 통해 도를 파헤침으로써 성인이 되려는 행위가 나타났으니 그 죄가 크다고 일갈했다.

기선을 제압당한 소옹은 땅에 엎드리며 그렇다면 복희와 문왕과 공자 같은 성인을 본받지 말라는 뜻이냐고 애처롭게 반문해 본다. 이에 장인은 불끈 성을 내면서 그 언어의 교활함을 나무랐다.

세 차례의 문답에서 참패한 소옹은 넋이 나간 사람처럼 수레의 고삐를 세 번이나 놓치고 만다. 그러고는 다시는 『주역』과 도를 입에 담지 않겠다고 하며 완전한 패배를 선언한다. 끝에 정자가 등장해 주사장인을 찾아보게 하지만 그는 이미 사라지고 없다.

글쓴이는 주사장인의 논리가 노장의 말과 합치되니 방외에서 노니는 자일 것이라는 추정으로 글을 맺었다. 성리학이 교조화되어 가던 시점에 노장의 관점으로 유학의 경직된 사고를 비판했다. 일종의 철학적 논쟁을 소설적 형식으로 펼쳐 낸 것이다. 젊은 시절 권필은 노장에 깊이 빠졌고 중년 이후에는 도학으로 돌아와 『도학정맥(道學正脉)』을 엮기도 했다. 이 글은 그가 노장에 침잠해 있던 젊은 시절에 지은 것이다.

처음 먹은 마음을 바꾸지 않겠소 答寒泉手簡

적막한 중에 홀로 위로할 것이 없었는데, 아우가 와서 그대의 시와 편지를 받아 보았소. 감사하고 감사하오. 그대가 이안눌이나 송구 등의 무리와 더불어 시 짓고 술 마시며 가야금 타고 노래하는 즐거움을 누린다고 하여, 나로 하여금 더더욱 무리와 떨어져 쓸쓸히 지내는 줄을 알게 하니 슬프기 짝이 없소.

　이보다 앞서 보낸 편지 한 통을 보니, 과거에 나아가라는 뜻을 일깨워 주셨구려. 이는 서로를 알아주는 말이 결코 아니오. 내가 세상에서 노닐 수 없는 것은 이미 스스로 그런 줄 헤아린 바라오. 어찌 저 이러쿵저러쿵하는 자들 때문에 처음 먹은 마음을 바꿀 수가 있겠소. 설령 내가 술잔을 잡고 먹을 희롱하며 글 짓는 자리에 나아가 각축한다면 저 말 많은 자들이 더욱 심하게 굴 것을 나는 잘 알고 있소. 움직였다 하면 허물을 얻음은 옛사람도 면하지 못했던 바라오. 내가 또 무엇을 유감스러워하겠소.

　내게는 옛 책이 몇 권 있어 홀로 즐기기에 족하오. 시는 비록 졸렬하지만 마음을 풀기에는 충분하고, 집이 비록 가난해도 또한 막걸리를 댈 만은 하다오. 매양 술잔을 잡고 시를 읊조릴 적엔 유연히 자득하여 장차 늙음이 이르는 줄도 알지 못하거늘, 저 이러쿵저러쿵하는 자들이 내게 무슨 상관이란 말이오. 바라건대 그대는 그런 말을 다시는 하지 마시오. 나머지는 대면하기를 기다려 말씀드리겠소. 이만 줄이오. 필은 여쭈오.

해설

한천(寒泉)이란 호를 가진 벗이 벼슬길에 오를 것을 권면하는 편지를 거듭 보내오자 답장으로 쓴 편지다. 한천이 누구인지는 알 수 없다. 그는 권필이 강화도에 머물 무렵 서울에서 편지를 보냈다. 권필의 젊은 시절 벗들과 즐겁게 지내는 정황을 적어 상경의 결심을 재촉했던 모양이다. 하지만 권필은 단호하게 그 권유를 거절했다. 무엇보다 스스로가 벼슬에 맞지 않다는 것을 잘 알고 있고, 설령 처음 다짐한 마음을 바꾸어 세상에 나간다 해도 말 많은 자들이 자신을 가만두지 않을 것이라 하여 벼슬 없이 묻혀 사는 것이 유감이기는커녕 오히려 기쁘다는 뜻을 전했다.

시로 마음을 풀며 막걸리가 답답함을 적셔 주니 아무런 부족함이 없다는 말에 여운이 남는다. 다시는 벼슬길에 나가라는 말을 꺼내지 말라는 당부로 편지를 맺었다. 세상과 타협하지 않는 강골의 꼬장꼬장한 속내가 잘 드러난 편지다.

許筠

허균

1569~1618년

본관은 양천(陽川), 자는 단보(端甫), 호가 교산(蛟山)이다. 이 밖에 성소(惺所), 백월거사(白月居士) 등의 호를 썼다. 아버지는 동지중추부사(同知中樞府事) 허엽(許曄)이고, 형 허성(許筬)과 허봉(許篈)도 문명이 높았다. 누이 허초희(許楚姬), 즉 허난설헌(許蘭雪軒) 또한 시명이 중국에까지 알려졌다. 삼당시인(三唐詩人)의 한 사람인 손곡(蓀谷) 이달(李達)에게서 시를 배웠다.

26세 때인 1594년(선조 27년) 정시 문과(庭試文科)에 을과로 급제하고, 1597년에 문과 중시(重試)에 장원했다. 이듬해 황해도 도사(都事)가 되었는데, 서울의 기생을 끌어들여 가까이했다는 탄핵을 받고 여섯 달 만에 파직되었다. 1602년에 원접사 이정귀의 종사관이 되어 활약했다. 1604년 수안 군수로 부임했다가 불교를 믿는다는 탄핵을 받아 또다시 벼슬길에서 물러났다.

1606년 명나라 사신 주지번(朱之蕃)을 영접하는 종사관이 되어 글재주와 넓은 학식으로 이름을 떨쳤다. 이 공로로 삼척 부사가 되었으나 석 달이 못 되어 여기에서도 불상을 모시고 염불과 참선을 한다는 탄핵을 받아 쫓겨났다. 그 뒤 공주 목사로 다시 기용되어 서류(庶流)들과 가까이 지냈으며, 또다시 파직당한 뒤에는 부안으로 내려가 산천을 유람하며 기생 계생(桂生)을 만났고 천민 출신의 시인 유희경(柳希慶)과도 교분이 두터웠다. 1614년에는 천추사(千秋使)로 중국에 다녀왔고, 이듬해에는 동지(冬至) 겸 진주 부사(陳奏副使)로 연행에 참여했다. 하지만 1618년 8월 남대문 격서 사건으로 역모로 몰려 동료와 함께 저자에서 능지처참에 처해졌다.

그는 다양한 지적 편력을 보여 주었다. 한때 불교에 심취했고, 도교의 신선술과 양생술에도 관심이 깊었다. 「남궁선생전(南宮先生傳)」은 내단 수련에 대한 깊은 조예를 보여 준다. 은지의 삶을 동경하여 『한정록(閑情錄)』을 엮어 펴내기도 했다. 그럼에도 현실 정치와 개혁에 대한 주장은 분명하고도 강력했다. 최초의 국문 소설 「홍길동전」의 저자로도 알려진 그는 백성의 힘을 강조한 「호민론(豪民論)」을 써서 민본 사상의 측면에서 진작에 주목을 받아 왔다. 이 밖에 「관론(官論)」, 「정론(政論)」, 「병론(兵論)」, 「유재론(遺才論)」에서는 민본 사상과 계급 타파 및 인재 등용과 붕당 배척의 주장을 펼쳤다. 문예 비평 방면에서 『성수시화(惺叟詩話)』, 『학산초담(鶴山樵談)』 등의 시 비평서를 남겼고, 또한 『국조시산(國朝詩刪)』은 조선 시대 최고의 시선집으로 높은 평가를 받았다.

인간성에 대한 평가는 경박하고 이단을 좋아하며 행실이 좋지 않다는 등 부정적인 견해가 많다. 그의 자유분방한 사유와 삶의 궤적 그리고 역모 사건으로 인한 처형으로 덧씌워진 것이다.

시에는 별취(別趣)와 별재(別材)가 있다

石洲小稿序

내 친구 권필은 나이가 젊지만 시에 능했다. 높기가 옛사람보다 뛰어날 만한데도 세상 사람들이 귀중하게 여기지 않는다. 나는 매번 오늘날 시에 가장 능한 자를 일컬을 때면 반드시 권필이라고 말하곤 했다. 듣던 자들이 처음엔 괴이하게 생각하다가 중간에는 웃었다. 나중에는 믿게 되었지만 또한 그가 이른 지점이 깊은지 얕은지는 알지 못했다.

하루는 녹문(洪鹿) 홍경신(洪慶臣)이 내게 물었다.

"권필의 시가 우리나라 역대 시인 중에서 누구의 것과 견줄 만한가?"

내가 말했다.

"문간공(文簡公) 김종직(金宗直)도 감당하지 못할 걸세."

홍녹문이 눈이 휘둥그레져서 놀라며 말했다.

"망언일랑 말게나."

내가 씩 웃으며 말했다.

"김종직은 다만 우리나라의 대가라고 사람들이 칭찬하기 때문에 잠깐 그에게 견준 것이라네. 만약 시에 대한 권필의 독자적 조예와 깊은 이해를 논한다면, 맑음은 당나라 시인 왕유(王維)와 같고, 담긴 뜻은 유종원과 비슷할 걸세. 곱고도 맛이 있는 것은 송나라 시인 진여의(陳與義)와 같다네. 어찌 김종직과 나란히 논하겠는가?"

권필은 이름과 지위가 보잘것없어 사람의 마음을 움직일 수 없는 데다, 세상 사람들은 제 눈으로 직접 본 것은 우습게 여기는 경향이 있다. 만약 그로 하여금 예전에 태어나 사람들이 우러러보게 한다면 어찌 김종직 정도에 그치겠는가? 어떤 이는 권필이 학력이 적고 원기가 부족해서 마땅히 김종직에게는 한 수 접어야 한다고 여긴다. 이는 더더욱 시의 도리를 모르는 것이다.

시에는 별도의 지취(旨趣)가 있어 이치와는 싱관이 없다. 시에는 별도의 재주가 있는지라 책과는 상관이 없다. 오직 천기(天機)를 희롱하고 오묘한 조화를 빼앗는 즈음에 정신이 빼어나고 소리가 맑으며 격조가 뛰어나고 생각이 깊은 것이 가장 윗길이 된다. 김종직은 학문적 온축이야 풍부하지만 비유하자면 교종(敎宗)에서 말하는 점진적 수양의 주장과 같다. 어찌 감히 선종(禪宗)의 임제(臨濟)보다 나은 지위를 바라겠는가?

이춘영(李春英)은 평생 뻣뻣하고 거만해서 남을 인정하는 경우가 적었다. 하지만 권필에 대해서만은 그를 자신보다 앞세워 미칠 수 없다고 생각했다. 하지만 그 또한 어찌 권필이 이른 경지를 다 알기야 했겠는가? 권필은 성품이 게으르고 제멋대로여서 자기가 지은 글을 모으는 법이 없었다.

심기원(沈器遠)이 세상 사람들이 전하여 외우는 것 수백 편을 모아서 제목을 『석주소고(石洲小稿)』라고 붙였다. 내게 보여 주기에 읽어 보고 감탄하며 말했다. "내 말이 틀리지 않았다. 이것만으로도 권필이 완전히 고인을 압도하여 한 시대에 으뜸이 됨을 볼 수가 있다. 권필이 아니라면 누가 할 수 있겠는가? 세상에서 귀중하게 보지 않는 것쯤이야 권필 자신에게 무슨 문제가 되랴? 하물며 후세에 어찌 그를 알아줄 한 사람의 양웅이 없겠는가?" 마침내 비평을 더하였다.

이따금씩 꺼내서 읊조려 보면 어금니와 뺨 사이에서 바람이 솨 일어나, 나도 모르게 정신이 아마득한 하늘 위로 높이 솟구쳐 오르는 것만 같았다. 아! 지극하도다. 권필은 안동 사람이니 여장(汝章)은 그의 자이고, 석주(石洲)는 자호(自號)다. 그 높은 인품은 시보다 훨씬 뛰어나다. 하지만 세상 사람들이 귀중하게 여기지 않음이 시보다 훨씬 심하니, 아아! 애석하다.

해설

허균과 권필은 젊은 시절의 단짝 친구 사이다. 둘은 나이가 같다. 고려 중엽 이래로 조선은 근 300년 동안 소동파의 시를 배우는 데 힘썼다. 창작에서도 조탁과 성률의 규칙을 연마하는 데 노력을 쏟았다. 그 결과 표현은 매끄럽고 기교는 빼어났지만, 막상 시가 주는 감동은 점점 사라지고 말았다. 시가 너무 어려워져서 웬만해서는 뜻조차 알기가 어려웠다.

표현의 단련에 치중하는 시풍은 중국 송나라 황정견(黃庭見)과 진사도(陳師道) 이후 이른바 강서 시파의 흐름에 의해 주도되었다. 조선에서도 박은과 정사룡, 노수신, 황정욱 등 해동 강서 시파로 불린 그룹이 있었다. 이 흐름이 명종과 선조조에 이르러 학당풍(學唐風)으로 급격히 선회한다. 사변적이고 언어의 단련을 중시하는 송시보다 낭만적 감성에 호소하고 시각적 이미지를 즐겨 쓰는 당시가 갑작스레 각광을 받았다. 권필은 이런 변화의 중심에서 새로운 흐름을 선도한 시인이었다. 허균은 세상 사람들이 아무도 그에 대해 주목하지 않는 현실을 안타까워했다.

충격 요법으로 송시풍의 시를 쓴 대표 주자의 한 사람인 김종직과 견주었지만, 속내에는 김종직은 그에게 상대도 되지 않는다는 믿음이 있었다. 공부도 부족하고 학식도 풍부하지 않은 권필이 어떻게 김종직에게 상대가 되느냐고 홍경신이 되묻자, 허균은 별취(別趣)와 별재(別材)의 논의를 들고 나온다. "시에는 별도의 지취(旨趣)가 있어 이치와는 상관이 없다. 시에는 별도의 재주가 있는지라 책과는 상관이 없다."라고 한 네 구절은 사실 허균의 말이 아니고, 송나라 때 비평가 엄우(嚴羽)가 그의 『창랑시화(滄浪詩話)』에서 펼친 주장이다. 엄우는 강시시풍에 반내해 학력과 기교를 벗어난 묘오(妙悟)만을 시를 평가하는 중심 개념으로 삼아야 한다고 주장했다. 이를 통해 강서시풍의 기교 지상주의에 싫증을 내던 사람들에게 열렬한 지지를 받았다. 허균은 우리나라 사람으로는 가장 앞선 시점에 이 책을 인용해 자신이 그의 시학 주장을 따르고 있음을 천명했다. 엄우가 말한 묘오의 측면에서 권필이야말로 가장 우수한 시인이라고 공표한 것이다.

시에서 천기(天機)와 현조(玄造)를 강조하고, 교종의 점수(漸修)보다 선종의 돈오(頓悟)를 지지함으로써 시가 학문적 잣대로는 평가할 수 없는 어떤 것임을 선언했다. 이 글은 단순히 권필의 시에 대한 찬양이지만, 넓게는 이 시기 크게 요동치던 시풍 변화의 저울추가 새로운 그룹 쪽으로 기울고 있음을 상징적으로 보여 주는 글이 되었다.

어떤 글이
좋은 글인가?

文說

손님이 내게 물었다.

"지금 세상에서 고문(古文)에 능하다고 일컬어지는 자는 반드시 그대를 거벽으로 꼽더군요. 내가 보기에는 글이 비록 드넓어 끝이 없는 듯하나, 일상적인 표현을 많이 써서 줄줄 읽힙디다. 읽으면 마치 입을 벌려 목구멍을 보는 것과 같아, 이해하는 자나 이해하지 못하는 자나 막히거나 엉기는 구석이 없었소. 고문에 종사하는 자는 과연 이러한가요?"

내가 말했다.

"그것이 바로 고문이라오. 우하(虞夏)의 전모(典謨)와 상(商)의 훈(訓), 주(周)의 삼서(三誓)·무성(武成)·홍범(洪範)은 모두 지극한 글이지요. 그대가 보기에 이 또한 문장을 비비 꼬고 구절을 껄끄럽게 하여 이해하기 어려운 말로 공교로움을 다툰 것이던가요? 공자께서도 '글이란 뜻을 전달할 뿐'이라 하셨소. 옛날에는 글로써 위와 아래의 마음을 통하여, 도를 실어 전하였소. 때문에 명백하고 정대(正大)하며 간절하면서도 진실하여 듣는 이로 하여금 가리키는 뜻을 분명하게 알게 했소. 이것이 글의 쓰임새였지요. 삼대(三代)에 이르러 육경에 실린 성인의 글과 황로(黃老)의 제자백가의 말은 모두 그 도리를 논한 까닭에 글이 쉽고도 분명했고, 문장이 절로 고아하였소. 후세에 내려와 문과 도가 둘로 나뉘자 비로소 문장을 비비 꼬고 구절을 껄끄럽게 하여 이해하기 어려운 말과 교묘한 표현으로 공교로움을 다투는 자가 나오게 되었소. 이것은 문장의 재앙이지 문장의 지극함과는 거리가 멀지요. 내가 비록 노둔하지만 이런 짓은 하고 싶지 않소. 그래서 의미 전달을 위주로 하여 평이하게 글을 지을 뿐이오."

손님이 말했다.

"그렇지가 않소. 그대는 좌씨(左氏)와 장자(莊子), 사마천과 반고 및 근대의 한유(韓愈)와 유종원, 구양수(歐陽修)와 소식(蘇軾)을 보지 않았소? 그 글들이 일찍이 일상의 표현을 사용했던가요? 하물며 그대의 글은 옛것을 본받지 않고 거침없이 말하고 아마득한 것만을 일삼으니, 모르긴 해도 너무 장황한 것이 아니오?"

내가 말했다.

"그 몇 분의 글이 또한 일상의 말과 무엇이 다르단 말이오? 내가 보기에 비록 간결하고, 웅혼하며, 심오하고 분방하며, 굳세고 기이한 것 같아도 대부분 당시의 일상적 표현일 뿐이오. 이를 바꾸어 고상하게 만든 것이니, 참으로 이른바 쇠를 두드려 황금으로 만들었다 할 만하지요. 뒷날 지금의 글을 볼 때도 지금 우리가 앞의 몇 분의 글을 보는 것과 다름없을 것이오. 하물며 거침없고 아득하게 말함은 크게 되려 하는 것이고, 옛것을 본받지 않음은 또한 홀로 서고자 하는 것이니 어찌 장황하다 하겠소. 그대는 몇 분의 글을 자세히 살펴보시구려. 좌씨는 절로 좌씨가 되고, 장자는 절로 장자가 되며, 사마천과 반고는 절로 사마천과 반고가 되고, 한유·유종원·구양수·소식은 또한 절로 한유·유종원·구양수·소식이 되어, 서로 답습하지 않고서도 각기 일가를 이루었소. 내가 원하는 것은 이것을 배우겠다는 것이오. 남의 집 밑에 집을 더해 짓고서 훔쳐 얽매임에서 벗어나지 못했다는 꾸지람 듣는 것을 부끄러워할 뿐이오."

손님이 말했다.

"그대의 글은 평이해 줄줄 읽힌다오. 그렇다면 옛것에서 본받았다는 증거를 어디에서 찾을 수 있겠소?"

내가 말했다.

"마땅히 편법(篇法)과 장법(章法), 자법(字法)에서 이를 구해야 하오. 편(篇), 즉 한 편의 글에는 한 가지 뜻으로 곧장 내려쓴 것이 있고, 잇달아 말을 꼬고 자물쇠를 채우는 것도 있소. 구구절절이 애틋함을 자아내는 것도 있으며, 잔뜩 늘어놓다가 차가운 말로 딱 끊어서 맺는 것도 있고, 에돌려 시시콜콜히 말하면서도 법도가 있는 것도 있지요. 장(章), 곧 단락에는 조리가 정연하여 흐트러지지 않는 것도 있고, 얽혀 있기는 해도 잡란하지 않은 것도 있소. 끊어져 동떨어진 것 같으면서도 앞을 잇고 뒤와 맺어 주는 것도 있고, 너무 말이 많거나 너무 짧은 것도 있고, 말을 하다가 끝맺지 않은 것도 있소. 자(字)에는 울림이 있는 곳, 에돌려 말하는 곳, 복선을 깔아 두는 곳, 거두어들이는 곳, 중첩되면서도 어지럽지 않은 곳, 굳세면서도 힘이 들어가지 않은 곳, 당기면서도 힘을 쓰지 않는 곳, 여닫는 곳이 있다오. 글자를 분명하게 쓰지 않으면 문장이 고상하지 않고, 단락이 타당하지 않으면 뜻이 이어지지 않게 되오. 이 두 가지를 갖추어야만 한 편의 글이 되지요. 내 글은 단지 이것을 깨달았을 뿐이오. 옛글 또한 이를 행한 것일 따름이지요. 오늘날 이른바 잘 안다는 자들도 또한 이 점을 살피지 못하고 있소. 그러니 이해하지 못한 사람은 말할 것도 못 되오."

손님이 말했다.

"훌륭하구려. 내가 여기까지는 미처 생각지 못했소."

해설

이미 독자들에게 친숙한 답객난(答客難) 형식으로, 어떤 글이 좋은 글인가를 주제로 세 차례 문답이 오간다. 고문(古文)은 고전 문장론에서 언제나 뜨거운 쟁점의 하나였다. 고문을 말 그대로 '옛글'이라고 생각하는 사람과 '좋은 글'로 여기는 입장이 늘 충돌했다. 글 속의 손님은 전자의 생각을 대변하고, 나(허균)는 후자의 생각을 대변한다.

손님은 옛글을 보면 다 어려운데 허균의 글은 너무 쉬우니 고문이 아니라고 비판했다. 그러자 허균은 글은 뜻을 전달하면 그뿐이라는 공자의 말씀을 내세워, 『서경』에 실린 글이 지금에 와서 어려워 보여도 당시에는 소통에 아무런 어려움이 없던 평이한 글일 뿐이라고 반박했다. 다시 손님이 고대의 유명한 문장가의 글 속에 일상적 표현이 어디 있느냐고 반박하며, 허균의 글은 옛글과 달리 제멋대로 자기주장을 일삼으니, 이것을 어찌 고문이라 하겠느냐고 되묻는다. 허균은 옛글은 모두 일상적 표현을 다듬어 우아하게 만든 것이라면서, 이들의 문장이 저마다 다른 것이야말로 명백한 증거라고 반박했다.

궁색해진 손님이 마지막으로 반격한다. 허균의 글이 고문이라면 그 증거를 구체적으로 제시하라는 것이다. 허균은 편법, 장법, 자법으로 설명해 준다. 편법은 전체 글의 구성이고, 장법은 단락 수준의 전개이며, 자법은 어휘 선택의 문제다. 그러면서 하나하나 구체적인 실례를 나열해서 제시했다. 어휘를 알맞게 구사해야 글이 단단해진다. 단락에 짜임새가 있어야만 의미가 분명하게 드러난다. 좋은 글이란 이 두 가지를 갖춘 글일 뿐이다. 세 번의 공격과 세 번의 방어 끝에 손님이 승복하는 것으로 문답이 끝났다.

허균이 말하는 좋은 글은 "쉬운 일상적 표현 속에 자신의 개성을 담아 정확하고 짜임새 있는 구성으로 주의 주장을 분명하게 펼친 글"이다. 공연히 남 흉내나 내고, 멋지게 표현하려 들며, 정작 읽고 나서도 무슨 말인지 알 수 없는 글을 그는 가장 혐오했다. 지금도 다를 것이 없다.

금강산으로 돌아가는 이나옹을 전송하며

送李懶翁
還枳柤山序

젊은 시절 나는 옛날의 문장가를 사모하여, 살펴보지 않은 책이 없었다. 찬란하고 웅장하며 화려한 볼거리 또한 풍부했다. 그러다가 소동파가 『능엄경(楞嚴經)』을 읽고 바닷가에 귀양 가 지은 글이 지극히 높고도 오묘해졌고, 근세에 왕수인(王守仁)과 당순지(唐順之)의 글도 모두 불경을 통해 깨달은 바가 있다는 말을 들었다. 이후로는 마음으로 가만히 이를 흠모했다. 그래서 서둘러 불교계의 인사를 따라 그들이 지은 불교에 대한 주장이나 불경에서 깨달은 것을 구해 읽어 보았다. 그 툭 터진 견해는 과연 삼협(三峽)의 물길이 터지고 황하가 무너지는 듯했다. 뜻을 펴고 글을 꾸밈은 마치도 나는 용이 구름을 올라 탄 것만 같아 아득히 형용할 수조차 없었다. 참으로 문장 중에 귀신같은 솜씨였다.

시름겨워 이를 읽으면 기쁘게 되고, 피곤할 때 이를 읽으니 정신이 번쩍 났다. 이것을 읽지 않았더라면 이 인생을 거의 헛살 뻔했다고 혼자 말하곤 했다. 일 년이 채 못 되어 일백 상자의 책을 다 읽어 치웠다. 마음을 밝혀 주고 성품을 안정시키는 대목에서는 환한 깨달음이 있는 것만 같았다. 마음에 엉킨 세속의 이런저런 일도 훌훌 털어 버려 얽매임에서 벗어난 듯했다. 글도 따라 성대하게 넘쳐흘러 끝을 가늠할 수조차 없을 것 같았다. 가만히 마음으로 얻은 것을 자부하면서 아껴 보며 손에서 놓지 않았다.

　지난해 죄를 입어 고을 수령으로 좌천되었는데, 땅이 외진 데다 송사도 별로 없어 날마다 딱히 할 일이 없었다. 그래서 젊어 읽었던 사서(四書)와 성리학에 관한 책을 가져다가 자세히 살펴보았다. 그랬더니 이른바 불교 계통 서적에서 성품을 논하고 마음을 논한 것이 비록 이치에 가깝기는 해도 실로 우리 유교와는 번번이 서로 어긋났다. 그들의 헛된 견해와 공허한 주장은 걸핏하면 천리(天理)에 위배되었다. 가령 진주를 가지고 말해 보기로 하자. 둘 다 진주가 조개에서 나왔다고 인정하지만, 유교에서는 구슬이 태(胎)를 통해 나왔다고 말하는 반면, 불교에서는 구슬이 들어와 태에 붙어사는 것이라고 설명한다. 유교는 하늘에 바탕을 두는 데 반해, 불교는 자기에게서 말미암기 때문이다. 칠정(七情)이 속마음에서 나온다고 하는 것은 우리 유학의 주장이다. 저들 불교에서는 육입(六入)이라 하고 오음(五陰)이라 말한다. 이것만 가지고도 참됨과 거짓됨을 분별할 수가 있다. 모든 법이 하나로 돌아간다고 하고, 한 가지 법도 버리지 않는다고 한 것은 도리에 가깝다. 하지만 뜻만 있지 끝내 이치가 없고 보니, 말이야 반지르르하게 잘해도 실제 효과가 없다. 이런데도 과연 도를 안다고 할 수 있겠는가?

　주자의 다음과 같은 말은 참으로 훌륭하다.

　"천리(天理)가 천지간에 빈틈없이 꽉 차서 자기로 하여금 한구석도 이치 없는 곳을 얻어 스스로 편안하지 못하게 만드는 것을 미워했다. 천리가 쉼 없이 행해져 자기로 하여금 한순간도 이치 없는 때를 얻어 제멋대로 하지 못하게 하는 것을 싫어했다. 그래서 이른바 공(空)과 무(無)와 적멸(寂滅)의 땅을 찾아 달아나고 말았다."

　이 같은 주장이 한번 나오자 황금빛 얼굴을 한 부처 또한 마땅히 감캄한 가운데서 혀를 내둘렀을 것이다. 당나라 때 한유와 송나라 때 구양수가 불교를 비판했지만 모두 껍데기에 그쳤을 뿐이어서 승려들이 굴복하지 않았다. 대개 그 책을 읽지도 않았기 때문이다. 만약 핵심을 꿰뚫어 칼을 놀렸더라면 저들이 어찌 감히 천년 동안 멋대로 행동하면서 주공(周公)과 공자의 가르침과 호각을 이룰 수 있었겠는가? 내 생각은 이 정도로 그치겠다.

이나옹(李懶翁)은 젊은 시절 금강산에 들어가 신여상인(信如上人)을 스승 삼아 장차 머리를 깎으려 했는데 난리로 인해 뜻을 이루지 못했다. 어른이 된 후 서쪽 변방을 두루 떠돌아다닌 지 여러 해가 지났다. 올봄에 금강산으로 돌아가 다시 그 스승을 찾으려고 한다. 가사를 걸쳐 중이 되지는 않는다 해도 불경을 다 읽어 마음을 닦고 본성을 보존하기를 재가 불자인 유마힐(維摩詰)과 방거사(龐居士)처럼 하겠다고 한다. 내게 와서 떠난다고 하기에 이렇게 말했다.

"자네가 이 일을 하는 것은 어리석은 자들이 이익을 따르는 것보다야 낫다 하겠네. 하지만 불경을 볼 때는 마땅히 참과 거짓을 먼저 분간해야 하네. 만약 그 헛된 견해와 공허한 주장이 천리에 위배되고 천도와 어긋남을 환하게 깨닫는다면, 그 주장이 나를 미혹시키지 못하고, 그 글은 나의 통달함을 돕기에 충분할 걸세. 만일 조금이라도 마음에 집착하면 차츰차츰 그 가운데로 끌려들어 마침내는 인과(因果)에 따라 죄와 복을 받는다는 데까지 흐를까 걱정되는군. 이렇게 되면 곤란하지 않겠는가? 나옹은 이 점을 유념하게나."

아아! 나도 일찍이 불교에 빠진 적이 있는지라 그 문제점을 아주 잘 안다. 주자께서 하신 말씀으로 스스로를 돌아본다면 또한 괜찮을 것이다. 마침내 갈림길에 임해 이 글을 써서 준다.

해설

나옹은 화가 이정(李楨, 1578~1607년)의 호다. 얼핏 유학의 논리로 불교의 허망함을 비판한 글로 보이지만, 내막은 그리 단순치 않다. 이 글을 쓸 1607년 당시 허균은 삼척 부사로 부임했다가 향을 피워 놓고 예불을 올렸다는 비방을 받아 두 달 만에 파직된 상태였다. 글 앞쪽은 자신이 한때 불교에 빠진 적이 있지만 문장 공부를 위해서였고, 지방관으로 내려온 뒤에는 오히려 유학 경전을 읽어 불교의 허망함을 통렬히 깨달았다고 썼다. 일종의 자기 해명의 성격이 짙다.

이정은 당시 이름이 널리 알려진 화가였다. 한번은 권력자가 그에게 그림을 요청했다. 이정은 불의를 못 참는 성격이었다. 그가 그린 것은 황소 두 마리가 등에 짐을 잔뜩 진 채 대문으로 들어오는 그림이었다. '뇌물 좀 작작 받아 처먹으라'는 뜻이었다. 이 일로 그 재상이 격분해서 이정을 죽이려 하자, 평양으로 훌쩍 달아났다. 그곳에서 기생집에 얹혀 그림을 그려 주며 술에 절어 살았다.

어느 날 술에서 깬 그는 세상과 자신에 대해 환멸을 느꼈던 모양이다. 그래서 허균에게 금강산으로 돌아가 불경을 읽으며 삶을 마칠 뜻을 피력했던 듯하다. 허균은 평소 그의 그림을 몹시 아껴, 멀리 평양까지 편지를 보내 그림을 그려 달라고 청한 일이 있었다. 허균은 세상에 마음을 다친 그의 절망적 심경을 위로하고, 불교에 의탁하더라도 허무와 적멸에 빠져들지는 말라고 충고했다. 세상에 환멸을 느낀 사람에게는 불교의 가르침이 큰 위로가 된다. 하지만 자칫 여기에 깊이 빠지면 헤어날 길이 없으니, 주체를 잃지 않고 마음의 위로만 얻는 정도에 그칠 것을 당부했다.

불교와 유교의 차이에 대한 논의를 먼저 펼친 뒤 이나옹의 사연으로 뒤를 받쳐, 개인적 사정을 감추고 논설문의 모양새를 갖췄다. 하지만 글의 목적은 불교에 탐닉했다는 자신을 향한 비방을 잠재우고, 재주 있는 화가가 속세를 버리고 금강산으로 들어갈 수밖에 없도록 만든 세상을 향한 분노와 그에 대한 연민을 드러내는 데 있다. 하지만 끝까지 글을 읽어도 불교에 대한 그의 생각은 부정보다는 긍정에 가깝다. 겉으로는 유교를 옹호하면서, 불교의 핵심 교리를 완전히 부정하지도 않는 대단히 전략적인 글쓰기인 셈이다.

금강산으로 들어가겠다던 나옹은 결국 결심을 실천에 옮기지 못한 채 평양의 기생집에서 술병이 들어 죽었다. 기생들의 공동묘지가 있던 평양 칠성문 밖 선연동(嬋娟洞)에 묻혔다.

한때의 이익과
만대의 명성

원주 남쪽으로 오십 리 되는 곳에 비봉산(飛鳳山)이 있다. 산 아래에 법천사라는 절이 있는데 옛 신라 적 절이다. 태재(泰齋) 유방선(柳方善) 선생이 절 아래에 사실 때, 권람(權擥)·한명회(韓明澮)·서거정(徐居正)·이승소(李承召)·성간(成侃) 등이 모두 배우러 와서 절에서 공부했다는 말을 내가 전부터 들었다. 어떤 이는 문장으로 세상에 이름나고, 어떤 이는 공업을 세워 나라를 안정시켰다. 절 이름이 이 때문에 알려져, 이제껏 사람들이 이곳을 말하곤 한다.

내 돌아가신 어머님의 산소를 그 북쪽으로 십 리쯤 떨어진 곳에 모셨으므로 해마다 한 차례씩 성묘를 가곤 했다. 하지만 법천사는 여태껏 가 보지 못했다. 올가을은 휴가를 청해 왔으므로 조금 여유가 있었다. 마침 지관(智觀)이란 승려가 무덤 앞의 초막으로 나를 찾아왔다. 그러면서 하는 말이 기축년(1589년, 선조 22년) 법천사에 가서 일 년간 머문 적이 있다고 했다. 놀러 가고 싶은 흥이 일어나 지관을 이끌고 새벽밥을 차려 먹은 후 일찍 출발했다. 골짝 길을 따라 가파른 고개를 넘어 명봉산(鳴鳳山)이란 곳에 이르렀다. 산은 그다지 험준하지 않은데, 네 봉우리가 서로 마주 보며 깃을 치는 것 같았다. 두 시내가 동서 양편에서 흘러나와 골짝 어귀에서 만나 한 줄기로 되었다.

절은 정중앙을 차지하여 남쪽을 향하고 있었다. 하지만 전쟁 통에 불타 버려 겨우 남은 터와 무너진 주춧돌만 토끼와 노루가 다니는 길 사이에 널려 있었다. 비석은 반 동강이 나서 잡초 속에 묻혀 있었다. 자세히 보니 고려 때 승려 지광국사(智光國師)의 탑비였다. 글의 뜻이 깊고 붓이 굳세었다. 글을 지은 사람의 이름을 자세히 알 수는 없었지만 참으로 오래된 물건으로 기이한 것이었다. 나는 한동안 자리를 뜨지 못하고 어루만지면서 탁본할 수 없는 것을 안타깝게 생각했다.

지관이 말했다.

"이 절은 몹시 커서 당시에는 절에 수백 명이 살았지요. 제가 전에 머물던 선당(禪堂)은 지금 찾아보려 해도 분간이 안 되는군요."

서로 오래도록 탄식하며 한숨지었다.

절 동편 끝에 석상과 작은 비석이 있었다. 가서 보니 산소 셋에 모두 표석(表石)이 있었다. 하나는 조선조에 들어 정승을 지낸 이원(李原) 어머니의 무덤이고, 하나는 태재 유방선의 산소였다. 이원의 아들 승지 이윤겸(李允謙)이 따라 묻혀 있었다.

내가 말했다.

"이원의 부인은 내 선조이신 야당(野堂) 선생 허금(許錦) 공의 따님이시네. 듣자니 정승이 처음에 그 어머니를 모실 때, 지관(地官)이 그 땅에 왕기(王氣)가 있다고 해서 마침내 이 때문에 죄를 입어 자손들이 감히 따라 묻히지 못했다더군. 태재 유방선은 사위인데, 이곳에 거하면서 필시 이 일로 인해 마침내 궁하게 살다 죽었으므로 무덤을 여기에 썼던 것이겠지. 연대가 오래되어 알 수가 없군그래."

인하여 서성거리며 둘러보려니 옛날을 서글퍼하는 마음을 견디기 어려웠다. 내가 지관에게 말했다.

"사람에게 궁달과 성쇠가 있는 것은 진실로 운명일세그려. 하지만 이름이 썩지 않는 것은 여기에 달린 것은 아니라네. 이원은 좌명공신(佐命功臣)으로 지위가 재상에 이르렀고, 부귀와 권세와 은총이 한때 자자했지. 사람들은 다들 우러러 그를 붙좇았지. 마침내 이 때문에 기화를 당해, 버림받아 죽고 말았다네. 그 아들 이윤겸은 세종 대왕을 섬겨 곁에서 모시는 신하가 되어 대궐을 출입하며 큰 은혜를 입었지. 마침내 임금의 말씀을 받드는 승지의 직분에 이르렀으니 귀하다 할 만하지. 태재 유방선은 문장과 행실을 품어 지녔지만 집안의 근심으로 인해 그 몸이 얽매이는 바람에, 곤액으로 궁할 때에는 베옷이 몸을 가리지 못했고, 하루에 한 끼 먹는 것도 도토리나 밤을 주워 자급하며 지내다가 산속에서 여윈 채 남은 해를 마치고 말았다네. 이제 그 시를 보니 맹교(孟郊)와 가도(賈島)와 같아 곤궁하고 괴로웠던 것을 알 수 있겠네. 앞서의 두 분에 비하면 영달함과 초췌함이 어떠한가? 하지만 이제 수백 년 뒤에 이르러 사람들이 그 글을 외우며 그 사람됨을 떠올려 보기를 그치지 않아, 이 초라한 산의 버려진 절이 별반 기이하고 빼어난 볼거리가 아닌데도 또한 세상에 알려지고, 『동국여지승람』에까지 실렸다네. 저 화려하게 이름을 날리던 두 분은 지금 어디에 있는가? 한갓 그 몸이 묻혔을 뿐 아니라 그 이름을 말해도 사람들은 어느 시대 분인지 알지 못한다네. 그렇다면 한때에 이익을 누리는 것이 어찌 만대에 이름을 전하는 것만 하겠는가? 뒷사람으로 하여금 취하고 버리게 한다면 이것을 취하겠는가, 아니면 저것을 취하겠는가?"

지관이 활짝 웃으며 말했다.

"공의 말씀이 옳습니다. 다만 천추만세의 명성이란 것은, 적막히 죽은 뒤의 일인 것을요.(千秋萬歲名, 寂寞身後事.) 옛사람 또한 이름이 누가 된다

하여 남에게 알려지기를 원하지 않는 사람이 있었지요. 홀로 무슨 마음이었을까요?"

내가 크게 웃으며 말했다.

"이건 자네 불교의 법도일세그려."

서둘러 말고삐를 나란히 하고 돌아왔다. 기유년(1609년, 광해 1년) 구월 이십팔 일에 쓰다.

해설

이 글은 형조 참의로 있던 허균이 휴가를 받아 어머니 산소에 성묘차 갔다가 근처 법천사에 들렀던 일을 적은 내용이다. 그의 나이 41세 때 일이다. 유기(遊記)인데도 논설문의 성격이 가미됐다.

법천사는 강원도 원주시 부론면 법천리에 있던 절이다. 725년(신라 성덕왕 24년)에 창건된 고찰이다. 고려 문종 때 지광국사의 중창으로 큰절의 면모를 갖추었다. 금당(金堂) 터 위쪽 언덕에 국보 59호로 지정된 지광국사현묘탑비(智光國師玄妙塔碑)가 서 있다. 11세기의 최고 걸작으로 꼽히는 이 비석은 높이가 455센티미터, 꽃문양에 좌우로 쌍룡이 여의주를 희롱하는 아름다운 문양이 새겨져 있다.

이 절은 조선 초기 유방선이 근처에 살 때 서거정과 한명회, 이승소 등 당대 쟁쟁했던 문인들과 정치가들이 그를 찾아와 강학했다 해서 이름이 알려졌다. 허균이 성묘 온 소식을 듣고 승려 지관이 묘암(墓菴)으로 찾아와 근처 법천사 나들이를 제안했다. 지관은 20년 전인 1589년에 법천사에서 1년간 머문 적이 있었다. 하지만 고개를 넘어 골짜기를 지나

도달한 절은 10여 년 전 발생한 임진왜란의 참화를 입어 주춧돌이 잡초 사이를 뒹구는 폐허뿐이었다. 그 장한 지광국사현묘탑비도 허리가 부러진 채 땅에 묻혀 있었다. "20년 전에는 수백 명의 승려로 북적대던 큰절이었습니다. 이럴 수가요."

지관의 탄식을 들은 허균은 문득 근처에 있던 세 무덤으로 화제를 옮겨 간다. 무덤에는 조선 초의 정승 이원의 모부인과 사위인 유방선, 이원의 아들 이윤겸이 나란히 묻혀 있었다. 정작 함께 있어야 할 이원의 산소는 없었다. 묏자리에 왕기가 있다는 지관의 말 때문에 동티가 나서 죄를 입고 쫓겨나 죽었기 때문이다.

허균의 탄식은 이렇다. "인간의 궁달과 성쇠는 운명에 달렸다. 하지만 불후의 이름은 이것과는 상관이 없다. 이원과 이윤겸은 한때의 부귀 권세가 대단했지만 지금은 아무도 모른다. 유방선은 당시 곤액이 심해 곤궁 속에 삶을 마쳤건만, 지금까지 세상이 그를 기릴 뿐 아니라 법천사란 절마저도 그로 인해 유명해졌다. 그렇다면 우리는 금세 잊힐 부귀 권세를 붙좇는 삶을 살아야 옳은가? 아니면 빈한해도 문장과 학행으로 만대에 이름을 남기는 삶을 살아야 옳은가?"

지관이 대답한다. "죽은 뒤에 천추만세의 명성을 누린들 자기가 모르는걸요. 저 같으면 차라리 제 이름을 남에게 알리지조차 않으렵니다. 알아주고 안 알아주는 게 무슨 소용이랍니까?" 이런 대화를 주고받으며 두 사람은 말 머리를 돌렸다. 당시 허균은 2년 전 삼척 부사 파직 이후 공주 목사에 취임했으나, 이듬해 이마저 다시 파직되고 얼마 후 형조 참의에 다시 부임하는 등 벼슬길에서 가파른 부침을 거듭하던 시점이었다. 그래서 인간의 영고성쇠에 더욱 특별한 감회를 느꼈던 듯하다.

백성 두려운 줄 알아라

豪民論

천하가 두려워해야 할 것은 오직 백성이다. 백성은 물과 불, 범과 표범보다 더 두려워할 만하다. 그런데도 윗자리에 있는 사람이 업신여기고 길들여서 포학하게 부려 먹는 것은 어째서인가? 이미 이루어진 것을 함께 즐기면서 늘 보는 것에 얽매여, 순순히 법을 따르며 윗사람에 부림을 당하는 자는 항민(恒民)이다. 항민은 두려워할 만한 것이 못 된다. 모질게 갈취해서 껍질을 벗기고 뼛골을 바수어도 끝도 없는 요구에 집안의 수입과 땅의 소출을 다 가져다 바치면서 근심 속에 탄식하고 혀를 차며 윗사람을 탓하는 자는 원민(怨民)이다. 원민도 두려워할 만한 것이 못 된다. 푸줏간 가운데 자취를 감추고 은밀히 딴마음을 품어 천지 사이를 삐딱하게 흘겨보다가, 요행히 당시에 무슨 변고라도 생기면 소원을 이루려 하는 자는 호민(豪民)이다. 호민이야말로 크게 두려워할 만하다.

호민이 나라의 틈새를 엿보다가 일의 기미가 올라탈 만한지를 살펴, 밭두둑 위에서 팔뚝을 걷어붙이고 한바탕 소리치면 저 원민들은 그 소리만 듣고서 모여들어 모의하지 않고도 한목소리로 외쳐 댄다. 저 항민들 또한 살길을 찾느라 어쩔 수 없이 호미와 고무래, 창 자루 등을 들고 그들을 따라가서 무도한 자들을 죽인다. 진(秦)나라는 진승(陳勝)과 오광(吳廣) 때문에 망했고, 한(漢)나라가 어지러워진 것 또한 황건적(黃巾

賊) 때문이었다. 당나라가 쇠약해지자 왕선지(王仙芝)와 황소(黃巢)가 이틈을 타서 마침내 이 때문에 남의 나라를 망하게 한 뒤에야 그만두었다. 이는 모두 백성을 착취해서 제 배를 불린 탓이요, 호민이 그 틈을 잘 탔기 때문이다. 대저 하늘이 목민관을 세운 것은 백성을 기르기 위해서이지, 한 사람에게 위에서 멋대로 눈을 부라리면서 시내 골짜기와 같은 욕심을 채우게 하려 함이 아니다. 저 진나라와 한나라 이래의 재앙은 당연한 결과였을 뿐 불행한 일이 아니었다.

지금의 우리나라는 그렇지가 않다. 땅이 좁고 험한 데다 사람이 적다. 백성은 또 여리고 게으르며 좀스러워서 기특한 절개나 유협(遊俠)의 기개가 없다. 때문에 평소에 큰 인물이나 뛰어난 인재가 나와 세상에 쓰이지 않아도, 난리를 만나 호민이나 한졸(悍卒)이 난을 일으켜 나라의 가장 큰 근심이 되는 경우가 없으니, 또한 다행스럽다. 지금은 고려 시대와도 다르다. 고려 때는 백성에게 세금 거두는 것에 한정이 있었다. 산림과 천택(川澤)에서 얻는 이익도 백성과 함께 나누었다. 상업으로 소통하고 공업에 혜택이 있었다. 또 능히 수입을 헤아려 지출해서, 나라에 남은 비축이 있게 했다. 갑작스레 큰 전쟁이나 국상(國喪)이 있어도 세금을 더 걷지 않았다. 고려 말에도 오히려 삼공(三空)을 염려하기까지 했다.

우리는 그렇지가 않다. 보잘것없는 백성을 가지고 귀신을 섬기고 윗사람을 받드는 범절은 중국과 같다. 백성이 내는 세금이 다섯 푼이라면 관청으로 돌아오는 이익은 겨우 한 푼이다. 그 나머지는 간특하고 사사로운 데로 어지러이 흩어진다. 게다가 관청에는 여축이 없어 일이 나면 일년에 세금을 두 번씩 거두기도 한다. 수령들은 이 틈을 타서 한도 없이 더 긁어모은다. 때문에 백성의 근심과 원망이 고려 말보다 더 심하다. 그런데도 윗사람이 기뻐하며 두려워할 줄 모르는 것은 우리나라에 호민이 없기 때문이다. 불행하게도 견훤이나 궁예 같은 자가 나와서 흰 칼을 휘두르면 근심겹고 원망하던 백성이 어찌 가서 따르지 않으리라 보장하겠는가? 기주(蘄州)와 양주(梁州)와 같은 천하의 변란이 발을 내딛는 짧은 사이에 일어날 것이다. 목민관이 된 자가 두려워할 만한 형세를 환히 알아 활시위를 고쳐 매고 바퀴를 새로 점검한다면 오히려 미칠 수가 있다.

해설

'백성은 참지 말고 궐기하라!' 마치 백성들의 봉기를 부추기는 듯한 글이다. 훗날 자신의 반역 기도에 대한 예고편처럼 읽힌다.

기승전결의 짜임새가 야무지다. 처음 기(起)에서는 백성의 무서움과 세 가지 구분을 제시했다. 세상에서 가장 두려운 것은 백성이다. 백성은 홍수보다 무섭고 화재보다 무섭다. 범이나 표범도 백성의 무서움에 견줄 수 없다. 목민관은 백성 무서운 줄을 명백히 알아야 한다. 백성에는 항민과 원민, 호민의 세 부류가 있다. 항민은 풍년 들면 기뻐하고, 흉년 들면 빼앗기고 부림을 당해도 운명이려니 하고 감내한다. 가진 것을 다 빼앗기고도 더 내놓으라고 괴롭히면 어찌 저럴 수가 있나 하며 원망을 품는 것은 원민이다. 하지만 이들은 불만을 행동으로 옮기지는 못한다. 그러니 염려할 필요가 없다.

승(承)에서 키워드인 호민의 문제를 들고 나왔다. 호민은 그 존재가 잘 포착되지 않는다. 푸줏간과 개백정들 사이에 자신의 존재를 숨긴 채 묵묵히 살아간다. 그들은 변고의 순간을 포착한다. 유사시에 그들은 평소에 품었던 다른 마음을 드러내 항민과 원민을 선동한다. 계기를 만나지 못해 속으로만 분을 삭이던 항민과 원민이 호민의 선동을 받으면 들판의 불길처럼 한꺼번에 일어나 온 나라가 순식간에 통제 불능의 상태에 빠진다. 진나라와 한나라가 망한 것도 호민의 봉기에 항민과 원민이 궐기하여 호응한 결과였고, 당나라 말 왕선지와 황소도 바로 그런 호민이었다.

전(轉)에서 허균은 고려 말의 혼란상보다도 더한 목전의 현실을 고발하고 관리들의 수탈을 지적한 후, 조선도 호민들의 발호를 걱정해야 할 단계라고 지적한다. 우리나라에는 호민이 없어 염려할 것은 없지만, 상황이 최악이었다는 고려 말보다 더 가혹한 현실이라면 꼭 그렇지도 않다고 경고한다.

결(結)에서 목민관들이 우리나라에 호민이 없으리라고 여겨 마음 놓고 수탈을 일삼지만, 과거 궁예나 견훤의 예도 있었으니 언제 어디에서 호민의 궐기가 있을 줄 알겠느냐고 경고한다. 그때보다 상황이 더 열악한 지금에 그들 같은 호민이 나오지 말라는 보장이 없다 해서, 죄의식 없이 수탈을 일삼는 목민관들의 대오 각성을 촉구한다. 발언 수위가 대단히 높다.

상원군의 왕총에 대하여

祥原郡王家記

상원군에서 북쪽으로 십오 리 되는 곳에 왕산촌(王山村)이란 마을이 있다. 마을 북쪽에 산이 불쑥 솟아 일어난 곳이 있다. 민둥산이라 나무가 없는데, 왕총(王塚)이라고 한다. 정미년(선조 40년) 칠월에 큰비가 내려 왕총이 무너졌다. 마을 사람 조벽(趙璧)은 젊어 승려가 되어 글을 조금 알았다. 허물어졌다는 말을 듣고는 아랫사람을 데리고 가서 살펴보았다. 광중(壙中)은 깊이가 두 자 남짓인데, 벽돌에는 꽃무늬를 새겼다. 네 모서리를 둘렀으되 수도(隧道)는 없고, 돌로 덮개를 만들었다. 덮개를 들어 올리자 푸른빛 옥돌로 덮여 있고 재로 그 터진 틈을 봉해 놓았다. 그 안에 와관(瓦棺)을 안치하고, 풀 인형과 나무 인형, 도자기와 솥과 술잔을 늘어놓은 것이 몹시 많았다. 북쪽에는 기름이 반쯤 채워진 등잔이 있었고, 뼈 두 무더기도 그대로 있었다. 광중의 남쪽에는 돌 종이 흙에 묻혀 있어, 씻어서 살펴보니 '신명대왕묘(神明大王墓)'라는 다섯 글자가 새겨져 있었다. 글자의 획이 크고도 졸렬했다. 조벽은 마을의 노인들을 모아 삼태기와 가래로 흙을 퍼서 이를 덮었다.

꿈에 붉은 옷에 황금 띠를 두른 신인(神人)이 조벽과 함께 일했던 사람들에게 나타나 두루 감사를 표하며 말했다.

"나는 왕총의 신이다. 그대들에게 뼈를 덮어 준 은혜를 입었다. 마땅히 풍년으로 보답하리라."

그 뒤 과연 삼 년을 잇달아 큰 풍년이 들었다. 늙은이나 어린이가 병을 앓거나 요절하는 일도 없었다. 아! 신령하도다. 조벽이 내게 와서 이와 같이 말해 주었다.

내 생각에 나라에 도적(圖籍) 즉 지도나 전적이 드물어, 삼국 이전의 일은 상고할 길이 없다. 신명왕이란 이름은 고구려 역사에 나오지 않으니 주몽의 후예가 아닌 것은 분명하다. 무덤이 또 성천(成川) 땅에 가깝다. 성천은 옛 송양국(松壤國)이다. 내 생각에 그 나라 왕이 아닐까 싶은데, 감히 알지 못하겠다.

옛날에 제후는 수도, 즉 무덤의 진입로를 만들지 않았고, 묘(墓)라 했으며 능(陵)이라 하지 않았다. 성인께서는 후하게 장례 지내는 것을 그르게 여기셨다. 이제 이 왕총은 수도가 없고 묘라고 부르니 예에 맞는다. 황금과 보화를 넣지 않아 도둑이 열어 보게 하지 않았으니 지혜롭다. 또 능히 백성에게 복을 내려 그 은혜에 감사하였으니 어질다. 지혜롭고 어진데 예까지 아니, 살았을 때는 아름다운 임금이 되고, 죽어서는 밝은 귀신이 되었음을 알 수 있겠다. 애석하다. 사관(史官)이 빠뜨리는 바람에 그 이름이 드러나지 않았다. 인하여 이를 밝혀서 역사책에서 빠진 것을 보완한다.

해설

일종의 고분 발굴기에 해당한다. 첫 단락은 발굴의 경과를 적었다. 1607년 7월 장마에 평안도 상원군의 고분이 붕괴되어 분묘의 내부가 드러났다. 그때까지 마을 사람들이 왕총이라 부르던 분묘였다. 두 자 깊이의 광중은 꽃무늬를 새긴 벽돌로 사방을 둘러쌌다. 위는 푸른 옥돌로 덮고, 벽돌과 덮개돌 사이의 틈은 재를 이겨 메웠다. 덮개돌을 들어내자 와관이 나왔다. 아마도 옹관묘(甕棺墓)의 형식을 이렇게 표현한 듯하다. 옹관의 둘레에는 풀 인형, 나무 인형, 각종 의식용 도자기와 솥, 술잔 같은 것이 많았다. 머리맡에는 기름이 반쯤 든 등잔이 있었다. 옹관 안에는 두 무더기의 유골이 그대로 남아 있었다. 부부 합장 무덤임을 알 수 있다. 발치에 흙에 묻혀 있던 돌 중에 크고 질박한 글씨로 '신명대왕묘'란 다섯 글자가 새겨져 있어, 무덤 주인의 이름과 신분을 알 수 있었다. 조벽은 다시 흙을 덮어 붕괴 이전 상태로 복원했다.

둘째 단락은 그 이후 왕총 신이 나타나 감응한 이야기다. 왕총 신은 산역에 참여한 사람들의 꿈에 나타나 감사와 함께 풍년의 보응을 약속했다. 그리고 그 약속은 3년간의 잇단 풍년과, 질병과 요절의 변괴가 없는 것으로 지켜졌다.

셋째 단락은 무덤 주인공에 대한 허균의 추정이다. 신명 대왕은 역사서에서는 실체를 확인할 수가 없다. 하지만 상원군의 위치 등을 고려하여 그가 옛 송양국의 왕이었을 것으로 추정했다.

마지막 넷째 단락은 허균의 총평이다. 이 고분에는 수도(隧道), 즉 무덤으로 통하는 진입로를 따로 만들지 않았다. 규모가 큰 능이란 호칭 대신 묘라는 표현을 썼다. 이는 소박한 장례를 예법에 맞는다고 여긴 성인의 뜻과도 부합한다. 광중 안에도 소박한 물품뿐이었다. 화려한 부장품으로 공연히 도둑만 부르는 후대의 분묘보다 지혜롭다. 그리고 도움을 준 백성들의 꿈에 나타나 복을 주고 은혜에 감사했다. 인(仁)에 가깝다. 허균은 신명 대왕을 '지인이지례(智仁而知禮)'로 평가했다. 살아서 지혜로웠고, 죽어서 어질며, 예를 아는 지도자로 보았다.

한편 조벽이란 인물은 실체가 모호하다. 이름 자체가 진나라에 화씨벽(和氏璧)을 안고 가서 빼앗기지 않고 조나라로 돌아왔다는 '완벽귀조(完璧歸趙)' 고사의 주인공 인상여(藺相如)를 연상시킨다. 그가 허균과 어떤 관계인지, 어떤 연유로 이 일을 허균에게 전했는지는 전혀 밝혀져 있지 않다. 이 글을 쓸 당시 허균은 『동국명산동천주해기(東國名山洞天註解記)』라는 일종의 도교 계통의 허구적 비서(秘書)를 만들고 있었다. 이 책의 서문을 쓴 사람은 진실거사(眞實居士) 조현(趙玄)이라는 가공인물인데, 책에 따르면 그는 상원군의 아전으로 젊어서 개천 고야산 관음사에 숨어 살며 거사 생활을 하던 인물이었다. 이 글에 등장하는 조벽과 완벽하게 겹친다.

짧지만 행간이 깊고 미스터리의 느낌마저 감도는 글이다. 허균을 죽음으로 몰고 갔던 만년의 『산수비기(山水秘記)』나 참언 유포를 통한 역모 혐의와도 미묘하게 겹쳐진다.

김종직을 논한다　金宗直論

천하에 사사로이 이록(利祿)을 취하고 명예를 훔치는 자인데도 세상 사람들이 군자로 여기는 자가 있다고 하면 사람들이 믿을까? "나는 도저히 못 믿겠다."라고들 할 것이다. 어째서 이를 믿지 못할까? 사사로이 취하고 훔쳤다면 비록 그것이 도덕과 인의에서 나왔다손 쳐도 또한 거짓 행위임을 면치 못할 텐데, 하물며 이익과 명예임에랴. 이미 이익을 사사로이 하고 이름을 훔쳐 온 세상을 속이고 스스로 영화와 작록을 누린다면, 진실로 지혜와 생각을 다 쏟아서 그 직분으로 마땅히 해야 할 일에 걸맞게 되기를 구하여 조금이나마 잘못을 보충해야 한다. 그런데도 도리어 영화와 작록은 내 뜻이 아니라고 하면서 뻔뻔스럽게 그 수레를 붉게 칠하고, 인끈을 붉게 하면서 일생을 마쳤다면 그 죄는 죽음으로도 용서받지 못한다.

김종직은 근세에 이른바 큰 선비였다. 젊어서는 벼슬하기를 즐기지 않았다. 세조께서 과거에 나아갈 것을 다그치자 어쩔 수 없이 과거를 치러 급제했다. 또한 임금을 곁에서 모시는 직책에 드나들면서 지위가 높아졌다. 그런데도 말로는 모친이 연로하여 벼슬에 힘쓸 뿐이라고 했다. 어머니가 천수를 누리고 돌아가신 뒤에도 벼슬은 오히려 그만두지 않았다. 그의 문인인 김굉필이 그가 아무 건의도 하지 않음을 지적하자, 그는 이렇게 말했다.

"벼슬은 나의 뜻이 아니다. 그래서 하고 싶지가 않다."

김종직 같은 사람은 참으로 그 이익을 사사로이 하고 이름을 훔치고도 뻔뻔스럽게 한갓 수레에 붉은 칠을 하고 인끈을 붉게 한 자이다.

정란(靖亂)의 날을 당하여, 김종직은 박팽년이나 성삼문의 무리처럼 작록을 받은 일도 없었고, 김시습처럼 평소에 은혜를 입었던 것도 아니었다. 그는 그저 한 시골에 사는 안목 좁고 가죽띠를 두른 선비였을 뿐이니, 옛 임금에 대하여 죽어야 할 만한 의리가 없었다. 벼슬하기를 내켜하지 않았다는 것은 진실로 거짓말이다. 비록 거짓이라 해도 이미 뜻을 세웠다면 위에서 설령 핍박한다 한들 죽음을 무릅쓰고 벼슬에 나아가지 않는 것이 옳다. 그런데 마치 화를 두려워하여 억지로 나온 것처럼 했다.

과거에 합격하고 나서는 붓을 귀에 꽂고서 임금의 말을 기록하고, 사책(史策)을 끼고서 보드라운 담요 위에 엎드렸다. 또 고을을 맡아 그 어미를 봉양했으니, 그는 이익을 사사로이 한 자이다. 또 그 이름을 훔치려고 남에게 큰 소리로 이렇게 말하곤 했다.

"내게는 내 어버이가 계시다. 나도 끝내는 서산(西山)의 뜻을 지키련다."

하지만 어머니의 상복을 벗고 나서도 응교(應敎)의 벼슬을 받았고, 십 년 사이에 계속 승진하여 대사구(大司寇), 즉 형조 판서까지 되었다. 마땅히 그만두어야 하는데도 오히려 욕심을 부려 떠나가지 않았다. 시위소찬(尸位素餐), 즉 자리를 차지하고 앉아 밥이나 축냄으로 마땅히 해야 할 직분조차 하지 않았다. 그 문인이 이를 지적하면 꾸며 대는 말로 대답하곤 했으니, 과연 군자라 여길 수 있는가? 그 죄가 죽어야 마땅하다.

그런데도 세상에서 이제껏 그 사람을 칭찬해 마지않는 것은 어째서일까? 내가 가만히 그 사람됨을 살펴보았다. 그는 가학(家學)을 주워 모아 글을 지어 스스로를 드러냈던 자에 지나지 않았다. 마음이 교활해서 그 이름을 높이려고 세상 사람들을 부추기고 임금의 들음을 현혹시켜 이 익을 훔쳤다. 꾀를 부리긴 했지만 그 재주가 백성을 편안하게 하고 구제 하기에 부족한 줄 알아서, 마치 충분히 할 수는 있지만 내키지 않는 것 처럼 꾸며 자신의 못난 것을 감추었으니 또한 공교롭다 할 만하다. 「조의 제문(弔義帝文)」을 짓고 「주시(酒詩)」를 지은 것은 더더욱 우습다. 이미 벼 슬을 했다면 그분이 내 임금인데, 이를 헐뜯느라 힘을 남기지 않았으니 그 죄가 더욱 크다. 죽은 뒤의 재앙은 불행이 아니라, 하늘이 그 영악하 고 교묘함에 분노하여 다른 사람의 손을 빌려 드러내 놓고 죽인 것이다. 나는 세상 사람들이 그 드러난 자취는 살피지 않고, 한갓 그 이름을 숭 상하여 이제껏 그를 받들어 큰 선비로 여기는 것을 민망히 여겨, 특별히 드러내서 글로 짓는다.

해설

사론(史論) 중 인물론에 해당하는 글이다. 허균은 자신의 문집 『성소부 부고(惺所覆瓿藁)』에 모두 네 편의 인물론을 남겼다. 「정도전·권근론(鄭道 傳權近論)」과 「남효온론(南孝溫論)」, 「이장곤론(李長坤論)」과 「김종직론」이 다. 사론 중 인물론은 흔히 긍정적 시선에서 한 사람의 역사적 위상을 자리매김하거나, 본받을 만한 사적을 음미하기 위해 짓는 것이 보통이 다. 하지만 허균의 인물론은 대부분 비판적 시각에서 지나치다 싶을 만 큼 과격한 언사를 서슴지 않았다. 그는 명확한 나름의 논거를 바탕으로 비판의 관점을 세워 일반의 통념을 깨뜨리고 새로운 인식을 펼치는 방식의 글쓰기를 즐겼다. 당시의 관점에서뿐 아니라 지금의 통념으로 보더라도 파격적으로 느껴질 정도다. 일단 판단이 서면 주변의 눈치를 보지 않는 거침없는 그의 성향이 잘 드러나 있다.

김종직(金宗直, 1431~1492년)은 고려 말 야은(冶隱) 길재(吉再)의 문인이었던 아버지 김숙자(金叔滋)의 학맥을 이어, 영남 사림의 종장으로 추앙받은 큰 학자요 문인이다. 세상을 뜬 후 그 제자 김일손이 김종직이 예전에 지은 「조의제문」을 사초(史草)에 넣었다가 무오사화가 일어나는 빌미가 되었다. 이 일로 김종직은 부관참시를 당하고 문집마저 소각당하는 큰 재앙을 입었다. 중종 때 곧바로 신원되었다. 이후 그는 영남 사림의 정신적 지주 격의 상징적 존재였다.

허균은 그런 그의 위상과 평가에 정면으로 의문을 제기했다. 허균은 김종직을 '사리절명(私利竊名)', 즉 이익을 사사로이 취하고 이름을 도둑질한 위선적 군자의 표본으로 보았다. 게다가 허균이 보기에 그는 일신의 안위와 영달에만 관심이 있었을 뿐 주어진 직임에 충실하지도 않았고 능력조차 없었다. 그런데도 어째서 세상은 그를 모두 대단한 군자로 여기는가? 이런 모순을 파헤치기 위해 이 글을 쓴다고 했다.

첫째 단락은 "그 죄는 죽음으로도 용서받지 못한다."라는 말로 끝나고, 넷째 단락도 "그 죄가 죽어야 마땅하다."라는 말로 마무리된다. 당대 영남 사림들을 모두 적으로 돌릴 전면전을 각오하지 않고는 차마 입에 담지 못할 놀라운 발언이다. 사림들이 기려 마지않는 그의 죽음에 대해서도 마지막 단락에서 "죽은 뒤의 재앙은 불행이 아니라, 하늘이 그 영악하고 교묘함에 분노하여 다른 사람의 손을 빌려 드러내 놓고 죽인 것"이라고까지 극언했다.

허균이 정도전이나 권근, 이장곤 등에 대해 쓴 다른 인물론의 논조도 대체로 무모하게 느껴질 정도로 과격하다. 그는 예리한 비판으로 이들의 평가 위에 덧씌워진 허상을 벗겨 내려 했다. 특별히 김종직에게 개인적 감정이 있었다기보다, 역사의 인물을 바라볼 때 범하기 쉬운 착시 현상을 바로잡아 충격적 방법으로 자기의 주의 주장을 내세우는 데 쾌감을 느꼈던 듯하다. 그의 논조는 상당히 거칠고 전투적이지만, 그의 논리는 명분과 진실을 앞세운 근거를 갖춰 대단히 매서웠다.

허균의 김종직에 대한 문제 제기는 다음 몇 가지다. 첫째, 노모를 핑계로 벼슬에 나왔지만 모친 서거 후에도 벼슬을 놓지 않았다. 노모는 핑계이고 속셈은 명예와 이익에 있었음을 알 수 있다. 둘째, 그는 직임에 충실하지도 않고 능력도 없으면서 교묘한 말로 혹세무민했다. 셋째, 지금 임금을 섬기는 처지에 있으면서 「조의제문」을 지어 몰래 임금을 비방했으니 두 마음을 품은 위선의 극치다. 그러니 그를 제대로 보고 옳게 평가해야 한다.

허균의 김종직에 대한 이러한 평가는 확실히 지나친 점이 있다. 하지만 일체의 성역을 인정하지 않고 과감한 비판으로 역사 인물에 대한 새로운 관점을 제시한 점은 평가할 만하다.

금강산 유람길에서　　　與石洲書

서울에 있을 때 형이 강도(江都)에서 보낸 편지를 받아 보니, 내가 벼슬 잃은 것을 위로한 내용이었소. 이때 나는 이미 수레를 채비해서 도성 문을 나선 참이라, 심부름 온 하인이 두고 가겠다고 하기에 경황없는 중에 답장을 미처 하지 못했소. 게을리 늑장을 부린 죄를 어찌 피하겠소.

집을 떠난 지 이틀 만에 김정경(金正卿)의 영평(永平) 별장에 도착했소. 시내와 골짜기와 산의 아름다움은 예전 못지않았지만, 안타까운 것은 허물어진 건물을 다시 일으켜 세우지 않은 점이었소. 방으로 들어서자 진한 술이 동이에 가득한데 향의(香蟻, 술독 위에 뜬 쌀알을 벌레에 비유한 표현)가 굼실굼실해서, 형을 데려다가 큰 술잔으로 권하지 못한 것이 유감스러웠다오. 이 말을 들으면 반드시 군침을 흘리겠지요. 지금까지도 성벽에는 최경창(崔慶昌)과 허봉(許篈)의 시가 남아 있는데 맑고도 상큼해서 읊조릴 만했소. 또 이안눌(李安訥)의 시도 있더군요. 하지만 길이 바빠 화운하지는 못했소.

비를 만나 통구(通溝)에서 자고 단발령(斷髮嶺)을 넘었지요. 멀리 일만 이천 봉을 바라보니, 에워싼 봉우리들이 손을 모아 읍하며 마치 우리 일행을 맞이하는 듯하여 유람의 흥취가 절로 솟구침을 금할 수가 없었다오. 말을 재촉해서 장안사(長安寺)로 들어가니 날은 이미 저물고 말았소.

승려 도관(道觀)이 호남에서 왔다는데, 자못 글을 아는지라 함께 대화하기가 아주 좋았소. 이튿날 아침 일찍 그를 데리고 시왕백천동(十王百川洞)으로 들어갔소. 가파른 바위는 삐죽 솟고 땅은 온통 돌인 데다, 물은 솟구쳐 쏟아져 부딪치고 단풍과 노송나무는 하늘을 찌를 듯 빼곡하였소. 십오 리를 가서야 영원(靈源)에 당도하여 거기서 하루를 묵었소.

새벽에 망고대(望高臺)를 향하는데, 골짜기는 좁고 벼랑은 깎아지른 듯해서 쇠줄을 더위잡고서야 겨우 오를 수 있었소. 송라(松蘿) 그늘 아래서 잠깐 쉬다가 마침내 만폭동으로 들어갔다오. 봉래(蓬萊) 양사언(楊士彦)이 쓴 여덟 자의 큰 글씨를 감상하니, 붓의 기세가 마치 날고 뛰는 것만 같아서 이 산과 더불어 자웅을 다툴 만했소. 되돌아 명연(鳴淵)에 이르고, 저녁에는 표훈사(表訓寺)에서 쉬었는데, 주지인 담유(曇裕)가 자리와 음식상을 차려서 기다리고 있더군요.

이튿날은 진헐대(眞歇臺)에 올랐소. 남여(藍輿)를 버리고 걸어서 개심대(開心臺)로 올라갔지요. 일만의 봉우리가 눈 아래 빼곡한 모습을 뭐라 형용할 수가 없었소. 우뚝 솟아 하늘을 우러르는 모습은 그대가 빼어난 자태로 홀로 서 있는 것만 같았고, 비스듬히 기울어 무너질 듯한 모양은 그대가 술에 취해 옥산(玉山)이 무너지는 듯한 모습과 방불했다오. 이것을 마주하고서야 내 마음을 위로할 수 있었지요. 이날은 열이레 밤이어서, 정양루(正陽樓)의 동편에서 달이 뜨기를 기다렸더랬소.

원통(圓通)에서 아침밥을 먹고, 사자봉(獅子峯)에서 지름길을 취해 가서, 보덕굴(普德窟)에서 묵고는 화룡담(火龍潭)을 거쳐 마하연(摩訶衍)에 도착했소. 바람과 시내, 삼나무와 회나무가 새벽까지 선 채로 비벼 대며 소리를 내니, 마치 서늘한 구름 밖에서 생황과 학이 우는 것만 같더이다. 즉시 운흥사(雲興寺)를 거쳐 구정봉(九井峯)에 올랐지만, 비로 인해 비로봉(毗盧峯)까지는 오를 수가 없었다오. 적멸암(寂滅庵)에 이르러 성문동(星門洞)을 굽어보니 수많은 골짜기가 삐죽삐죽 솟은 것이 마치 길게 부채를 세워 둔 것만 같았소.

해(海)와 도(濤) 두 중이 여기에서 내려가면 박달곶(朴達串)에 이르고 은신대(隱身臺)에 다다를 수 있다고 하더군요. 그래서 나는 손질해 둔 신발을 챙겨 새벽에 떨쳐 출발해서 백전(白田) 길로 내려왔소. 구불구불한 길을 한 오 리쯤 가니 비로소 돌무더기가 서 있는데, 거센 여울물이 그 가운데로 뿜어 나와 바위란 것이 온통 괴수의 모양을 하고 서로 으르는 것만 같았소. 맨발로 물결 위를 뛰어서 건넜소.

낮에는 자월암(紫月庵)에서 쉬었소. 암자는 내산과 외산 중간에 자리를 잡아 그 빼어난 풍경을 한자리에 모아 두었는데, 유람하는 사람들은 잘 오지 않는 곳이었소. 남쪽 벼랑을 끼고 구불구불 내려와 불정대(佛頂臺)에 닿았소. 조금 있으려니까 바람과 우레가 골짝 가운데서 일더니만, 큰 구름이 평평하게 깔려 발아래서 번갯불이 번쩍번쩍하는데 겁이 나서 내려다볼 수가 없더이다. 잠시 후 번개가 멈추자 일천 개의 폭포가 푸른 절벽에서 통쾌하게 떨어집디다. 옥색 무지개가 다투어 뿜내는 듯하더군요. 날이 저물어서야 유점사(楡店寺)에 닿았소. 정두원(鄭斗源)이 뒤따라 도착해서 현담(玄談)을 나누다 오경(五更)에야 잠이 들었다오.

하루를 머물고 산에서 내려와 백천교(百泉橋)를 거쳐 가섭동(迦葉洞)으로 길을 잡아 명파(明波)에서 묵었소. 대개 삼일포(三日浦)는 예전에 익히 지났던 곳이라 곧장 임영(臨瀛)으로 향할 작정이었는데, 갔던 곳을 다시 가 노닐지는 않으려 했던 것이지요. 이튿날 수성(迕城)에서 동고(東皐) 최립(崔岦)을 만났더니 무척이나 기뻐하며 이틀이나 붙잡아 두더이다. 또 석주(石洲, 권필)는 요즘 어찌 지내느냐고 묻더군요. 자기가 지은 시문을 모두 꺼내 보여 주는데 보는 것마다 보배롭고 주옥같더이다.

인하여 예전에 머물던 낙산(洛山)을 찾아가자 그 고장의 원로들이 모두 술병을 가지고 와서 다리를 덥혀 주고, 태수는 또 기생과 악공으로 호사를 더해 주니, 거나하여 왕안석(王安石)이 동산(東山)에서 노닐던 흥취가 있었소. 말이 발을 저는 바람에 닷새를 붙들렸다가 강릉 외갓집으로 돌아오니, 내가 이곳을 찾아뵙지 않은 지가 어느덧 여덟 해나 되어 서리 이슬의 서글픈 감회가 배나 절절하더이다. 고을 동편에 작은 서낭이 있어 학생 대여섯과 함께 문을 닫아걸고 책을 읽으며 남은 해를 마치고 싶은데, 하늘이 사람의 욕심을 따라 줄지 모르겠소이다.

바다와 산의 장쾌한 유람이 대략 이와 같았소. 이때 만약 그대가 함께 있었다면 이 사이에 지은 주옥같은 작품들이 시 주머니 속에 마땅히 많았을 것이오. 형께서 이 말을 듣는다면 반드시 크게 유쾌해하고 또한 크게 안타까워할 것이오.

벼슬길을 향한 마음은 식은 재처럼 싸늘하고, 세상 사는 맛은 씀바귀인 양 쓰구려. 조용히 지내는 즐거움이 화려한 벼슬살이보다 낫거늘, 어찌 즐겨 나의 편안함을 버리고 남을 위해 아등바등 애를 쓴단 말이오. 다만 먼 데 벗을 향한 생각이 속마음에 얽혔어도 땅이 멀어 만나기가 어려운지라 회포를 다 풀 수가 없구려. 가을 날씨가 점점 차지니 양친을 잘 모시고 양지(養志)를 다하기 바라오. 글은 말을 다하지 못하고 말은 뜻을 다하지 못하오. 이만 줄이오.

해설

허균이 친구인 권필에게 보낸 편지다. 벼슬자리에서 쫓겨나 핑계 김에 금강산 유람을 떠나 여러 날을 길 위에서 보낸 뒤 강릉 외갓집에 머물며 썼다. 강화에 있던 권필이 위로하는 편지를 먼저 보내왔는데 미처 답장을 못한 상태였으므로 그간의 근황 보고를 겸해 보낸 답신이다.

15박 16일에 걸친 금강산 유람 일정에 대한 설명이 대부분을 차지한다. 편지글로는 독특한 글쓰기를 시도한 셈이다. 편지 형식에 담은 일종의 유람기다. 과장 없이 경쾌한 필치로 써 내려간 붓끝에서 유람의 광경들이 되살아나 영상으로 옮겨진다. 부분을 섬세하게 포착하기보다는 일정에 따른 노정기를 속도감 있게 제시했다.

글의 곳곳에 벗을 향한 곡진한 정회를 피력한 대목이 인상적이다. 술을 마실 때도 술 좋아하는 권필이 곁에 있었으면 얼마나 좋았을지를 생각하고, 금강산의 아름다운 절경과 마주해서도 그 우뚝하고 아름다운 자태를 보며 권필의 모습을 떠올렸다고 말하는 대목이 특히 그렇다. 평소 권필을 향한 허균의 마음이 어떠했는지 엿볼 수 있다. 또한 편지에는 초야에 답답하게 묻혀 지내는 벗에게 금강산의 아름다운 광경을 글로나마 구경시켜 주고픈 마음이 잘 드러나 있다.

허균의 벼슬길은 부침이 심했다. 편지를 쓴 시점은 정확히 알 수 없으나 30대 중반 무렵 잠시 강릉에 내려가 있을 때인 것으로 보인다. 편지 끝에서 허균은 벼슬을 향한 마음은 식은 재와 같고 세상 사는 맛은 씀바귀보다 쓰다며 세상길에 대한 환멸을 드러냈다. 벼슬을 버리고 그대로 묻혀 살고 싶은 소망을 피력했음에도 강릉 체류는 오래가지 못했다. 그는 얼마 못 가 다시 현실의 풍파 속으로 돌아왔다.

겁먹지 말고 오게　　　　　與李汝仁

처마의 비는 쓸쓸하고 향로의 향 내음은 가녀린데, 이제 막 두세 사람과 함께 소매를 걷어붙이고 맨발로 보료에 기대 눈 같은 연꽃 보며 참외를 갈라 찌든 근심을 씻어 낼 참일세. 이러한 때에 우리 여인(汝仁)이 없을 수 없지. 자네 집의 늙은 사자가 틀림없이 으르렁거려 자네로 하여금 고양이 상판을 짓게 만들겠지만, 늙었다고 겁먹고 위축되지는 말게나. 하인이 우산을 지녔으니 가랑비쯤 피하기에는 넉넉할 것이야. 어서어서 빨리 오게나. 모이고 흩어짐은 일정치가 않으니, 이런 모임도 어찌 자주 가질 수 있겠는가. 헤어진 뒤에는 후회한들 이미 늦을걸세.

해설

허균은 척독(尺牘) 산문에 특별히 흥미가 많았다. 척독은 서간문의 일종으로 편폭이 아주 짧은 글이다. 요즘으로 치면 엽서 글 정도에 해당한다. 짧기만 한 것이 아니라 짤막한 사연 속에 깊은 함축을 담는 문예 취향이 강한 양식이다. 문집에서 척독을 편지글과 구분해 별도의 항목으로 분류한 것은 허균이 처음이다. 중국에서는 『소황척독(蘇黃尺牘)』이라

하여 소동파와 황산곡의 척독을 편집한 책이 널리 읽혔는데, 척독 산문이 성행한 것은 명대 이후이다. 허균은 명대의 아름다운 척독을 따로 묶어『명척독(明尺牘)』이란 책을 엮은 적이 있다. 현재는 그 발문만이 남아 있는데, 이 글에서 허균은 척독을 "단어 하나, 말 한마디로 이치의 핵심을 곧장 깨뜨려 언어 표현의 밖에서 사람을 뜻으로 승복하게 하는 것"이라고 규정했다.

이 척독은 허균이 이재영(李再榮)에게 보낸 글이다. 여인(汝仁)은 이재영의 자다. 이재영은 허균이 어릴 적부터 가깝게 지낸 벗이다. 허균의 문집『성소부부고』에 「전오자(前五子)」라 하여 어린 시절의 다섯 벗에 대해 한 편씩 지은 시가 있는데, 이재영도 포함되어 있다. 그뿐만 아니라 허균이 이재영에게 보낸 척독은 무려 13편이나 문집에 실려 있다. 본문은 이 가운데 한 편이다. 1608년 7월, 허균이 40세로 공주 목사에서 파직되고 부안에 우거할 당시 썼으리라 짐작된다.

처마 끝 빗방울이 연신 떨어진다. 퀴퀴한 습기를 몰아내려 피운 향도 이미 다 탔다. 모여 앉은 두세 벗은 버선도 벗고 한껏 편안한 자세로 보료에 기대앉아 깎아 내온 참외를 먹는다. 그러다가 문득 그 자리에 빠진 이재영을 불러낼 생각을 한 모양이다. 그런데 이재영은 공처가였던가 보다. 사자처럼 무서운 아내가 떡 버티고 앉아 못 나가게 할 테니 난감하겠지만 겁먹지 말고 그냥 뛰쳐나와 이 즐거운 자리에 합류하라고 권한다. 벗들 간 격의 없는 만남의 자리가 한 폭의 그림 같다. 이재영은 훗날 허균의 역모 사건 가담자로 지목되어 허균과 함께 처형되었다.

김상헌

金尙憲

1570~1652년

본관은 안동, 자는 숙도(叔度), 호는 청음(淸陰)·석실산인(石室山人)이다. 월정(月汀) 윤근수(尹根壽)를 사사했고, 1596년 문과에 급제했다. 이후 선조 대부터 효종 대까지 4대의 임금을 섬기며 대사헌·예조 판서 등 주요 관직을 역임했다. 하지만 급변하던 동아시아 정세와 맞물려 출사와 사직을 반복하는 등 환로가 순탄치만은 않았다.

1627년 정묘호란이 일어나자 진주사로 명나라에 가서 구원병을 요청했고, 돌아와서는 후금과의 화의를 끊을 것을 주장했다. 1636년 병자호란 당시에는 남한산성으로 인조를 호종하여 선전후화론(先戰後和論)을 내세웠다. 이후 다시 심양(瀋陽)에 끌려가 1641년부터 4년여 동안 발이 묶이기도 했다. 하지만 강직한 성격과 장부의 기개로 뜻을 굽히지 않았고, 죽은 뒤 대표적인 척화신으로서 추앙받았다. 1661년 효종의 묘정에 배향되었다.

그의 문학을 두고 상촌 신흠은 "도를 겸한 묘한 문장 한유 맹교 따랐고, 전수받은 그의 학문 정주에 부합했네.(文兼道妙追韓孟, 學自心傳契洛閩.)"라고 했고, 정조는 "그의 문장 한유와 증공(曾鞏)이요, 그의 학문 주렴계와 정자일세.(其文韓曾, 其學濂洛.)"라고 평했다. 이는 김상헌이 정주학적 도문일치론(道文一致論)에 충실한 문학을 지향했음을 말해 준다.

상촌 신흠, 월사 이정귀, 서경(西坰) 유근(柳根)의 문하에서 노닐면서 문식을 키웠고, 학곡(鶴谷) 홍서봉(洪瑞鳳), 동악(東岳) 이안눌(李安訥), 죽음(竹陰) 조희일(趙希逸), 계곡 장유 등과 교유하며 절차탁마했다. 저서로 『야인담록(野人談錄)』, 『독례수초(讀禮隨鈔)』, 『남사록(南槎錄)』 등이 있고, 후인들이 간행한 문집으로 『청음집(淸陰集)』이 있다.

세상에 드문 보물　　谿谷集序

우리나라의 풍도(風度)와 의례는 오래전에 중국에서 전해진 것이다. 은나라 태사(太師) 기자가 처음으로 문화의 가르침을 연 지가 이제껏 일천여 년이다. 그런데도 유림(儒林)과 문원(文苑)을 거의 볼 수 없는 것은 어째서인가?

신라 이래로 중국을 배우는 인사가 점차 많아졌지만 오직 고운(孤雲) 최치원(崔致遠)이 세상에 이름이 났다. 고려 시절에는 그 숫자가 더욱 많아졌어도 겨우 목은(牧隱) 이색(李穡)이 뒤늦게 나와 세상에서 그와 능히 맞겨룰 만한 사람이 없었다. 이로 보아 문장으로 기예를 삼기가 또한 어려운 줄을 알겠다.

우리 조선에 이르러 문운의 융성이 예전보다 더욱 대단해서 문장 하는 인사를 이루 손꼽을 수가 없다. 하지만 그 사이에 우뚝하니 대가가 되어 예전의 법도를 좇는 자는 또한 보기가 드물다. 성종(成宗) 때에는 점필재(佔畢齋) 김종직이 독보적이었고 선조(宣祖) 때는 간이(簡易) 최립이 우뚝했다. 유림의 기대를 한 몸에 받았던 현헌(玄軒) 신흠과 문단의 명성을 독차지했던 월사 이정귀 같은 분들이 홍문관과 예문관에 있으면서 지은 글들은 모두가 아름다웠다.

이때 계곡 장유 공이 또 뒤늦게 나와 활동하니 또한 능히 맞겨룰 만한 사람이 없었다. 내가 한번은 계곡을 목은 이색과 견주어 논한 적이 있다. 규모는 목은만 못해도 정밀함은 더 나았고 문장의 꾸밈은 조금 못하나 담긴 이치는 더욱 조밀했다. 이는 다만 세상의 오르고 내리는 기운에 따라 달라질 수밖에 없었던 것이다. 그 아래로는 미루어 알 수가 있으니 공의 문장은 성대하다 할 만하다. 크면서도 뽐내지 않으므로 통달한 인사가 이를 믿는다. 내 말을 징험해 줄 사람이 후세에 틀림없이 있을 것이다.

아! 공은 나보다 열여덟 살이 어리지만 문예를 얘기할 때는 늘 스승의 자리를 비워 두고 그 아래 처하곤 했다. 다시 「귤옹설(橘翁說)」을 지어 그에게 주기도 했다. 대개 나이가 젊더라도 스승으로 삼을 수 있다는 뜻을 취해 쓴 글이었다. 매번 한 작품을 완성할 때마다 공에게 나아가 바로잡지 않고는 감히 남에게 보여 주지 않았다. 좌사(左思)가 지은 삼도부(三都賦)처럼 현안(玄晏) 황보밀(皇甫謐)을 기다려 전해지기를 기대했다. 그런데 오늘에 와서 공이 먼저 가고 내가 뒤에 남을 줄 누가 알았겠는가?

공의 저술은 병화(兵火)를 입지 않아 흩어져 없어지지 않았다. 이를 통해 세상에 드문 보물은 귀신도 이를 지켜 보호하고 귀하고 아름다운 금과 옥은 화마도 손상시킬 수 없음을 비로소 알았다. 어찌 기이하지 않은가? 공의 맏아들 선징(善澂)이 편지를 보내 청했다. "아버님의 문집을 이제 판목에 새기려 합니다. 어르신께서 한마디 말씀으로 이 일을 도와주십시오." 내 비록 늙어 정신이 흐리지만 어찌 차마 이를 거절하겠는가? 마침내 평소에 마음에 담아 두었던 것을 써서 서문으로 삼는다.

옛날 양(梁)나라의 소명 태자(昭明太子)가 이런 말을 했다. "도연명의 백옥 같은 작품 중에 작은 흠이 있는 것은 다만 「한정부(閑情賦)」 한 편뿐이다." 이 말은 음미해 볼 만하다. 그런데 지금 공을 나무라는 자는 어찌 이리 심하단 말인가? 나는 이에 개탄하지 않은 적이 없었다. 임오년(1642년) 오월 하순에 서간노인이 쓴다.

해설

조선 중기 한문 사대가 중 한 사람인 계곡 장유의 문집에 붙인 서문이다. 1643년 맏아들 장선징(張善澂, 1614~1678년)이 문집을 엮을 때 김상헌에게 부탁해 지었다. 김상헌은 자신보다 열여덟 살 아래인 장유의 문장을 진작부터 높이 평가했다. 그를 위해 「귤옹설」이란 글을 지어 주기까지 했는데 나이가 적어도 스승으로 삼을 수 있다는 내용을 담은 것이었다. 또한 자신이 이 글을 그에게 남김으로써 그의 명성에 힘입어 자신의 이름이 후대까지 전해지기를 희망했다고 말해 그 문장을 기리는 뜻을 더욱 분명히 했다.

김상헌은 문학사에서 장유의 위상을 신라 때 최치원과 고려 때 이색에 견주었다. 수많은 사람이 중국의 문물을 익혔어도 뒤늦게 나온 이 두 사람을 능가할 사람이 없었던 것처럼 조선조에 와서도 김종직과 최립, 신흠 등이 문장으로 명성이 높았지만 역시 장유에게는 미칠 수 없다는 뜻을 밝혔다. 시종 장유의 문장을 역대 최고의 자리에 세운 것이다.

마지막 부분에서 양나라 소명 태자의 말을 인용해 당대 문단에서 그 위상에 걸맞은 평가를 받지 못하고 때로 비난까지 받는 상황에 대한 자신의 생각을 밝혔다. 실제 당시 택당 이식은 그의 학설이 주자와 반대된 것이 많다 하여 육왕 학파(陸王學派)로 지적한 일이 있었다. 장유가 양명학적 사유를 토대로 주자학의 편협한 학문 풍토를 비판했던 점이 사실이고 그의 문장 속에 노장적 사유의 일단도 깊이 침윤되어 있는 것으로 보아 그의 학문이 순정하지 못하다는 비난이 당대에 적지 않았음을 가늠할 수 있다. 하지만 김상헌은 그의 글 한두 편에 설령 그런 기미가 있다고 해도 그것은 그의 전체상을 결코 덮을 수 없는 작은 흠에 불과하다고 두둔했다.

장유의 산문에 대한 김상헌의 이 같은 평가는 우암 송시열에 이르러 더 선명해졌다. 송시열은 김상헌과 마찬가지로 그의 문장이 동방의 제일이라 치켜세웠을 뿐 아니라 정자와 주자의 의리를 위주로 했음을 분명히 못 박음으로써 비판의 시각을 원천적으로 차단했다. 송시열은 최신(崔愼)과의 문답에서 우리 문학을 집대성한 인물로 이색과 장유를 꼽고 있는데 이 또한 이색과의 비교를 통해 장유를 치켜세운 김상헌의 평가를 계승한 것이다. 김상헌이 글에서 말한 자신의 말을 징험해 줄 후세 사람이 바로 송시열이었던 셈이다.

지금이
상 줄 때인가

南漢扈從賞加
辭免疏 丁丑五月

삼가 아룁니다. 신은 본시 병든 사람인데 여기에 더해 나이가 많아 눈까지 어지럽습니다. 터럭처럼 헤아릴 수 없이 많은 죄를 꼽은 글에 마음은 철렁 내려앉고 천지가 뒤집히는 즈음에 성품마저 잃고 보니 형상은 남았어도 정신은 죽어 흙덩이나 나무토막과 한가지입니다. 다시금 조정에 서서 벼슬에 나갈 가망이 없는지라 이리저리 떠돌며 아침저녁으로 죽기만 기다리고 있습니다. 그런데 뜻하지 않게 남한산성으로 호종했던 여러 신하들이 모두 상으로 자급(資級)을 올려 받았고 신의 이름 또한 그 속에 있다는 말을 들었습니다. 신은 처음에는 놀라 의심하다가 마침내 부끄럽고 두려워 열흘이 가고 한 달이 지나도 점점 편안치가 않았습니다.

바야흐로 전하께서 남한산성에 머무실 때 대신(大臣)과 집정(執政)이 성을 나갈 것을 다투어 권했지만 신은 망령되이 감히 죽음으로 지키는 의리로써 전하께 아뢰었습니다. 이것이 신의 첫 번째 죄입니다. 항복하는 문서에 적힌 글을 차마 볼 수가 없어서 손으로 그 초고를 찢고 묘당(廟堂)에서 통곡했으니 이것이 신의 두 번째 죄입니다. 두 분 왕자께서 몸소 적진으로 나아갈 때 신은 능히 말 앞에서 머리를 바수어 죽지 못했고 병으로 따라가지도 못했습니다. 이것이 신의 세 번째 죄입니다. 신이 이 같은 세 가지 죄를 범하고도 오히려 형벌을 면했거늘 어찌 감히 처음부터 끝까지 고생을 함께한 여러 신하와 더불어 똑같이 은전을 받을 수 있겠습니까?

바라옵건대 전하께서는 내리신 명을 급히 거두어 권면하고 징계하는 도리를 밝혀 주소서. 만약 신이 외람되이 가까이에 있었다면 반드시 공론을 고쳐 바로잡는 일이 있었을 것입니다. 멀리 황량한 시골에 엎드려 지내다 보니 듣고 봄이 미치지 못해 이처럼 멋대로 번거로이 아뢰게 되었으니 어찌 잘못이 아니겠습니까?

또한 신이 가만히 생각해 보니 추위와 더위가 끝나지 않았다면 겨울 갖옷과 여름 갈옷을 폐해서는 안 되고 적국이 망하지 않았다면 수비를 잊어서는 안 될 것입니다. 엎드려 바라옵건대 폐하께서는 능히 와신상담의 뜻을 힘써 나라의 중요한 지역을 더욱 수리하여 국가가 두 번 욕보는 일을 면하게 해야 할 것입니다. 아! 한때의 맹약을 믿지 말고 지난날의 큰 은덕을 잊지 않으며 범과 이리의 어짊을 지나치게 믿지 말고 경솔하게 부모의 나라와 단절하지 마소서. 뉘라 능히 전하를 위해 이를 간절하게 경계하여 아뢰겠습니까?

대저 사방 천 리의 나라로 원수의 부림을 당하는 것은 예나 지금이나 부끄럽게 여기는 바입니다. 매번 선왕이신 선조께서 명에 보내는 주문(奏文)에서 "만절필동(萬折必東)"이란 말을 하신 일을 생각할 때마다 저도 모르게 눈물이 옷깃을 적십니다. 엎드려 원하옵건대 전하께서는 유념하고 유념하소서. 신이 광망(狂妄)하고 미혹(迷惑)하여 또다시 망발을 하오니 만 번 죽어 마땅합니다. 신은 황공하와 지극히 두려운 마음을 이기지 못해 삼가 죽음을 무릅쓰고 아뢰나이다.

해설

1637년 5월 28일 김상헌이 인조에게 올린 상소문이다. 자신이 남한산성에 호종한 공으로 상가(賞加, 상으로 자급을 올려 주는 것) 되었다는 소식을 뒤늦게 듣고 이를 면해 줄 것을 요청한 내용이다. 『인조실록』에도 실려 있다. 전쟁에서 패한 나라의 임금이 패배의 책임을 통감해야 할 대신들에게 도리어 상을 내리는 상황 앞에서 느끼는 당혹감과 부끄러움이 글 속에 가득하다. 인조는 끝내 비답을 내리지 않았다.

김상헌은 세 가지 이유를 들어 상가를 거부했다. 그 첫 번째는 병자호란 당시 끝까지 강화를 반대한 것이고, 두 번째는 최명길이 작성한 항복문서를 찢은 것이며, 세 번째는 소현 세자와 봉림 대군이 심양으로 끌려갈 때 죽지도 호종하지도 못한 것이었다.

글의 핵심은 자신이 상을 받을 수 없다는 것 이상으로 지금이 임금과 신하가 상을 주고받을 때인가를 되묻는 데 있다. 원수에게 치욕의 항복을 하고 와신상담으로 절치부심해도 시원찮은 이 시점에 나라를 이 지경으로 만든 임금과 신하가 무슨 할 말이 있고 무슨 잘한 일이 있다고 상을 주는가? 지금 우리에게 절실한 것은 어찌하든 이 치욕을 씻고 명나라의 재조지은(再造之恩)을 잊지 않고 보답하는 일이 아닌가?

김상헌의 이 같은 주장은 철두철미 숭명배청(崇明背淸)을 원칙으로 지켰던 척화론자로서 그의 정체성을 오롯하게 드러낸다. 이는 이후 송시열에 의해 주창된 북벌론(北伐論)의 핵심 명제이기도 하다. 글의 말미에 '만절필동'을 재차 강조해서 자신의 결연한 의지를 다져 보였다.

3년 뒤인 1640년 11월에 김상헌은 청의 출병 요구에 반대 상소를 올렸다가 결국 심양으로 압송되었다. 그리고 1645년 2월 소현 세자를 모시고 귀국해 양주의 석실로 돌아갈 때까지 갖은 고초를 겪었다. 하지만 옥중에서도 그의 기개는 조금도 꺾이지 않았고 절의는 더욱더 굳건해졌다. 이 상소문에는 김상헌이 절의의 상징으로 일컬어질 수밖에 없는 당위와 이유가 다른 어떤 글보다 명확하게 드러나 있다. 김상헌의 생애를 기록한 다수의 문헌에서 이 상소문이 빠지지 않는 이유다.

인장의 품격　　　　　　　　群玉所記

청음거사는 인장이 수십 개 있다. 하나하나 옥에다 새겨서 차곡차곡 함에 가득하니 눈부시게 빛이 났다. 천으로 싸서 금대산(金臺山, 지금의 경기도 남양주시 덕소리와 도곡리 경계에 위치한 산)의 석실(石室) 안에 보관해 두고 군옥소(群玉所)란 이름을 붙였다. 거사는 성품이 소박하고 졸렬해서 평생에 아껴 좋아하는 것이 없고 간직하여 모아 둔 것도 없다. 다만 이것만을 즐겨 마치 음탕한 자가 미녀를 좋아하듯 하였다. 비록 다른 좋은 것이 있어도 이것과는 바꾸려 들지 않았다.

인장마다 재질에 따라 모양이 다르고 모양에 따라 새긴 전문(篆文)이 다르며 전문에 따라 필세(筆勢)도 같지 않았다. 하지만 다른 가운데 다르지 않은 것이 있고 같은 중에도 같지 않은 점이 있다. 네모난 것은 곱자에 맞고 둥근 것은 그림쇠에 맞았다. 긴 것은 좁고 가늘게 하고 큰 것은 장중하면서도 근엄하게 하려고 했다. 획이 가늘어도 성근 데로 흐르지 않았고 두꺼워도 촘촘하게 하지는 않았다. 획을 구부려도 곧은 것에서 어긋나지 않았고, 기이해도 바른 것에 해가 되지 않게 하여 모두 법도가 있었다.

인장은 형상에 따라 모양을 본떠 저마다 품격이 있다. 흠과 아름다움이 함께 드러나고 잡티와 좋은 재질을 덮어 가리지 않았다. 언제나 날이 개어 처마가 따뜻한 날이면 자리를 쓸고 책상을 닦아 양편에 진열해 놓고 손으로 어루만지며 노니 참으로 예원(藝苑)의 고상한 놀이이고 문방(文房)의 진기한 보물이다.

첫 번째 '김상헌인(金尙憲印)'은 거사의 성과 이름이다. 모양은 네모지고 전문(篆文)은 구불구불 획을 돌린 착전(錯篆)으로 새겼으며 획은 양각(陽刻)이다. 네 글자 가운데 세 글자는 크고 한 글자는 작다. 형상의 현묘함이 가득한 것을 변화시켜 겸허한 데로 흐르게 하는 지도(地道)의 상이 있다. 그다음은 '숙도(叔度)'이니 거사의 자를 새긴 것이다. 모양은 위의 것과 같이 네모지고 전문은 대전(大篆)의 서체이며 획은 음각이다. 예스러우면서도 화려하지 않아 마치 동중서(董仲舒)의 학문이 순정(純正)치 않은 것은 아니지만 정채로움은 적은 것과 비슷하다. '청음(淸陰)'이라 새긴 것은 거사의 호다. 네모진 모양에 옥저전(玉筯篆)을 썼고 양각이다. 그 모습은 마치 두 명의 동자가 짝지어 서서 그 사이에 옥척(玉戚)을 세워 두고서 주나라의 학교에서 『시경』의 「작(勺)」 시에 맞춰 춤을 추는데 그 앳된 모습이 볼만한 것과 비슷하다.

'양조경연근신(兩朝經筵近臣)'이라고 새긴 것은 모양이 네모나고 길이는 위의 것과 같다. 전문으로 양각했다. 재질과 형태가 단정한 것이 마치 나아가고 물러남에 법도가 있어 한 치의 오차가 없었던 곽자맹(郭子孟)과 비슷하다. '명철보신(明哲保身)'이라고 새긴 것은 도해전(倒薤篆)을 변형했고 네모나며 양각이다. 그윽한 자태에 이슬을 머금은 것이 마치 교녀(鮫女)가 작별을 앞두고 흘린 눈물이 방울방울 구슬을 이룬 것만 같다. '만경피수(萬頃陂水)'라고 새긴 것은 과두체(蝌蚪體)로 얼키설키 획을 구부렸고 네모난 양각이다. 아래 위가 서로 맞물리고 가로도 획이 끊어지지 않아서 마치 황하가 곤륜산에서 나와 중국을 관통해서 바다로 흘러드는 것과 같다.

'태백산인(太白山人)'이란 인장은 네모진 형태에 상방전(上方篆)으로 썼고 획은 음각이다. 음각한 서체는 획이 굵어 몹시 통통하다. 양각의 테두리선은 가늘어서 겨우 알아볼 정도다. 온전히 흰 바탕은 마치 양웅(楊雄)이 문을 닫고 『태현경(太玄經)』을 쓰다가 마침내 흰색을 숭상하는 데로 돌아간 것과 같다. '주세도인(住世道人)'이란 것은 소전(小篆)을 변형한 양각이다. 모양은 앞시와 같다. 시원스레 상쾌하고 바르고 곧은 것이 마치 바른말 하는 꼿꼿한 선비가 둥글둥글한 것을 싫어하고 모난 것을 좋아하는 것과 같다. '한거유미(閑居有味)'라 한 것은 대전(大篆)으로 양각했다. 모양은 앞서와 같다. 글자체가 풍만하고 빛깔은 윤이 나서 마치 도덕과 화순함이 가득 차 환하게 빛나는 아름다움이 있는 듯하다. '정좌간서(正坐看書)'라고 한 것은 양각으로 지극히 가늘게 벽락전(碧落篆)을 새겼다. 한결같이 옛 법을 따라 신기한 것을 뒤섞지 않았다. 맹자가 왕도(王道)를 논하자 세속에서 세상 물정 모른다고 말했던 것과 흡사하다.

'취정(翠庭)'이라 한 것은 새 발자국 모양을 본뜬 조적전(鳥跡篆)으로 양각했다. 가냘프고 고우면서도 끝이 날카롭고 서늘한 것이 마치 손 부인이 장막 아래서 진홍색 치마를 입고 눈같이 흰 칼날을 든 것과 비슷하다. '송백당(松栢堂)'이라고 새긴 것은 중양(重陽), 즉 무거운 양획으로 만들었으니 바로 각부(刻符)라고 하는 것이다. 바깥쪽은 가득 채우고 가운데는 텅 비어 마치 노자(老子)가 마음을 비우고 배를 채우라고 한 것과 비슷하다. '일조주(一釣舟)'란 인장은 양의체(兩儀體)로 새겼다. 음이 변해 양이 되려 하고 양이 변해 음이 되려 하여 있는 것도 같고 없는 것도 같으니 마치 우레 같은 소리로 가르침을 펼 때 텅 빈 듯 비지 않은 것과 비슷하다. '백구사(白鷗沙)'라 한 것은 잡체(雜體)로 양각했다. 대단히 기괴해서 통상적인 데서 크게 벗어났다. 마치 증점(曾點)의 기상과 같아서 천 길 허공에서 봉황이 하는 날갯짓과 비슷하다. '강산지조(江山之助)'라 한 것은 양각으로 크기가 작다. 글자마다 호방하고 시원스러운 것이 마치 이백이 키는 칠 척이 안 되지만 선풍도골(仙風道骨)만은 은하수를 넘어 우주를 벗어난 기운이 있는 것과 같다. '일진부도처(一塵不到處)'란 인장은 모양이 위 여섯 번째 것과 같다. 네모지고 큰 글자가 작은 글자 사이에 놓였다. 얼키설키 구부린 착문(錯文)으로 양각했다. 바깥쪽 네 글자는 아주 세밀하고 중앙의 한 글자는 특별히 기굴하여 마치 바다 장사치의 철망 안에 담겨 있는 일곱 자 크기의 산호 같다.

'무속헌죽영금서(無俗軒竹映琴書)'라고 새긴 것은 하나의 둥근 테두리 안에 일곱 자를 양각했다. 둥근 테두리는 하늘의 형상이고 칠(七)은 북두칠성의 숫자이니 북두칠성이 허공에 떠서 원기를 짐작하는 것과 같다. '악북도인운학리(岳北道人雲壑裡)'란 인장은 모양새가 밖은 둥글고 안은 네모졌다. 양각의 글자에다 음각을 포함해서 기이함을 드러낸 파체(破體)이다. 마치 사곤(謝鯤)이 마음대로 행동해도 상정(常情)에 맞아 법도에 구애되지 않는 것과 같다. '청풍만실좌우죽림(淸風滿室左右竹林)'은 모두 같은 서체로 착문(錯文)으로 새겼다. 형태는 네모나고 길쭉하다. 존귀한 양이 비천한 음을 희롱하니, 마치 사안(謝安)이 양쪽에 미인을 데리고 다녀도 기풍이 맑고 지조가 우아하여 풍류에 해가 되지 않는 것과 비슷하다. '재명이문사가동호(再鳴以文賜暇東湖)'라고 새긴 것은 하나의 인장을 형태를 나누어서 위는 양각 아래는 음각으로 팠는데 길쭉한 종류다. 하늘이 땅에 앞서고 부드러움이 강함을 받듦이 마치 포선(鮑宣)과 그 아내 환씨(桓氏)가 녹거(鹿車)를 함께 탄 것처럼 절개가 청고하고 모습이 온화하여 보는 자들이 기뻐 사모하게 하는 것과 같다.

'유항재(有恒齋)', '풍아유음(風雅遺音)', '자시일왕법(自是一王法)', '격천리 공명월(隔千里共明月)' 등과 같은 것이 무릇 열아홉 개쯤 된다. 글자는 모두 파리하고 모양은 다 길쭉하여, 마치 전약수(錢若水)가 조정에 홀로 서서 물러서지 않고 간쟁하는 것 같다.

또 하나 오래된 기물이 있는데 이름이 무엇인지 모르겠다. 위에는 박산향로(博山香爐)를 앉혔고 그 아래에는 받침이 있다. 받침에는 다리 두 개를 드리워 사람처럼 서 있다. '분향묵좌(焚香默坐)'라는 글씨를 새겨 놓았다. 대개 쟁반이나 사발의 바닥에 새겨 놓은 글씨에 비해 더욱 촘촘하고 획은 훨씬 가늘다. 마치 위나라 무공(武公)처럼 절차탁마하여 다스림이 이미 정밀한데도 더 정밀함을 추구하는 것과 같다.

여기까지가 지닌 것 중 두드러져 글로 남길 만한 것들이다. 이 밖에 몇 가지는 하나하나가 정밀하고 좋지만 마치 왕씨(王氏)와 사씨(謝氏)의 집에 들어가면 정원에 보이는 것이 모두 지란(芝蘭)과 옥수(玉樹) 아닌 것이 없는 것과 같아서 일일이 다 말할 수가 없다. 아! 인장의 오묘함을 다 아는 자가 아니라면 누가 능히 이에 대해 함께 논하겠는가? 이를 기록하여 동호인들과 함께하고자 한다.

해설

이 글은 양주 금대산(金臺山) 석실에 있던 김상헌 자신의 인장(印章) 보관소인 군옥소(群玉所)에 붙인 기문이다. 글의 도입부에서 인장에 벽(癖)이 있던 자신의 취미와 자신이 보관 중인 각 인장의 특징을 개괄한 다음에, 특기할 만한 인장들을 뽑아 하나하나 모양과 글씨 등 외형적인 아름다움과 그 속에 담은 의미들을 소상하게 밝혀 놓았다.

서화와 잡물 등의 내력을 기록한 기물문(器物文)에 해당한다. 형식적으로는 나열식 서술이나 하나하나 인장의 형상을 떠올리며 읽는 재미가 있다. 인장에 새긴 서체인 전문(篆文)과 글자 배치에 따른 필세(筆勢) 및 인장의 모양새를 하나하나 설명하고 그것을 옛 인물의 고사에 견주어 비교해 말하는 방식으로 글을 펼쳤다. 인장 하나하나에 자신이 추구하는 이상적 인물과 삶의 방식을 비유를 통해 담았다.

문화사적으로 볼 때도 이 글은 특별한 의미를 지닌다. 김상헌 자신이 밝혔듯 인장은 당시 예술가들의 고상한 놀이이자 문장가들의 진기한 보물이었다. 전각에 대한 그의 취미는 단순한 취미를 넘어 벽에 가까웠다. 착전(錯篆)·대전(大篆)·옥저전(玉筯篆)·도해전(倒薤篆)·과두체(蝌蚪體)·상방전(上方篆)·조적전(鳥跡篆)·벽락전(碧落篆)·각부(刻符)·양의체(兩儀體) 등과 같은 전문 용어의 구사도 그렇고 "날이 개어 처마가 따뜻한 날이면 자리를 쓸고 책상을 닦아 양편에 진열해 놓고 손으로 어루만지며 놀았다."라는 김상헌의 자술은 당시에 이미 인장이 예술의 한 영역으로 자리매김했음을 말해 준다.

김상헌이 기술한 전각에 대한 미학적 견해는 한국 인장 예술의 높은 감상 수준을 드러내는 것이어서 더욱 뜻깊다. 그가 보여 주는 인장에 대한 예술적 접근은 정주학적 도문일치론에 입각한 그의 문학관과도 긴밀하게 연계되어 있다. 그는 외형적으로 드러난 방원(方圓)의 정합미(整合美)를 놓치지 않았을 뿐 아니라 그 속에 담긴 품격과 기상을 함께 끌어내어 합치시켰다. 그리고 이를 다시 유가의 공리성 가치와 연결 지어 마무리했다. 외형적 아름다움과 철학적 의미를 통합시켜 인장을 하나의 예술 작품으로 승화시킴으로써 도문일치를 완벽하게 구현한 셈이다.

한국의 인장 문화는 임진왜란을 기점으로 크게 변했다. 임진왜란을 계기로 명대의 인장 문화가 유입되어 조선의 인장 문화에 많은 영향을 끼쳤기 때문이다. 이러한 환경 변화에 힘입어 김상헌은 미수(眉叟) 허목(許穆, 1595~1682년)과 함께 조선 인장 문화의 초석을 다진 인물로 자리매김했다. 허목이 서법(書法)을 통한 상고 문화의 회복에 집중했다면, 김상헌은 인장에 철학적 의미를 부여하는 방식으로 한국 인장 문화의 독특한 예술 세계를 구현했다.

趙纘韓

조찬한

1572~1631년

본관은 한양, 자는 선술(善述), 호는 현주(玄洲)다. 1606년 증광 문과에 병과로 급제한 뒤, 형조 좌랑·사간원 정언·영암 군수·동부승지·상주 목사·형조 참의·승문원 제조 등을 역임했다. 인조반정과 정묘호란 등 조선 중기 때 발생한 굵직한 사건들을 겪으며 문무 겸장의 재능을 두루 인정받았다. 사후에 장성에 있는 추산사(秋山祠)에 제향되었다.

권필, 이안눌, 임숙영 등이 그를 예원의 거장이라 일컬으며 추존했고, 이경석(李景奭), 오숙(吳䎘), 신천익(愼天翊), 신해익(愼海翊) 등이 그를 따라 학문을 배워 명성을 얻은 사람들이다.

문학에서는 특히 시부(詩賦)에 뛰어나 초한 육조(楚漢六朝)의 유법을 터득했다고 일컬어졌다. 허균은 그를 정응운(鄭應運), 기윤헌(奇允獻), 임숙영 등과 함께 후오자(後五子)라 일컬으며 동오(東吳)의 육기(陸機)와 육운(陸雲)에 비기기도 했다. 산문과 변려문에서 이룬 성취도 적지 않아서 이식은 "산문과 잡저는 『좌전』과 『사기』의 법도를 본받았고, 변려문은 서릉과 유신의 성률을 깊이 터득했다."라고 했으며, 신천익은 "저 홀로 빼어나 양웅과 사마상여의 진맥을 얻었고, 왕발(王勃)·양형(楊炯)·노조린(盧照隣)·낙빈왕(駱賓王)을 농락했다."라고 했다. 특히 이경석은 "중국에서 활약했다면 중국의 종장이나 철장이라도 반드시 선생에게 양보했을 것이다."라고 하여 그를 치켜세웠다.

조찬한은 목릉성세(穆陵盛世) 문단의 성취와 다양성을 잘 보여 주는 작가 중 한 사람이다. 조선조를 망라하여 몇 손가락 안에 드는 변려문 작가인 데다, 당시 고조되던 명대 전후칠자의 영향에서 일정 정도 벗어나 자율성과 개성을 추구한 작가로 분류되기 때문이다. 그 또한 당대 문인들과 마찬가지로 전후 칠자에 대해 호의적인 발언을 남겼지만, 적어도 산문에서는 직접적인 영향을 받은 흔적이 발견되지 않는다. 저서로 『현주집(玄洲集)』이 있다.

죽은 매를 조문함 　　　　哀鷹文

임인년(1602년) 겨울에 매 한 마리를 길렀는데 형님께서 보내 주신 것이
다. 키는 한 자에서 두 치가량 모자라고 황금빛 눈동자에 옥 같은 발톱
을 가졌다. 부리는 칼같이 날카롭고 발톱은 갈고리처럼 안으로 휘었다.
머리는 툭 튀어나와 솟았고 꼬리털은 날카롭게 뻗어 있었다. 작지만 사
납고 용맹하여 매서운 기상으로 늘 생생하게 마루 기둥 사이에서 움직
이므로 내가 대단히 보배롭게 여겼다.

　여러 날을 길들여 사냥에 나섰다. 처음에 풀어놓자 꿩 뒤 수십 장 거
리에서 나는데 나는 것이 또 그다지 시원치 못한지라 사냥하던 자가 민
첩하지 않다고 의심했다. 하지만 망보던 자가 "매가 이미 꿩의 앞 길로
나섰어요!" 하는 것이었다. 마침내 망보던 자와 함께 살펴보니 꿩이 땅에
채 닿기도 전에 매의 발톱이 그 뒤통수를 채고 있었다. 내가 사냥꾼과
함께 몹시 흡족해했다. 다시 풀어놓아도 또한 그러했다. 서너 번을 풀어
놓았는데 그러지 않은 적이 없었다. 어떤 때는 반공에서 낚아채기까지
했다. 내가 재주가 있다고 여겨 날마다 풀어놓아도 매번 그러해서 그때
마다 늘 많은 것을 얻곤 했다.

　그러던 중 하루는 앞고개에서 사냥을 했다. 새를 놓는 자가 시간을
제때 맞추지 못하고 늦추는 바람에 꿩이 이미 덤불 속에 든 뒤에 매가

당도했다. 매가 당도하고 개가 따라갔으나 덤불이 깊고도 거친 데다 넝쿨과 가시덤불이 우거져 있어 매가 꿩을 낚아채 나오려 했지만 사방과 아래위 어디로도 빠져나올 수가 없었다. 으르렁대는 개가 이미 그 뒤편에 있는지라 매가 달아날 수도 없었다. 마침내 개에게 덥석 물렸고 사냥꾼은 그다음에 도착했다.

아, 운명인 것을 어찌하겠는가? 내가 창문으로 내다보다가 사냥꾼을 재촉해서 팔로 안아 오게 했다. 매는 팔에서 내려놓았는데도 오히려 곧추서서 조금도 기운이 꺾이거나 눌린 기색이 없었다. 눈을 흘기며 부리를 사납게 하여 성난 기운이 더욱 대단했다. 다친 데가 없으리라 여겨 자리 가까이에 두고 살펴보니 몸 밖으로 삐져나온 내장이 반 자나 되었다. 상처를 어루만지니 가슴팍이 쩍 벌어져서 박이나 외를 쪼개 놓은 것 같아 잠깐의 목숨이나마 살리려 해도 방법이 없었다. 잠시 후 과연 고개를 숙이더니 날개를 접고서 죽고 말았다.

내가 너무나 슬프고 분해 그 시체를 서쪽 언덕 기슭에다 묻고 개를 죽여서 원수를 갚아 주었다. 그러고 나서 글을 지어 애도했다. 그 글은 이렇다.

만 길 높은 푸른 벼랑 바다 위에 솟았으니
구름 둥지 안개 구멍 하늘이 지키누나.
용맹한 짝을 만나 날랜 수놈 낳으니
예리한 기상 펼쳐 하늘을 누비누나.
비둘기에 꼬임당해 우리에 갇혔는데
내 깍지에 와 앉은 것 엄동설한이었지.
서쪽 하늘 해 저물 제 박차 날아 솟구치면

천봉의 눈보라에 온갖 짐승 꼼짝 못해.
찬 하늘 흘겨보며 산처럼 솟구치고
번개와 바람처럼 재빠르게 몸 번드쳐,
까투리 숨어 있는 덤불 속에 떨어지니
으르렁 사냥개가 같은 것을 사냥했지.
냄새 맡고 빨리 쫓아 몰이꾼에 앞서가니
이빨은 눈처럼 희고 혀와 잇몸 핏빛일세.
사방 나갈 길이 없고 동서도 막혀 있어
슬프다 잘못 물려 비단 가슴 부쉈구나.
그 옛날 관운장이 여몽을 죽였듯이
원수를 갚아 주려 그 개 찢어 죽였다네.
무슨 정 깊이 들어 눈에 눈물 흐르는지
오호라 시원스레 감통하길 바라노라.

해설

지금은 명맥이 거의 끊어졌지만 매사냥은 아주 오랜 역사적 전통을 가지고 있다. 매사냥은 몽골을 통해 들어왔다. 『삼국유사』와 『삼국사기』의 기록을 보더라도 삼국 시대부터 이미 매사냥이 유행했음을 알 수 있다. 이조년(李兆年, 1269~1343년)이 쓴 『응골방(鷹鶻方)』은 고려 말에 매사냥이 전국적으로 확산된 정황을 잘 말해 준다. 매사냥은 고려 이후 더 크게 성행하여 조선 시대에는 사대부의 중요한 여가 문화로 자리 잡아 시조와 소설 등 다양한 문학 장르 속에서 그 내용이 형상화되었다.

이 글은 1602년 꿩 사냥을 하다가 사냥개에게 물려 죽은 매를 조문하며 쓴 애도문이다. 조찬한은 1605년 정시(庭試)에 장원해 벼슬길에 오르는데 관직에 나가기 전 포의로 있을 때 즐겼던 매사냥을 기록한 것이다. 조선 중기 사대부가에서 매사냥을 어떻게 즐겼고 그 방법은 어떠했는지 구체적으로 묘사되어 있어 문화사적으로도 매우 의미 있는 작품이다.

　백형인 조계한(趙繼韓)이 보내 준 매의 용맹한 모습과 실감 나는 매사냥 장면, 사냥개에게 물려 중상을 입은 매가 죽기 직전까지 늠름한 서슬을 잃지 않았던 것을 세세하게 묘사해 그 매를 잃은 글쓴이의 상실감을 자연스레 녹여 냈다. 죽은 매를 고이 묻어 주고 매를 죽인 개를 죽여 원수를 갚았다 할 정도였으니 조찬한이 얼마나 매를 아끼고 매사냥에 공을 들였는지가 짐작된다. 이 밖에도 조선 시대 문장에는 매사냥에 관한 글이 적지 않다.

공교로움과 졸렬함은 하나다

用拙堂記

무릇 능한 것을 공교롭다 하고 능하지 못한 것을 졸렬하다고 한다. 능한 자는 쓰이고 능하지 못한 자는 묻힌다. 그럴진대 졸렬함은 진실로 공교로움의 부림을 받는 종이다. 그렇지만 공교로운 자는 늘 수고롭고 졸렬한 자는 항상 편안하다. 수고로움의 도는 소인과 비슷하고 편안함의 도는 군자와 비슷하니 소인이 군자에게 복종하여 부림을 받는 것이 당연하다. 공교로움이 졸렬함의 종이 되고 졸렬함이 공교로움의 임금이 될지 어찌 알겠는가? 어째서 그런가? 지극히 공교로우면서 수고로운 자 중에 목수와 석공, 도공과 대장장이만 한 이가 없지만 재상에게 부림을 받고, 지극히 공교롭고 수고로운 것 중에 만물이 끊임없이 생겨나는 것만 한 것이 없지만 조물주로부터 명을 받는다. 그럴진대 마음은 수고롭지만 몸이 편안한 자가 재상이고 용(用)은 수고롭지만 체(體)가 편안한 것은 조화이다. 지극히 졸렬한 것이 큰 공교로움이 되고 지극히 수고로운 것을 일러 큰 편안함이라 할지 어찌 알겠는가?

그렇다면 공께서 이른바 졸렬하다고 하는 것은 큰 공교로움이 아니겠는가? 이미 선공(先公)께서 졸렬함을 길렀고 이후 우리 공께서 또 이를 썼으니 형제 중에 사인(舍人)과 검상(檢詳)의 지위에 오른 사람이 있게 된 연유를 알겠다. 또 졸이라는 당호를 재상의 편안함으로 여겨 혹 하늘이 먼저 그 호를 정하여 그의 자취를 드러낸 것이 아니겠는가?

하지만 출사하여 재상이 되는 바람에 물러나 이 집에서 지내지 못한다면 이는 다만 그 졸렬함을 쓴 것일 뿐 졸렬함에 처한 것은 아니다. 이른바 용(用)이란 것은 특별히 세상에만 이를 쓰고 강호에는 쓰지 않는다. 물고기와 새, 꽃과 풀, 바람과 달의 즐거움 또한 졸렬함에 이바지하지 못한다. 이른바 졸렬하면서 편안하다는 것은 크게 공교로우면서 마음은 수고로운 것임에 분명하다. '용졸(用拙)'로 당의 이름으로 삼은 뜻이 공교로움과 졸렬함을 몰라서 그랬겠는가? 그렇다면 지극한 졸렬함이 지극한 공교로움이 되고 지극한 공교로움이 지극한 졸렬함이 될지 누가 알겠는가? 이와 같다면 비록 용졸이라고 말해도 또한 괜찮고 용공(用工)이라고 말해도 괜찮을 것이다. 내가 공졸에 있어 어찌 갈라서 보겠는가. 이것으로 기문을 삼는다.

해설

민성휘(閔聖徽, 1581~1647년)의 용졸당(用拙堂)에 붙인 기문이다. 민성휘의 본관은 여흥(驪興), 초명은 성징(聖徵), 자는 사상(士尚), 호는 용졸(用拙), 시호는 숙민(肅敏)이다. 인조반정과 이괄의 난, 병자호란 등 큰 고비마다 역량을 발휘해 판서의 지위에 올랐고 사후 영의정에 추증되었다. 평양과 정주에 그의 생사당(生祠堂)이 건립되었으리만치 치적이 높았다.

용졸당은 1625년 민성휘가 전라도 관찰사로 부임하면서 고향인 임천에 부지를 마련하여 건립한 별서(別墅)다. 당호에 쓴 졸(拙)이란 글자는 민성휘 집안에 내려오는 하나의 심결(心訣)이라 할 만하다. 민성휘의 부친 민유부(閔有孚, 1559~1594년)가 자신의 거처에 양졸당(養拙堂)이란 편액을 달았고, 민성휘의 형과 아우도 수졸(守拙)과 지졸(趾拙)이란 호를 썼다. 네 부자가 모두 졸 자로 호를 삼아 기교를 좋아하는 세상의 경계로 삼았다.

김장생(金長生, 1548~1631년), 김상헌, 조익(趙翼, 1579~1655년), 장유 등이 이 건물에 기문을 붙였는데 그중 조찬한의 이 글이 가장 돋보인다. 이 글은 기문의 일반적인 형식을 벗어났다. 으레 서두에 나오기 마련인 용졸당 주변 환경에 대한 묘사나 기문을 쓰게 된 동기를 배제한 채 처음부터 끝까지 용졸의 의미만을 집요하게 파고들어 한 편의 글을 완성했다. 내용의 전개도 다른 글과 차이가 분명하다. '용졸(用拙)'을 '졸을 쓰다'로 풀이해 지혜(智)의 차원에서 논한 김상헌의 글과 달리, 조찬한은 '쓰임이 졸하다'라고 해석해 출처와 처세의 차원에서 논했다. 조찬한은 공교로움(工)과 졸렬함(拙), 능함(能)과 능하지 못함(不能), 편안함(逸)과 수고로움(勞) 등 상반되는 의미를 지닌 어휘들을 끌어와 이들의 역설적 관계를 풀어내는 방식으로 용졸이란 당호의 쓰임이 온당함을 드러냈다.

짧으면서도 강렬한 이 글의 인상은 형식적 파격과 내용을 풀어 가는 방식의 신선함에 기인한다. 민성휘의 현실적 삶은 지극히 공교로웠지만 이상적 지향은 언제나 졸박(拙樸)했다. 언뜻 모순적일 수밖에 없는 두 개념을 역설의 논리로 군더더기 없이 절묘하게 풀어냄으로써 독자들에게 읽는 재미를 선사했다. 조찬한의 대표작 가운데 하나로 꼽히는 글이다.

시처럼 하는 정치

贈崔燕岐序

나는 공의 돌아가신 아버님의 시에서 느낀 바가 있다. 그 운치는 맑고도 높았고 격조는 화평하면서도 엄숙했으며 문사는 담박하나 화려했다. 이를 읽으면 사람으로 하여금 흥을 일으키고 자옥하게 느낌이 일어나 경계로 삼을 만한 단서가 있었다. 하늘에서 얻어 정신으로 합치된 자가 아니라면 능히 이렇게 할 수 있겠는가? 실로 당나라 이후의 드문 소리라 할 만하다. 일찍이 무릎을 쳐 탄식하며 이렇게 말했다. "맑고 높은 것은 우아함이요, 화평하면서 엄숙한 것은 전아함이며 담박하나 화려한 것은 바탕과 표현이 합당한 것이다. 이를 따라 정치를 하는 자가 진실로 고죽(孤竹) 최경창(崔慶昌) 공이 시에서 얻은 것을 가지고 편다면 또한 근사하다 할 만하다."

그러자 어떤 사람이 공이 고을살이할 때 시험한 것을 가지고 고하는 자가 있었다. "사납게 하지 않았는데 백성이 절로 고분고분하였으니 우아한 것이 아니겠습니까? 얽어매지 않았건만 백성이 스스로 복종하였으니 전아한 것이 아니겠는지요. 자리에 나아가서는 직분에 힘을 쏟고 물러나서는 백성을 생각하였으니 바탕과 표현이 걸맞은 것이 아니겠습니까?" 조금 있다가 또 공이 호조에서 시험한 것을 가지고 말하는 자가 있었다. "간소하려 애쓰지 않았는데도 번다하지 않았던 것은 우아함을 얻은 것이요, 아래 것을 덜어 내지 않고도 넉넉함을 이루었으니 전아함을 얻은 것이다. 동료들과 아전들이 공정함에 승복하고 그 능함을 일컬었으니 바탕과 표현을 얻어 서로 어그러지지 않은 것이다."

아! 고을에서 시험하여 이미 이와 같았고 호조 좌랑으로 있으면서 또 이와 같았다면 선공(先公)께서 시에서 얻은 것을 정치에 베푼 것이라 말할 수 있겠다. 아버지가 한 것을 아들이 본받음은 최씨 집안을 두고 하는 말이다. 말을 채 마치기도 전에 공이 또 이 고을의 현감이 되었다. 길을 떠나면서 내게 말을 구함이 몹시 은근하므로 내가 삼가 응하여 말한다.

"공이 이 고을을 다스림에 다시금 다른 데서 찾을 것이 있겠는가? 공이 고을살이에서 시험했던 대로 시험하면 될 것이요, 공이 호조 좌랑으로 시험했던 대로 시험한다면 충분할 것이다. 오늘날 정사를 살핌은 이와 같이 한다면 그만이다. 하지만 그대의 선군자께서 시로 이름 높은 것이 이처럼 굉장하고 보니 어찌 한 고을의 수령이나 낭관을 보좌하는 정사를 가지고서야 만에 하나인들 본받을 수가 있겠는가? 혹 사방으로 통하는 도회지나 큰 고을에다 이를 시험하고 방백이나 장수에다 이를 시험하며 삼공(三公)의 지위에다 이를 시험하여 이것으로 한 나라의 정사를 보좌한 뒤라야 바야흐로 창화하고 수작했다고 말할 만할 것이다. 아! 그대는 또한 힘쓸진저."

해설

충청도 연기 현감으로 떠나는 최집(崔潗, 1556년~?)을 위해 써 준 송서 (送序)다. 최집은 삼당시인으로 유명한 고죽 최경창(崔慶昌, 1539~1583년)의 아들로 자가 심원(深遠)이다. 1579년 기묘 식년시에 합격해 생원이 되었고 이후 호조 좌랑을 거쳤는데 이것 외에는 특별히 알려진 행적이 없다.

이 글은 일반적인 송서와 마찬가지로 지방관으로 떠나는 벗에게 주는 당부와 축원을 담았다. 그런데 축원의 방식이 독특하다. 먼저 그의 부친 인 최경창의 시적 성취를 청고(淸高)와 화엄(和嚴)과 담화(淡華)의 세 가지로 꼽았다. 이것을 다시 전(典, 전아함)과 아(雅, 우아함) 그리고 문질(文質, 바탕과 표현)의 조화와 연관 지어 최경창이 시학상에서 이룩한 성취를 아들 최집이 고을을 다스리는 마음가짐에 적용할 것을 권면했다.

이를 위해 앞서 꼽은 전과 아 그리고 문질의 조화라는 최경창 시학 상의 세 가지 성취를 과거 최집이 고을살이할 때와 호조 좌랑으로 있을 때의 치적에 견줘 설명해 최집이 아버지의 뜻을 훌륭하게 이은 아들임을 기렸다. 시학상의 성취와 관리로서의 성과를 동일한 원리로 설명한 화법이 독특하다. 좋은 시는 운치가 맑고 높고 격조가 조화로우면서도 엄격함을 잃는 법이 없다. 표현은 덤덤한 듯 화려해서 읽는 이의 마음을 격동시켜 바른 생각으로 돌아가게 하는 힘이 있다. 이와 마찬가지로 훌륭한 정치는 우격다짐으로 백성에게 사납게 굴지 않고 강제하지 않고도 백성이 절로 그 인격에 감화되어 스스로 따르게 하는 것이어야 함을 말했다. 또 일을 크게 벌이거나 아랫사람을 쥐어짜지 않고도 간결하고 넉넉하게 이끌어 복종할 수 있게 할 것을 주문했다.

조찬한은 최경창 시학의 원리를 최집이 그대로 전해 받아 사납게 대하지 않는데도 백성이 절로 온화해지고 일부러 끌어모으지 않는데도 백성이 절로 복종하는 이상 정치의 전형을 이루었음을 특별히 높여 그의 앞길을 축원해 주었다. 나아가 아버지가 시단에서 정점에 이른 우뚝한 시인이었던 것처럼 그 아들도 지방관에 안주하지 말고 도백이나 정승의 반열까지 올라 한 나라의 큰 신하가 되어 아버지의 위상에 걸맞은 창화와 수작을 보여 달라고 축복했다. 비유가 근사하고 단락 간의 호응이 대단히 인상적이다.

울 수도 없는 울음 　　　　　祭亡室文

영령이여! 당신의 받은 기운은 밝고도 맑았고 타고난 성품은 곧고도 온순했소. 어려 부모님을 여의고 큰오라비에게 의탁할 적에 곡하며 우는 슬픔에 이웃도 귀를 기울였소. 육 년간 제사를 받들어 효성이 이웃에까지 알려져 나와 혼담이 오가니 실로 큰오라비의 주선이었소. 계사년(1593년) 봄에 폐백을 갖춰 혼례를 올리니 안팎으로 평안했고 그대의 덕스러운 말은 나를 기쁘게 하였소. 내 경박하고 사치스러움이 그대 덕에 없어졌고 조금만 실수가 있어도 매섭게 나무라 본받을 만했소. 곧고 밝은 낯빛이 기색에 환히 드러나 죽거나 살거나 함께하자고 서로 얘기를 나누곤 했소. 필요한 것은 힘써 마련했고 집안일에 거친 음식으로 아녀자의 도리를 지켜 안살림이 단정하면서도 분명했소. 혹 벗이 먼 데서 찾아오면 술과 음식을 마련해 소반을 닦아 술상을 올리니 손님이 아름답게 여겨 탄복했소.

　아! 슬프다. 결혼한 지 일 년이 채 못 되어 나는 어머니의 상을 만났고 상을 마치고 돌아와 집에서 한 차례 가을을 보낼 적에 왜적이 갑자기 들이닥쳤소. 바닷길과 육로가 다 막혔는데도 뭍으로 가지 않고 배를 탔던 것은 실로 숙모의 뜻을 따랐던 때문이었소. 온 식구가 일엽편주에 타고서 바다 어귀에 이르러 비바람이 몰아치매 숙모께서는 뱃멀미가 심해

배를 대고 삼향(三鄉, 무안군 삼향면) 땅에 정박했더랬소. 사람들 말이 왜적이 틀림없이 늦어진다고 해서 오래 머물 수 있을 것으로 여겼소.

아! 슬프다. 왜적을 피하는 계책을 내가 실로 잘못했으니 구월 십칠일 정오가 채 못 되어 흉악한 대포 소리가 홀연 진동하더니 왜적이 탄 배들이 나는 듯 들이닥쳤소. 비명을 지르며 달아나 숨었으나 시체가 풀밭과 못에 널브러지니 잠깐 사이에 서로를 놓치고 말았소. 부자와 부부가 노인을 챙기느라 허둥대다가 지적에서 고꾸라졌지만 그대는 내 곁에 있지 않으니 하늘이 어찌나 망극하던지. 젖먹이는 젖을 못 먹어 이튿날 숨이 끊겨서 달아나며 길가에 묻고 말았소. 번쩍이는 칼날은 맞부딪치는데 산과 바다에서 그대를 외치며 부르짖었소. 낮에는 숨고 밤에는 가니 자식 잃고 아내 잃은 처지에 어이 차마 인정상 내 머리를 내가 이고 살 수 있었겠소.

이때엔 그래도 살아서 길이 몽탄(蒙灘)을 벗어났으나 눈이 남북을 분간 못 했다오. 홀연 한 사람을 만나 나더러 어디에서 왔느냐고 묻기에 내가 성명을 알려 주자 그가 듣고 깜짝 놀라더니만 "당신의 아내가 저편 길가에서 남편을 잃었다며 하늘에 부르짖어 죽기로 작정하여 세 차례나 물에 뛰어들었지만 세 번 모두 계집종이 말렸답니다. 절의야 높다 해도 목숨이 가련했소." 하는 것이 아니겠소. 내가 놀라 급히 가 보니 그의 말 그대로였소. 손을 잡고 목이 메어 우니 그 소리를 범이 들을까 두려웠소. 그러면서 하는 말이 "이는 분명 하늘이 인도한 것이니 이 만남은 애초에 기약한 것이 아니었어요. 이제부턴 서로 떨어지지 말아요. 죽는다 해도 어찌 회한과 슬픔이 있겠어요?"라고 하니 주인집 할미도 눈물을 뿌리며 나와 살아 만난 것을 탄식했소. 그대는 즉시 가락지를 팔아 먹을거리를 마련했지만 음식이 어찌 목구멍에 넘어가리오. 숙모께서 안 계시매 함께 돌아가 찾고 싶었으나 왜적에게 이미 둘러막혔더랬소. 그대는 이때 발이 부르터서 가도 더 나갈 수가 없었으니 달아난대도 장차 어디를 갈 수가 있었겠소. 사방에서는 창 부딪치는 소리가 울려 대는지라 종일 숲에 숨어서 서로 넋 놓고 바라볼밖에.

아! 슬프다. 그날 밤 허둥지둥 들 어귀를 헤매다가 앞뒤에는 창칼이요, 좌우로도 길이 없어 덤불 속에 지쳐 엎드려 있다가 밤이 가고 날이 샜소. 날이 장차 정오가 되었을 때 다행히 왜적의 핍박에서 벗어났는데 오시(午時)가 지나 미시(未時)쯤 되어 마침내 왜적과 맞닥뜨리고 말았소. 아! 슬프다. 그대는 이때 나더러 달아나 피하라고 권하며 자기 때문에 그저 앉아 저들이 오기를 기다리지 말라고 했소. 얼마 후 왜적이 이르자 그대는 나더러 어서 가라고 재촉했고 내가 나서 적을 뚫고 나가다 보니 벌거벗은 몸뚱이에 버선만 신고 있었소. 종 하나가 나를 따라와 산으로 달아나 벗어날 수 있었는데 왜적이 가자마자 바로 내려오니 날은 이미 캄캄해졌더랬소. 서숙(庶叔)과 함께 그대가 숨어 있던 곳을 찾아가니 애통하게도 이미 죽어 시신에서 흐른 피가 풀 위를 덮었소. 분명히 왜적에게 해를 만난 것이라 하며 시신을 어루만지고 발을 구르며 애도했소.

아! 슬프다. 칼날이 목에 꽂혀 있었으니 내가 차던 칼이었소. 당시 그대가 직접 지니고 있었으니 그 연유를 나도 모르겠구려. 이날 저녁 마침내 스스로 자기 목을 찌르게 될 줄을 어이 알았으리오. 시신이 숲속에 있었지만 나 혼자서는 어찌할 수가 없었소. 용진산에 굶주리며 숨어 있다가 만 번 죽을 고비를 넘기고 간신히 살아나 적이 물러나는 기세를 따라 옛집으로 되돌아올 수 있었소. 이때에 그대의 시신은 이미 옛 산으로 모셔 왔고 시월에야 관곽을 갖추어 임시로 서둘러 장사 지내었소. 이듬해 삼월에 서울에 올라가 지내다가 만 일 년하고도 한 달이 더 지난 뒤에야 그대를 위해 남쪽으로 내려와 관을 사서 다시 장사를 지내니 이제 어느덧 네 해가 지났구려.

아! 슬프다. 그대는 날 위해 죽었고 나는 당신 덕에 살았소. 그대가 보내 준 거울은 지금도 저리 환하구려. 이제 새로 과거에 급제해서 돌아와 그대의 무덤을 쓸고 이제야 글을 올리니 무슨 면목으로 저승의 넋을 대하리오. 아! 슬프다. 물에 뛰어들거나 목을 매는 것은 보통의 아낙도 오히려 간혹 할 수 있지만 제 칼로 제 목을 찌르는 것은 열사라도 기필하기가 어려운 법이거늘 그대는 어찌 그리도 용감했소. 대체 어찌 그리할 수 있었더란 말이오. 매섭도다 그대여, 어찌 이렇게까지 했던가. 그 절의는 용감하고도 열렬했도다. 생사 간에 도리에 맞았으니 참으로 곧았도다. 묘지에 정려를 세움은 내게 책임이 있고 비석을 새겨 덕을 기록함도 내게 책임이 있다 하겠소. 내가 하지 못한 것이 이 말과 한가지라 오늘 저녁 제물을 올려 경건하게 깊은 슬픔을 고하노니 넋이 있어 찾아온다면 여기 내려와 살펴 주시구려. 아! 슬프다. 넋은 흠향하소서.

해설

1597년 정유재란 당시 왜적에 항거하다가 순절한 아내 흥양 유씨를 기리며 쓴 제문이다. 죽은 아내의 네 번째 기일을 맞아 조찬한은 아내의 효행과 부덕을 진솔하게 써 내려가되 특히 피란 과정에서 아내가 보여 준 비범함을 중심으로 글을 구성했다. 왜적에게 몸을 더럽히지 않기 위해 지녔던 칼로 자신의 목을 찔러 자결한 아내의 숭고한 행동과 그런 아내를 끝까지 지키지 못했던 자신에 대한 자괴감이 글 전편에 깔려 읽는 내내 마음을 졸이게 하고 긴 슬픔의 여운을 남긴다.

조찬한은 1593년 임란 이듬해 봄에 흥양 유씨를 아내로 맞았다. 부덕과 효행으로 인근에서 칭찬이 자자하던 아내였다. 부부의 금슬은 좋았고 가정도 화평했다. 1594년 모친상을 만났으나 진짜 시련은 3년 후에 닥쳤다. 왜적을 피해 급박하게 피란하던 도중 부부는 헤어졌고 어미젖을 빨지 못해 어린 딸자식은 굶어 죽어 길가에 묻혔다. 기적적으로 다시 만난 아내조차 지키지 못했으니 오히려 그녀는 남편을 먼저 달아나게 하고는 남편이 찼던 칼로 자기 목을 스스로 찔러 목숨을 끊었다.

조찬한은 아내의 시신을 찾으러 와서 처음엔 왜적의 칼에 죽었으리라 생각했다가 목을 찌른 칼을 보고는 그녀가 장렬하게 자결했음을 알았다. 결국 자기 칼이 아내의 목을 찌른 상황을 보고 그는 자신이 아내를 죽인 것이라고 자책하지 않을 수 없었다.

어미젖을 못 먹어 굶어 죽은 젖먹이 딸을 길가에 묻어야 했던 아버지의 마음과 그 어미마저 지키지 못하고 떠나보내야 했던 지아비의 슬픔이 글 속에 처절하게 묻어난다. 정유재란 당시 모진 피란 생활과 어린 딸자식과의 사별, 아내 유씨의 슬기와 절의, 자신이 잘못 세운 계책으로 인해 모든 가족을 잃은 가장의 회환이 절절하게 기술된 이 글은 읽는 내내 읽는 이의 가슴을 저리게 만든다. 조찬한은 이후 평생 죄책감 속에 살았던 듯 문집에 실린 「울고 싶다(欲哭)」라는 장편 시에는 회한에 찬 그의 심경이 고스란히 담겨 있다. "울고 싶어도 울 수가 없고, 말하고 싶어도 어이 말하리. …… 혼자 살아남았으니 내 무슨 면목 있나, 죽어서도 얼굴을 덮어야 하리." 회한은 깊고 슬픔은 지극했다.

세상의 모든
불우한 자를 애도하며

宋生傳

송희갑은 회덕 사람이다. 나이가 열여섯이 되도록 배우지 못하여 마을 사람들이 평범한 아이로 여겼고 시간이 지날수록 우습게 보았다. 그러던 어느 날 갑자기 분발하여 이렇게 말했다. "선비로 세상에 태어나 스승이 없음을 근심해야지 학문이 서지 않음을 근심해서야 되겠는가? 내들으니 석주 권필 선생은 학문이 넓고 행실이 높으며 뜻이 깨끗하고 도가 높아 옥같이 밝은 덕으로 혼탁한 세상에서 아부하지 않은 채 시와 술에 기대 강호를 노닐며 스스로를 숨긴 분이라고 한다. 이분이야말로 내 스승으로 삼을 만하다." 그날로 바로 거처에 가서 책 상자를 짊어지고 걸어서 강화로 들어갔다. 그 문에 나아가 절을 올리자 석주가 한 번 보고는 문득 기이하게 여겼다.

마침내 『한서』를 가르쳤다. 처음에는 몹시 버성겨서 능히 이해하지 못하는 것 같았다. 다만 총명한 것만큼은 무리에서 우뚝했다. 아침에 발전하고 저녁에는 더욱 나아가 수십 일이 채 못 되어 수십 편을 외웠는데 한 글자도 잘못되거나 빠뜨리지 않았다. 생도 십여 명이 경쟁하며 앞뒤를 다투었으나 사람마다 배우는 것이 달랐다. 송생은 늘 물러나 앉아 조용히 듣고는 모조리 기억할 뿐 아니라 외우기까지 하여 조리가 통하고 단락을 꿰뚫어 혼자 공부한 것을 익혔다. 날마다 시험해 봐도 그러지 않은 적이 없었다.

한번은 서재를 짓는데 몸소 일을 맡아 게으름을 부리지 않았다. 단단한 것을 깎고 무거운 것을 운반할 때면 언제나 몇 사람 몫을 거뜬히 해냈다. 목수가 미처 손대지 못한 것도 나아가 베어 와 새기고 깎는 솜씨가 평소에 전공한 사람과 아무 차이가 없었다. 손보고 흙손질해서 며칠이 못 되어 공사를 마치자 목수들이 혀를 내두르며 말했다. "힘도 솜씨도 모두 빼어나 당할 수가 없습니다." 여러 생도들과 지낼 때도 해가 뜨기 전에 책을 읽고 아침에는 물을 긷고 불을 지펴 직접 밥을 지어 함께 먹었다. 식사 후에는 지게 지고 낫을 차고는 산에 가서 나무해서 땔감을 지고 돌아왔다. 돌아와서는 또 책을 읽었다. 관솔불을 살라 빛을 이어 밤중까지 읽었다. 생도들 중에 게을러 태만하던 자들마저 격동되어 부지런히 힘쓰지 않는 자가 없었다.

한참 뒤에 석주가 역병에 걸려 거의 일어나지 못하게 되자 서로 왕래하던 여러 사람들이 모두 발을 끊고 오지 않았다. 송생은 밤마다 앉아서 잠을 자지 않고 있다가 닭이 울기 전에 가서 문밖에 멈춰 서서 집안 사람들이 나오기를 기다려 병세가 어떤지를 조심스레 묻곤 했다. 낮에는 또 가서 약을 마련하고 저녁에는 또 가서 잠자리를 살피고는 밤이 되어서야 돌아왔다. 서재에서 집까지는 거의 십 리쯤 되었는데 하루 사이에 세 번을 갔다가 세 번을 돌아오곤 했다. 이처럼 하기를 사십여 일이나 했다. 중간에 조금 여가가 나면 참새나 고기를 잡아 날마다 먹을거리를 마련했다. 그러다가 송생도 결국 그 병이 옮아 거의 죽다가 살아났다.

또 한번은 양식이 떨어져 솔잎을 썰어 눈에 섞어 씹어 먹었다. 친구가 이 소식을 듣고 밥을 싸 가지고 가서 그를 먹이며 말했다. "어째서 알려 주지 않았나?" 그가 말했다. "남을 번거롭게 하고 싶지 않았을 뿐일세."

무릇 두 번이나 형의 상(喪)을 만났는데 그때마다 도보로 달려가서 장사 지냈다. 아프단 말을 들으면 울면서 밥을 먹지 않았고 부음을 들으면 위패를 설치하고 소리 내서 곡을 하니 그의 슬픔이 이웃 사람들까지 감동시켰다. 이웃의 늙은이와 젊은이들이 눈물을 흘려 탄식하며 "송생의 효성과 우애는 하늘이 낸 것이다."라고 하며 아끼고 공경하지 않음이 없었다.

글을 지을 때는 굳셈을 위주로 해서 세속과 비슷해지려고 애쓰지 않았다. 지은 시는 종종 옛것에 가까웠다. 기력이 담긴 곳은 석주 또한 미치지 못하겠다며 칭찬했다. 얼마 뒤 주돈이(周敦頤)의 『태극도설(太極圖說)』과 장재(張載)의 「서명(西銘)」 등의 글을 읽고는 개연히 도를 구하려는 뜻을 품어 다시는 아름답고 멋진 글에 뜻을 두지 않았다. 각고의 노력을 쉬지 않아 더욱 성취할 것을 기약했다.

하루는 무언가 즐겁지 않은 일이 있는 느낌이 들었다. 그날 저녁 잠자리에 들어 꿈을 꾸는데 혼자서 빈 네모 칸 안에 형(形) 자를 몇백 번이나 쓰는 것이었다. 깨어났다가 다시 꿈을 꾸면 문득 똑같은 것이 거의 며칠이나 되었다. 이로써 스스로 자신이 죽게 될 것을 짐작했다. 하지만 죽고 사는 것으로 마음이 흔들리지 않았다. 그 뒤에 병이 조금 그만그만해지자 작별하여 집으로 돌아왔다. 집으로 돌아온 뒤 병이 위독해지자 스승인 석주에게 편지를 보냈다. 그 말은 자기가 병들어 아픈 것은 염두에 없고 오히려 그 스승이 가난해 괴로운 것만 걱정했다. 마침내 그 병으로 세상을 떴으니 도를 믿고 섬김을 독실히 하기를 한결같이 한 자가 아니라면 이렇게 할 수 있었겠는가?

아! 선비 중에 뜻을 품고서도 자취 없이 사라진 사람이 고금에 얼마나 많겠는가? 하지만 수립한 것이 독실하고 확고하기가 또한 송생과 같은 사람이 있겠는가? 그에게 수명을 빌려 주어 그 학업을 채우게 했더라면 성현의 지위에도 이르기가 어렵지 않았으리라. 하늘이 송생을 태어나게 하고 또 요절하게 했으니 하늘은 뜻이 있는 것인가 아니면 뜻이 없는 것인가? 아! 슬퍼할 만하도다. 혹 이른바 장차 올 사람이 과연 두려워할 만하다면 훗날에도 송생과 같은 사람은 적지 않을 것이다. 내가 또 무엇을 슬퍼하겠는가? 하지만 설령 송생에게 수명을 빌려 주어 그 학업을 채우게 한다 해도 세상에서는 송생의 어짊을 지금처럼 알아주지는 않을 것이다. 그럴진대 비록 송생으로 하여금 오히려 살아 있게 한다 해도 한 사람의 궁한 선비가 되는 데 그치고 말았을 터이다. 내가 비록 슬퍼하지 않으려 한들 그럴 수가 있겠는가? 그렇다면 그는 살았을 때나 죽었을 때나 모두 슬퍼할 만하여 어느 하나도 슬프지 않은 것이 없다. 내 어찌 송생을 위해 슬퍼하지 않으랴. 한편 내가 송생을 슬퍼함이 다만 송생만을 슬퍼하는 것이겠는가?

해설

이 글은 회덕 사람 송희갑의 일생을 다룬 실전(實傳)이다. 배움의 시기를 놓쳐 둔한 사람으로 경시받던 그는 강화도에 은거하던 석주 권필을 찾아가 스승으로 모시며 학업에 정진했다. 밥 짓는 일에서부터 노역과 스승의 병구완에 이르기까지 다른 제자들이 엄두도 내지 못했던 일들을 그는 진심을 다해 묵묵히 해냈다. 학업도 부지런히 힘써서 그 성취 또한 높았다.

부끄럽다 부족한 몸 헛된 이름 얻어서	多慙塞劣得虛名
천 리 길 멀다 않고 송생이 찾아왔네	千里相從有宋生
물 긷고 나무하며 부지런히 일을 하니	汲水採薪勤服役
묻노라 힘들여서 무얼 이루려는 겐가	問渠辛苦欲何成

　권필은「병을 앓는 중에 밤비 소리를 듣고 초당에서 느낌이 일어 평생을 기술하다(病中聞夜雨有懷草堂因敍平生)」란 시에서 송희갑을 만난 감회를 위와 같이 읊었다. 그리고 그 아래에 다음과 같이 주석을 달아 놓았다. "송희갑이라는 자가 호외(湖外)로부터 책 상자를 지고 찾아와 제자의 예를 갖추니 매우 공손했다. 천한 일을 도맡아 하는데도 게으른 기색이 전혀 없이 지극히 성실했다. 바야흐로 십 년을 기약하고 초당에 기거하고 있다." 멀리 회덕 땅에서 찾아와 공손히 예를 갖추고 성실히 노력하는 송희갑이 권필 또한 마음으로 느꺼웠던 모양이다.

　그러나 안타깝게도 송희갑은 큰 성취를 보지 못한 채 단명하고 말았다. 송희갑에 대해서는 송시열의「남운경에게 주다(與南雲卿)」라는 편지글에도 비교적 자세한 일생이 기록되어 있다. 이 글에 따르면 송희갑은 서출이었다. 본문의 끝부분에서 비록 그가 천명을 누렸더라도 궁한 선비가 되고 말았을 것이라고 한 조찬한의 자탄은 그리 틀린 말이 아닐 것이다. 조찬한은 송희갑의 죽음을 슬퍼하는 것은 단지 그만을 슬퍼하는 것이 아니라고 하여 재능 있는 사람을 제대로 알아보고 인정해 주지 못하는 당대의 각박한 인정세태를 비판했다.

　한편 이 글을 지은 시점은 분명치 않지만 44세의 젊은 나이로 비명에 죽은 자신의 벗 석주 권필에 대한 애도로 읽어도 무방하다 싶다. 권필 또한 그의 제자 송희갑과 마찬가지로 탁월한 재능을 품고도 재앙을 입어 억울하게 생을 마쳤다. 조찬한은 송희갑의 삶을 입전하면서 이렇게 성실한 인간이 마음을 다해 섬기고 따르려 했던 벗 권필의 부당한 죽음과 올곧은 정신을 되새기고 싶었는지도 모르겠다.

복숭아씨로 쌓은 산　　　　　　崑崙核記

광성자(廣成子)가 서편 끝의 들판을 노니는데 멀리 한 산이 바라보였다. 우뚝 솟아 험준한 것이 곤륜산과 높이가 나란했고 구불구불 이어져 드넓기는 곤륜산과 견줘도 더 커 보였다. 멧부리나 골짜기가 솟은 모양도 없었고 소나무나 삼나무 같은 우거진 숲의 무성함도 찾아볼 수 없었다. 흙도 아닌데 쌓였고 바위가 아니면서 견고했다. 약목(若木, 해 지는 곳에 있다는 신화 속의 나무)이 그 왼편을 가리고 등림(橙林)은 그 오른편에 솟아 있어 참으로 훌륭하고도 기이했다.

　장차 올라가서 바라보려고 하는데 길을 절반도 못 가서 문득 세 사람과 만났다. 나아가 묻자 그중 한 사람이 말했다. "나는 반고(盤古)를 벗 삼아 먼 데까지 유람했지만 이곳에는 여태까지 가 보지 못했소." 또 한 사람이 말했다. "내가 푸른 바다가 억만 번 변하는 것을 살펴보았지만 여태 이 같은 곳에는 가 보질 못했소." 또 한 사람이 말했다. "이것은 내 스승께서 모아 두신 씨가 쌓여서 이렇게까지 된 것이라오. 복숭아는 홍도(洪桃)라 하는데 반도(蟠桃)라고도 하오. 푸른 바다 남쪽에 있는데 삼천 년에 한 번 꽃이 피고 또 삼천 년이 지나면 열매를 맺어 다시 삼천 년이 되어야 익지요. 일만 년 안쪽에 매번 한 번씩 익는다오. 내 스승께서 해마다 하나씩 먹고 그 씨를 던져 그 씨가 쌓여서 곤륜산보다 크게 된 것이라오." 말을 마치고 나서 나아가 살펴보니 과연 그러했다.

이에 광성자가 세 사람에게 절을 올린 뒤에 이렇게 말했다. "제가 세상에서 오래 일컬어졌지만 이제 곤륜산처럼 쌓인 이 씨를 보고서야 비로소 오래 살고 일찍 죽는 것이 같지 않고 조균(朝菌)과 대풍(大楓)이 현격한 차이가 있음을 알겠습니다. 소년이 대년(大年)에 미치지 못함은 저와 세 어르신을 두고 하는 말이겠지요." 세 사람은 갑자기 사라져 보이지 않았다. 마침내 기이하게 여겨 기록해 둔다.

해설

조찬한은 젊은 시절 신선 사상에 몰두한 적이 있었다. 그의 시 가운데 선계를 노니는 유선시(遊仙詩)가 적지 않다. 이 시기에는 낭만적 신선 사상이 상당히 유행했다. 당시의 문인들은 전란으로 황폐해진 마음을 이런 글을 통해 위로받고자 했다. 여기에 조찬한 자신의 불행한 가정사와 앞이 보이지 않는 암울한 정치 현실, 세속의 구속을 싫어한 호방한 성격 등이 더해져 장자적인 자유사상과 신선 세계에 대한 동경을 품게 되었으리라 보인다.

1200살을 살았다는 광성자가 반도(蟠桃)를 먹고 버린 씨앗이 쌓여서 된 엄청난 산을 향해 가다가 만난 세 선인과 나눈 대화를 적었다. 3000년 만에 꽃이 피어 3000년 만에 열매 맺고 다시 3000년이 지나야 따 먹을 수 있는 반도는 그러니까 한 번 익으려면 1만 년 가까운 세월이 필요하다. 그것을 1년에 하나씩 먹어 뱉은 씨앗이 곤륜산보다 높은 산을 이루었다. 1만 년에 하나씩 복숭아를 따서 1년에 한 알씩 먹어 저 높이를 이루려면 얼마나 긴 시간이 필요할까? 그 앞에 서면 광성자의 1200살이란 나이도 갓난아이의 그것과 방불하다.

끝에 가서 글쓴이는 인간 세상에서 말하는 장수와 요절이란 것이 이들의 대화에 견줘서 보니 얼마나 하찮은 것이냐는 말로 마무리를 짓는다. 모든 가치는 상대적이다. 고만고만한 것을 서로 견줘 내가 옳으니 네가 그르니 따지고 다투는 것이 얼마나 가소로우냐고 묻고 있다. 조찬한은 똑같은 제목의 다른 글을 한 편 더 남겼다. 이 글의 큰 취지도 위 글과 같다. 따지고 비교해서 우열을 다투는 세상에 대해 그는 하고 싶은 말이 많았던 것 같다.

이식 李植

1584~1647년

본관은 덕수, 자는 여고(汝固), 호는 택당(澤堂), 시호는 문정(文靖)이다. 1610년 문과에 급제해서 벼슬길에 올랐다. 1618년 폐모론에 반대해 임숙영, 정백창(鄭百昌)과 함께 삼학사로 지목받았다. 이후 양평으로 낙향하여 택풍당(澤風堂)을 짓고 은거했다. 1623년 인조반정 후 다시 벼슬길에 올라 대제학과 예조 참판, 이조 참판을 역임했다.

『택당집(澤堂集)』 서문에서 송시열은 이식의 문장이 "의리가 정밀하고 논의가 정당해서 유학을 보좌하고 세도에 보탬이 된다."라고 평했다. 남용익(南龍翼)은 이식이 변문(騈文)에 능했으며 간결하면서도 핵심을 찌르는 문장을 추구했다고 말했다. 김창협(金昌協)은 단련을 통해 얻어진 이식 문장의 인공미를 천성에서 나온 장유 문장의 자연미와 견준 바 있다. 그는 장유의 글이 한유처럼 단락의 흐름이 자연스럽고 힘이 있다면, 이식의 문장은 유종원처럼 논리의 전개와 구성의 치밀함이 뛰어나다고 보았다. 특히 소차나 논변류 글에서 탄탄한 논거를 들어 정확히 꼬집어 말하는 능력을 높이 평가했다. 이식은 장유, 신흠, 이정귀와 더불어 17세기 초의 한문 사대가로 꼽힌다. 당송 고문의 전범성을 주장하며 의고문파(擬古文派)파의 창작 논리를 비판한 최초의 비평가로도 주목받고 있다.

공정한 인사로
인재를 아끼소서

己巳九月
司諫院箚子

삼가 아뢰나이다. 신등은 모두 용렬하고 나약한 데다 평소 선악의 분별에 어두운지라, 비록 청현직(淸顯職)에 몸을 담고도 귀머거리나 장님과 같은 점이 있습니다. 지금 공론의 실정과 변화나 지난 일의 옳고 그름에 대해서는 실로 알지 못하는 바이므로 감히 억지로 말씀드리지 못합니다. 다만 근래 들어 조정 신하들 사이에 기색이 평온치 아니하고 임금께서 비답을 내리시거나 관리를 임명하시는 뜻도 보통 때와 다르십니다. 하지만 이는 인재가 나아가고 물러나는 기틀이자 나라가 막히고 열리는 바탕입니다. 신등은 바른말 올리는 것을 직분으로 삼은지라 입 다물고 있을 수 없으므로 대략 한두 가지를 아뢰어 모자란 것을 보태고 빠뜨린 것을 채울 수 있기를 바라나이다.

삼가 살피건대 성상께서는 붕당으로 패거리 짓지 말라는 말씀을 조정에 내리시어 백성의 일에 마음을 쏟아 수령을 신중하게 가려 뽑으셨으며 아울러 곁에서 모시던 신하를 교대로 지방관에 임명하셨습니다. 이는 진실로 깨끗한 조정의 아름다운 일입니다. 하지만 만약 저울질이 마땅함을 잃어 책임을 맡기는 일이 정성으로써가 아니라 견책하여 내쫓는 벌로써 이루어진다면 인정에 위태롭고 두려울 뿐 아니라 직임을 받은 사람 또한 어찌 뜻을 펼쳐 시행할 수가 있겠습니까?

장유는 이조 판서를 거쳐 지금은 문형(文衡)을 잡았으니, 삼정승의 다음이요, 높은 신하 중에서도 으뜸가는 지위에 있습니다. 비록 잘못이 있다 해도 스스로 예로써 물러나게 하심이 마땅합니다. 나주 목사는 사품의 관원이 나아가는 자리입니다. 절도사를 보좌하는 우후(虞候)와 관찰사 아래 있는 도사(都事)조차 그의 윗자리에 있습니다. 여러 고을과 진보(鎭堡)에서도 자신들과 대등하게 봅니다. 예모를 차려 문서를 주고받는 과정에서 낮고 욕됨이 몹시 심할 것입니다. 예선 당송 시절에 관리를 좌천시킬 때는 사마(司馬)나 사호(司戶)의 낮은 직급으로 보낼지라도 공적으로 서명케 하지 않고 정원 외의 직책으로 녹봉만 받게 했으니, 이는 존귀한 체면이 크게 손상되지 않게 하려는 것이었습니다. 위계의 제도를 옛사람인들 어찌 삼가지 않았겠습니까. 금번 장유의 좌천을 두고 전에 없던 일이라 하는 것은 지나친 말이 아닙니다.

박정(朴炡)과 유백증(俞伯曾) 등은 오래도록 지방의 작은 고을에 머물다가 이제 막 곁에서 모시는 신하가 되어 돌아왔는데도 수령으로 교체하여 발령을 내시니, 어찌 달리 사람이 없어서이겠습니까? 이번에 차례대로 특별히 제수하심에 있어 성상의 뜻 가운데 견책하여 성내시는 마음이 없지 아니하시니, 이것이 조정 신하들이 의심하고 놀라는 까닭이요, 사론(士論)이 손상되어 막히는 연유입니다.

신등이 가만히 성상의 뜻을 헤아리건대, 이 두 사람만을 밖으로 내보낸 것은 어찌 지난날 당파를 나누는 데 대한 말씀 때문에 그리하신 것이 아니겠습니까? 저 두 사람은 함께 교유하면서 논의가 자못 준열한지라 취하고 버리고 옳고 그름을 따짐이 능히 여러 사람의 정리에 다 맞을 수는 없었습니다. 이를 두고 당시의 언론이 과격했다고 말할 수는 있어도, 당파를 나눈다고 말하는 것은 실제와 맞지 않습니다.

광해군 때의 변란 이래로 사대부는 벼슬길에 나아감을 기뻐하지 않고 숨으려는 마음을 품었으나, 성상의 때를 만나 앞뒤로 간곡하고 정성스러운 뜻으로 매번 붕당을 경계하시매 이미 나뉜 당파조차도 오히려 하나가 되고자 합니다. 설령 유백증과 박정의 의견이 스스로 서로 다름을 표방하려 했다 해도 깨끗한 조정의 사대부라면 누군들 이들처럼 나뉘어 등 돌린 채 피차 배척하기를 즐겨 하겠습니까? 하물며 박정 등은 애초에 그저 한두 사람의 잘못을 지적하려던 것이 지나치게 되었을 뿐인데 마침내 당파를 나눈다는 말까지 있게 되었습니다. 만약 평상의 마음으로 각자 처신한다면 마땅히 날이 지날수록 절로 잊혀 다시 흔적조차 없게 될 것입니다. 설령 신출내기라 경박하다는 말이 있더라도, 신등은 이들이 끝내 성스러운 조정의 우환거리가 되지 않을 것을 압니다.

지난번 대신이 탑전에서 나만갑(羅萬甲)에 대해 말씀을 올려 논한 뜻은 그에게 외직을 맡겨 제재하여 누르려 한 것에 지나지 않습니다. 또한 그가 자기 집에 있으면서 논한 바를 들어 봐도 나만갑을 이조 전랑의 물망에 올리는 것을 잠깐 멈추고 고을살이나 변방의 일을 맡기려 한 데 불과합니다. 대신이 나랏일을 공평하게 처리하면서 원망대로 할 말을 모두 했다면 어찌 속마음을 다해 경중을 가늠하지 않을 수 있겠습니까? 이제 전하께서 대신의 논의를 따르지 않으시고 몇 등급을 더해 죄를 주시매, 일이 점차 확대되어 시끄러운 폐단이 마구 생겨나기에 이르렀습니다. 이에 도리어 대신으로 하여금 불안한 마음까지 들게 하시니, 이것이 과연 사태를 가라앉히고 조화를 이루는 계책에 합당한 것입니까?

비록 그렇기는 해도 나만갑과 장유의 행동은 조정에서 이미 힘껏 논쟁했으므로 성상께서 절로 마땅히 찬찬히 살피셨을 것입니다. 박정 등이 외직으로 나가는 것은 대단히 억울한 일은 아닙니다. 그럴진대 신등이 또 어찌 감히 애석하게 여겨 이들을 비호하여 성상의 밝으심을 의심하겠습니까? 다만 구구한 사적인 염려로 인해 지나치게 가늠하게 되었사오니 원컨대 성상께서 이를 마무리 지어 주시기를 바랍니다.

전하께옵서 붕당을 미워하여 제거하고자 하심은 참으로 성대한 뜻입니다. 다만 이를 제거하는 방법이 충분치 않은 듯합니다. 당나라 문종(文宗)은 "하북(河北) 땅의 도적 없애기가 쉽지, 조정의 붕당 없애기는 어렵다."라고 했습니다. 대저 만승천자의 위엄으로 수십 명의 서생을 몰아내는 것이 어찌 강포한 도적을 제거하는 것보다 더 어렵다고 했겠습니까? 살피건대 그 형세가 마침내 몹시 어려운 점이 있는 것은 어째서입니까?

인재를 얻기 어려움은 옛날에도 탄식하던 바입니다. 예로부터 사대부로서 붕당의 이름을 뒤집어쓰는 사람은 흔히 총명하고 재주와 역량이 있어 무리가 추대하는 부류입니다. 만약 임금과 재상이 능히 제재하고 화합하여 어지러이 갈라지게 하지 않았더라면, 비록 같은 중에 차이가 있고 차이 나는 중에 같음이 있다 해도 끝내 대동(大同)이 되기에 아무 문제가 없었을 것입니다. 만약 붕당이란 명칭에만 근거해 잘라 내고 끊어 버려 없애기에만 힘쓴다면, 오늘 한 사람을 쫓아내고 내일 한 사람을 쫓아내며, 올해 한 당파를 제거하고 내년에 한 당파를 제거하여 조정 부서 사이에 인물들이 씻은 듯 사라지게 될 테고, 막상 등용한 사람은 반드시 아첨만 하는 재능 없는 무리에 지나지 않을 것입니다. 이렇게 되면 나라가 텅 비었다고 말해도 지나치지 않을 것입니다. 예전 소식은 왕안석이 세속과 한통속이 되려 한 폐단을 비난하면서 척박한 땅에서 나는 누런 띠풀과 흰 갈대에 견준 일이 있으니, 붕당을 제거하기 어려움이 또한 이와 무에 다르겠습니까?

대저 사론이 갈라져 다투는 것은 국가의 큰 불행입니다. 하지만 누가 어질고 삿되며 누가 옳고 잘못했는지의 자취를 밝히기란 쉽지가 않습니다. 예를 들어 당나라 때 우이(牛李)의 당파에 대한 시비나 송나라 원우(元祐) 연간의 세 당파는 당시에 결론이 나지 않았을 뿐 아니라 후세에도 또한 능히 정할 수가 없었습니다. 만약 그 당파를 모두 제거했더라면 이덕유(李德裕)의 정술(政術)과 정이천의 바른 학문도 마땅히 나란히 버려져 배척되고 말았을 것입니다. 이렇게 될 때 세상의 도리는 또 어찌 되겠습니까?

우리 조정 내 붕당의 근심에는 연유가 있습니다. 임명권을 쥔 이조 전랑의 권한이 무거워 국정이 그 아래로 옮겨 가므로 신진의 기예(氣銳)들이 흠잡아 문제를 만들기가 쉽습니다. 이는 실로 백 년간의 폐단이온데 반정 이후에도 다 없어지지 않은 것입니다. 다만 밝은 임금께서 조정의 중심으로서 뼈대가 되는 신하들과 더불어 한 시대 어진 인재의 좋고 나쁨과 장단점을 아무 거리낌 없이 논하신 뒤 북돋워 기르고 가늠해 거두어 쓰며 서열을 바로 세워 의심 없이 이들에게 맡긴다면 어찌 붕당의 색목이 바닥부터 깨끗이 없어질 뿐이겠습니까? 실로 또한 천지의 기운이 통하는 때가 될 것입니다. 다만 성상께서 사람을 보고 그 말까지 버리지 않으신다면 조정의 큰 다행이겠습니다. 재결(裁決)하여 주시옵소서.

해설

1629년 9월 이식이 대사간으로 있을 당시 올린 차자(箚子)다. 본문은 『인조실록』 1629년 10월 9일 기사에 전문과 비답이 나란히 실려 있다. 장유와 나만갑, 박정과 유백증 등의 좌천 인사 문제를 계기로 촉발된 붕당에 대한 인식 문제와 해결 방안을 제시했다. 형평성을 잃은 인사로는 붕당을 없애지 못할 뿐 아니라 애써 기른 인재를 내버리는 더 큰 폐단이 생길 것이라는 진단을 내리고, 이조 전랑의 권한을 제한해 인사 관리를 투명하게 할 것을 주장했다. 이식의 대표작 가운데 하나로, 문제의 핵심을 꿰뚫는 통찰력과 논리적 구성이 빼어난 작품이라 높은 평가를 받았다.

논란의 중심에 놓인 장유, 나만갑, 박정, 유백증 등은 인조반정 이후 정권의 핵심에 있었던 인물들이다. 그러다가 1629년 7월 29일 나만갑이 김류(金瑬) 등의 탄핵을 받아 해주로 귀양을 갔다. 나만갑의 억울함을 탄원한 장유는 이미 나주 목사로 좌천되어 있었고, 박정과 유백증도 나만갑과 같은 당으로 지목되어 9월 10일과 10월 3일에 각각 남원 부사와 수원 부사로 밀려났다. 이들은 당시 정권의 중심에 있었던 서인 중에서도 소서(少西)에 속한 신진 사류들로 전부터 반대 당과 알력을 빚어 왔다. 나만갑의 탄핵을 주도했던 김류와는 특히 은원이 오래되었다.

네 해 전인 1625년에도 비슷한 일이 있었다. 그해 5월 7일 대사헌 남이공의 체직을 논하다가 당시 홍문관 응교였던 박정이 함평 현감으로, 부응교 유백정이 이천 현감으로, 교리였던 나만갑은 강동 현감으로 나란히 좌천되었다. 다스리기 어려운 고을만 골라 특명으로 좌천시킨 보복성 인사였다. 남이공은 김류의 추천으로 대사헌에 올랐는데, 김류는 서인 중 노서(老西)의 중심인물이면서 북인인 남이공을 추천해 소서의 반발을 샀다. 여러모로 이 일은 당파 간 자리다툼으로 볼 여지가 충분했다.

4년 만에 나만갑 등과 김류의 갈등이 재현되자 임금은 붕당을 없앤다는 명분을 내세워 징벌적 인사를 단행했다. 이 일에 대해 조정에서는 집단적인 반발이 일어났다. 부제학 조익과 영의정 오윤겸, 우의정 이정귀 등이 부당한 인사에 항의하여 사직을 청했고, 최명길도 만언차(萬言箚)

를 올려 조처의 부당함을 역설했다. 이식의 차자 또한 이 인사로 인해 야기된 미묘한 정국에서 나온 글이다.

이 글에서 이식은 붕당을 염려해 곁에서 보좌하던 신하를 지방관으로 보내는 것은 문제 될 것이 없지만, 정도에 지나친 견책성 인사는 바람직하지 않다는 뜻을 펴면서 서두를 열었다. 특히 판서를 거친 장유를 4품의 지위로 급격하게 강등시켜 위계를 무너뜨림은 지나친 조처라고 항의했다. 박정과 유백증 또한 4년 전의 좌천에서 돌아온 지 얼마 되지 않았는데 또다시 지방으로 보내는 것은 당파에 대한 임금의 분노가 담긴 것이며, 언론의 과격함을 당파로 몰아세우면 사론(士論)이 막히고 손상될 뿐이라고 지적했다.

이어 인조반정 이후의 상황을 언급한 후 당파를 막는다며 인재를 내몬다면 정론은 사라지고 무능한 관리들이 판을 치게 될 것이라 우려했다. 또 당파는 나쁘지만 당파의 잘잘못에 대한 판단은 그렇게 분명히 알 수 있는 것이 아니라는 근거로 당송의 사례를 들어 단정적인 판단을 유보해 달라고 청했다. 논의가 과격하지 않으면서도 조리를 갖추어 상대를 설득하는 힘이 있다.

하지만 1629년 10월 14일 경연에서 홍서봉(洪瑞鳳)이 이 차자의 내용을 인조에게 재차 상기시켰음에도 인조는 "당파를 세우고 그 당만을 옹호하는 무리들을 축출하지 않는다면 반드시 국가가 멸망한 뒤라야 그만둘 것이다. 이렇게 하지 않을 수 없으니 너희는 허물 삼지 말라."라는 비답을 내려 끝내 뜻을 꺾지 않았다. 지나치게 커진 이조 전랑의 권한을 제어하고 불투명한 인사를 혁파해야만 붕당의 뿌리를 뽑을 수 있다는 지적에 대해서는 임금도 동의했다.

험난한 해로
사행길

送聖節兼冬至使
全公湜航海朝燕序

『시경』의 「황황자화(皇皇者華)」라는 시는 사신을 파견하며 부른 노래다.
그 첫 장에 이렇게 노래했다.

흐드러지게 피어난 꽃	皇皇者華
저 언덕과 진펄 위에	于彼原隰
말달리는 나그네는	駪駪征夫
못 미칠까 마음 쓰네	每懷靡及

언덕과 진펄은 지나는 곳이고, 매양 미치지 못할까 마음 쓴다는 것은
부지런함을 말한다. 이때 주나라가 교화를 베풀었으나 지경의 밖까지는
땅이 사방 천 리에 지나지 않았다. 사신 가는 길은 멀어 봤자 회해(淮海)
와 오악(五岳)의 범위를 벗어나지 않았다. 시에서 말한 언덕과 진펄이란
다섯 길의 언덕과 옷자락을 적실 정도의 냇물에 지나지 않는다. 그런데
도 갈 길이 험난함과 먼 곳까지 가서 자문하고 의논함을 걱정걱정하여
악장에 담아 연회에서 노래했으니, 이것이 서주(西周) 시대의 성대함이다.

주나라가 쇠퇴하자 대부는 사신을 가면서 나 혼자만 고생하고 나 혼
자 똑똑하다는 탄식을 했다. 「북산(北山)」이란 시는 이렇다.

이식

어떤 이는 소리쳐도 알지 못하고	或不知叫呼
어떤 이는 애처로이 허물을 꺼리누나	或惨惨畏咎
어떤 이는 집에서 편히 쉬고 있건만	或棲遲偃仰
어떤 이는 나랏일로 정신이 하나 없네	或王事鞅掌
어떤 이는 느긋하게 술 마시며 즐기는데	或湛樂飮酒
어떤 이는 들락날락 수군대며 비방하고	或出入風議
어떤 이는 아무 일도 하지를 않는다네	或靡事不爲

나는 말한다.

내가 시를 읽다가 이 대목에 이르러 『시경』의 「소아(小雅)」가 변했음을 알았다. 맹자는 "얻지 못했다고 윗사람을 비난하는 것은 잘못이다."라고 말했다. 신하가 되어 임금의 명을 받들어 나랏일을 담당하게 되면 제대로 하지 못할까 봐 걱정해야지, 어찌 수고로움과 편안함을 비교한단 말인가? 위 「북산」을 노래한 대부 또한 도리를 깨치지 못한 자라 하겠다.

요동 길이 막히면서부터 나라에서 천자에게 조회 가는 사신이 일 년에 한두 차례씩 바다에 배를 띄우게 되었다. 만 리나 되는 고래 같은 파도에 섬들이 출몰하고 회오리바람은 불시에 불어닥쳐 종종 가늠할 수 없는 위태로움에 빠지곤 한다. 등주(登州)를 거쳐 북경까지 가려면 또 구하(九河)를 건너고 늪지대인 거야(鉅野)를 거쳐야만 한다. 말을 타고 가는 괴로움에다 도적의 근심까지 안고 수천 리를 가야 하니, 앞서 언덕과 진펄을 노래한 것에 견준다면 만과 천의 차이 정도가 아니다.

성상께서는 보위에 오르신 후 신하를 손발처럼 살피시어 파견하는 의례를 성대히 하고 비용을 넉넉하게 내리심을 한결같이 선대 임금의 옛일에 따라서 시행했다. 비록 일을 맡은 자가 비용을 아끼려고 제재하는 경우가 있었고, 법을 집행하는 자가 의리를 내세워 적발하는 예도 있었다. 그럼에도 온유하신 뜻으로 너그러이 보살피시니, 서주 시절의 충후함도 이보다 더할 수는 없었다. 그러나 학사와 대부의 들고나는 의론은 크게 그렇지가 않다. 폐백을 늘리면 재물을 유용하는가 의심하고, 수행 인원을 더하면 사사로이 함을 의심하며, 배에 기계를 더 설치하면 겁먹었다고 의심하고, 편한 길로 가려 하면 안일하다고 의심한다. 의심이 끊이지 않고 비방이 질풍처럼 일어나 사신 떠나는 대부로 하여금 참담하게 벌벌 떨며 비방을 두려워하고 탄핵을 꺼리게 하여 도리어 북경 가는 길이 얼마나 아득하고 바닷길이 얼마나 험한지조차 깨닫지 못하게 만든다. 아! 이래서야 되겠는가?

대저 의심하는 것은 그 일을 의심함이 아니라 그 사람을 의심하는 것이다. 아! 꼭 맞는 사람을 애써 뽑지는 않고서 뒤따라 의심만 하니 장차 허물을 구하기 바쁜 것이다. 작은 고을의 수령도 일 처리를 제대로 못할까 걱정하는데, 하물며 바다 건너 만 리 길을 가면서 그 직분을 오로지 책임져야 하는 사람이랴.

금년 동지사를 파견할 때 사간원에서는 선발을 무겁게 하려고 임금을 가까이 모시는 신하 중에서 임명해 파견할 것을 건의했다. 이 때문에 이조에서 승정원 좌승지로 있는 전식(全湜) 공에게 명을 내려 소추관(少秋官)으로 직명을 고쳐 떠나게 했다.

전식 공은 돈후하면서 지키는 바가 있고 삼가면서도 법도가 있어 대각(臺閣), 즉 사간원과 사헌부의 직분을 두루 거치는 동안 실로 아래위에서 인정을 받았다. 이제 또 시종하는 신하로 나가게 되었으니 나는 그가 틀림없이 사대부의 의심과 비방을 받지 않을 것을 알지만 그래도 마음이 놓이지 않았다. 먼 길 떠남을 전별하는 자리에서 「황황자화」의 노래를 부르자니 혹 세상의 혐의가 걱정스럽고, 「북산」의 노래를 부르려니 임금의 덕을 손상시킬까 염려되었다. 그래서 대략 구구하게 사사로운 논의를 펼쳐 먼 길 떠나는 마음을 위로하고 또한 앞길에 있는 관역(館驛)에서 맞이하고 전송하는 여러 사람들에게 전 공의 파견이 우연이 아님을 알게 하려는 것이다.

해설

1625년 성절사 겸 동지사로 연행길에 오른 전식(全湜, 1563~1642년)을 전송하며 쓴 글이다. 이해 7월 21일 좌승지 전식은 형조 참의를 제수받고, 8월 3일 모화관에서 사대(查對, 중국에 보내는 자문의 내용과 직인의 이상 유무를 확인하는 일)한 뒤 정사의 신분으로 사행길에 올랐다. 당시는 후금이 요동을 점령하고 심양으로 수도를 옮긴 때라 요동벌을 관통하는 육로를 이용할 수가 없었다. 이에 따라 조선은 1621년부터 1637년까지 황해 북단과 발해만을 잇는 해로를 통해 사신을 파견해야 했다.

바닷길은 육로와 달리 온갖 위험이 도사리고 있고 실제로 사고도 잦았다. 4년 전인 1621년 진향사 유간(柳澗)과 진위사 박이서(朴彛敍) 일행이 귀국 도중 노철산(老鐵山) 해역에서 조난당해 익사한 일이 있었고, 같은 해 사인사 최응허(崔應虛)와 진위사 권진기(權盡己) 일행도 여순의 한 포구에서 폭풍을 만나 배가 난파되었다. 잇달아 발생한 조난 사고로 사람들은 해로 사행을 극도로 꺼리게 되었고 무슨 수를 써서든지 빠져나가려 했다.

이런 배경 아래 전식 일행이 떠날 채비를 하는데 조정에서 사행 비용을 둘러싼 때아닌 논란이 일어났다. 1625년 6월 18일 전식은 인조에게 사행 비용의 증액을 요청했다. 6월 22일 비변사에서도 재차 증액을 요청했다. 육로가 아닌 해로를 이용하는 데다 등주(登州)와 내주(萊州)의 각 영에서 요구하는 뇌물의 양이 늘었기 때문이다. 하지만 반정 초의 열악한 재정 형편으로 인해 지원은 넉넉할 수 없었고, 반대 당에서 사행 비용에 대한 비방 공세를 벌였던 것이다.

이식은 글의 서두에서 서주 시절의 넉넉한 마음가짐을 보여 주는 「황황자화」와 동주 이후 허물과 비방을 꺼려 아무 일도 하지 않으려 드는 이기적 태도가 드러난 「북산」을 제시해 나랏일로 사신 가는 사람의 바른 자세를 물었다. 이어 당시 비용 증액을 둘러싸고 벌어진 비방과 의심을 동주의 쇠퇴에 견주어 꼬집었다. 전식은 출발하기 전부터 공연한 오해와 구설에 휩싸인 셈이다. 스스로 원해서 가는 것도 아니요, 국가의 명에 따라 목숨까지 내놓고 먼 길을 떠나는 그에게 그런 오해는 있을 수 없다고 말함으로써 전식의 마음을 달래 주고 들끓는 여론에 일침을 가했다. 단락 전개에 조리가 있고 차례가 정연하다. 목소리를 과도하게 높이는 법 없이 비판과 축원의 두 마리 토끼를 한꺼번에 잡았다.

허탄에 빠짐을
경계한다

送權生尙遠小序

대저 지닌 역량이 있는데도 구하는 것이 없기란 어렵다. 책을 읽어 식견이 넓어지고 문사를 익혀 잘 짓게 되니 그 품은 역량이 어찌 얕고 보잘 것없겠는가? 이 같은 역량을 지니고도 능히 이익과 작록을 구하지 않기란 실로 어렵다. 이익과 작록을 구하지 않는 자는 있을 수 있지만 명성을 구하지 않기는 더더욱 어렵다. 이 두 가지 어려움을 가지고서 오래되어도 변치 않고 곤궁한데도 스스로 태연하기란 특히나 고금의 지극히 어려운 일이다.

안동 사람 권상원(權尙遠)은 내가 말한 바와 같이 글을 널리 읽고 시문을 잘하는 사람이다. 하지만 과거 공부는 익히지 않은 채 이따금 과거 시험에 응시했다. 홀로 문사를 즐기며 세상에 이름나기를 기약하지 않았다. 해진 옷과 찢어진 신으로 성시(城市)를 이리저리 노닐며 유유자적하고 몸을 돌보지 않았다. 간혹 오만한 말로 고담준론(高談峻論)을 펼치기라도 하면 조금도 말투와 낯빛을 숙여 가며 시류를 따르는 법이 없었다. 비록 사우(士友) 사이를 들락거리긴 해도 친하게 지내는 사람은 드물었다. 이따금 자취를 감추고 떠나기도 했다.

아! 권생은 품은 역량이나 처한 상황이 그다지 이로울 것이 없는데도 운명처럼 편히 여긴다. 어찌 내가 말한 고금의 지극히 어려운 일이 아니겠는가? 하지만 군자라면 덕성을 함양하고 학업을 닦아서 자신의 본성을 다해야만 한다. 명성은 피치 못할 경우가 있고 작록도 마땅히 받아야 할 때가 있는 법이다. 지금보다 더 지나치게 되면 성인께서 말씀하신 바와 같이 감춰진 것을 들춰내고 괴이한 짓을 행하는 색은행괴(索隱行怪)가 되고 말 것이니, 이는 큰 중용의 도리가 아니다.

권생은 명산에서 노닐기를 좋아하고 방외(方外)의 벗들이 많다. 나는 그의 도가 허탄하고 허망해져서 의지할 곳이 없어지고 혹 이단으로 흐르게 될까 염려한다. 그래서 그가 돌아가는 길에 당부하여 이를 경계한다.

해설

고향으로 내려가는 권상원(權尙遠)에게 써 준 글이다. 권상원은 17세기 초반에 활동한 방랑 시인이다. 임숙영과 김상헌 등에게서 일찍이 학덕(學德)과 시재(詩才)를 인정받았지만 서얼이라는 태생적 한계로 마음껏 재능을 펼칠 수 없었다. 세상을 주유하며 방외의 인물들과 교유하는 것이 그의 삶에서 유일하게 허락된 길이었다. 남아 있는 그의 시는 기행시와 증별시가 대부분이다. 떠도는 삶의 슬픔과 세속의 허망함을 즐겨 노래했고, 속박 없는 자유의 세계를 꿈꾸었다. 그의 유랑자적 삶은 백운(白雲)이라는 호에서도 잘 드러난다.

첫 단락은 점층법을 구사했다. 처음의 '난(難, 어렵다)'에서 '고난(固難, 실로 어렵다)'으로 넘어가고, 다시 또 '우난(又難, 더더욱 어렵다)'과 '지난(至難, 지극히 어렵다)'으로 점층하여 세속의 가치에 초연한 삶을 살기란 얼마나 어려운지 강조했다.

두 번째 단락에서는 앞에서 말한 어려운 일을 아무렇지도 않게 실천하는 권상원의 사람됨을 소개했다. 세 번째 단락에서는 말의 방향을 틀어 자칫하다 색은행괴로 흐를 위험이 있음을 지적했다. 세속에 초연한 삶이 좋을지라도 '진덕수업(進德修業)', 즉 덕성을 함양해 학업에 힘을 쏟는 노력을 하지 않으면 쓸모없는 사람이 되고 말 것이라고 충고했다. 마지막 단락에서는 허망함에 빠져 이단으로 흐르게 됨을 경계하는 것으로 글을 맺었다.

짧은 편폭의 서사 안에 억양(抑揚)을 담아 처음에는 치켜세우고 뒤에서는 지그시 눌러서 권상원에 대한 애정을 드러내는 동시에 권면의 뜻을 펼쳤다. 권상원이 어째서 그리 행동하는지를 잘 알기에 학문으로 그 마음을 붙들어 주려 한 진심이 느껴진다.

북평사의
무거운 책무

送蔡司書裕後
赴北幕引

예전 나는 북평사(北評事)로 반년쯤 근무한 적이 있다. 애초에 적임이 아니었던 데다 윗자리의 장수가 문사(文士)를 제멋대로 종처럼 여겨 마음에 맞지 않으면 문득 씹어 대곤 했다. 나는 이때 날마다 소주나 마시면서 일의 가부에 대해서는 따지지 않았다.

중간에 관찰사의 지휘를 받들고 한차례 육진(六鎭)으로 나가게 되었다. 인하여 변방의 울타리와 황폐한 성, 옛 수자리를 두루 살펴보며 먼 데까지 안 가 본 곳이 없었다. 늙은 교관과 오래 근무한 비장을 데리고 높은 데로 올라가 하나하나 짚어 가며 산천의 겉과 속을 자세히 들었고, 밖으로는 말갈의 옛터까지 가 보았다.

개연히 생각해 보니 우리 조종(祖宗)께서 터전을 마련하고 패업(霸業)을 여신 것이 기옹(岐雍)의 자취와 나란하며, 꾀 있는 신하와 용맹한 인사가 물고기 비늘처럼 잇달아 나오고 구름처럼 몰려들어 웅장한 무위(武威)를 도와 이룬 데에는 실로 까닭이 있었다. 오늘날에 이르러 오랑캐가 강성해진 것을 분해하면서 이 때문에 팔뚝을 걷고 눈시울을 적신 것이 여러 번이었다. 하지만 이는 한갓 젊은 사람의 거친 마음이었을 뿐, 곁에 있던 사람과도 서로 이에 대해 말하지는 않았다. 그러니 하물며 감히 한 마디 말로 한 가지 계책을 마련해 군막의 사이에서 망령되이 스스로를 뽐냈겠는가?

금번에 병조 판서가 북방의 무장 중에 불법을 저지르는 경우가 많아 병마절도사가 계획을 세우는 데 애를 먹는다 하여, 삼사(三司, 사헌부·사간원·홍문관)의 빼어난 인재 중에서 특별히 선발하여 막부의 보좌 역에 충당해 줄 것을 요청했다. 두 차례나 전형한 끝에 채유후(蔡裕後)가 뽑혔다. 그는 젊은 나이에 대과에 올라 사헌부와 사간원을 출입했으므로 당시에 명성과 덕망이 높았다. 사람됨은 단정하고 개결하며 깊이가 있고 또 꼼꼼했다. 술도 즐겨 마시지 않았다. 조정에서 뽑아 임명한 무거운 책임을 생각해서 우뚝하게 직무를 합당하게 수행하려는 뜻이 있다. 아! 이야말로 진정한 북평사라 하겠다.

그가 북방의 군막에 도착하면 그날로 할 일이 있을 것이다. 혹 내가 예전에 그랬던 것처럼 그를 이끌어 편히 놀게 하려는 자가 있으면 그는 다만 "때가 옛날과는 다르다."라고 대답할 것이다.

숭정 경오년(1630년) 여름, 덕수 이식이 한성 서쪽의 거처에서 쓴다.

해설

북평사로 떠나는 호주(湖洲) 채유후(蔡裕後, 1599~1660년)를 위해 써 준 일종의 송서(送序)다. 제목에 인(引)이라는 문체 명이 부기되어 있지만 서(序)와 특별히 구분되지 않는다. 부연한다는 뜻을 지닌 인은 자신의 생각을 덧붙여 서술하는 한문 문체의 하나다.

채유후는 1630년 12월 인조의 명으로 북평사가 되어 함경도로 떠났다. 정묘호란을 겪은 지 4년 만이고, 병자호란이 일어나기 6년 전의 일이다. 병마절도사를 도와 함경도 변방을 견고하게 지키는 일이 어느 때보다 중요했기 때문에 까다롭게 두 번의 인사 전형을 거쳐 최종적으로 채유후가 낙점되었다. 중요한 시점에 북평사로 뽑힌 만큼 그의 어깨는 더없이 무거웠을 것이다.

이식은 글 속에 채유후에 대한 격려와 당부를 나란히 담았다. 북평사 시절 자신이 겪고 느낀 점을 서술해 채유후가 자신과 같은 시행착오를 겪지 않고 여망에 부응하기를 축원했다. 병조 판서의 제정으로 그가 선발된 것은 북변 무장들의 불법을 막기 위함이다. 앞서 이식은 문관을 종 보듯 우습게 아는 윗자리 무관 때문에 아무 일도 하지 않고 술만 마시다 온 적이 있다. 글의 말미에 채유후는 술을 즐기지 않는다는 한마디를 넣어 자신의 경우와 대비했다. 채유후는 자신과 달리 술을 마시지 않으니 할 일이라고는 직분을 충실히 하는 것뿐이라는 뜻을 보인 것이다. 또 우연히 변방의 현장을 두루 다니며 느꼈던 소회를 앞쪽에 배치하여 장차 그가 힘 쏟아 해야 할 일을 제시했다.

이식이 북평사로 임명된 것은 이보다 14년 전인 1616년 4월 20일이다. 이때의 일은 「북관지(北關志)」와 「북새록(北塞錄)」에 고스란히 남아 있다. 혹시 채유후가 중앙 관직에 있다가 갑자기 변방으로 가게 된 것을 좌천으로 여겨 낙담할까 봐 자신의 경험을 바탕 삼아 후배인 그에게 마음가짐을 다잡으라 권면하려 쓴 글이다.

감정을 드러내지 않으면서도 군더더기 없이 할 말은 다 하는 경제적인 글쓰기의 전범을 보여 준다. 정서적으로는 무미건조해 보이지만 단락의 짜임새가 워낙 단단하고 빈틈이 없어 진작부터 이식의 대표작 가운데 하나로 높은 평가를 받은 작품이다.

선비의 이상적 주거와 택풍당

澤風堂志

만력 병진년(1616년) 일월 사흗날, 나는 여주 북쪽에 있는 강구의 촌사에 머물고 있었다. 이때 시사(時事)가 크게 변하여 여주까지 당쟁의 화가 미쳤다. 나 또한 화가 미칠까 두려워 떠나려 하면서 서울에 살면 어떨까 점을 쳐 보니 췌괘(萃卦)가 송괘(訟卦)로 변하는 불길한 괘가 나왔다. 호남 쪽을 점쳐 봐도 불길했고, 영남을 점쳐도 불길하다고 나왔다. 탄식하며 말했다. "도대체 갈 곳이 없구나." 그래서 지평의 백아곡에 있는 선산 아래쪽을 점쳐 보니 원괘(元卦) 대과(大過)에 변괘(變卦)인 함(咸)이 나왔다. 효사를 보니 "마른 버들에 새잎이 돋으니, 늙은이가 어린 아내를 얻어 이롭지 않음이 없다."라고 했다. 이를 풀이하여 "이제 됐구나! 쓰러진 나무에서 다시 움이 트나니 좋은 일이 싹터 나올 조짐이다."라고 했다.

막상 그 대상(大象)을 보니 "홀로 서서 두려워하지 않고, 세상을 피해 살며 고민함이 없다."라고 했다. 또 이렇게 탄식했다. "이는 성인이나 할 수 있는 일이다. 내가 어찌 감당하랴, 내가 어찌 감당하랴. 혹시 신명이 지금의 상(象)을 고해 주는 것은 아닐까? 세상에서는 숨어야 마땅하고, 서는 것은 혼자라야 마땅하지 않겠는가? 그럴진대 두려워하지 않고 고민하지도 않는 것은 성현이 아니고서야 누가 능히 할 수 있겠는가? 공자께서도 '천명을 두려워하고 대인을 두려워하며 성인의 말씀을 두려워한다.'라고 하셨으니, 나같이 부족한 사람이 또 어찌 감히 대상에 미혹되어 뜻을 함부로 하겠는가?" 애초에 지평은 땅이 척박한 데다 여주의 지경이어서 점을 치지 않았다. 괘를 얻고 나서야 비로소 그곳으로 가서 산 지 몇 해 지나 기미년(1619년)에 작은 집을 지어 편액을 달았다.

집의 모습은 다락과 비슷하다. 높이가 십육 척이다. 가운데 한 칸을 방으로 삼고 기둥에 의지해 흙을 쌓아 반쯤 높이에 온돌을 앉히고 창을 냈다. 벽 밖으로는 네 기둥을 넓혀 난간을 만들고 판자를 깔아 마루를 내었다. 온돌의 높이를 보면 너비는 절반이고 길이는 곱절이다. 가려 막히는 데가 없어서 사방 둘레를 멀리까지 내다볼 수가 있다. 마루 아래 동쪽 모퉁이 땅에 웅덩이가 있기에 샘물을 끌어와 네모진 연못을 만들었다. 연못 가운데는 작은 흙무더기를 남겨 버드나무를 심었다. 집이 안쪽은 꽉 차고 바깥은 텅 빈 것이나 연못 가운데 나무를 심은 것은 모두 택풍대과(澤風大過)의 상을 본뜬 것이다. 방 안쪽 벽 끝에는 육십사 괘를 그려 늘어놓았고 상사(象辭)를 나란히 썼다. 남쪽 창문의 양옆에는 대과(大過)괘의 상사(象辭) 여덟 글자를 크게 써 놓았다. 집의 제도는 소박하고 간략하다. 위는 나무껍질로 덮었는데 도끼로 다듬었을 뿐이다.

골짜기는 수많은 산 가운데 있고, 집은 또 골짜기 안에 자리 잡았다. 사방을 빙 둘러 있어 마치 항아리 같다. 소나무와 삼나무가 빽빽하며 웅덩이 안에는 버드나무가 많다. 아름다운 꽃과 기이하게 생긴 바위는 없어도 골짜기에는 솟는 샘이 많아서 물소리를 들을 만하다. 동남쪽 양편 언덕에는 선대의 묘소가 자리하고 있다. 아침저녁으로 우러러 사모하는 마음을 부친다. 집 안에서 노래하고 술을 마시기는 해도 감히 질탕하게 즐기지는 못한다. 서책 몇 질을 놓아두고 산골 마을의 학동들 몇 사람을 모아 장구(章句)를 읊조린다. 그러다가 싫증이 나면 골짜기로 나가 냇물을 따라 물놀이를 하다가 돌아오곤 한다.

대개 이곳에 터를 잡고 산 지가 이제껏 열두 해다. 그 사이에 간혹 나가 벼슬한 적도 있지만 항상 오가며 어느 해고 머무르지 않은 해가 없었다. 그런데도 두려워하지 않고 고민하지도 않는 뜻에 대해서는 여태 얻은 바가 없다. 아! 뭇사람이 돌아오매 신명이 나를 버린 것인가? 이러한 뜻을 기술하여 내 허물을 장차 뒷사람에게 보인다.

해설

이 글은 1619년 이식이 지평(지금의 양평)의 백아곡에 있던 택풍당(澤風堂)의 내력에 대해 쓴 글이다. 지(志)를 표방했지만 기(記)의 형식에 더 가깝다. 지는 역사서에서 예악(禮樂)과 지리(地理) 등을 기록할 때 쓰는 문체로, 서술 대상에 얽힌 숨은 사연이나 내용을 간략하게 기술하는 것이 보통이다. 사실을 기록한다는 점에서 기와 유사한 형식적 특성을 보인다.

이식은 폐모론이 일어난 이듬해인 1619년 지평 백아곡에 자리한 선영 옆에 택풍당을 짓고 은거했다. 이때 그는 『주역』에 입각해 집터를 잡아 거처를 구획하고 건물을 지은 뒤 그 뜻을 실천하며 생활했다. 택풍당이라는 당호와 택당이라는 호 속에 고스란히 드러나 있는 생활 방식과 의식의 지향은 중세 시대 유자들이 추구한 주거 문화의 한 단면을 잘 보여 준다. 이 점에서 일찍부터 이 글은 기문으로서만이 아니라 문화사적으로도 의미 있는 작품으로 주목받았다.

『주역』의 괘상에 대한 깊이 있는 식견이 작품 이해의 관건이다. 연못

속에 흙무더기로 섬을 만들어 버드나무를 심고, 집 안쪽은 꽉 채우고 밖을 텅 비워 택풍괘 대과의 상과 일치시킨 것 등은 일상 공간의 구성까지 『주역』의 원리에 따름으로써 '둔세무민'의 삶을 구현할 수 있다고 믿었던 조선 시대 선비들의 신념 체계를 잘 드러내는 예다.

이식보다 한 세기 뒤에 태어난 순암(順菴) 안정복(安鼎福, 1712~1791년)도 잠옹(潛翁) 남하행(南夏行, 1697~1781년)으로부터 '택풍헌(澤風軒)'과 '독립불구둔세무민(獨立不懼遯世無悶)'이라 쓴 큰 글씨를 받아 벽에 걸어 놓고 생활한 적이 있다. 잠옹이 『주역』에 조예가 깊은 데다 젊었을 적 성호의 문하에서 수학한 인연이 있어 성사된 일이지만, 그 바탕을 관류하는 정신은 이식의 그것과 다르지 않다. 두려워하지 않고 고민하지 않는 삶을 살기 위해 "천명을 두려워하고 대인을 두려워하며 성인의 말씀을 두려워하라." 이른 공자의 유지를 따른 셈이다.

최명길 崔鳴吉

1586~1647년

본관은 전주, 자는 자겸(子謙), 호는 지천(遲川)·창랑(滄浪)이다. 1605년에 증광 문과에 병과로 급제했다. 이후 이조 판서 등 주요 고위 관직을 두루 거치며 격랑 속 정치사의 한복판에 서 있었다. 인조반정과 서인의 정권 창출, 이괄의 난 진압, 인조의 생부 정원군의 추존 문제,『광해군일기』편찬과『선조실록』수정, 후금과 명에 대한 외교적 대응, 병자호란의 종결, 척화파와 주화파의 갈등 조정, 일본과의 외교적 마찰 조정, 민생 안정 등 갖가지 정치적 현안들을 해결하는 데 깊이 관여했다.

특히 병자호란 전후 척화론 일색의 조정에서 홀로 강화론을 펼쳐 극렬한 비난을 받았지만 올바른 정세 판단과 현실적인 정책으로 조선의 종묘사직을 위기에서 구했다. 그의 주화론은 척화론의 대표자인 김상헌과 줄곧 비교되면서 조선 후기 사회를 유지하는 지표 역할을 했다. 하지만 당시에는 온당한 평가를 받지 못했으며 사후에도 조선 사회가 대의명분을 더욱 중시하여 최명길의 입지는 좁아질 수밖에 없었다. 그에 대한 공정한 논평은 서포(西浦) 김만중(金萬重)에 이르러 이루어졌다.

그는 성리학에 조예가 깊었을 뿐 아니라 양명학을 공부하여 강화 학파의 기틀을 닦는 데 일조했다고 평가된다. 문장 방면에서도 성취가 적지 않아, 약천(藥泉) 남구만(南九萬)은 "공의 문장은 반드시 이취(理趣)를 위주로 하여 일가를 이루었다. 특히 주의(奏議)는 붓 끝에 혀가 달렸다고 일컬어졌다."라고 했으며, 서계(西溪) 박세당(朴世堂)은 "공의 시사를 논한 글은 곡진하고 명백하며 적절하여 당나라의 육지(陸贄)에 손색이 없다. 이것이 어찌 근대에만 드물다 뿐이겠는가?"라고 평했다. 이항복(李恒福)의 문하에서 이시백(李時白)·장유 등과 수학했으며, 문집으로 『지천집(遲川集)』이 있다.

조선을 살리는 길, 외교와 내치　　丙子封事 第一

엎드려 아룁니다. 신이 병으로 집 안에 누워 지내느라 조정의 회의에 참여하지 못하였사온데 항간에서 전하는 소식을 들으니 지금 금나라 사신의 말이 패악스럽고 흉측 교활하여 차마 들을 수가 없다고 합니다. 무릇혈기 있는 사람이라면 누군들 성내고 한탄하며 죽으려 들지 않겠습니까?

가만히 구관당상(句管堂上, 팔도의 군무를 각각 맡아 보던 비변사의 당상관)의 문답을 들어 보니 조정의 계획은 말이 곧고 이치가 합당하여 볼만한 것이 있습니다. 하지만 신의 마음에는 어쩔 수 없이 지나치게 염려되는 바가 있습니다. 당초 화의를 약속할 때 조정에서는 군신 간의 대의를 되풀이해서 개진하였습니다. 저들이 비록 짐승 같은 오랑캐라고는 해도 또한 지각이 있는지라 감히 우리에게 의롭지 않은 일로 강요하지 못하고 이웃 나라로 삼을 것을 약속해 하늘에 고하여 맹세했던 것입니다. 십여 년 사이에 다른 말이 없다가 이제 와서 갑자기 이 말을 꺼내는 것은 무엇 때문입니까?

게다가 저들 오랑캐는 이미 대막(大漠, 내몽골 일대)을 차지해서 아무런 제약을 받을 일이 없습니다. 방자하게 황제를 일컬어도 누가 다시 이를 금지하겠습니까? 그런데도 반드시 우리나라에서 구실을 만들고자 하는 것은 그 마음을 가늠키가 어렵습니다. 우리가 만약 그저 입으로만 대답한다면 일의 자취가 가려져 근거로 삼을 만한 증거가 없을 것입니다. 만약 교만한 오랑캐로 하여금 도리어 그 말한 것을 뒤집어서 천하에 우리를 무고하게 한다면 장차 무엇으로 직접 해명할 것입니까?

신의 어리석은 생각으로는 의례적인 답서 외에 한 편의 글을 따로 마련하여 거짓된 호칭을 함부로 쓸 수 없고 신하의 절의를 바꿀 수가 없으며 높고 낮은 등급을 어지럽힐 수 없음을 갖추어 진술하여 대의를 밝히고 나라의 체통을 보존하는 것이 좋겠습니다. 그러고 나서 장차 오랑캐의 국서와 우리나라의 답서를 독부(督府)로 전달해 명나라 조정에 아뢰게 하십시오. 한편으로는 팔도에 교지를 내려 병마(兵馬)를 훈련시켜 변고에 대비케 해야 합니다. 천하 사람들로 하여금 우리 조정의 조치가 명백함을 환히 알게 한 뒤라야 오랑캐의 모책을 꺾고 사기를 떨칠 수 있으며 역사에 이를 쓴다 해도 부끄러운 말이 없을 것입니다.

더욱이 용골대(龍骨大)가 조선에 온 것은 오직 춘신사(春信使)와 인열왕후(仁烈王后)의 조제(弔祭)를 명분으로 삼았고 칸의 국서에도 다른 말이 없다고 들었습니다. 이른바 패서(悖書)란 것은 팔고산(八高山)과 몽골의 왕자가 쓴 것입니다. 의례를 따른 글에는 화답하고 이치에 어그러지는 말은 거부해야만 군신의 의리와 이웃 나라의 도리가 모두 온전함을 얻게 되어 계책으로 온당할 것입니다. 하물며 지금은 산릉(山陵)의 일이 채 끝나지 않았고 수비도 온전치 않습니다. 권도(權道)로 화를 늦출 계책을 세움이 마땅한데 또한 어찌 전혀 생각지 않으십니까? 금나라 사신은 불러 만나 보셔도 무방하오나 서달(西㺚, 만주 내 몽골족)만은 만나시면 안 됩니다. 서달을 굳이 박대할 것은 없지만 패서만큼은 엄하게 배척하셔야 합니다.

신이 오늘날 오랑캐의 정황을 가만히 살펴보니 조만간 병화(兵火)를 입을 듯합니다. 다만 몽롱하게 처리해서 받아들이게 하고, 지나치게 낙심해서 병화를 재촉해서는 안 됩니다. 성문을 닫아걸고 언로(言路)는 활짝 열어 두어 비록 후회의 단초가 있더라도 또한 일을 해결하지는 못할 것이오니 오늘날의 형세는 위급하다 할 만합니다. 다행히 전쟁이 목전까지 이른 것은 아닌지라 엎드려 바라옵건대 전하께서는 더더욱 분발하여 먼저 큰 뜻을 세우시고 지난날처럼 충간하는 신하와 경연에 참여한 신하의 말을 많이 받아들이시고, 일에 대해 말하는 신하를 거두어 서용하시고, 백성을 병들게 만드는 정사를 용감하게 개혁하십시오. 인재를 발탁하고 장수와 병사를 격려하시어 신하와 백성의 바람을 위로해 주신다면 인심이 기뻐하고 나라의 형세가 절로 굳세어질 것입니다. 비록 외환이 있다 해도 또한 크게 뒤집어지는 데까지는 이르지 않을 것입니다.

신은 병이 계속해서 깊은지라 정신이 어지러워 바깥일을 전혀 살피지 못합니다. 하지만 구구하게 나라를 근심하는 정성을 어쩌지 못해 품은 생각을 함부로 말씀드립니다. 다만 밝으신 임금께서 재량하소서. 처분을 기다립니다.

해설

남구만과 박세당이 평가한 것처럼 최명길은 순수 문학보다는 소차(疏箚)와 같이 정국 현안에 대해 정면으로 논한 글에서 두각을 나타냈다. 1636년 2월 26일 인조에게 올린 이 차자(箚子)는 명청 교체기 최명길의 정치적 입장을 잘 드러낼 뿐 아니라 그의 문학 성취도 잘 보여 준다. 처음부터 끝까지 한 치의 머뭇거림 없이 과감하게 기술되어 있는 이 글은 정확한 형세 파악과 상대방의 행위 예측, 주도면밀한 대응의 중요성을 설득력 있게 설파했다.

1636년 2월 16일 후금의 사신 용골대와 마부대(馬夫大) 등이 서달의 차인(差人)을 거느리고 의주로 들어왔다. 이때 후금의 홍타이지(청 태종)가 보낸 국서 세 장과 팔고산과 몽골의 여러 왕자가 적었다는 두 개의 문서를 함께 가져왔는데 이 문서가 당시 조선의 정국을 뒤흔들었다. 이 문서에서 바로 후금의 칭제(稱帝) 문제를 다루고 있었기 때문이다. 이 사실을 접한 조선 조정에서는 의견이 분분했고 국서를 받아들이지 말고 단지 구두로만 거절하자는 논의 외에 용골대를 비롯한 사신을 참수하라는 의견까지 난무했다.

최명길의 차자는 이런 급박한 상황에서 나왔다. 현실을 고려하지 않은 채 의리론에 입각하여 척화만을 고집하다 보면 전쟁의 화를 당할 수밖에 없다는 판단 아래 강화론의 입장에서 난국 타개책을 제안한 것이다. 최명길은 이미 만주를 장악한 후금이 스스로 황제라 일컬어도 막을 사람이 없고 정묘호란 이후 형제의 나라가 된 이상 답서를 보내지 않을 수도 없음을 먼저 지적했다. 또한 산적한 국내 문제로 인해 곧바로 전쟁을 치를 여력이 없다는 현실을 직시했다. 이에 명분론자들이 그토록 매달렸던 명나라와의 외교 관계까지 고려한 두 가지 대안을 제시했다.

그 첫 번째는 의례적인 내용을 담고 있는 후금의 국서에만 답을 하되 별도의 문서로 그들을 달래고 명나라에는 공식적 문서를 보내 국가의 체통을 지키자는 것이었다. 두 번째는 내실을 다져 앞으로 닥칠지 모를 전쟁에 대비해야 한다는 주장이다. 외교적 실리를 추구하면서 전쟁의 화를 뒤로 미루려는 최명길의 입장이 반영된 것인데 실제로 1636년 4월 후금이 국호를 청으로 고치고 홍타이지가 황제의 자리에 올랐을 뿐 아니라 12월에 호란이 발발했으니, 그의 상황 판단과 대응은 그만큼 정확했다 하겠다.

그러나 최명길의 바람과 달리 후금의 사신들은 생명의 위협을 느낀 채 쫓겨나다시피 도성을 빠져나가야만 했다. 이때 구경꾼들이 길을 가득 메웠고, 아이들은 일행에게 욕설을 퍼부으며 돌을 던졌다고 한다. 그런데도 조정의 의론은 화의할 것인지 싸울 것인지조차 제대로 결정을 내지 못하고 있었다. 사직의 존폐와 국가의 존망을 결정할 외환이 목전에 닥쳤음에도 의리와 명분만을 좇느라 조선 조정은 우왕좌왕하고 있었다.

조선을 살리는 길, 丙子封事 第二
완화(緩禍)와 전수(戰守)

엎드려 아룁니다. 신은 지난 다섯 달 동안 애썼으나 겨우 한 차례 입시하였습니다. 구구한 신의 정성으로 진술코자 한 것이 몹시 많았으나 신이 평소 말주변이 부족한 데다 큰 병을 앓은 뒤끝에 정신이 혼미하고 심란해서 열에 서넛도 들어 말씀드릴 수가 없었습니다. 아뢴 말씀 또한 어느 것 하나도 가납한다는 말씀을 입지 못하고 보니 진실로 제 말이 쓰기에 부족했음을 알겠습니다. 하지만 마음속에 개연함이 없을 수 없습니다. 서쪽 변방의 일 같은 한 가지 일에 이르러서는 가만히 하늘의 뜻을 살펴보니 신의 말을 망령되다 하지는 않은 듯하나 마침내 채택하여 시행하는 실지는 없었습니다. 이는 나라의 안위가 걸린 큰 계책인지라 그저 그만둘 수는 없는 노릇입니다.

근래 대각의 당상(堂上)들은 사람마다 모두 척화(斥和)를 말합니다. 유독 사간원에서 올린 차자 한 편만이 언론이 몹시 바르고 방략이 채택할 만하여 무리를 따라 부화뇌동하는 것에 견줄 바가 아닌 듯하였습니다. 진실로 조정의 뜻이 오로지 화친을 끊자는 데 있다면 회답하는 말이 어찌 이다지도 한결같이 몽롱하고 돌려 변호만 하고 마침내 한 마디 말과 한 가지 계책도 펼 수 없게 한단 말입니까? 이는 원래부터 정한 계책도 없이 단지 구차하게 모면하려는 계책에 지나지 않습니다.

최명길

이미 사간원의 논의를 써서 싸워 지키는 계책을 결단할 수 없고, 또 신의 말을 써서 화를 늦추자는 꾀를 쓰지도 못하게 되었습니다. 하루아침에 오랑캐가 말을 타고 몰려오면 고작해야 체신(體臣)은 강화도에 들어가 지키고 수신(帥臣)은 물러나 정방산성(正方山城)에 처하는 데 지나지 않을 것입니다. 청천강 북쪽의 여러 고을은 진실로 장차 적에게 내주게 될 터이고 안주성 하나만으로는 형세가 반드시 홀로 보전할 수 없을 것입니다. 모든 백성들은 어육(魚肉) 신세가 되고 종묘사직은 달아나게 될 것이니 이 같은 지경에 이르러 그 허물을 장차 누가 책임지겠습니까?

신의 어리석은 생각으로는, 대가(大駕, 임금의 수레)를 진주시키는 것이야 비록 가볍게 논하지 못한다 해도 체신과 수신은 모두 평안도에 관부(關府)를 열고, 병마절도사 또한 의주에 들어가 주둔한 뒤에 제장들과 물러나지 않기로 약속해야만 싸워서 지키는 방법에 합치됩니다. 또 심양에 조서를 보내 군신 간의 대의를 다 갖추어 말하되 추신사(秋信使)를 들여보내지 못한 연유를 말해 주어야 합니다. 한편으로는 오랑캐의 정황과 형세를 살피고 다른 한편으로는 저들의 답변을 따져 보아야 합니다. 만약 저들에게 특별히 다른 마음이 없어 형제 사이의 예를 쓰게 되면, 호안국(胡安國)이 논한 바대로 "잠시 앞서 한 약속을 지키며 안으로 정사를 닦아" 뒷날을 도모하여 석진(石晉)의 전철을 밟지 않도록 힘써야 합니다. 만약 그렇게 하지 못한다면, 의주를 고수하여 성을 등진 채 일전을 벌여 나라의 안위를 국경에서 결정해야 합니다. 비록 계획이 만에 하나 잘못되더라도 손을 놓고 망하기만을 기다리는 것보다는 나을 것입니다. 이것을 버리고 도모하지 않은 채 한결같이 어물거리면 싸우자고 말하려 해도 의심하고 두려워하는 마음이 없을 수 없고, 견제하자고 말하려 해도 비방하는 논의가 일어날까 염려하게 됩니다. 그러면 이래저래 미치지 못하여 진퇴를 의지할 데가 없게 됩니다. 강물이 곧 얼 터이니, 이른바 "너희들 의견이 정해졌을 때는 나는 이미 강을 건넜을 것이다."라는 것에 불행히도 가깝습니다.

신은 참으로 애통합니다. 지금 비록 이미 늦었지만 오히려 할 수가 있습니다. 엎드려 전하께 바라옵니다. 신의 이 차자를 조정에 내려보내 전처럼 덮어 두지 않게 하시고, 신속하게 의논케 하여 뒷날의 후회가 없게 하면 참으로 다행이겠습니다. 처분을 기다립니다.

해설

1636년 9월 5일 최명길이 인조에게 올린 두 번째 차자다. 앞서 실린 최명길의 첫 번째 차자가 올라가자 대간의 탄핵이 빗발쳤고 이후 조정의 논의는 척화론으로 기울어 전수론(戰守論)이 대두되었다. 외교와 내치를 통해 전쟁을 막으려 했던 자신의 주장이 제대로 쓰이지 못하고, 싸워서 지키는 전수의 방법마저 제대로 된 꼴을 갖추지 못하자 최명길은 한 차례 더 글을 올렸다.

최명길이 밝혔듯 당시 조선에서 취할 수 있는 전략이라고는 강화도로 대가를 옮기고 황해도 황주에 있는 정방산성을 지켜 후일을 도모하자는 것이 전부였다. 싸워서 지키자는 의견만 분분했을 뿐 어떻게 싸워서 지킬 것인지에 대한 구체적 대안은 전혀 없었다. 게다가 이 대안마저 청나라에 고스란히 노출되고 말았다. 실제로 1636년 3월 7일에 청나라와 단교한다는 사실과 방어 태세를 철저히 하라는 인조의 명령서를 가지고 평안 감사 홍명구(洪命耉)에게 전달하러 가던 전령이 용골대 일행에게 붙잡히는 사건이 발생하기까지 했다.

이에 최명길은 완화와 전수를 종합한 방어 대책을 마련하여 인조에게 다시 바쳤다. 체찰사와 절도사로 하여금 평안도에 관부를 열어 북방 경계를 강화하게 하고 병마절도사로 하여금 의주에 주둔케 하여 전쟁이 발발하더라도 국경에서 일전을 치러 훗날을 도모할 수 있도록 했다. 더하여 청나라에 사신을 보내 외교 관계를 이어가되 그 형세를 살펴 상황에 맞게 대처하도록 했다.

하지만 이마저도 제대로 받아들여지지 않았고 지천의 우려대로 그해 12월 9일 압록강을 건넌 청나라 12만 대군은 어떤 저지도 받지 않은 채 심양을 떠난 지 10여 일 만에 서울까지 다다랐다. 남한산성에서 버티던 인조는 마침내 40여 일 만에 굴욕적인 항복을 선언할 수밖에 없었다. 예전 후진(後晉)의 제2대 왕인 출제(出帝)가 상황을 오판하여 거란과의 외교 관계를 끊고 강경하게 대처하다 건국 10년 만에 멸망하고 말았던 석진(石晉)의 전철을 그대로 밟은 셈이었다. 뒷날의 후회가 없기를 바랐던 최명길의 염원은 그렇게 허망하게 끝을 맺고 말았다.

1636년을 전후하여 정치가이자 관료로서 최명길이 보여 준 입장과 태도는, 비록 명분론자들에 의해 비판되고 폄하되었던 것은 사실이나 다시금 생각해 보아야 한다. 나라의 존망을 결정할 수 있는 외부 변화에 제대로 대응하지 못한 채 우왕좌왕 어물대다 나라를 빼앗기고 국토가 반쪽이 난 경험을 가진 우리에게 최명길과 그를 둘러싼 역사적 논쟁은 충분히 음미할 만한 가치가 있다. 이미 늦었지만 아직 할 수 있다던 최명길의 마지막 목소리가 다시는 역사에 되풀이되지 않기를 기대해 본다.

나는 조선의 신하다   與張谿谷書 八書

삼가 문안드립니다. 이러한 때 애형(哀兄)께서는 기력을 어떻게 유지하시는지요? 봄철이 반 넘어 지나고 보니 생전에 효를 다하지 못한 아픔이 더욱 새로우리라 여겨집니다.

인하여 생각해 보니 금번 남한산성의 포위에서 벗어나면서 만 번 죽을 고비에서 한 번 살아남을 얻어 임금과 나라를 보전하여 함께 옛 도읍으로 돌아왔으니 이는 불행 중 다행이라 말할 만합니다. 하지만 돌이켜 생각하면 동방의 예의지국이 정백(鄭伯)이 양을 끌고 간 탄식을 면치 못하였으니 우리가 임금의 뜻을 받들어 보좌함에 불충이 아닐 수 없습니다. 아우가 청나라 진영으로부터 뒤늦게 돌아와 보니 형의 장인이신 청음 김상헌 대감과 동계(桐溪) 정온(鄭蘊) 대감은 척화의 영수로서 임금께서 적진의 포위를 벗어나 종사를 보존하고 평안하게 환도한 것을 문안조차 하지 않고 나란히 벼슬을 버리고 고향으로 돌아갔다고 하더군요.

척화의 청론(淸論)은 위로는 명나라 조정을 위하고 아래로는 사대부의 여론을 붙든 것으로 천지의 떳떳한 길이자 고금에 통하는 의리입니다. 그것을 정론으로 삼는 것은 비록 삼척동자라 해도 모두 아는 바입니다. 우리 또한 어찌 모르겠습니까? 다만 우리는 이미 동국의 신하이니 우리 임금을 생각지 않고 오로지 중국 조정만을 위하는 것은 앞뒤가 뒤바뀐

혐의가 없을 수 없습니다. 만력 황제가 우리나라를 다시 만들어 준 은덕은 우리나라의 군신이라면 누군들 감격하여 받들지 않겠습니까? 하지만 만약 우리나라가 존망의 즈음에 이르게 된다면 어찌 지난날 재조(再造)의 은덕만을 위해 스스로 망하는 길로 나서겠습니까?

이럴진대 동방의 나랏일을 맡은 신하가 반드시 명나라를 위해 내 나라를 망하게 하지 않는 것은 의리에 당당하고 선현의 가르침과도 실로 부합됩니다. 하지만 김상헌, 정온 두 대감은 도리어 이러한 의리에 어두워 나라를 보전한 뒤에 한갓 척화의 청론만을 숭상하니 의리로 중도를 붙드는 것이 과연 어렵다 하겠습니다. 퍼런 칼날을 밟을 수는 있지만 중용은 능히 할 수가 없다는 논의가 진실로 헛말이 아닙니다.

비록 그러나 이미 지나간 일은 버려두어 논하지 않는다 해도 앞으로 닥칠 일이 또 난처한 점이 많으니 이를 장차 어찌합니까? 형처럼 고명한 사람은 불행하게도 죄로 칩거하고 있고 나같이 식견이 얕은 사람이 불행하게도 전형(銓衡)을 맡고 있습니다. 가뜩이나 비방은 많고 도움은 적었던 몸인지라 홀로 뭇 화살과 회초리 속에서 견디고 있습니다. 장차 청론의 사이에서 어떻게 해야 잘 처신할 수 있을는지요?

하도 못난 사람이다 보니 청론을 진정시키기가 백등(白登)의 포위망을 푸는 것보다 더 어렵습니다. 어쩔 수 없이 지나치게 날카로운 기세를 조금 눌러 그 동정을 살핀 뒤에 천천히 죄를 풀고서 등용하는 것 외에는 다른 방법이 없을 듯합니다. 애형의 뜻은 어떠신지 모르겠군요. 형은 이미 나라를 보전하는 일을 함께했고 또 한편으로는 청론을 아우르고 있는지라 이번에 우러러 의논하는 것입니다. 비록 상중에 있다 해도 잘 살펴 인도해 주시기를 바라고 또 바랍니다. 갖추지 않습니다.

해설

병자호란이 끝난 1637년 2월에 계곡 장유에게 보낸 편지다. 병자호란 직후 척화의 청론이 지배적인 정치 상황 속에서 주화(主和)의 수장으로서 국정을 운영해야 했던 최명길의 고뇌가 잘 담겨 있다. "청론을 진정시키기가 백등의 포위망을 푸는 것보다 더 어렵습니다."라고 한 말에서 고뇌의 크기가 짐작된다.

1637년 2월 1일 김상헌은 백형(伯兄) 김상용(金尙容, 1561~1637년)이 강화도에서 순절했다는 소식을 듣고 그달 7일에 안동 풍산으로 내려가 학가산(鶴駕山) 서미동(西美洞)으로 들어갔다. 그해 4월에 인조를 호종한 공로로 숭록대부로 가자(加資)되었으나 이 또한 상소하여 사양했다. 최명길의 화의를 배척하고 죄를 청했을 뿐 아니라 항복 당시 자결을 시도했던 정온 또한 4월에 고향인 거창으로 내려가 지석(支石)에 우거했다.

척화 청론의 두 수장이 보여 준 이러한 행보는 전형을 맡아 국정을 운영해야 했던 최명길에게는 큰 걸림돌이 아닐 수 없었다. 인조의 항복으로 비록 전쟁은 일단락되었지만 이후 산적한 문제를 제대로 해결하기 위해서는 국론을 하나로 모으는 것이 급선무였다. 그러나 대명의리론에 기반을 둔 척화론자들은 최명길의 국정 운영에 동참할 수도 힘을 실어 줄 수도 없는 상황이었다. 이들 사이는 건널 수 없는 강이 놓인 것처럼 멀어 보였다.

이에 최명길은 김상용의 사위로 청론을 겸하였지만 병자호란 당시 공조 판서로 강화론을 주장했던 장유에게 청론을 진정시킬 방안을 물었던 것이다. 이때 최명길은 '조선의 신하는 조선의 사직과 백성을 우선시해야 한다'라는 민족적 주체 의식과 '척화의 청론이 천하의 바른 이치지만 자신의 나라를 멸망시키면서까지 지켜야 할 것은 아니다'라는 현실론적 주화론을 바탕으로 자신의 정치적 입장을 드러내고 동조를 구했다. 개인의 명리를 위해 청과의 강화를 주장했던 것이 아님을 분명히 함으로써 새로운 돌파구를 찾으려 했던 것이다.

그러나 최명길의 이런 생각과 입장은 오랫동안 제대로 이해되지 못했고 그만큼 그에 대한 평가도 박했다. 김만중이 『서포만필(西浦漫筆)』에서 지천을 두고 "스스로 직분을 다하여 마음에 부끄러움이 없는 사람"이라 평하고, 병자호란 뒤 척화의 청론을 주장했던 사람들은 "조정을 더럽게 여기고 거기에 들어가면 자신도 더럽혀질 것같이 여겼다."라고 비판하면서 비로소 합리적 이해와 공정한 논평이 이루어졌다. 차분한 설득의 논조 속에 나라를 위한 충정이 깊이 스며든 글이다.

장유

張維

1587~1638년

본관은 덕수(德水), 자는 지국(持國), 호는 계곡(谿谷)·묵소(默所), 시호는 문충(文忠)이다. 관직은 우의정에 이르렀으며 사후 영의정에 추증되고 신풍 부원군에 추봉되었다. 김장생의 문인으로 우의정 김상용의 사위이자 효종 비 인선 왕후(仁宣王后)의 아버지이기도 하다. 천문·지리·의술·병서 등에 능통했고 서화와 특히 문장에 뛰어나 이정귀·신흠·이식 등과 더불어 사대가(四大家)로 일컬어졌다. 그를 두고 송시열은 "위로 한유와 구양수를 넘겨다보았으면서도 의리가 정자와 주자를 위주로 했으므로 상하 오륙백 년 사이에 그와 더불어 견줄 만한 이가 없다."라고 했고, 김상헌은 "문장의 규모는 목은 이색만 못하지만 정치함은 나았고, 문장의 아름다움은 목은 이색보다 조금 떨어지지만 문장의 이치는 더 치밀했다. 공의 문장은 훌륭하다 이를 만하다."라고 칭송했다. 일찍이 양명학을 접하고 주자학의 편협한 학문 풍토를 비판했던 그는 이식에게 육왕 학파(陸王學派)로 지목되기도 했지만, 주자학과 당송 고문의 자장 안에서 자기 세계를 구축한 조선 중기의 대표 문인이다.

후세에 전할 만한 문장

白沙先生集序

하늘이 세상의 도를 위해 염려하는 것이 지극하다. 평지가 비탈이 되고, 비탈은 또 평지가 된다. 세상에 변화가 없을 수 없는 것은 세상의 운수와 관계되므로 하늘 또한 능히 어찌할 수 없다. 하지만 변화가 장차 일어나려 할 때는 하늘이 반드시 영웅과 호걸을 내어 그에게 책임을 맡겨서, 그로 하여금 공적을 이루게 하거나 풍도(風度)의 매서움을 세우게끔 한다. 이 세상의 도리가 마침내 여기에 힘입는다. 이 같은 사람은 태어날 때부터 실로 천지의 보기 드문 기운을 얻어 우뚝하게 서니 죽고 삶에 따라 드러나거나 가려지지 않는다. 그럴진대 일상에서 웃으며 나눈 자투리 이야기도 후세가 모두 소중하게 여길 만하다. 옛사람은 너무 멀고, 근대에서 구한다면 돌아가신 정승 백사(白沙) 이항복(李恒福) 공이 이에 거의 가까운 분이다.

우리나라는 임진년(1592년) 이래 큰 변고를 만난 것이 세 차례다. 왜구의 변란에 나라가 망하지 않고 명맥이 겨우 한 터럭만 남았을 때, 공이 앞장서 큰 계책을 세워 중국에 구원을 청했다. 이후 병조 판서를 맡아 임금의 계책을 보좌하면서 앞뒤로 부지런히 뜻을 아뢰어 마침내 중흥의 사업을 이루었다.

그 후 정응태가 우리를 무고하니 재앙의 맹렬한 기미가 임진년보다 극심했다. 당시 천자가 한 번만 잘못 판단했더라면 차마 말로 하지 못할 일이 있을 뻔했다. 조정 신하들은 기운을 잃고 움츠러들어 누구도 앞에 나서 그 예봉과 노여움을 감당하려 들지 않았다. 공이 한 대의 수레로 왕명을 받들고 나아가 황제의 뜨락에서 호소함으로써 나라의 무고를 깨끗이 씻고 임금의 근심이 풀어지게 했다. 그 공이 더욱 위대하다 하겠다.

세대가 바뀌어 인륜의 변고를 만나매 간악한 신하가 악인과 어울려 임금의 어미를 폐할 것을 청했다. 금용(金墉)의 재앙이 아침저녁 사이로 닥치자 인륜의 도리는 하루아침에 땅에 떨어지고 말았다. 바야흐로 칼과 톱, 솥과 가마 따위의 형구(刑具)를 늘어놓고 기세를 돋워 모두들 말할 때, 공만이 눈을 밝게 뜨고 담력을 펼쳐 한마디 말을 토해 부자와 군신의 의리를 결정했다. 마침내 이 일로 인해 먼 변방으로 귀양 가서 세상을 떴다. 하지만 공의 한마디 말에 힘입어 지척의 장추궁(長秋宮)에 마침내 헤아릴 수 없는 변고가 더해지지는 않았다. 이렇게 볼 때 그가 버티어 붙든 바는 말로 다할 수가 없다. 우뚝이 천지에 드높다 해도 좋을 것이다.

우리나라는 지난 이백 년간 태평스러웠다. 불행히도 공의 시대에 이르러 세 차례나 큰 변고를 만났다. 하지만 세 차례 기특한 절개를 세워 사직을 길이 이어지게 하고 인륜을 다시 펴게 했다. 진실로 하늘이 이를 내서 세상에 드문 뛰어난 기상을 얻은 것이 아니라면 뉘 능히 여기에 참여할 수 있겠는가?

공은 재주가 몹시 높고 학식이 대단히 넓어 문장을 지으면 기특한 기운이 있었다. 문사와 생각이 넘쳐흘러 홀로 얽매이지 않았다. 지극한 것은 옛사람과 큰 차이가 없었고, 지극하지 않은 것도 지금 사람이 능히 미칠 수 있는 바가 아니었다. 하지만 공은 문장에 그다지 마음을 쏟지 않았다. 지은 글도 원고를 버려두고 간수하지 않았다. 이 때문에 남은 것이 그리 많지 않다. 아! 어찌 또한 많기를 기대하겠는가? 숙손표(叔孫豹)는 썩지 않을 일을 논하면서 입언(立言)을 가장 뒤에 두었다. 문장은 또 입언 중에서도 아름답게 꾸민 것이다. 공이 수립한 것은 절로 천추에 환히 빛날 만하다. 구구하게 문사가 전해지고 전해지지 않음을 가지고 공의 경중을 따질 수는 없다. 하지만 공의 풍모를 사모하는 사람의 입장에서 이를 꾀한다면 진부한 말단의 자취라도 모두 길이 전하려 들 터인데 하물며 정신을 쏟아 언어로 표현한 것이야 말해 무엇 하겠는가?

공이 세상을 떠난 지 벌써 열두 해가 지났지만 문집은 여태 간행되지 못했다. 마침 관동 관찰사 이현영(李顯英) 공과 강릉 부사 이명준(李命俊)이 모두 예전 공의 문객이었다. 개연히 뜻을 합하여 공의 유고를 모아 판각했다. 공의 여러 아들이 내게 서문을 써 달라고 부탁했다. 부족한 내가 젊은 시절 한마을에 살면서 댁으로 공을 찾아뵈었다가 공이 국사(國士)라 높이 사 주었던 일이 있다. 이제 고루한 말로 꾸며 이 일을 돕는 것을 의리상 감히 사양할 수가 없다. 그런 까닭에 공의 평생을 간략하게 서술해 하늘이 공을 낸 것이 우연한 일이 아님을 보였다. 오호라! 그렇지 않다면 문장이 비록 아름답다 한들 어찌 족히 후대에 전해지겠는가? 뒷날 이를 살펴보는 자들 또한 근본으로 삼아야 할 바를 알게 될 것이다.

해설

백사(白沙) 이항복(李恒福)의 문집에 붙인 서문이다. 1629년 강릉에서 『백사집』이 처음 간행될 때 썼다. 당시 이항복은 공덕(功德)의 측면에서

주로 평가되었는데, 신흠이 「춘성록(春城錄)」에서 "젊고 재주가 있는 사대부 중에 이덕형과 이항복 같은 이들은 문장을 가지고 신명을 다 바침으로써 끝내 나라에 큰 쓰임이 되었다."라고 말했듯 실제로는 문학에서 이룬 공도 적지 않았다.

장유는 도입부에서 이항복을 하늘이 내린 사람이라 이르고, 그가 이룩한 큰 사업을 세 차례의 변고와 관련지어 설명했다. 임진왜란 당시 명나라에 구원을 요청하고 병조 판서로서 누란의 위기에 처한 나라를 구한 일, 1598년 명나라 병부 주사 정응태가 "조선에서 왜병을 끌어들여 중국을 침범하고 요동을 탈환하여 고구려의 옛 땅을 회복하려 한다."라고 무고하자 직접 명나라로 가 변무(辨誣)해서 오해를 풀었던 일, 그리고 1618년(광해군 10년) 광해군이 인목 대비를 유폐하려 할 때 끝까지 당당히 반대하다가 함경도 북청으로 귀양 가 인륜을 세웠던 일을 꼽았다. 국가적 위기가 닥칠 때마다 활약했던 사실을 들어 이항복이 지닌 거인의 풍모를 드러내 보였다.

문장에 대해 논한 단락에서는 단지 기특한 기운이라고 했을 뿐 특별히 높이지는 않았다. 문집에 수록된 글은 그의 문인이었던 이현영과 이명준이 흩어진 원고들 중에서 모은 것이었으므로 썩 정제된 상태는 아니었다. 장유는 이 점이 조금 불만스러웠던 듯 숙손표의 삼불후(三不朽)의 주장을 가져와 설명을 덧붙였다. 삼불후의 주장은 입덕(立德)이 가장 훌륭하고 입공(立功)은 그다음이며 입언(立言) 즉 글을 지어 남기는 것은 가장 마지막이라는 내용이다. 글의 서두에서 열거한 뛰어난 공로들이 입공에 해당한다면, 이항복이 입언에는 크게 신경 쓰지 않았음을 여기에서 밝힌 것이다.

젊은 시절 장유는 한마을에 사는 이항복을 찾아가 뵌 일이 있었다.

그의 문장을 본 이항복은 장유를 국사(國士)라고 칭찬하며 훗날 대성할 것을 축원해 주었다. 한 인물의 사적은 문장의 힘을 빌려 전해지지만 실지가 없다면 문장이 아름다울지라도 전해지지 않는다는 말로 글을 마무리 지었다. 그러면서 후인들에게 문장보다 덕행과 공업에 더 힘을 쏟을 것을 주문했다.

기발하거나 파격적인 배치가 있는 글은 아니다. 하지만 차분하고 정연한 논리로 이항복의 사람됨을 일목요연하게 드러냈다. 차곡차곡 단계를 밟아 핵심을 드러내고 부족한 점은 덮어 주었다. 글쓴이의 온유돈후한 바탕이 잘 드러난 문장이다. 목은 이색에 견줘 문장의 아름다움은 떨어지지만 문장의 이치는 더 치밀했다고 한 김상헌의 평가와 잘 어울린다. 장유의 대표작 가운데 하나로 후대의 선집에 두루 실렸다.

벼슬길의 마음가짐

送吳肅羽
出牧驪州序

지위가 높으면 영예롭게 여기고 지위가 낮으면 부끄럽게 생각하며, 외직은 가볍게 여기고 내직은 중하게 여기는 것이야말로 벼슬하는 자들의 공통된 마음이다. 그러나 군자의 벼슬살이는 의리를 추구할 뿐 이익을 따르지 않는다. 지위가 높아도 그 직책을 수행할 만하지 않으면 낮은 지위에서 편안히 지내는 것만 못하다 여긴다. 내직이라도 뜻을 펼 수 없으면 외직으로 나가 만족스럽게 지내는 것만 못하게 생각한다. 과거 군자들이 조정에 서 있으면서 지녔던 마음가짐은 대체로 이와 같았다.

세상에서 중하게 여기는 것으로는 장상(將相)이 으뜸이고, 대성(臺省, 조선 시대 사헌부와 사간원의 통칭)과 관각이 그다음이다. 하지만 내가 조정을 살펴보니 장상이 된 사람 중에 임금을 높이고 백성을 보호하면서 변방을 안정시키고 적을 제어하는 일을 제대로 수행한 자가 있었던가? 대성과 관각에 몸담은 자들 중에 곧은 말을 하고 안색을 바로 하면서 허물을 바로잡고 잘못을 규찰하는 일을 제대로 수행한 자가 있었는가? 사정이 이와 같은데도 직책을 수행하고 뜻을 펼친다고 말한다면 나는 그 말을 믿지 못하겠다.

일찍이 이에 대해 생각하다가 그 까닭을 알았다. 그 사람들이 모두 재주가 없어서가 아니라 형세가 좋지 않아 그리되었으며, 지금만 좋지 않은 것이 아니라 그 유래가 오래되었다. 시대에 구속되고 형세에 구애받는다면 비록 적임자라 할지라도 장차 무엇을 할 수 있겠는가?

외직의 경우는 이와 다르다. 하나의 작은 고을이라 할지라도 사방 경계 안에서는 명령이 모두 이행되고 혜택이 끝까지 미친다. 이익이 되는 일은 언제든 일으킬 수 있고, 해가 되는 일은 어느 때고 제거할 수 있다. 즉 위에서 어떤 일이 내려오면 자신이 어찌해 볼 수가 없지만 방편을 써서 알선하는 일은 자신에게 달려 있다. 뜻을 펼치고 직무를 수행하는 것이 내직에 있는 자와 비교해 아주 다르다. 이는 다름이 아니라 내직에 있는 자들은 임금 쪽에 가까워 형세가 나뉘는 반면, 외직에 있는 자들은 백성 편에 가까워 형세가 온전하기 때문이다.

오숙우(吳肅羽) 공은 일찍부터 재주가 민첩하다고 일컬어졌다. 중요한 직책을 두루 거친 뒤 관동 관찰사로 나갔다가 부모의 상을 만나 관직을 떠났다. 상복을 벗은 뒤로는 승정원에 들어가 임금을 모셨다. 얼마 못 되어 외직을 원해 여주로 나가게 되었다. 여주는 작은 고을인지라 의논하는 자들은 임금을 가까이에서 모시던 그가 이곳에 나가는 것을 적절치 않게 여겼다. 오숙우만 홀로 자기 뜻대로 되었다며 즐거워했다. 그를 아는 사람 중에 어떤 이가 이렇게 말했다. "숙우는 집에 부모님이 계시니 여주가 비록 작은 고을이지만 지역이 가까워 봉양하기에 편할 것이다. 더욱이 이 고을은 후미져 일이 적고 강산과 누각의 좋은 경치가 있으므로 백성을 다스리는 여가에 글을 읽고 좋은 경치를 찾아다니며 유유자적할 수 있을 것이다. 이것이 숙우가 기뻐한 이유이다."

나도 물론 이 일이 진실로 기뻐할 만하다고 생각한다. 하지만 숙우의 뜻이 꼭 여기에만 있는 것은 아니다. 그는 항상 가슴속에 품은 재주를 스스로 기특하게 여기며, 세상 사람들이 영화롭게 여겨 부러워하는 것들을 달갑게 여기지 않았다. 오히려 백성과 사직이 있는 곳을 떠맡아 정사를 시험하고 은택을 베풀어 훗날 경세제민(經世濟民)의 기틀을 다지려했다. 그의 뜻은 이렇듯 원대하다. 세상 사람들이 어찌 이를 알 수 있겠는가? 때마침 그가 길 떠날 채비를 하면서 나에게 한마디 말을 청하므로 이 글을 써서 준다.

해설

벗을 떠나보내며 써 준 송서(送序, 증서(贈序))다. 글의 주인공인 오숙(吳翻, 1592~1634년)은 조선 중기의 문신으로 본관은 해주, 자는 숙우(肅羽), 호는 천파(天坡)다. 1612년 승문원권지정자를 시작으로 병조 좌랑, 사간원 정언, 예조 참의, 승문원 부제조, 경상도 관찰사, 황해도 관찰사 등 내외의 주요 관직을 두루 거쳤다. 1627년 정묘호란이 발발했을 때는 강화도로 임금을 호종했다. 1633년 황해도 관찰사 재임 시에는 명나라 장수 모문룡이 평안도의 가도에 입도한 일로 경색된 대청 관계를 원만히 해결하는 데 일조했다.

 이 글은 1631년(인조 9년) 형조 참의로 있던 오숙이 여주 목사로 나갈 때 전송하며 써 준 글이다. 겉으로는 재주와 능력에 비해 낮은 직책을 맡아 외직으로 떠나는 오숙을 위로하고 부모를 봉양하며 유유자적한 삶을 즐기려는 그의 뜻을 긍정하면서, 안으로는 당대 사대부들이 벼슬길에 임하는 이기적인 태도를 질타하며 군자의 바른 자세를 밝히고 있다.

 군자의 벼슬살이는 지위의 높낮이나 내외직을 구분하지 않고 오직 의리에 합당한가와 품은 뜻을 펼칠 수 있는가를 따지는 것이 옳다. 하지만 다들 영예로운 내직만을 얻으려고 전전긍긍하며 애를 쓴다. 그런 그들에게 오숙의 여주 목사 임명은 좌천임에 분명하다. 부모 봉양과 유유자적하는 삶이란 자기 위안 삼아 대는 핑계로만 들린다. 장유는 그가 외직을 맡고서야 비로소 경세제민의 뜻을 펼칠 수 있을 것이라고 하면서 오숙의 여주행을 축원했다.

기발하고 논쟁적인 전개가 돋보이는 최립의 증서나 논리의 참신함과 형식의 파격이 일품인 유몽인의 증서에 견줘 보면 장유의 증서는 다소 밋밋한 느낌이다. 하지만 서거정이나 성현 등에서 보이는 칭송과 축원 위주의 글쓰기를 지양하고 의리를 천명하여 엄격하고 정대한 논의의 전범을 보였다는 점에서 그의 글은 높은 평가를 받았다. 김창흡(金昌翕)과 안석경(安錫儆) 등 여러 후학들이 그의 글을 높이 샀다. 그뿐 아니라 김택영(金澤榮)의 『여한십가문초(麗韓十家文抄)』, 서유비(徐有棐)의 『동문팔가선(東文八家選)』, 송백옥(宋伯玉)의 『동문집성(東文集成)』 등 후대의 주요 선집에도 이 글은 그의 대표작 중 하나로 예외 없이 수록되었다.

몰래 닦아 간직하게   潛窩記

처음 이명준(李命俊)이 잠와(潛窩)에 대한 기문을 청했을 때 그런 집은 있지도 않았다. 올해 그가 병으로 관직을 그만두고 내려오면서 그 집도 완성되었다. 사람을 보내 "잠와가 이제 비로소 내 소유가 되었다네. 자네가 끝내 한마디 말이 없을 수 있겠는가?"라고 하기에 내가 승낙했다.

무릇 잠(潛)에 대한 주장은 『주역』 건괘(乾卦)의 초효(初爻)와 『서경』 「홍범(洪範)」의 삼덕(三德) 가운데에서 처음으로 보인다. 『주역』에서는 때(時)를 가지고 말했고, 「홍범」에서는 재주(才)를 가지고 말했다. 재주가 고명함에 이르지 못한 것을 침잠(沈潛)이라 한다. 드러나거나 도약할 때가 아니면 의리상 침잠하는 게 마땅하다. 배워도 그 재주를 헤아려 보지 않으면 성취가 없다. 움직여도 때에 맞지 않으면 불길하다. 이것이 바로 성인께서 경계하신 뜻이다. 지금 이명준이 '잠(潛)'이란 글자에서 취하려는 뜻도 이와 다르지 않다.

이명준은 젊어서 장원으로 뽑혀 높은 재주와 곧은 기상으로 벼슬길에서 중망이 높았다. 직분을 맡기면 모두 잘 처리한다는 평이 있었다. 이명준의 재주는 지나칠망정 부족함은 없었다. 중년에 연거푸 어려운 처지에 빠졌던 것은 시운(時運) 때문이었다. 나라가 중흥하고 밝은 임금이 다스리는 때를 만나서는 몇 년 사이에 빠르게 승진해 재신(宰臣, 이품 이상의 벼슬)의 반열에 올랐다. 그가 대각에 있으면 대각이 무거워졌고, 관찰사를 맡아 나가면 그 지방이 제대로 다스려졌다. 최근에는 또 강직한 말로 의론을 펼쳐 임금에게 가상하다는 칭찬을 받아 사간원의 책임자로 발탁되었고 곧바로 병조 참판에 제수되었다. 지금 비록 병 때문에 내려와 한가롭게 지내고 있으나 그가 시운을 만나 능력을 발휘해야 할 때는 아직도 끝나지 않았다. 이와 같은데도 잠(潛)이라 자처한다면 명실이 상부하겠는가?

내 생각에는 이명준의 고아한 뜻으로 보아 스스로 품은 바가 있어 이렇게 말한 것이다. 무릇 밝음은 어둠에서 생겨나고, 느껴 통하는 것은 조용한 곳에서 이루어진다. 감춤은 드러남의 뿌리요, 고요함은 움직임의 주재자다. 자벌레는 구부리지 않고는 펼 수가 없고, 용과 뱀도 칩거하지 않고는 몸을 보존할 길이 없다. 때문에 군자가 도를 행할 때는 안으로 마음을 쏟아 드러내지 않고 감출지언정 분명하게 보여 주지 않는다. 그러다가 때가 되면 몰래 닦아 온 실력이 사해에 펼쳐지고 마음속에 간직해 둔 것이 천지 사이에 표준이 된다. 잠(潛)의 효용이 이처럼 분명하니, 이명준의 뜻 또한 여기에 있는 것이 아니겠는가? 한나라 양웅은 "하늘에 침잠하면 하늘이 되고, 대지에 침잠하면 대지가 된다."라고 했다. 또 "공자는 문왕에 침잠했고, 안연은 공자에 침잠했다."라고 했다. 잠(潛)에 대한 이전 논의는 이 말 속에 다 갖춰져 있다. 후한 때 왕부(王符)의 「잠부론(潛夫論)」 같은 것은 비루하고 피상적이어서 이명준에게 말해 주고 싶지 않다.

해설

잠와(潛窩)의 주인인 이명준(李命俊, 1572~1630년)은 인조 때의 문신이다. 본관은 전의(全義), 자는 창기(昌期), 호는 잠와·진사재(進思齋)다. 1603년(선조 36년)에 장원으로 급제한 뒤에 벼슬이 병조 참판에 이르렀다. 그는 성품이 강직하고 의지가 굳은 인물로 정평이 나 있었다. 당시 인목 대비의 폐위를 반대하다 이항복이 유배되자 상소를 올려 이 일을 탄핵하려 했으나 여의치 않자 물에 뛰어들어 죽으려고까지 했던 인물이다. 1630년 8월에 병조 참판에 제수되었지만 나가지 않고 전부터 살던 양천으로 돌아와 장유에게 기문을 청했다.

장유는 우선 이명준을 위해 기문을 쓰게 된 계기를 간략히 기술한 뒤에, 당호(堂號)인 잠(潛)의 의미를 『주역』을 인용해 '재주가 고명한 데 이르지 못한 상태'라 규정한다. 그러고는 이명준이 관직에서 이룬 현달을 들어 당의 이름과 주인의 삶이 서로 일치하지 않는다며 짐짓 시비를 거는 듯이 말한다. 하지만 다음 단락에서 바로 수렴을 통해 마음을 길러 때를 기다린다는 뜻으로 잠의 의미를 새롭게 규정함으로써, 그의 삶을 다시금 긍정하고 당호와 집주인 사이에 괴리가 없음을 밝혔다. 이로써 당호에 담은 이명준의 뜻과 심신의 수양을 지향하는 장유의 뜻이 함께 자연스레 드러났다. 병으로 귀향한 것을 알고 있었으므로 빠른 회복을 바라는 마음도 같이 담았다. 하지만 장유의 바람과 축원에도 불구하고 이명준은 그해 12월 22일에 세상을 떴다.

이 글은 장유가 기문을 쓰는 방식을 잘 보여 준다. 기문의 경우 대체로 기사(記事)가 중심이 되지만 장유는 유가의 가치나 의미에 대한 철학적 사유를 가져와 논지를 강화하는 방식을 즐겨 썼다. 특히 당호에서 이

끌어 낸 주장과 주인의 삶이 조응하도록 구성하여 군자의 수양과 유가의 도리를 강조하곤 했다. 상투적이고 피상적인 해석을 경계하고 새로운 의미를 부여하거나 당호에 붙인 주인의 뜻을 깊이 새겨 자신만의 글쓰기를 수립했다.

한 고조가 기신을 녹훈하지 않은 까닭 　　漢祖不錄紀信論

인정에 크게 어긋나는 일을 스스로 마음을 눌러 이치를 거슬러 가며 사람의 본성을 떨치지 않고 한 경우에는 틀림없이 깊은 마음과 감춘 뜻이 있게 마련이다. 하지만 사람들은 이 점을 잘 모른다. 『시경』 「대아(大雅) 억편(抑篇)」에서는 이렇게 말했다. "말은 갚지 않음이 없고, 덕은 보답하지 않음이 없다.(無言不讐, 無德不報.)" 보통 사람은 밥 한 숟가락의 은혜나 한 번 흘겨 째려본 원한조차 반드시 갚으려고 마음먹곤 한다. 하물며 영웅의 자질로 만승(萬乘) 천자의 높은 자리를 차지하여 상 내리고 벌주는 권한을 잡고 있는 경우라면 더 말할 것이 없다.

그런데 유독 자기를 살린 공덕과 임금을 위해 죽은 절개로 그 공적이 사직(社稷)에 남은 사람을 소홀히 하여 아무런 보답도 없는 경우가 한 고조(漢高祖)가 기신(紀信)에게 한 것과 같다면 이것이 과연 인정에 가까운 것일까? 진실로 능히 그 깊은 속뜻을 캐고 은미한 뜻을 밝혀 곧장 그 속마음을 집어내 말해 보겠다. 고제(高帝, 한 고조)가 기신을 봉하지 않았던 것은 깜빡 잊고서 저버린 것이 아니라 부끄러워서 감춘 것이니, 그때 일을 거론하고 싶지 않았던 것일 뿐이다.

아! 형양(滎陽)의 포위는 몹시도 다급했다. 기신이 초(楚)나라를 속이지 않았더라면 고제는 범의 아가리를 벗어날 수가 없었다. 기신이 죽음으로써 고제가 온전했고, 고제가 온전한 뒤에야 한나라가 나라를 이룰수 있었다. 그렇지 않았다면 비록 장량(張良)과 진평(陳平), 한신(韓信)과 경포(黥布) 같은 무리가 백 명 천 명 있다 한들 어찌 천하를 장악할 수 있었겠는가. 이렇게 본다면 기신의 공렬(功烈)은 한나라가 만세토록 잊을 수 없는 것이다. 장량과 소하, 한신 같은 세 호걸도 자리를 사양하여 그 아래에 놓여야 마땅하다.

이윽고 천하가 정해지자 공신을 크게 봉했다. 한 차례 싸운 노고와 한 가지 계책의 기이함조차 녹훈(錄勳)하지 않은 경우가 없었다. 악천추(鄂千秋)와 위무지(魏無知) 같은 경우는 한마디 말로 봉작(封爵)을 얻기에 이르렀으니, 산하(山河)를 두고 한 맹세와 철판에 붉은 글씨로 쓴 문서가 한 세상에 찬란하게 빛났다. 그런데도 기신의 기특한 공과 큰 절개만은 흔적 없이 사라져 아무도 칭찬하지 않았다. 포상하여 보답하는 은혜가 저승에까지 미치지 않았고, 하사하는 은전(恩典)이 자손을 적시지 못했다. 이 일에 대해 어찌 후세의 의논이 없을 수 있겠는가?

고제는 평소에 공 있는 자에게 상을 내리는 데 인색하지 않았다고 일컬어진다. 은혜와 원한에 대해서는 더더욱 틀림없이 갚았다. 예전 아버지가 네 둘째 형의 노력만 못하다고 나무랐던 일에 대해서는 아버지께 헌수(獻壽)하는 날에 원망을 폈고, 맏형수가 국 솥을 긁었던 일에 대한 유감은 마침내 조카를 봉(封)한 이름에서 드러났다. 소하에게는 자신의 돈으로 식읍(食邑)을 보태 주었고, 노관(盧綰)은 한마을 사람이라는 이유만으로 왕에 봉하기까지 했다. 한 가지 은혜와 하나의 원한조차 남겨 두지 않았다고 할 만하다. 그런데 어째서 기신에게만은 이다지도 매정했단 말인가? 대개 그 속에 부끄러운 점이 있었기에 그 일을 감추려 한 것일 뿐이다.

고제는 본래 마음이 교만하고 스스로를 대단하게 여기며 남 속이기를 좋아했다. 항왕(項王)과 싸울 때는 고초를 겪고 꺾여서 백 번 싸워 백 번을 지는 바람에 여러 번 천하의 웃음거리가 되었다. 부끄러움을 머금고 욕됨을 참아 요행으로 공을 이루었고, 마침내 제왕의 지위에 올라 사해(四海)의 제후를 신하로 삼았다. "위엄이 해내를 덮었네(威加海內)"라는 노래에는 우두머리의 마음이 크게 드러났다. 이런 때에는 펼치기를 좋아하고 굽히기를 싫어하게 마련이다. 지난날 뱀이었던 때를 감추고 오늘날 용이 된 것만을 뽐내니 이것은 사람의 정리가 그러하다. 대저 기신이 초나라를 속이고 항복한 것은 기신이 항복한 것이 아니라 고제가 항복한 것이다. 시절이 바뀌고 일이 지나가자 천하의 이목도 바뀌었다. 만약 그 일을 드러내어 작록(爵祿)으로 포상을 내린다면 기신에게야 영예롭겠지만 고제에게는 욕스럽지 않겠는가?

천하 사람이 천자의 위엄과 덕을 우러름은 신명(神明)을 보듯 하는 정도에 그치지 않는다. 하루아침에 그가 황옥거(黃屋車)에 천자의 깃발을 꽂은 채 초나라 군사에게 항복하기를 청해 놓고 겨우 몸만 빠져나왔다는 사실이 원근에 알려져 퍼진다면, 사람들은 갖은 상상을 해 가며 이 일에 대해 떠들어 댈 것이다. 이는 제왕의 신령스러움을 높이고 한나라의 위엄과 명성을 무겁게 하는 것이 아니다. 바로 이 점이 고제가 몹시 꺼렸던 부분이다. 기신의 공을 묻을망정 자신의 명예를 손상시키고 싶지 않았던 것이다. 자신이 은혜를 가볍게 보고 은덕을 잊었다는 나무람을 받더라도 국가의 위엄을 손상하고 무게를 깎아내리는 잘못은 없게 하려 했던 것이다. 신하들도 이 같은 임금의 뜻을 헤아렸다. 이 때문에 유후(留侯) 장량은 옹치(雍齒)부터 봉하는 것에 찬동하고, 등공(滕公)은 계포(季布)의 죽음을 면하게 해 주었으면서도 모두들 기신을 위해서는 아무도 감히 그 원통함을 하소연해 주지 않았다. 이 때문에 잊어서 저버린 것이 아니라 부끄러워 감춘 것이라고 말하는 것이다.

어떤 이가 말했다.

"기통(紀通)이 양평(襄平)의 제후가 되었는데, 기신의 아들이라고들 합니다. 그렇다면 비록 기신을 봉하지는 않았더라도 봉한 것이나 뭐가 다르겠소?"

내가 대답했다.

"『한사(漢史)』「제후표(諸侯表)」의 기록을 살펴보면 기통은 아버지 기성(紀成)의 공으로 봉해졌다고 했소. 기성은 기신이 아닌 것이 틀림없소. 기통을 기신의 아들로 보는 것은 말하는 자의 잘못이오."

"그렇다면 고제가 초나라 속인 일을 감추고 기신을 봉하지 않은 것이 잘했다는 말이오?"

"어찌 그렇기야 하겠소. 형양(滎陽)의 일이 어찌 감출 만한 것이겠소. 이런 일이 아니고서는 왕업(王業)에 어려움이 많고 천명(天命)을 얻기도 쉽지 않음을 보여 줄 수가 없을 것이오. 기신 같은 신하가 있는데 그 충렬(忠烈)을 묻는다면 신하 된 자가 무엇에다 힘을 쏟겠소. 감춰서는 안 될 것을 감추고 물어서는 안 될 것을 물었으니, 고제가 이 일에 있어 두 가지를 잃었다 하겠소."

해설

역사적 사실이나 인물에 대한 글쓴이의 생각을 펼친 사론(史論)이다. 사실이나 이치에 대한 논리 구명을 목적으로 하는 논변류(論辯類) 산문은 역사 인물과 관련 사건을 사론의 방식으로 논평한다. 송대 이후 사론은 논(論)의 하위 갈래의 하나로 자리 잡았다. 명나라 때 서사증(徐師曾)이 지은 『문체명변(文體明辯)』에 관련 내용이 보인다.

이 글은 자기를 살려 준 덕이 있고 군주를 위해 목숨을 바친 절개가 있으며 사직을 보존한 공이 있는 기신에게 아무 보답도 하지 않았던 한 고조 유방의 행위를 논리적으로 비판했다. 자신의 부끄러움을 감추기 위해 숨겨서는 안 될 일을 숨기고, 없애지 말아야 할 일을 없앴던 한 고조의 잘못을 조목조목 짚어 논평하는 데서 논변에 특히 강했던 장유 산문의 힘이 느껴진다.

기신은 한 고조가 형양에서 항우에게 포위당해 위기에 처했을 때 그를 대신해 거짓으로 항복하여 한 고조의 탈출을 도운 뒤 불에 타서 죽었다. 목숨을 바쳐 이룬 기신의 장한 절의는 어찌된 셈인지 외면당했다. 작은 공마저도 반드시 보상했던 한 고조가 천하 통일의 위업을 쌓는 데 공헌했던 기신의 공만은 철저히 무시했다. 왜 그랬을까? 이러한 의문에서 사론의 논의가 비롯된다.

장유는 자신의 부끄러움을 감추려고 기신을 외면했던 한 고조의 행위를 논리적으로 꼼꼼히 설파했다. 거만하고 으스대기를 좋아했던 한 고조의 성격, 감추고픈 과거를 드러내지 않으려는 숨은 의도, 자신의 위엄과 권위를 지키려는 욕망, 한 고조의 눈치를 살펴 기신의 억울함을 밝히지 않았던 신하들의 비겁함을 하나하나 지적해 논리에 힘을 보탰다. 끝에서는 한 고조가 기신의 공에 보답했다는 어떤 이의 말을 바로잡아 주장을 보다 확고히 다졌다.

글은 한 고조가 기신의 공적을 외면함으로써 자신의 치부를 숨기지 못했을 뿐 아니라 왕업을 이루고 천명을 받기가 어렵다는 것을 드러내지도 못했고, 충의 도리를 신하에게 권면할 수도 없게 만든 잘못을 범했다고 결론 내렸다. 이는 한 고조에 대한 역사 논평이지만 궁극적으로는 당대 혹은 후대 임금에 대한 경계로 읽힌다. 지난 역사에 대한 올바른 평가는 지금을 비춰 보고 반성하는 거울, 즉 사감(史鑑)이 되기 때문이다.

장수한 벗 김이호 祭金而好文

아! 이호여. 세상에서 말하는 장수와 요절이 무엇을 말하는지 나는 잘 모르겠네. 사람의 관점에서 오래 산 것을 두고 세상 사람들은 장수했다고 하지만 하늘의 관점에서 보면 반드시 오래 산 것이 아니고, 사람의 관점에서 짧게 산 것을 두고 세상 사람들은 요절했다고 하지만 하늘의 관점에서 보면 반드시 짧게 산 것도 아닐세. 그런즉 하늘의 관점에서 오래 살고 사람의 관점에서 짧게 산 자가 있다면, 이 사람을 두고 세상 사람들은 요절했다고 하겠지만 나는 장수했다고 할 것이네. 아! 이호여. 누가 이 이치를 알겠는가?

자네가 병든 것을 내가 보았고, 자네가 죽었다는 소식을 내가 들었네. 생사의 근심도 자네의 한가함을 흔들지 못했고 더벅머리 두 아들도 자네의 거처를 어지럽히지는 못했지. 기운이 떨어질수록 정신이 더 왕성해졌으니 질병이 자네를 고달프게 했을지언정 어지럽히지는 못했지. 말을 못하게 되었어도 의지는 분명했고 숨이 끊어지던 순간에도 정신은 또렷했다지. 한가로운 듯 조용히 자리를 바로 하고 눈을 감았으니, 죽음이 자네를 망하게 할 수는 있었지만 자네의 뜻을 빼앗지는 못했네. 그렇다면 병이 자네를 고달프게 하고 죽음이 자네를 망친 것은 진실로 짧았다고 하겠지만, 병과 죽음이 자네를 어지럽히고 자네의 뜻을 빼앗을 수 없었던 점에 비춰 보면 어찌 스물다섯 해라는 시간 동안 머물다가 마침내 갑자기 사라진 것이라 하겠는가? 아! 이호여. 누가 이 이치를 알겠는가?

어머니는 당에 계시고 아내는 방에 있으며 남은 자식은 어려서 아직까지 어미 품을 벗어나지 못하고 있다네. 이것은 참으로 백성의 지극한 아픔이고 감당하기 어려운 세상사라 하겠네. 하지만 이 모든 것들은 자네를 위해 내가 통곡하는 이유가 아닐세. 내가 유독 한스럽게 여기는 것은 아름다운 곡식이 열매를 맺기도 전에 된서리를 맞고 천리마가 내달리려 하자 굴대가 먼저 부러져, 학문에 매진하려는 뜻이 성취되지 못하고 크게 펼쳐질 일이 좌절되어 죽은 뒤까지 길이 전해질 바가 끝내 발휘되지 못하고 사람들이 그런 사실조차 알지 못하게 된 것일세. 그렇다면 어찌 유독 자네만을 위해 애도할 뿐이겠는가? 우리 유도(儒道)를 위해서도 길이 통곡할 일일세. 아! 이호여. 자네는 이런 사실을 알고 있는가? 아! 슬프다.

해설

벗인 김이호(金而好)의 죽음에 부쳐 쓴 제문이다. 김이호의 생애는 자세히 알려져 있지 않다. 『계곡만필』에서 1608년에 「김이호를 애도하며(哭金而好)」라는 시를 지었다고 한 것으로 보아 이 시기 전후에 지은 글로 보인다.

제문은 성격상 문예미가 다분하지만 제례에 쓰이는 실용문이므로 형식적 제약이 따른다. 도입부에서 제를 올리는 날짜와 제문의 창작 배경을 적고 전개부에서 망자의 생전 행적과 이별의 슬픈 감정을 표현하며 종결부에서 흠향을 바라는 마음을 드러내는 것이 일반적이다.

그런데 장유의 이 글은 이러한 형식적 제약에서 멀찍이 떨어져 있다. 으레 있게 마련인 도입부와 종결부가 없고 망자의 성품과 용모, 학문에 임하는 태도와 처세관 등을 열거하는 전개부의 내용 또한 전혀 없다. 그럼에도 이 글을 읽으면 망자의 인격과 삶에서 이룬 성취가 눈앞에 생생히 그려진다. 그의 죽음이 더는 요절이 아니며, 그의 곤궁이 더는 곤궁이 아니었음을 알게 된다.

장유는 질병과 죽음 앞에 의연했던 김이호의 모습을 요절과 천수를 대비하여 선명하게 그려 냈다. 장유는 죽어 가는 순간의 육체와 정신을 대조적으로 서술하여 그 어떤 미사여구보다 아름답게 벗의 삶을 재구성해 냈다. 죽음으로 야기된 이별의 아픔도 유도(儒道)의 불행에 비하면 감당할 만한 것이라는 논리로 벗의 죽음을 승화시켰다.

장유는 세속적 성취와 욕망의 관점을 내버림으로써 삶의 진정한 의미를 발견하고 망자를 새롭게 평가했다. 그 결과 김이호에게 주어진 스물다섯 해의 짧은 삶을 시시콜콜하게 얘기하지 않고도 벗의 드높은 인품을 드러내고 모자람 없이 죽음을 애도할 수 있었다. 짧은 편폭임에도 긴 여운을 남기는 글이다.

시가 사람을 궁하게 만든다는 생각에 대하여   詩能窮人辯

옛사람은 궁한 자 중에 시를 잘 쓰는 사람이 많고 시를 잘 쓰는 사람 중에 궁한 사람이 많다는 이유로 "시가 사람을 궁하게 만들 수 있다."라고 말하곤 했다. 나는 그렇게 생각하지 않는다. 무릇 하늘이 사람을 궁하고 영달하게 하는 것은 사람이 궁하고 영달하게 되는 것과는 담긴 의미가 다르다. 인간 세상에서 영달한 자가 하늘에서도 반드시 영달한 것은 아니라고 한다면, 인간 세상에서 궁한 것이 하늘에서 볼 때 영달한 것이 아닌 줄을 어찌 알겠는가? 시험 삼아 이를 변론해 보겠다.

사람들은 늘 "어진 자는 반드시 장수하고 덕이 있는 자는 반드시 지위를 얻는다."라고 말한다. 지위와 수명이야말로 세상에서 말하는 영달이다. 안회는 어질었지만 서른 살에 요절했고 공자는 대성인이었지만 죽을 때까지 필부로 지냈으니 궁했다고 말할 수 있다. 하지만 이 두 사람이 크게 영달한 점이 있었는지 누가 알겠는가? 안회는 수명을 얻지는 못했지만 죽은 뒤에도 스러지지 않고 온 우주에 두루 뻗쳐 더욱 빛이 났다. 공자는 지위를 얻지 못했으나 만세를 그 터전으로 삼았다. 그럴진대 공자와 안회가 영달하지 못하고 궁했다고 말하는 것은 궁하고 영달함에 대해 제대로 알지 못하는 것이다. 대체로 그 사람이 귀하고 천한지, 풍족하고 궁핍한지에 따라 사람들은 아무렇게나 영달과 빈궁을 말한다. 그러나 후세에 드리운 아름다운 명성과 더러운 이름이야말로 하늘이 진실로 사람을 영달하고 궁하게 만드는 것이다. 인간 세상에서는 뜻이 어그러졌지만 하늘에서는 뜻이 합치되고, 인간 세상의 망령됨은 잃었지만 하늘의 참됨을 얻은 사람이야말로 내가 말하는 참으로 영달한 자이다.

시는 진실로 작은 기예이니 도덕의 위대함에 견줄 수는 없다. 하지만 부귀와 같은 외물에 견주어 보면 이 또한 하늘이 내려 준 것이다. 은미한 성정을 펼쳐 내고 오묘한 조화를 찾아내니, 수놓은 비단도 그 화려함을 짝하기에 부족하고 금옥도 그 진귀함을 비교하기에 부족하다. 밝게 드러나면 음악으로 연주될 수 있고 그윽하게 숨어들면 귀신도 감동시킬 수 있다. 무릇 이런 재능을 얻어 시인이 되는 것이 어찌 또 우연이라고만 하겠는가? 하늘의 정기(精氣)가 영성(靈性)을 부여하고 조물주가 오묘한 생각을 빌려 준 것이니, 찬란하게 빛나는 해와 별도 변화무쌍한 바람과 구름도 시의 공용(功用)을 독차지하지 못한다. 시가 비록 하찮은 하나의 기예에 불과할지라도 사실은 큰 조화와 서로 통한다.

그렇다면 하늘이 이 재능을 사람에게 내려 준 것은 대체로 만세토록 명성을 이루게끔 하려는 것이니, 구구한 한때의 빈궁과 영달쯤은 따질 것이 못 된다. 세상에서 뜻을 얻지 못하면 남보다 나은 이름도 없고 남을 복종시킬 세력도 없이 초췌하고 곤궁하게 하루도 견디지 못할 듯이 살아간다. 이런 까닭에 두보는 굶주린 채 황량한 산야를 돌아다녔고, 맹호연(孟浩然)은 짧은 무명옷을 입고 생을 마쳤으며, 이하(李賀)는 요절했고, 진삼(陣三)은 얼어 죽었다. 이 밖에 재능을 품고도 불우하게 산 사람은 이루 다 적을 수가 없다. 인간 세상에서는 진실로 시가 사람을 궁하게 만든다고 여기는 것도 당연하다.

그러나 멀리 전해지는 것으로 말할 것 같으면 원수도 그의 단점을 감히 논하지 못하고 임금과 장상(將相)도 그 명예를 뺏을 수 없다. 덮어 가릴수록 더 드러나고 갈아 없앨수록 더 빛이 나니 남은 기름과 향기로도 백 대에 은택을 끼칠 수 있다. 한때 부귀하게 살다가 사라질 틈도 없이 기록되지 않는 자들은 초목과 함께 썩어 가고 모기와 더불어 사라지고 만다. 그렇다면 이른바 영달이라는 것을 과연 누구에게 귀속시켜야 하겠는가?

아! 사람들은 금과 옥을 많이 가지면 부유한 사람이라고 하고, 초헌을 타고 면류관을 쓰면 귀한 사람이라고 말한다. 금이나 옥보다도 가치 있고 초헌과 면류관보다 귀한 것이 있는 줄 그 누가 알겠는가? 몸뚱이가 부귀한 자도 오히려 영달했다고 말하거늘 하물며 시적 재능이 부귀한 자를 궁하다고 말할 수 있겠는가? 한때에 드러난 자도 오히려 영달했다고 말하는데 하물며 만세에 드러난 자를 궁하다고 말할 수 있겠는가? 인간 세상에서 영달한 자도 영달했다고 말할진대 하물며 하늘이 영달하게 한 자를 궁하다고 말할 수 있겠는가? 이러한 관점에서 볼 때 시가 사람을 궁하게 만들 수 있다고 말할 수 있겠는가? 사람을 영달하게 할 수 있다고 말할 수 있겠는가? 시가 오히려 사람을 영달하게 할 수 있으니, 하물며 시보다 위대한 것이야 말해 무엇 하겠는가? 그래서 나는 이렇게 말한다. "도덕에 궁한 것을 궁하다고 하고, 도덕에 형통한 것을 형통하다고 말한다."

해설

전형적인 논변류 산문이다. 차천로(車天輅)의 『오산집(五山集)』에 같은 제목의 글(3권 수록)이 있는 것으로 보아 당시 문신들에게 내렸던 월과(月

課)의 주제 중 하나로 짐작된다.

시인과 곤궁의 관계에 대한 논의는 역대 시화서(詩話書) 등에 자주 나온다. 이 논의는 크게 '시궁이후공론(詩窮而後工論)'과 '시능궁인론(詩能窮人論)'으로 나뉜다. '시궁이후공'은 곤궁한 환경이 시인으로 하여금 시를 잘 짓게 한다는 말이고, '시능궁인'은 시를 짓는 행위가 시인을 곤궁한 환경으로 몰아넣는다는 의미다. 궁한 상황이 시를 공교롭게도 하고 시가 궁한 상황을 가중시키기도 하니, 이 둘은 역의 명제이면서 동시에 서로 맞물린다. 구양수가 「매성유시집서(梅聖兪詩集序)」에서 처음 언급한 이래 이는 고전 시학의 중요한 명제가 되었다.

문단의 거목으로서 세속적으로도 영달의 길을 걸었던 장유에게 이 두 가지 명제는 모두 수용하기 어려운 논리다. 여기에 동의하면 재능이나 노력과 상관없이 그의 시는 결코 훌륭할 수 없다는 모순과 만나게 된다. 이에 그는 시의 공졸(工拙)이 세속의 궁달(窮達)과 무관하며 시인의 타고난 재주와 관련될 뿐이라고 말한다. 또 한 걸음 더 나아가 시적 재능은 세속적 궁달과 무관하게 늘 시인을 영달하게 한다고 주장한다.

장유의 사유 속에서 시인은 하늘의 영성과 조물주의 오묘한 생각을 부여받아 은미한 성정을 펼치고 오묘한 조화를 찾아내 대자연과 소통하는 자다. 하늘로부터 내려 받은 시적 재능으로 만세토록 명성을 이루게끔 내정된 사람이 바로 시인이다. 결국 중요한 것은 세속의 궁달에서 벗어나 타고난 재능을 갈고닦아 시에 매진하는 길뿐이다. 이는 앞에서 본 「훌륭한 시는 온전한 몰두 속에 있다(習齋集序)」에서 월사 이정귀가 일컬었던 시전이후공(詩專而後工), 즉 '오로지 시적 재능을 발휘한 뒤에 시가 아름다워질 수 있다'는 논리와 상통한다.

시인과 곤궁에 대한 이러한 논의는 조선 전기에 성현이나 김종직 등에 의해 거론되었으나 산발적인 수준에 머물렀다. 유몽인, 이수광, 이식, 이정귀, 장유 등 17세기 문단을 주도했던 문인들이 적극 가담하면서 폭넓게 전개되는데, 이는 당대의 문학 환경과도 매우 밀접한 관련이 있다.

 이 글이 나온 시기에는 시인의 흥취와 감흥을 중시하는 당시가 각광받았으며 의고문에 대항하여 당송 고문이 부활했다. 문학의 효용성이 더욱 강조되었고 문학을 통해 만세에 이름을 드리울 수 있다는 인식도 확대되었다. '시궁이후공론'과 '시능궁인론'이 이 시기 문인들 사이에서 활발하게 논의되었던 바탕에는 도문일치(道文一致)의 경직성에서 탈피해 문학의 자리를 찾으려 했던 당대 문단의 움직임이 있다. 작가의 현실적 삶의 조건을 강조하든 작가의 천부적 재능을 강조하든 간에 두 논의가 공통적으로 전제하는 것은 문학으로서 시가 지니는 가능성, 즉 도학에서 분리된 문학이었다.

침묵의 힘을 믿는다　　　默所銘

뭇 묘함의 출입구는　　　衆妙門

침묵만 한 것이 없다.　　　無如默

교묘한 자 말 많아도　　　巧者語

질박한 이 침묵하네.　　　拙者默

조급한 자 말을 해도　　　躁者語

고요한 이 침묵한다.　　　靜者默

말하는 이 힘들어도　　　語者勞

침묵하면 편안하다.　　　默者佚

말하는 이 낭비하나　　　語者費

침묵하면 아낀다네.　　　默者嗇

말하는 이 다툼 있고　　　語者爭

침묵하니 편안하다.　　　默者息

침묵 속에 도는 응축이 되고　　　道以默而凝

침묵으로 덕은 쌓여 간다네.　　　德以默而蓄

침묵 통해 정신은 차분해지고　　　神以默而定

침묵으로 기운이 축적이 되지.　　　氣以默而積

침묵 속에 말은 더 깊어지고　　　言以默而深

침묵 통해 사려를 얻게 된다네.	慮以默而得
이름은 침묵으로 줄어들지만	名以默而損
실지는 침묵 속에 더해진다네.	實以默而益
깨어서는 침묵으로 태연해지고	寤以默而泰
자면서는 침묵으로 편안하다네.	寐以默而適
재앙은 침묵 통해 멀어지지만	禍以默而遠
복은 침묵 속에 모여든다네.	福以默而集
말하는 자 모두들 반대로 하나	語者悉反是
얻고 잃음 환하게 볼 수 있으리.	得失明可燭
그래서 내 집 이름 묵소(黙所)라 붙여	故以名吾居
편히 앉아 아침 저녁 모두 보내리.	宴坐窮昕夕

해설

잠명류(箴銘類) 산문이다. 보통은 마음이나 처세에 교훈이 될 만한 경계의 말을 운문 형식으로 쓴다. 운자를 써서 가락을 맞추지만 시와는 다른 산문 형식의 한 갈래다. 흔히 좌우명(座右銘)이라고 하는 글이 여기에 해당한다. 잠(箴)은 특정 주제어를 두고 그에 대한 경계의 내용을 담기도 한다. 예를 들어 수잠(睡箴)이라 하면 '잠에 대한 경계의 내용을 담는다. 명(銘)은 새긴다는 뜻이니 원래는 사물에 새겨 놓고 경계로 삼던 데서 나왔다. 침명(枕銘)은 베개에 새긴 글이고, 금명(琴銘)은 가야금에 새긴 글이다.

이 글은 글쓴이가 자신의 거처에 묵소(黙所)라는 이름을 붙인 경위를 풀이한 글이다. 묵소는 침묵의 집이라는 뜻이다. 일상의 삶에서 침묵의 힘이 얼마나 크고 중요한지를 설명하고, 자신 또한 그러한 삶을 꾸려 나갈 것을 다짐했다.

글은 세 단락으로 나뉜다. 첫 단락은 3자로 된 12구이고 둘째 단락은 5자로 된 12구이다. 나머지 4구에는 다짐을 적었다. 3자구는 셋째 구부터 모두 가운데 글자를 '자(者)' 자로 썼다. 앞 6구는 끝에 '어(語)'와 '묵(默)'이 교대로 나오고, 뒤의 6구는 이 두 글자가 앞에 교대로 나와 디변과 침묵의 차이를 대비한다. 5자 12구는 가운데 세 글자가 모두 '이묵이(以默而)'로 같다. 같은 구문이지만 의미의 배열에 변화를 주어 밀고 당기는 표현의 묘미가 있다.

말 많은 이는 교묘한 꾀를 잘 쓰고 성정이 조급한 사람이다. 말을 많이 하면 힘이 들고 노력이 낭비되며 공연한 다툼만 많아진다. 하지만 침묵하는 사람은 질박하고 고요해서 상대를 압도한다. 침묵은 마음을 편안하게 해 주고, 힘을 절약하게 해 준다. 침묵 속에서는 다툼도 일어나지 않는다. 침묵을 통해서만 도덕은 내 안에 응축된다. 정신과 기운도 침묵을 통해 더 단단해지고 축적될 수 있다. 말에 깊이를 더하고 싶은가? 침묵을 배우면 된다. 사려가 깊어지려면 침묵의 힘에 기댈 수밖에 없다. 침묵을 통해 실질을 기르며 헛된 이름을 멀리해야 한다. 침묵 속에서만 우리는 잠잘 때나 깨었을 때나 태연하고 쾌적한 삶을 누릴 수가 있다. 재앙을 멀리하고 복을 가까이 하려거든 역시 침묵을 배울 일이다.

주

註

유몽인

금강산 정령들과의 하룻밤 노닒 47쪽

- 공손걸자(公孫乞子)의 동이(同異)의 학문 전국 시대 조(趙)나라 공손룡(公孫龍)은 "돌은 하나인 것 같으나 단단한 돌의 성질과 흰 돌의 빛깔은 각각 다르다. 촉각으로 느끼는 돌과 시각으로 보는 돌은 구분된다."라는 논리를 고집했다. 단단하고 흰 돌을 눈으로 볼 때는 흰 것만 보이며 만져 보면 단단한 것만 느끼게 되므로 흰 돌과 단단한 돌은 서로 분리된 것이라는 주장이다. 이를 견백설(堅白說)이라고도 한다.

이수광

집은 비만 가리면 된다 55쪽

- 하정(夏亭) 유관(柳寬, 1346~1433년) 여말 선초의 문신으로 자는 몽사(夢思)·경부(敬夫), 호는 하정이다. 학문이 깊고 시문에 능했다. 벼슬이 대제학과 대사성을 거쳐 우의정에 이르렀지만, 사익을 탐하지 않아 청백리로 일컬어졌다.

수도 이전에 대한 반론 61쪽

- 도선(道詵, 827~898년) 통일 신라 시대의 승려로 속성은 김이며 영암 사람이다. 혜철(惠徹)에게서 법을 배웠고, 음양과 풍수의 설에도 조예가 깊었다. 저서로 『도선비기(道詵秘記)』 등이 있다.

17세기 전쟁 포로의 베트남 견문기 _{75쪽}

* 서복(徐福) 진나라 때 진시황의 명으로 동남동녀(童男童女) 3000명을 배에 태우고 동해에 있다는 삼신산으로 불사약을 구하러 가서 돌아오지 않았다는 전설상의 인물이다.

벗과 스승의 의미를 묻는다 _{83쪽}

* 요순의 정일(精一)의 법칙 『서경』 「대우모(大禹謨)」에 보이는 "인심은 위태롭고 도심은 미묘하니, 오직 정밀하게 살피고 오직 전일하게 지켜야 진실로 중도를 잡을 수 있다.(人心惟危, 道心惟微, 惟精惟一, 允執厥中)"라는 구절에서 따온 것으로, 순임금이 우왕(禹王)에게 제위를 물려주면서 경계한 말이다. 도통을 전수하는 요결로 일컬어진다.

이정귀

평양에서 출토된 옛 거울 _{98쪽}

* 박엽(朴燁, 1570~1623년) 조선 중기의 문신으로 본관은 반남, 자는 숙야(叔夜), 호는 국창(菊窓)이다. 1597년 별시 문과에 급제한 뒤 함경도 병마절도사, 평안도 관찰사 등을 역임했다. 처가가 광해군과 인척이었다는 이유로 인조반정 후 1623년 반정 훈신(勳臣)들에 의해 학정(虐政)의 죄를 쓰고 사형당했다.

* 기자헌(奇自獻, 1562~1624년) 조선 중기의 문신으로 본관은 행주, 자는 사정(士靖), 호는 만전(晚全)이다. 1590년 증광 문과에 급제한 후 대사헌, 우의

정, 좌의정 등 고위직을 두루 거쳤다. 1620년 광해군의 특지로 덕평 부원 군(德平府院君)에 봉해졌지만 1624년(인조 2년) 이괄(李适)의 난 때 내통할 우려가 있다 하여 사사되었다. 후에 이원익(李元翼) 등의 상소로 복관되었 다.

• 서주회년(西周會年)을 맹진회년(孟津會年)으로 여겨 서주회년은 '주나라에서 제후들을 모은 해'라는 뜻이고 맹진회년은 '맹진에서 제후들을 모은 해'로 풀이된다. 주나라 무왕이 맹진에서 제후들을 모아 은나라 주왕을 치고 새 로운 왕조인 주나라를 여는데, 이해가 바로 맹진회년이다.

• 이사(李斯, ?~기원전 208년) 법가류(法家流) 정치가의 한 사람으로 진(秦)나라 승상 여불위(呂不韋)에게 발탁되어 객경(客卿)이 되었다. 정국거(鄭國渠)라 는 운하를 완성하는 데 애썼으며, 시황제(始皇帝)가 6국을 통일한 후에는 봉건제에 반대하고 군현제(郡縣制)를 진언하여 정위(廷尉)에서 승상(丞相)으로 진급했고, 분서갱유(焚書坑儒)를 단행했다. 시황제가 죽은 후 환관 조고(趙高)와 공모하여 호해(胡亥)를 옹립했지만, 얼마 후 조고의 참소로 처형되었다.

동방 일백여 년에 없었던 글 102쪽

• 계축년의 옥사 1613년 광해군을 옹립한 대북파(大北派)가 영창 대군(永昌 大君) 및 반대파 세력인 소북파(小北派)를 제거하기 위하여 일으킨 계축옥 사를 가리킨다. 사건에 연좌된 종성판관(鐘城判官) 정협(鄭浹), 선조로부터 인목 대비와 영창 대군을 잘 보살펴 달라는 유명을 받은 신흠, 박동량, 한 준겸(韓浚謙) 등 7대신, 이정귀, 김상용(金尙容), 황신(黃愼) 등 서인의 수십 명이 지정자(知情者)로 몰려 수금되었다.

• 무오년의 재앙 1618년은 광해군이 인목 대비를 폐위해 서궁(西宮)에 유폐 했던 해이다. 이정귀는 이해 1월 폐모(廢母)를 청하는 정청(庭請)에 참여하

지 않았는데, 이 때문에 사헌부와 사간원의 탄핵을 받아 서교(西郊)에 있던 우사(寓舍)에 나아가 대명(待命)했다. 본문은 이를 두고 한 말이다.

- 이후 창성한 시기를 만나 공이 먼저 조정에 들어가자 나도 곧 뒤따라 들어갔다. 창성한 시기는 1623년 3월에 있었던 인조반정을 일컫는다. 이때 이정귀는 명을 받아 경운궁(慶運宮) 서청(西廳)에 나아가 대비를 모시고 환궁했고, 예조 판서가 되어 지경연과 판의금부사를 겸했다. 이해 5월에는 김장생, 오윤겸(吳允謙) 등과 함께 원자 보양관(元子輔養官)에 뽑혔는데, 본문은 이를 두고 한 말이다.

한가로움을 사랑하다 110쪽

- 박익경(朴益卿, 1549~1623년) 본관은 함양, 호는 애한정(愛閑亭)이다. 『동몽선습(童蒙先習)』을 지은 박세무(朴世茂)가 조부이고, 문목공(文穆公) 잠야(潛冶) 박지계(朴知誡)가 형이다. 임진왜란 때 선조를 의주까지 호위한 공으로 별좌(別坐)에 올랐다. 광해군 때 낙향하여 괴산에 은거했다. 괴산에 있는 화암 서원(花巖書院)에 박세무와 함께 배향되었다.
- 이호민(李好閔, 1553~1634년) 본관은 연안, 자는 효언(孝彦), 호는 오봉(五峰)이다. 임진왜란 때 선조를 의주까지 호종(扈從)했고, 요양(遼陽)에 가서 이여송(李如松)에게 구원을 청하여 평양 싸움을 승리로 이끌었다. 대제학, 좌찬성 등을 역임했고, 부원군(府院君)에 봉해졌다.

섭세현에게 부친 편지 113쪽

- 사대조이신 아무개 조선 초기의 문신인 이석형(李石亨, 1415~1477년)을 가리킨다. 자는 백옥(伯玉), 호는 저헌(樗軒), 시호는 문강(文康)이다. 정인지 등과 『고려사』 개찬에 참여했으며 대사헌, 한성부 판사 등을 거쳐 숭록대

부에 올랐다. 문장과 글씨에 능했다. 저서로 『저헌집』 등이 있다.

• 이공동, 하대복, 이창명, 왕봉주 명대 전칠자에 속하는 이몽양(李夢陽, 1473~1530년), 하경명(何景明, 1483~1521년), 명대 후칠자에 속하는 이반룡(李攀龍, 1514~1570년), 왕세정(王世貞, 1526~1590년)을 가리킨다. 각각 공동자(空同子), 대복(大復), 창명(滄溟), 봉주(鳳州)가 호이다. 네 사람은 문학에서 의고주의(擬古主義)를 주장한 대표적인 문인들이다.

• 대력 중국 당나라 대종(代宗)의 연호이다. 당나라 현종(玄宗) 개원(開元) 연간부터 대력 연간까지는 당시(唐詩)의 전성기로 성당(盛唐)이라 일컬어진다. 이 시기에 이백(李白), 두보(杜甫), 고적(高適), 잠삼(岑參) 등의 시인들이 배출되었다.

• 이제 그대를 통해 수십 글자의 필적을 얻어 선인의 묘석 앞면에 새기고 싶습니다. 이정귀의 아버지인 이계의 비문을 써 준 것을 말한다.

• 현안(玄晏)의 은덕 현안은 진(晉)나라 황보밀(皇甫謐)의 호이다. 그가 좌사(左思)의 「삼도부(三都賦)」에 서문을 쓴 것을 계기로 좌사의 부(賦)가 세상에서 인정받게 되었다. 왕휘의 서문으로 인해 이정귀 자신의 시문이 드러나게 되는 은덕을 말한다.

일본에 사신 보내는 일을 논함 117쪽

• 앞서 송운 대사(松雲大師, 사명 대사)를 보냈던 때 사명 대사 유정이 1604년 일본으로 건너가 강화를 맺고 조선인 포로 3000여 명을 인솔해 귀국했는데, 이를 두고 한 말이다.

신흠

딴마음을 품는 신하 135쪽

- 일찍이 『한서(漢書)』를 보니 소하(蕭何)는 한 고조가 자기를 의심할까 두려워
  하여 밭과 집을 사서 스스로를 더럽혔다. 소하가 만년에 한 고조의 의심을
  피하기 위해 궁벽한 곳에 터를 잡고 담장도 두르지 않고 살았던 일을 두
  고 하는 말이다.

- 옛날의 대신은 동궁(桐宮)에다 임금을 칠 년이나 방치했어도 임금은 의심
  하지 않았고, 동산(東山)에서 삼 년을 살았건만 덕은 더욱 드러났으니, 도리
  와 성의에서 출발했기 때문이다. 상(商)나라의 재상 이윤(伊尹)은 태갑(太
  甲)이 무도하게 굴자 동궁(桐宮)에 7년 동안 유폐시켰다가 후에 그가 개과
  천선하자 다시 왕으로 맞아 왔다. 『서경』 「태갑(太甲)」 편에 보인다. 주나라
  때 주공(周公)은 무왕의 뒤를 이은 성왕이 너무 어리므로 섭정을 했다. 이
  때 관숙(管叔), 채숙(蔡叔), 곽숙(霍叔) 등이 주공이 왕위를 가로채려 한다
  고 유언비어를 퍼뜨렸다. 이에 주공은 동산(東山) 땅에 피신해 있으면서
  치효시(鴟鴞詩)를 지어 성왕에게 바쳤다. 성왕이 시를 보고 주공을 의심
  한 것이 잘못이었음을 알고 주공을 맞이해 왔다. 이에 관숙·채숙 등이 반
  란을 일으키니, 주공이 성왕의 명을 받아 동쪽을 정벌하고 이들을 처단했
  다. 『시경』 「빈풍(豳風)」에 보인다.

허균

어떤 글이 좋은 글인가? 186쪽

- 전모(典謨)와 상(商)의 훈(訓), 주(周)의 삼서(三誓)·무성(武成)·홍범(洪範) 전모
  는 곧 『서경』 우서(虞書)의 요전(堯典)·순전(舜典)과 대우모(大禹謨)·고요모
  (皐陶謨)를 가리키고, 훈(訓)은 상서(商書)의 이훈(伊訓)·태갑훈(太甲訓)을
  가리키며, 삼서(三誓)는 주서(周書)의 태서(泰書) 상·중·하 세 편을 가리킨
  다. 무성·홍범도 역시 주서의 편명이다.

금강산으로 돌아가는 이나옹을 전송하며 191쪽

- 육입(六入) 산스크리트어 ṣad-āyatana의 역어로, 대상을 감각하거나 의식하
  는 안(眼)·이(耳)·비(鼻)·설(舌)·신(身)·의(意)의 육근(六根) 또는 그 작용
  을 말한다. 육처(六處)로도 쓴다.
- 오음(五陰) 생멸 변화하는 모든 것을 종류에 따라 나눈 다섯 가지. 색(色)·
  수(受)·상(想)·행(行)·식(識)이 그것이다. 인생에서 겪게 되는 고통의 원인
  으로, 오온(五蘊)이라고도 한다.

한때의 이익과 만대의 명성 196쪽

- 다만 천추만세의 명성이란 것은 적막히 죽은 뒤의 일인 것을요.(千秋萬歲名,
  寂寞身後事.) 이 대목은 지관의 말이 아니라, 두보의 시 「이백을 꿈에서 보고
  (夢李白)」란 시 중에 나오는 두 구절을 따온 것이다.

백성 두려운 줄 알아라 201쪽

* 진승(陳勝)과 오광(吳廣) 진승과 오광은 진나라 이세 황제 때 군인으로 근무하던 중 진나라의 학정에 봉기해 초왕(楚王)을 일컫자 천하가 일제히 호응해 큰 세력을 확장했다. 뒤에 패망하여 피살되었다.
* 왕선지(王仙芝)와 황소(黃巢) 왕선지는 당나라 희종(僖宗) 때 반란을 일으켰다. 황소가 이에 호응해 세력을 떨쳤다. 황소는 이후 10년간 큰 세력을 떨치다가 패망하여 자결했다.
* 삼공(三空) 흉년으로 제사를 못 드리고, 서당에 학생이 끊어지고, 마당에 개가 없는 것. 극심한 가난을 상징하는 표현이다.
* 기주(蘄州)와 양주(梁州) 기주와 양주를 거점으로 한 황소의 난을 말한다.

상원군의 왕총에 대하여 205쪽

* 송양국(松壤國) 고대 부족 국가의 이름으로, 비류국(沸流國)이라고도 한다. 고구려 동명왕 때 고구려에 합병되었다.

김종직을 논한다 209쪽

* 정란(靖亂)의 날 수양 대군(首陽大君)의 왕위 찬탈을 위해 김종서와 황보인 등을 죽이던 날을 말한다.
* 서산(西山)의 뜻 서산은 백이와 숙제가 두 임금을 섬기지 않겠다며 지조를 지키다 죽은 수양산(首陽山)이다. 지금은 어버이가 계셔서 하는 수 없이 벼슬하지만, 나중에는 단종에 대한 지조를 지키겠다는 의미이다.

김상헌

세상에 드문 보물 223쪽

* 좌사(左思)가 지은 삼도부(三都賦)처럼 현안(玄晏) 황보밀(皇甫謐)을 기다려 전해지기를 기대하였다. 삼도부는 중국 진(晉)나라의 좌사가 지은 「촉도부(蜀都賦)」와 「오도부(吳都賦)」 및 「위도부(魏都賦)」를 통칭해 일컫는 말이다. 좌사는 삼도부를 완성한 뒤에 세상 사람들이 알아주지 않을까 염려하여, 당시 문단에 이름이 있었던 황보밀로부터 서문을 받았고, 이후 천하에 이름을 떨치게 되었기에 전고로 삼았다. 좌사와 황보밀 관련 내용은『진서(晉書)』「좌사열전(左思列傳)」에 보인다.

지금이 상 줄 때인가 227쪽

* 만절필동(萬折必東) 선조가 임진왜란 때 원군을 파병하여 나라를 위기에서 구해 준 명나라의 은혜에 고마움을 표하며 한 말이다. 중국의 모든 강물이 천만 번 굽이쳐 흘러가더라도 결국은 동쪽으로 흘러들어 가는 것처럼 천자에 대한 제후의 존모(尊慕)는 변하지 않을 것이란 함의를 담고 있다. 원래의 성어는『순자』「유좌(宥坐)」에 보인다.

인장의 품격 231쪽

* 형상의 현묘함이 가득한 것을 변화시켜 겸허한 데로 흐르게 하는 지도(地道)의 상이 있다. 『주역(周易)』 겸괘(謙卦) 단사(彖辭)에 나오는 말로, 전문은 다음과 같다. "천도는 가득한 것을 덜어 내고 겸허한 것을 더해 주며, 지도는 가득한 것을 변화시켜 겸허한 데로 흐르게 한다. 귀신은 가득한 것을 해

치고 겸허한 것을 복되게 하며 인도는 가득한 것을 미워하고 겸손한 것을 좋아한다.(天道虧盈而益謙, 地道變盈而流謙. 鬼神害盈而福謙, 人道惡盈而好謙.)"

- 대전(大篆) 한자 서체의 하나로, 주나라 선왕(宣王) 때 태사 주(籀)가 만들었다고 한다.
- 옥저전(玉筯篆) 소전체(小篆體)의 하나다. 글자의 형태가 대칭성이 강하며, 양쪽으로 내리는 필획을 길게 하는 것이 특징이다. 그 모습이 마치 나란히 놓인 젓가락 같다고 하여 옥저(玉箸)라고도 한다.
- 옥척(玉戚) 옥으로 장식한 도끼로, 대하(大夏)의 춤을 출 때 쓰였다. 천자가 사용했다.
- 곽자맹(郭子孟) 한나라 때의 장군 곽광(霍光)으로 자맹은 그의 자다. 황음 무도한 창읍왕(昌邑王) 유하(劉賀)를 황제의 자리에서 폐위시키고 무제의 증손인 유순(劉詢)을 즉위시켰는데, 이 사람이 바로 선제(宣帝)이다. 곽광은 정권을 차지한 뒤에 금위(禁闈)에 출입했지만, 20년 동안 한 번도 법도를 어긴 적이 없었다고 한다.
- 도해전(倒薤篆) 선인(仙人) 무광(務光)이 만든 전서체(篆書體)다.
- 교녀(鮫女) 교인(鮫人)이라고도 한다. 『수신기』에 나오는데 늘 손을 멈추지 않고 베를 짜고 있다고 한다. 이 교인이 울면 그 눈물이 진주가 된다고 알려져 있다.
- 과두체(蝌蚪體) 과두문은 황제(黃帝) 때 창힐(倉頡)이 만든 문자인데, 획의 머리가 굵고 끝이 가늘어 마치 올챙이 같아 과두문이라 한다.
- 상방전(上方篆) 중국 진(秦)나라의 서예가인 정막(程邈)이 소전에 수식을 더해 만들었다고 한다.
- 온전히 흰 바탕은 마치 양웅(楊雄)이 문을 닫고 『태현경(太玄經)』을 쓰다가 마침내 흰색을 숭상하는 데로 돌아간 것과 같다. 흰색으로 돌아갔다는 것은 양웅의 담박한 생활을 비유한 말이다. 중국 한나라 양웅이 『태현경』을 지을 때 담박한 생활을 고수했는데, 이때 권세에 빌붙어 출세한 자들이 그를

두고 현상백(玄尙白), 즉 완전히 검어지지 않고 흰 부분이 남아 있어서 출세하지 못한다고 조롱한 데서 따온 말이다. 양웅은 이 말을 듣고 「해조(解嘲)」를 지어 스스로 해명했다고 한다. 『한서』 「양웅전(揚雄傳)」에 자세히 보인다.

- 벽락전(碧落篆) 중국 당나라 때 이선(李選)이 만든 것으로 소전과 비슷하다.
- 손 부인 유비의 계비이자 손권의 누이이다.
- 각부(刻符) 부신(符信)에 쓰는 글씨체로 팔서체의 하나다.
- 마치 왕씨(王氏)와 사씨(謝氏)의 집에 들어가면 정원에 보이는 것이 모두 지란(芝蘭)과 옥수(玉樹) 아닌 것이 없는 것과 같아서 육조 시대 명망 높은 가문이었던 왕씨와 사씨의 집안에서 뛰어난 인물이 많이 배출되었는데, 이를 지란과 옥수에 비겨 칭송한 데서 나온 말이다. 특히 진(晉)나라의 이름난 재상인 사안(謝安)이 집안의 자질들에게 어떤 자제가 되고 싶은지 묻자, 그의 조카인 사현(謝玄)이 "지란과 옥수가 뜰 안에서 자라게 하고 싶습니다.(芝蘭玉樹欲使其生於階庭耳.)"라고 대답한 데서 따왔다. 『세설신어(世說新語)』 「언어(言語)」에 보인다.

조찬한

공교로움과 졸렬함은 하나다 244쪽

- 선공(先公)께서 졸렬함을 길렀고 선공은 선군과 같은 말로 여기에서는 용졸당 민성휘의 아버지인 민유부를 말한다. 민유부의 호가 양졸당(養拙堂)이라 이렇게 말한 것이다.
- 사인(舍人)과 검상(檢詳) 사인은 조선 시대 의정부(議政府)에 소속된 정4품 벼슬로, 검상과 사록(司錄)을 지휘하면서 실무를 총괄했다. 그 밖에도 중요한 국사가 있을 때 왕명을 받들어 삼의정(三議政)의 의견을 수합하고 삼

의정의 뜻을 국왕에게 아뢰는 등 국왕과 의정부 사이에서 중요한 가교의 임무를 담당했다. 검상은 조선 시대 의정부에 소속된 정5품 벼슬로, 주로 죄인을 심리해 검사하는 일을 맡았다.

복숭아씨로 쌓은 산 262쪽

- 광성자(廣成子) 중국 고대의 신선. 공동산(崆峒山)의 석실(石室)에서 살았는데, 나이가 1200살이 되었는데도 늙지 않았다고 한다.
- 등림(橙林) 옛날 과보(夸父)가 해를 쫓아 달리다가 목이 말라 죽으면서 해지는 곳에 그의 지팡이를 꽂았는데 그것이 변해 이루어졌다는 숲의 이름이다. 등림(鄧林)이라고도 한다.
- 조균(朝菌)과 대풍(大楓) 조균은 두엄 위에 피는 버섯으로 아침에 피었다가 저녁에 스러지므로 수명이 매우 짧은 것을 비유할 때 주로 쓴다. 반대로 대풍은 대풍나무로 사계절 푸르다. 『장자』의 「소요유(逍遙遊)」 편에 "조균은 밤과 새벽 모르고, 매미는 봄과 가을 모르니, 이것은 수명이 짧은 것이다.(朝菌不知晦朔, 蟪蛄不知春秋, 此小年也.)"라는 구절이 보인다.

이식

공정한 인사로 인재를 아끼소서 266쪽

- 박정(朴炡, 1596~1632년) 조선 중기의 문신으로 자는 대관(大觀), 호는 하석(霞石), 시호는 충숙(忠肅)이다. 인조반정으로 정사공신이 되었고 이괄의 난을 평정하는 데 공헌했다. 이조 참판, 홍문관 부제학 등을 지냈다.
- 유백증(俞伯曾, 1587~1646년) 조선 중기의 문신으로 자는 자선(子先), 호는

취헌(翠軒), 시호는 충경(忠景)이다. 인조반정으로 정사공신이 되었고 기평
군에 봉해졌다. 병자호란 당시 인조를 호종했으며, 척화의 입장에서 화의
를 주장한 윤방 등을 논척했다.

- 나만갑(羅萬甲, 1592~1642년) 조선 중기의 문신으로 자는 몽뢰(夢賚), 호는
  구포(鷗浦)다. 정묘호란 때 강화도로 왕을 호종했고, 지평, 공조 참의, 병조
  참지 등을 지냈다.

- 당나라 때 우이(牛李)의 당파에 대한 시비 당나라 문종(文宗) 때 있었던 우
  승유(牛僧孺) · 이종민(李宗閔)의 당파와 이길보(李吉甫) · 이덕유(李德裕) 부자
  의 당파에 대한 시비를 일컫는다.

- 송나라 원우(元祐) 연간의 세 당파 송나라 철종(哲宗)의 원우 연간에 일어난
  사마광(司馬光)의 구당(舊黨)과 왕안석(王安石)의 신당(新黨) 및 정이천(程伊
  川)의 낙당(洛黨)을 가리킨다.

험난한 해로 사행길 273쪽

- 회해(淮海) 서주(徐州)를 중심으로 한 회하(淮河) 이북과 연운항(連云港) 서
  쪽 지역을 일컫는다.

- 오악(五岳) 중국 중원을 둘러싸고 있는 5대 명산을 가리킨다. 산시성(山西
  省)의 북악 항산(北岳恒山), 산시성(陝西省)의 서악 화산(西岳華山), 허난성의
  중악 숭산(中岳嵩山), 산둥성의 동악 태산(東岳泰山), 후난성의 남악 형산(南
  岳衡山)을 일컫는다.

- 전식(全湜, 1563~1642년) 조선 중기의 문신으로 자는 정원(淨遠), 호는 사서
  (沙西), 시호는 충간(忠簡)이다. 유성룡(柳成龍) · 장현광(張顯光)의 문인으로
  1589년 사마시에 합격하고 1603년 식년 문과에 급제해 예조 참판, 대사
  성 등의 벼슬을 역임했다. 이괄의 난 때에는 임금을 호종했고, 병자호란
  당시에는 의병을 일으켜 적을 방어했다. 사후 좌의정에 추증되고 상주 백

옥동 서원(白玉洞書院)에 제향되었다.

• 소추관(少秋官)으로 직명을 고쳐 떠나게 했다. 1625년 7월 21일 좌승지 전
식을 형조 참의에 제수하고 8월 3일 성절 겸 동지사행의 정사로 북경에
가게 한 것을 두고 한 말이다. 소추관은 주로 형조 참판을 일컫는 말인데,
여기에서는 형조 참의로 보아야 한다.

허탄에 빠짐을 경계한다 278쪽

• 권상원(權尙遠, 1591년~?) 본관은 안동, 자는 원유(遠遊), 호는 백운(白雲)이
다. 아버지는 계(棨)이고, 조부인 동신(東愼)은 중종에서 명종 연간에 우
찬성을 역임한 충재(沖齋) 권벌(權橃, 1478~1548년)의 서자이다. 사마시에
합격했으며 시문에 능했다고 한다. 시집으로 『백운자시고(白雲子詩稿)』가
있다.

• 색은행괴(索隱行怪) 『중용장구(中庸章句)』 제11장에 나오는 말로 숨어 있는
궁벽한 이치를 찾아내어 괴이한 행동을 하는 것을 뜻한다.

북평사의 무거운 책무 281쪽

• 북평사(北評事) 함경도 병마절도사의 보좌관으로 정6품의 무관직이다. 이
식은 1616년 4월에 북평사에 제수되었다.

• 기옹(岐雍) 주나라 건국의 기초가 된 지역으로 옹주(雍州), 즉 섬서성에 있
는 기산(岐山) 지방을 말한다. 『맹자』 「이루 하(離婁下)」에 "문왕은 기주(岐
周)에서 태어나 필영(畢郢)에서 생을 마쳤으니 서이(西夷)의 사람이다."라는
말이 보인다.

• 채유후(蔡裕後, 1599~1660년) 본관은 평강(平康), 자는 백창(伯昌), 호는 호주
(湖洲), 시호는 문혜(文惠)이다. 1623년 개시 문과(改試文科)에 장원으로 급

제한 뒤 대사간, 이조 참판 등 요직을 두루 거쳤다. 중년 이후 술 때문에
여러 차례 탄핵을 받았으나 문재에 뛰어나 중용되었다. 작품으로 시조 2
수가 전하며 저서로 『호주집』이 있다.

선비의 이상적 주거와 택풍당 284쪽

- 췌괘(萃卦)가 송괘(訟卦)로 변하는 불길한 괘가 나왔다. 췌괘는 태괘(兌卦)가
  위에 곤괘(坤卦)가 아래에 있는 상이며, 송괘는 건괘(乾卦)가 위에 감괘(坎
  卦)가 아래에 있는 상이다. 췌괘를 택지췌괘(澤地萃卦)라 하고, 송괘를 천수
  송괘(天水訟卦)라 하는데 태괘는 못(澤)을, 곤괘는 땅(地)을, 감괘는 물(水)을
  상징하기 때문이다. 췌괘의 육이효와 상육효가 모두 양으로 바뀌면 송괘
  가 된다. 송괘의 경우 하늘과 물이 어긋나므로 불길하다 한 것이다.

- 원괘(元卦) 대과(大過)에 변괘(變卦)인 함(咸)이 나왔다. 대과괘는 태괘가 위에
  손괘(巽卦)가 아래에 있는 상이며, 함괘는 태괘가 위에 간괘(艮卦)가 아래
  에 있는 상이다. 대과괘를 택풍대과괘(澤風大過卦)라 하고 함괘를 택산함
  괘(澤山咸卦)라고도 하는데 태괘는 못을, 손괘는 바람(風)을, 간괘는 산(山)
  을 상징한다. "원괘 대과에 변괘인 함이 나왔다."라는 것은 원괘인 대과괘
  의 구이효가 음으로 바뀌어 함괘가 되었음을 가리킨다.

- "마른 버들에 새잎이 돋으니, 늙은이가 어린 아내를 얻어 이롭지 않음이 없
  다." 대과괘 구이의 효사이다. 원괘(元卦)인 대과괘에서 구이효 하나가 음
  으로 변하여 함괘가 되는데, 변한 효가 하나일 때에는 원괘의 그 효사를
  가지고 점을 치므로 대과괘 구이의 효사를 끌어온 것이다.

- 집이 안쪽은 꽉 차고 바깥은 텅 빈 것이나 연못 가운데 나무를 심은 것은
  모두 택풍대과(澤風大過)의 상을 본뜬 것이다. 대과괘는 태괘와 손괘가 겹
  쳐진 상으로, 두 개의 음효가 네 개의 양효를 둘러싸고 있는 형상이다. 다
  시 말해 안은 양으로 가득 차 있고 바깥은 음으로 비어 있는 꼴이다. 집

안을 채우고 집 밖을 비운 것과 연못 안에 나무를 심은 것을 두고 대과의 상을 본떴다고 한 것은 이를 두고 한 말이다.

- 대과(大過)괘의 상사(象辭) 여덟 글자 앞서 나온 "홀로 서서 두려워하지 않고, 세상을 피해 살며 고민함이 없다."라는 뜻의 '독립불구둔세무민(獨立不懼遯世無悶)'이란 글자다.

최명길

조선을 살리는 길, 외교와 내치 290쪽

- 춘신사(春信使) 정묘호란 이후 후금의 수도였던 심양으로 매년 봄가을에 보냈던 사신이다.
- 패서(悖書) 도리에 어긋난 글이란 의미로, 당시 청 태종에게 황제라는 칭호를 올리라는 내용으로 용골대가 가져온 글을 일컫는다.

조선을 살리는 길, 완화(緩禍)와 전수(戰守) 295쪽

- 체신(體臣) 체찰사(體察使)의 직임을 맡은 신하를 가리킨다. 체찰사는 지방에 군란이 있을 때 왕을 대신해 그 지방에 가서 일반 군무를 총괄하던 군직이다. 재상이 겸임했다.
- 수신(帥臣) 병마절도사와 수군절도사를 통틀어 일컫는 말이다.
- 석진(石晉)의 전철 석진은 오대(五代) 후진(後晉)이다. 후진의 고조인 석경당(石敬瑭)은 거병 초기에 거란의 신하를 자청하면서 구원을 요청하고 야율덕광(耶律德光)과 부자 관계를 맺으면서 세공을 바쳐 후진을 세웠다. 그러나 제2대 황제인 출제(出帝)가 강경파의 희망대로 거란과 전쟁을 일으켰다

가 3년 만(946년)에 멸망하고 말았다. 석진의 전철은 다름 아니라 이를 두고 한 말로, 대국과의 어설픈 전쟁이 망국을 야기할 수 있음을 경고한 것이다.

- "너희들 의견이 정해졌을 때는 나는 이미 강을 건넜을 것이다." 송나라 정강(靖康) 원년에 금나라 군사가 침입했을 때 송나라 조정의 의견이 매우 분분했다. 이때 금나라 사람이 송나라 사신에게 이 말을 하여 실효가 없는 논의를 조롱했는데 본문은 여기에서 따왔다. 실효가 없는 논의로 아무것도 하지 못하고 있는 조선의 현실을 비꼬며 인조의 빠른 결단을 요구한 말이다.

나는 조선의 신하다 299쪽

- 애형(哀兄) 장유가 어머니의 상을 당한 터라 이렇게 부른 것이다. 1636년 12월 병자호란이 일어났을 때 장유의 모친이 강화도로 피란하다가 죽었다. 장유는 남한산성에 인종을 호종한 뒤 어머니의 죽음 소식을 들었다.
- 정백(鄭伯)이 양을 끌고 간 탄식 관련 고사가 『춘추』에 보인다. 노나라 선공(宣公) 12년 봄에 초나라 왕이 정나라를 침범하여 수도를 함락시켰을 때, 정백이 옷을 벗어 윗몸을 드러낸 채 양을 끌고 가서 맞이한 데서 따왔다. 신복(臣僕)이 되는 것을 말한다.
- 전형(銓衡)을 맡고 있습니다. 전형은 지금의 인사 행정으로 이조에서 주관했으며 이조 판서가 총괄했다. 환도 이후 최명길이 이조 판서직을 수행하고 있었기 때문에 이렇게 말한 것이다. 이후 최명길은 1637년 4월 9일에 우의정에 제수되었고, 8월에 좌의정에 올라 병자호란 이후 혼란에 빠진 조정을 바로잡는 데 일조했다.
- 백등(白登)의 포위망 백등은 중국 산서성에 있는 산이다. 한나라 고조가 흉노를 치다가 40만 흉노 군사에게 포위를 당하여 매우 위급했던 적이 있는데, 본문은 이를 두고 한 말이다. 『사기』 「흉노열전」에 보인다.

장유

후세에 전할 만한 문장 304쪽

- 정응태(丁應泰)가 우리를 무고하니 명나라의 병부 주사였던 정응태가 1598년 임진왜란에 대해 조선이 왜병을 끌어들여 중국을 침범하고 요동을 탈환해 고구려의 옛 땅을 회복하려 한다고 무고했던 일이 있다.

- 금용(金墉)의 재앙 임금과 황후, 태자와 태후가 폐위되어 유폐되는 일을 이르는 말이다. 중국 진(晉)나라의 양후(楊后)와 민회 태자(愍懷太子)가 모두 금용성(金墉城)에 갇혔고, 위(魏)나라 임금 조방(曹芳)이 사마사(司馬師)에 의해 금용성으로 옮겨졌으며, 진(晉)나라 혜제(惠帝) 역시 폐위된 뒤 금용성에 연금되었던 까닭에 금용의 재앙이라 일컫는다.

- 장추궁(長秋宮) 중국 한나라 때 황후가 거처했던 궁전 이름이다. 여기에서는 인목 대비가 유폐되어 있었던 서궁을 가리킨다. 헤아릴 수 없는 변고란 인목 대비를 죽이는 일을 뜻한다.

- 숙손표(叔孫豹)는 썩지 않을 일을 논하면서 입언(立言)을 가장 뒤에 두었다. 중국 춘추 시대 노나라 대부 숙손표가 진(晉)나라에 갔을 때 범선자(范宣子)가 길이 썩지 않을 일에 대해 물어보았다. 이에 숙손표가 "최고는 덕을 세우는 것이고, 그다음은 공을 세우는 것이며, 그다음은 말을 세우는 것이다.(太上有立德, 其次有立功, 其次有立言.)"라고 대답했는데, 본문은 이를 두고 한 말이다. 『춘추좌전』에 관련 기사가 실려 있다.

한 고조가 기신을 녹훈하지 않은 까닭 317쪽

- 악천추(鄂千秋)와 위무지(魏無知) 같은 경우는 한마디 말로 봉작(封爵)을 얻기에 이르렀으니 한 고조가 천하를 평정한 후 일등공신 18인의 차례를 정

하게 했다. 중의(衆議)가 평양후(平陽侯)인 조참(曹參)의 공을 으뜸으로 꼽았다. 이때 악천추가 임금에게 소하가 관중을 보전한 공이야말로 만세의 공이라며 소하를 으뜸으로 삼아야 한다고 주장했다. 이에 고조가 소하를 1등으로 삼고, 소하의 공이 높아도 악천추로 인해 밝아진 것이라고 하며 악천추를 안평후(安平侯)에 봉했다. 또 위무지의 천거로 등용된 진평이 그에게 공을 돌리자 한 고조가 "그대 같은 이는 근본을 배반하지 않는다고 할 만하다."라 하고 위무지를 포상한 일이 있다.

• 산하(山河)를 두고 한 맹세와 철판에 붉은 글씨로 쓴 문서가 한 세상에 찬란하게 빛났다. 한나라 때 봉작의 의식에서 '황하(黃河)가 띠(帶)같이 가늘게 되고 태산(泰山)이 숫돌같이 작아질 때까지 나라를 길이 보존하여 자손에게 미치게 하자.(使黃河如帶, 泰山若礪, 國以永存, 爰及苗裔.)'라는 내용을 담은 맹세, 즉 '대려(帶礪)의 맹세'와 한 고조가 공신들에게 하사한 문권(文卷)을 산하의 맹세와 단철(丹鐵)의 문권이라 이른다. 단철의 문권은 철판에 붉은 글씨로 새겨 영원히 지워지지 않게 한 것으로, 지니고 있으면 그 자손도 영원히 죄를 면할 수 있는 증서이다.

• 예전 아버지가 네 둘째 형의 노력만 못하다고 나무랐던 일에 대해서는 아버지께 헌수(獻壽)하는 날에 원망을 폈고 한 고조 9년, 미앙궁(未央宮)이 완성되자 고조가 제후와 군신에게 큰 주연을 베풀었다. 이 자리에서 고조는 술잔을 받들어 그 아버지에게 헌수하면서 "전에 아버지께서 항상 저는 무뢰한 사람으로서 산업을 잘 다스리지 못하여 중형이 힘쓰는 것만 못하다고 하셨는데 지금 저의 성취한 사업이 중형과 더불어 누가 더 훌륭합니까?(始大人常以臣無賴, 不能治産業, 不如仲力, 今某之業所就, 孰與仲多?)"라고 말했는데, 본문은 이를 두고 한 말이다. 한 고조의 중형(仲兄)은 이름은 희(喜)요, 자가 중(仲)이다.

• 맏형수가 국 솥을 긁었던 일에 대한 유감은 마침내 조카를 봉(封)한 이름에서 드러났다. 한 고조가 한미할 때 빈둥거리면서 때로 맏형수 집에 찾아

가 밥을 먹었다. 형수가 그 시동생을 싫어하여 시동생이 빈객과 같이 와서 국을 달라 하면 국이 없다고 국 솥을 긁었다. 빈객들이 간 뒤 부엌에 가서 국 솥에 국이 있는 것을 보고 고조는 그 형수를 원망했다. 그 뒤 고조가 임금이 되어 형제들을 다 봉했으나 맏형 백(伯)의 아들만은 봉하지 않았다. 태상황(太上皇)이 이를 문제 삼자 고조가 "제가 봉해 줄 것을 잊은 것이 아닙니다. 그 어머니가 키워 주지 않았기 때문입니다.(某非忘封之也. 爲其母不長者耳.)"라고 말하고 그 아들 신(信)을 봉하여 갱힐후(羹頡侯)라고 했다. 즉 국(羹)으로 모욕 준 일을 유감스러워 한 것이다.

- 노관(盧綰) 한 고조와 한동네에서 한날에 태어나 자라면서 함께 배우고 서로 아꼈다. 고조가 기병할 적에 장군이 되어 장도(藏荼)를 깨뜨린 공으로 연왕(燕王)에 봉해졌다.

- "위엄이 해내(海內)를 덮었네(威加海內)"라는 노래 한 고조가 천하를 정복하고 고향인 패(沛)로 돌아가서 예전에 알던 부로(父老)와 그 자제를 모아 놓고 술을 마시면서 불렀다는 「대풍가(大風歌)」의 한 대목이다.

- 이 때문에 유후(留侯) 장량은 옹치(雍齒)부터 봉하는 것에 찬동하고 장량이 고조에게 군신들의 모반을 진압하기 위해서는 제일 미워하던 옹치부터 먼저 봉해 주어야 한다고 말해, 옹치를 집방후(什方侯)에 봉한 일이 있다.

- 등공(滕公)은 계포(季布)의 죽음을 면하게 해 주었으면서도 계포가 초나라 항적(項籍)의 장수가 되어 여러 번 한 고조를 괴롭혔다. 항적이 멸망하자 고조는 계포를 잡기 위해 1000금(金)을 현상금으로 내걸고 "감히 집에 숨겨 주는 자가 있으면 죄가 삼족에 미치리라.(敢有舍匿, 罪及三族.)"라 했다. 등공이 계포를 숨겨 주었던 주씨(朱氏)의 말에 따라 한 고조에게 계포를 사면해 줄 것을 말하자 그를 불러 낭중(郞中) 벼슬에 제수했다.

원문 原文

柳夢寅

解辨 21쪽

天下之物, 有結必有解. 帶之結, 觿以解之, 髮之結, 櫛以解之, 病之結, 藥石以解之. 至於風之解雲, 酒之解愁, 將軍之解敵陣, 禱祠符呪之解鬼神, 無不因其結者解之.

今有人於此, 非有徽纆之索, 而似有物繫縛之, 局局束束而不自解, 獨何耶. 設使張三解之, 而李四結之. 解與結相敵, 解之也不易, 又令賁育結之而嬰兒解之, 解者弱而結者强也, 解之也尤難.

今也, 不結而結, 當解而不解者, 二十年. 問其結者, 無綱維是, 是特不肯解, 非不得解也. 苟有親愛之者, 其忍熟視而不肯力乎. 其必有能解之者解之. (『於于集』後集 卷6)

膽破鬼說 23쪽

日本商倭, 泊金山, 販一藥, 名痰破塊, 言能治成塊之痰也. 其服之也, 用銅作小勺, 如剖雀卵, 柄長尺許, 勺有細穴, 通柄中. 柄口窄如翎穴. 屑其葉, 實勺中熱之, 從柄口欱其烟. 烟苦甚, 一吸三咳, 臭又毒, 棘口戟喉, 不可堪. 婦人服之, 難娠, 已娠亦隕胎. 我國人始視之, 如砒礵烏喙.

或服之, 能治痰治霍亂治胸肚疾, 一再便效. 其灰又能治疥瘡. 四三年間, 擧國奔波爭貿. 長安男女, 不問黃童白叟, 有疾無疾, 喜燎而吸之, 振鼻之臭塞街. 或有惡少年爭歌之曰: "見美色旨酒, 猶可忍, 見痰破塊, 不可忍."

吁! 古人曰: "醫不三世, 不服其藥." 凡藥餌經累世多食, 效不見傷, 方可服也.

今者, 日本乃我讐邦也. 計將盡殲我無病人, 作新奇一方, 以啗之. 問其方, 曰: "本草稱南方有靈草, 葉如牛耳, 鵝鈴竹吸之, 百疾愈." 夫南方之草, 有萬其名, 葉如牛耳, 紛不知幾許, 而必指此毒草, 爲本草中靈草者, 何也.

頃者, 晉州民, 斁於人服痰破塊而死. 其子訟諸官曰: "吾父與是夫, 有郤, 痰破塊和葛葉, 燒吸者立死. 是夫用是殺吾父." 使君拘其民, 用其方試之, 不能五六柄, 果死. 又有赴京使李成吉, 歸路肚微疼, 服是葉五勺, 死客舍. 吾戚姪李籍武宣傳也, 患痰服之, 浹兩月. 泊余添銓官, 日來求補縣, 闕然不來數十日, 問之其家人, 因服此已死矣.

蓋東方人, 於文字不辨音義, 凡物名, 多取同音不究義. 余謂所謂痰破塊乃膽破鬼也, 能消破肝膽之一怪鬼也. 近聞閭里間有童謠曰: "夜半時起坐, 作妖膽破鬼." 凡物莫妖於此. 余爲之說, 以戒一世寡識枉死之人.(『默好稿』下)

博古書肆序 29쪽

天下之事, 有有之而無之者, 有無之而有之者. 有有之而不有之與無同者, 有無之而能有之如素有者. 苟推其有, 使有於無, 天下之無, 皆自我有出.

有人於此, 於萬物不求其有, 而所多有者, 獨古人書. 際時之艱, 來地之窮, 昔之有, 今無多.

士之無於書者, 思有之不得, 安其無於一方, 而昧天下之所固有, 可憐哉. 於是乎, 有者出其有, 以陳之寂寞之鄉, 使無者不鳩而聚, 不售而貿, 虛牝終歸於實地, 則所謂無之而能有之如有之者非耶.

如曰: "我習故而蹈常." 求馬乎唐肆, 如也則有之如無之, 雖多亦奚. 以爲如使一方, 古無而今有, 使四方無之而求有之者, 側肩爭門, 如趨市爲, 則南原其壠斷乎.(『於于集』後集 卷3)

贈李聖徵廷龜令公赴京序 32쪽

聖徵乎! 聖人以朋友齒五倫, 其義顧不重乎. 莫大者死生, 猶或爲朋友許身, 矧其餘乎. 余未知今之世重斯義乎, 是何朋友之多歧乎.

自朝家士論相携, 朋友之道, 能皆可保終始乎. 交之道一也, 緣何而爲二乎. 二猶不幸, 緣何而爲四爲五乎. 其爲一其爲四五者, 自比而逡私, 能無負於一人乎. 入於一者, 各自爲一, 與四五敵, 爲一人者, 其不孤乎. 一之勢盛, 則 ·之勢衰. 守於一而爲進退, 自以爲節義, 其節義可移於一人乎.

黃者自黃, 靑者自靑, 其靑黃果其性乎. 問于甲, 則是甲而非乙, 問于乙, 則是乙而非甲. 其俱是乎, 其俱非乎, 其甲乙不能相是乎. 余獨也. 視今之士, 其有若余獨乎. 以獨而行于世, 交之道豈泥于一乎. 一之不泥, 於四於五, 皆吾友也, 則吾之倫, 不亦博乎. 其寒凝冰而吾不慄, 其熱焦土而吾不灼. 無可無不可, 惟吾心之從, 而吾心之所歸, 惟一人而已, 則其去就豈不綽有裕乎.

聖徵, 少時友也. 游泮而始親, 登朝而彌篤, 升宰列而愈益密. 或者其志與余同乎. 人心日薄, 世道萬變, 風波一起於平地, 雖兄弟莫保始終, 而與聖徵相愛, 白首如初. 相愛者何愛. 其不私於一而不負于一人乎.

雖然, 有一焉, 肝肺同藏, 而性不同, 耳目同面, 而官不同. 吾之炙秦之炙同味, 羽之白雪之白同色, 强其異者而同之則不同, 順其同者而同之則自同. 如同其同也, 可不以死生許之乎. 可不與父子兄弟而倫之乎. 或不然, 自私其一而後一人, 吾將任其獨而從其博乎. 聖徵將赴京, 余無贐, 請以此爲贐, 可乎.(『於于集』卷3)

奉月沙書 36쪽

昨大諫送書來, 稱月沙發論備局, 太學士將缺, 柳某以提學在散中, 宜及時處

之. 夢寅得書, 竊笑之. 是閤下憫當時文墜, 欲振之, 且憐夢寅久滯, 擬籍此起
其廢也. 感激感激.

夢寅罪人也. 而帶職名猶昔, 啓箚疏請免三者, 俱非席藁者事, 悶默已四載
矣. 況太學士於夢寅何哉. 今人亦古人也. 自古文人有人與骨不朽而遇知己者乎.
不意今世有我揚子雲也.

雖然去歲年饑, 羣兒爭餅, 而歸察之, 鼻液糊矣. 夢寅處江湖, 閑無事. 前年
讀左氏, 今年誦杜詩, 此眞臨年者伴也, 以此餞餘生足矣. 如與羣兒爭鼻液之
餅, 非所願也. 玆者, 備局諸老, 皆夢寅年相若而先後生者, 幸閤下以此辭焉. 夢
寅再拜.(『於于集』卷5)

送申佐郎光立赴京序 39쪽

余嘗觀東方效中國, 如東施之於西施, 其中以小知自好者, 率不過中國之糠粃
耳. 然而瓌偉倜儻奇偉之士, 千百世有一二焉. 東方人熟視之不察也, 謂與渠儕,
而惟中國人大異之, 當時稱焉, 後世傳焉. 何者?

中國尙才, 而東方不尙才, 中國知人, 而東方不知人. 薄命哉! 人才之生東
方者! 究其理, 無足恠. 其九竅四肢百骸, 與平人同, 視其外得其中, 豈人人而
能之.

今之中國, 必有其人, 其知東方復有如古之人, 而泯泯混混, 與流輩儕乎. 中
國雖有其人乎, 地之遠數千里, 無影響可憑, 則與東方草木同其臭味, 其終莫見
知而死乎. 抑因人拔之, 或傳言語文字, 以布諸今之天下乎?

雖然人之才, 有大小淺深. 古之生中國者, 有宏才邃學, 不見知於當時, 跡後
世而乃或知之. 苟其才之深且大, 今之中國, 亦難期其必知, 其將有待於後世乎.

申佐郎, 聰明士也. 其知東方有斯人乎. 將在其身, 或在其所相知, 今之之中

國也. 中國之人必有問, 其將奚以答之. 余與子俱東方之薄命者也. 泯泯於海外, 顧無以聞天下後世. 於其別, 重有感於斯文.(『於于集』卷3)

贈表訓寺僧慧默序 ^{42쪽}

天啓二年冬, 於于子隱居于金剛山之表訓寺. 寺之僧慧默唁曰: "子之春秋有幾?" 曰: "大易之卦數也." 曰: "子之廢幾載?" 曰: "除五日, 卽六載矣." 曰: "緣何到此?" 曰: "爲賞秋來. 將餞歲也." "何病之久?" 曰: "勞飢之故也." "何勞且飢?" 曰: "繇嶺西越阻險, 並東海北轉入楓嶽, 或驂或輿, 或杖而步. 僮奚治盤飧, 酸醎節適, 不稱於老口, 所以病也." "何病之稍間, 而讀書晷繼燭, 作詩文累簡牘耶?" 曰: "性所嗜, 不自疲也."

默曰: "子誤矣. 余觀夫今世擯屛失跡者, 或一歲或數歲, 或不歲月, 皆起廢. 所以求進之多階也. 子何獨不循衆媒進, 至五六載之久, 而益自遠世爲? 余觀人甲子重還之後, 坐則噫, 起則呀, 使童子抑搔於一室, 猶呻號欠安, 子何耐疲頓險巇, 以快一時心目哉? 垂死而甦, 氣力有幾, 復何勤勤於書籍札翰, 以浪耗魂精乎?"

於于子怫然色變, 聲厲而應之曰: "子誠今人! 何不以古蘄於我耶? 子夏不云乎? '死生有命, 富貴在天.' 使富貴求而可致, 則荀卿韓非年少而南面, 何苦落拓於下流, 使死生由勞逸引促, 則豪華之信陵豈有塡, 負薪之榮期, 豈至於垂白乎? 況世路艱危, 劇太行羊腸, 覆粟折股, 前後車相襲, 豈比我山海之遊, 或駕或御, 適心怡神於叢桂中哉?

且也余嘗病古人爲文章, 皆偏一而不周. 太史公·揚雄能文而不能詩. 太白子美能詩而不能文. 故一生勤悴, 思欲左右兼而兩臻其閫. 所著積五十餘卷, 而文半焉詩半焉. 嚮在三十年前, 富筋力善登陟, 窮蒐內外嶽, 莫我若也. 有遊山錄一通, 行于東方, 失之兵火. 及今脚力已軟, 無復昔日勝賞, 而永嘉之謝詩, 永州之柳記, 卒不可落莫. 子豈以今日之行官過客, 費供候擾攘山林方我哉? 且也我今年卽呂洞賓化仙之歲也. 雖死於山, 以靑嶂爲棺槨, 以楓檜爲垣衛, 香爐峰爲香爐, 石馬峰爲石馬, 以紅霞白雲靑嵐爲朝夕之饗, 與永郞述郞, 飛吟於東海之畔, 吾之死不亦榮乎?"

於是默合手而拜曰: "貧道生不聞仙間綺語, 子之言, 安期不如?"(『於于集』卷4)

楓嶽奇遇記 47쪽

於于柳先生棲楓岳之表訓寺, 病三月始起. 常夜登南樓以自遣. 忽有異人, 狀貌魁傑嵃巖, 使童子通名, 曰: "堅白主人, 請見先生." 令童子扶而再拜, 撤席坐定. 主人曰: "余本斯嶽之主, 姓石. 自開闢, 吾石氏封於斯地者一萬有二千; 皆尙堅白, 喜爲公孫乞子同異之學. 今先生見客累月, 請乘暇日爲奇遇.

俄而復有客通刺, 自號淸溪道流, 字仲深. 揖先生而言曰: "我出自雁門, 引仙派淸流, 循洞府, 游于樓下. 聞主人翁奉先生作佳會, 敢來與席下."

復有客身長十丈, 垂蒼胡披赤甲, 欣然而來問之. 童子曰: "此會稽張丈人, 擧族專住此嶽, 不知幾千萬." 先生奇其儀表, 倒屣而迎之.

復有客不知自何所, 無語而來. 倏爾而入坐曰: "我出此岳, 上下四方, 隨所往而遊. 今夜靜山寂, 尋根而歸." 訪其姓名, 只曰無心過客.

又有丹冠老仙, 長頸聳身, 翩躚而至曰: "東峯之外, 有臺號金剛, 有窟淸且深, 非但人蹤不到, 翔隼仰而不逮. 余世棲其中, 三十年前與先生有舊, 敢來拜.

又有客颯然來過, 使人肌骨淸泠. 訊之乃靑蘋逸士, 雄其名者也.

未幾萬壑俱明, 衆峯呈態. 瑞光自東而來. 主人驚喜曰: "此我至明正素極圓元晦太淸太夫人, 自東海從日出峯之左, 穿松林來莅焉."

主人移席而請曰: "今者日吉辰良, 諸異畢會. 會柳先生久疴而蘇, 盍屬一觴慰諸?" 太夫人曰: "甚可. 唯主人焉." 於是, 主人翁使香城眞仙進靑桂子各一盤, 松林菴道釋進茯苓餻各一器. 萬瀑洞主供赤葡萄蜜漿, 九井洞靈奉五味香餌. 命盧峯摘石芝, 令彌坡採紫芝. 摩訶神人呈松芽鬱黃酒, 陳獅吼鯨鳴梵唄錚鼓之樂以娛之. 復展紅霞爲綵牋, 控東溟爲硯池, 偃五老峯爲筆穎, 請先生賦詩. 先生放筆而題之, 山鬼林夔皆泣焉.

酒數行, 太淸太夫人先起而辭曰: "今將趁末曙, 歷崑崙過玄圃, 與西瀛仙子相期於若木之墟." 遂下樓而去, 滿座廻遑如失. 已而陰氣四合, 山氣溟濛. 主人翁戱然變色曰: "花山白居士復來矣." 先生徙倚而四顧, 堅白主人已成皤皤老叟, 淸溪道流匿跡於深壑底. 無心過客歸於嶺上, 而會稽張丈人肢體下垂, 蒼髯盡爲皓鬢, 無復昔日容顏. 丈人顧謂靑蘋逸士曰: "今我困矣, 願逸士釋我重負, 看我萬舞." 先生乃攝衣下樓, 丹冠老仙從之. 無蹊徑, 地上之白五尺矣.(『於于集』卷6)

李睟光

東園庇雨堂記 55쪽

敞居在興仁門外直駱峯之東偏. 有山曰商山, 山之一麓邐迤而南, 若拱揖之狀者, 曰芝峯. 峯之上有盤石, 可坐數十人. 又有大松十餘株如偃蓋形者, 曰棲鳳亭. 其下地更平衍, 周百許畝. 畫以爲園, 曰東園. 深邃夷曠, 有幽居之勝. 初, 夏亭柳政丞以淸白鳴世, 卜宅于玆, 爲草屋數棟. 雨則以傘承其漏, 至今人誦之.

卽余外五世祖也. 至余先考, 仍舊而小加拓焉. 客有言其朴素者, 輒曰: "比雨傘, 則亦已侈矣." 聞者, 無不悅服. 余以不肖, 不克保有先業, 自經壬辰兵燹, 短礎喬木, 無復餘者. 余爲是懼, 卽其故址, 構一小堂, 扁曰庇雨. 以爲偃息之所. 蓋取僅庇風雨之義, 而乃其所志則亦欲不忘嗣續, 以竊附於雨傘之遺風焉. 景有八, 記于左云.(『芝峯集』卷21)

畜貓狗說 ^{58쪽}

貓性善捕鼠, 狗性善逐獸. 有一人喜是物也, 不擇其材否, 唯取體大毛澤, 能擾順者, 厚飼之. 體日益大, 毛日益澤, 目之者稱異. 然使之捕鼠, 則如不視也, 使之逐獸, 則如不聞也. 蓋非特意慾已斁, 亦以肥腯不捷之故也. 其人不斥以下材, 而愛養愈甚. 惟日飽腹安眠而已. 猶且竊飯與肉, 以益其肥. 往往嘔汚於茵席, 遺穢於階庭. 而其人不省, 是豈物性然哉. 由擇取之失而畜養之過也. 吁! 人君用將之方, 亦猶是夫.(『芝峯集』卷21)

玉堂箚子 ^{61쪽}

伏以臣等伏覩下敎, 以交河或開府或置京便否, 令二品以上諸臣會議者. 竊念堪輿風水之說, 不見於經傳, 而作俑於後世, 其言茫昧而無徵, 其術荒誕而無稽. 斯固識理君子所不取也.

今有李懿信者, 掇拾地家之餘論, 鼓動不根之邪舌, 乃敢陳疏, 極稱漢陽交河地氣衰旺, 至以祕記爲證, 必欲挈國都而移之. 附會張皇, 肆然無忌, 其心以爲朝廷有人乎. 此疏一入, 遠近驚惑, 互煽浮言, 靡所止息. 左道妖言之罪, 自有其律矣.

臣等初聞下禮曹議啓之批, 私竊以謂聖上萬無聽信之理, 其必令禮官先議其是非, 而後議其妄言之罪, 不但已也. 悶默以俟, 迄至于今, 乃有會議之命, 是不唯不罪其妄言, 而蓋將用其言而施諸事也. 以我聖上之明, 不能不動於其言, 而有此擧措, 臣等之惑, 至是甚焉. 夫所謂會議者, 或便或否, 有所折衷之意也. 今懿信之疏, 國人皆以爲可罪, 移都之事, 國人皆以爲不便, 則其便其否, 無待議矣.

臣等請得以明之. 天作神都, 甲於東方. 華山爲城, 漢水爲池, 形勢之勝, 固不假言. 而二百年餘, 人材蔚興, 民物殷阜, 治隆國泰, 夐越前古, 是乃已然之明驗. 若使術者之說, 信而有徵, 所謂福地, 宜無過此者. 豈交河卑湫窄陋之鄉, 所可擬議哉.

粵我聖祖剙業之初, 經營四方, 定鼎于玆, 深謨睿算, 非後世淺見所及. 而傳諸列聖, 爲萬代鞏固不拔之基, 其付托之重, 亦如何哉. 宗社在此, 臣民在此, 而一朝無故, 因匹夫謬妄之見, 輕捨舊業, 委而去之, 則祖宗在天之靈, 其肯曰: "予有後乎." 且安土重遷, 品物恒性. 故亳邑屢圮, 至於蕩析離居, 而盤庚申告再三, 惟恐民之不從, 其勤也如此.

今國家經變以來, 瘡痍甫集, 廟闕營繕之役, 雖出於不得已, 而民亦勞止, 迄未少休. 眴眴脊瘹, 有不忍聞. 當此之時, 以靜鎭之, 猶懼未也. 顧乃不諒時勢, 強拂人心, 驅諸荒野之中, 使之當宮室板築之勞, 則魚駭鳥散, 勢所必至. 竊恐群情沸騰, 國事潰裂, 變故之作, 將有不可言者矣.

聖敎又以別京爲諭, 臣等不知別京者何京耶. 古所謂行都, 唯周之洛邑, 皇明之燕京, 而或宅中圖治, 或鎭壓北虜. 皆出國家大計, 非牽合術數而爲也. 至于麗季, 酷信道詵之遺讖, 別建西南京, 四時移幸, 以求福利, 而反促危亡之禍, 至今爲後世笑. 況懿信之詭怪不經, 非道詵比, 而敢爲大言, 熒惑天聽, 欲使祖宗萬年之基業, 壞弄於一擲, 不亦痛哉.

傳曰: "地利不如人和." 今日之所可憂者, 果在於地氣之衰盛乎, 抑在於人心
之向背乎. 若以人事之不齊, 而歸咎於氣數, 德政之不修, 而聽命於妖術, 則豈
古帝王祈天永命之道哉. 臣等職忝論思目見, 邪說殄行, 將至於喪邦而後已, 不
敢終嘿, 以重罪戾. 伏願聖明, 深加省念, 斥絶妖言, 亟寢難行之議, 以定群疑,
以固邦本, 不勝幸甚.(『芝峯集』卷22)

年豐傳 67쪽

年豐者, 金泉驛奴也. 壬辰倭變, 余以原任吏部郎, 差防禦從事官赴嶺南. 時賊
勢充斥, 吏卒之從行者舉皆逃散. 獨豐持駃騎隨余, 不暫舍.

一日露宿田間, 距賊屯甚近. 軍中夜驚, 人馬崩潰, 豐急扶余上馬, 得免蹂躪.
又在金山村舍, 余臥未起, 不意賊突至, 相去不十步, 豐遽促騎, 纔入後谷. 見賊
挺刃追趕者無數. 如是者, 非一再.

到雲峯, 聞都城不守. 余與同行將士, 西向慟哭. 豐亦哭甚悲. 偕三道兵, 陣于
水原之境, 暨奔北. 賊幾及背, 賴豐鞭馬, 出泥淖中獲脫. 其秋, 達義州行在, 旋
以御史赴咸鏡北道. 余謂豐曰: "爾辛苦甚矣. 不可又入不毛之地, 盍留此以待
余還." 豐曰: "吾不可獨後. 堅請偕往." 至翌年癸巳, 京城賊退, 豐始辭歸. 到家
見其母無恙, 其妻服喪, 以爲死久矣. 及相見, 疑其鬼焉.

其明年, 豐又來見余于洛下, 去未幾死. 夫自嶺南至義州, 又轉而北道, 跋涉
幾萬里, 出入賊藪, 迫於危殆者數矣. 賊逼, 則豐終日瞭望, 或達曙不眠, 常輟
馬以俟之. 夜遇險阻, 則豐用右手扼馬, 左手扶余身, 俯仰下上, 以防顚隊. 凡周
旋擁護, 出於至誠, 未嘗少懈.

方在嶺南時, 去家數十里之近, 不聞其母妻之存沒, 而了無去意. 當奔避之
際, 左右腹背皆賊也, 決知其朝暮必死, 而終始不去. 往往絶糧, 或竟日不得

食, 困頓甚矣, 而不一出慍語. 人有問何以不去, 豐輒曰: "我非不能去, 顧有所不忍耳."

噫! 余於豐, 非素相識也, 非有恩威可驅使也. 乃一朝卒遇而得之. 抑豐賤隸耳, 非知有士君子之行, 又非矯情要譽, 以取祿仕者也, 而能若此, 其可尙已. 當是時, 奴而棄主, 子而後親者, 滔滔也. 至於官守之臣, 或有偸生鼠竄, 顧戀妻子而忘君背國者. 雖衣冠儼然可畏, 其視此人, 何如也. 豐時年二十; 爲人謹默而多質.(『芝峯集』卷23)

詩說 71쪽

詩固小技, 而文之至精者, 莫過於詩. 故非性相近, 則雖力強而爲之, 亦終不能似也. 況性不近, 力不強, 而所尙卑者乎.

夫詩, 自魏晉以降, 陵夷, 至徐庾, 而靡麗極矣. 及始唐, 稍稍復振, 以至盛唐諸人出, 而詩道大成, 蔑以加焉. 逮晚唐, 則又變, 而雜體竝興, 詞氣萎弱, 間或剽竊陳言, 令人易厭. 然比之於宋, 體格亦自別矣. 後之人, 驟見其小疵, 而槩以唐爲可薄. 又徒知晚唐之爲唐, 而不知始盛之爲唐. 甚者, 守井管之見, 肆雌黃之口, 全昧聲律利病, 而妄議工拙是非, 至謂唐不可學, 或謂唐不必學. 靡靡焉惟宋之趨, 纔屬文, 則曰足矣, 不復求進. 苟以悅時人之目而止, 信乎言詩之難也.

古人曰: "刻鵠不成, 尙類鶩, 畫虎不成, 反類狗." 余竊以爲唐譬則鵠也, 宋譬則虎也. 學盛唐不懈, 則可以出漢魏, 以及乎古. 學宋而益下, 則恐無以復正始, 而宋亦不可能矣. 噫! 苟非沈潛妙詣, 頓悟獨得者, 曷足以興此.(『芝峯集』卷21)

趙完璧傳

趙生完璧者, 晉州士人也. 弱冠, 値丁酉倭變, 被擄入日本京都, 卽倭皇所居. 爲
倭服役甚苦, 思戀鄕土, 常有逃還之志. 倭奴輕生重利, 以商販爲農, 以舟楫爲
鞍馬, 海外南番諸國, 無遠不到.

以生曉解文字, 挈而登舟, 自甲辰連歲三往安南國. 安南去日本海路三萬七千
里. 由薩摩州開洋, 歷中朝漳州廣東等界, 抵安南興元縣. 縣距其國東京八十里,
乃其國都也. 國內中分爲二, 一安南國一交趾國. 互相爭戰, 未決勝負. 有文理
侯鄭勮者, 以宦官用事, 年八十; 居處甚侈. 地多茅蓋, 而唯文理侯家用瓦. 瓦縫
用油灰, 以孔雀羽織絹爲帳.

一日文理侯招生, 生至, 則有高官數十人列坐飮宴. 聞生爲朝鮮人, 皆厚待之,
且饋酒食. 問其被擄之由曰: "倭奴之侵暴貴國, 俺等亦聞之." 頗有憫惻之色.
仍出一卷書示之曰: "此乃貴國李芝峯詩也.〔芝峯卽睟光號, 詩卽睟光丁酉奉使中
朝時, 贈其國使臣者也.〕你是高麗人, 能識李芝峯乎." 生以鄕生, 年少被擄, 又
不斥名而稱芝峯. 故不省芝峯爲誰某, 衆歎訝久之. 生閱過其書, 則多記古今名
作無慮累百篇, 而首題曰朝鮮國使臣李芝峯詩, 皆以朱墨批點. 且指其中山出
異形饒象骨一聯曰: "此地有象山, 所以尤妙." 相與稱賞不已.

旣數日, 儒生等又請致于其家, 盛酒饌以餉之. 因言貴國乃禮義之邦, 與鄙
國同體, 慰諭備至. 談間出示一書曰: "此貴國宰相李芝峯之作, 我諸生人人抄
錄而誦之, 你可觀之." 生自以朝夕人, 無意省錄. 且請紙筆, 只傳寫數篇而還舟.
厥後見學校中諸生, 果多挾是書者.

文理侯謂生曰: "你欲求還本國, 自此刷還于中朝, 可以轉解, 你須留此." 生欲
從其言, 而見其國人多詐難信, 又聞距本國甚遠不果云.

其國男女皆被髮赤脚, 無鞋履. 雖官貴者亦然. 長者則漆齒. 其人多壽. 有一

老人, 髮白而復黃, 齒則如小兒, 所謂黃髮兒齒者也. 問其年, 則百有二十. 其過百歲者, 比比有之. 且俗尙讀書, 鄕閭往往有學堂, 誦聲相聞. 兒童皆誦蒙求及陽節潘氏論. 或習詩文. 其讀字用合口聲, 與我國字音相近. 但紙最貴, 書籍則皆唐本也. 且喜習鳥銃, 小兒亦能解放.

其地甚煖, 二三月, 有西瓜甛瓜等物. 水田耕種無時, 三月間, 有始耕者, 有將熟者, 有方穫者. 日候晝熱夜涼. 地雖濱海, 海產不敷. 果則橘荔子外, 無他雜果. 饋以乾柹, 則不識之. 唯常喫檳榔, 以靑葉同食, 未知爲何物也.〔小說曰: “南人食檳榔, 以扶留藤同咀, 則不澁云.” 蓋此物也.〕檳榔樹高數丈, 聳直如竹有節, 葉似芭蕉. 木花樹甚高大, 田頭在處有之. 花大如芍藥, 績而作布, 甚堅靭. 桑則每年治田種之如禾麥, 摘桑以飼蠶. 絲絹最饒, 無貴賤皆服之. 渴則啖蔗草. 飯則僅取充腸. 常飮燒酒. 用沈香屑作膏塗身面. 有水牛形如野猪, 色蒼黑, 人家畜養, 作耕或屠食. 以日氣熱, 故晝則牛盡入水, 日沒後方出. 其角甚大, 卽今黑角, 倭奴貿取以來.〔五代史云: “占城有水兒.” 所謂水牛, 疑卽兒也.〕象則唯老撾地方出焉, 謂之象山. 有德象, 其牙最長幾五六尺. 國王畜象至七十頭, 出則騎象. 象有拜跪如人者. 孔雀鸚鵡白雉鷓鴣胡椒亦多產焉.

生亦嘗隨往呂宋國, 國在西南海中. 土多寶貨, 人皆髡髮爲僧. 琉球地方甚小, 其人皆偏髻着巾, 不習劍銃諸技. 距薩摩約三百里, 有硫黃山, 遠望山色皆黃. 五六月, 常有煙焰. 在日本時, 見京都有徐福祠, 徐福之裔主之, 學浮屠法. 有食邑, 不預國政. 且倭人最重我國書籍, 多寶藏之. 安南人亦以重貨求之.

生又言海水西高東下, 距廣東七十里. 海中有鷄龍山, 山極高峻, 地皆淺灘. 鷄龍山之東, 水折而東走, 舟行甚艱, 必由山內以過. 不然, 則漂流, 至東海乃止. 蓋水勢悍急如此. 自日本晝夜行四十日或五六十日, 始達安南. 還時, 則順流, 十五晝夜, 可抵日本矣. 大海中舟行以風便. 故每三四五月可行, 六月以後不得行舟. 又倭船小, 不能駕大海, 以白金八十兩購唐船. 船中人共一百八十餘名,

而唐人之慣習海程者爲船主. 用指南針以定東西, 又用繩索垂下, 鉤出水底土,
以其色辨方位遠近.

其所見奇怪之事甚多. 而海中見游龍, 尋常出沒. 一日數十步外, 有蒼龍奄至,
舟人失色, 俄而黑霧漲空, 有五色虹覆之, 雨雹交下, 波濤騰湧如沸. 舟上下震
蕩幾復, 如是者三四, 蓋龍奮迅欲升空而未能故也. 舟人每遇龍, 則輒蓺硫黃
及鷄毛, 龍惡其臭避去. 是日倉卒, 取數十活鷄, 投火燒之, 龍又將逼舟. 舟人計
沒奈何, 以銃砲數十; 一時齊發, 龍忽沒水去, 遂得脫云.

生至丁未年回答使呂祐吉等入往時, 哀告主倭, 得還本土. 其老母及妻俱無
恙, 亦異事也. 夫安南, 去我國累萬里, 自古不通, 況海道之窵遠乎. 生由東極抵
交南, 歷風濤之險, 行蠻貊之鄕, 冒萬死得一生, 以至全還. 乃前古所未有者也.
孔子曰: "言忠信, 行篤敬, 雖蠻貊之邦行矣." 若生者, 庶幾近之矣. 且生名爲完
璧, 抑可謂不負其名者歟.(『芝峯集』卷23)

東園師友對 押韻之文 83쪽

東園子投閑斂迹, 謝事葆眞, 陳室不掃, 徐榻久塵, 陶門晝掩, 翟羅朝設, 右詩
左書, 仰思俯讀, 若有契於心上者有年.

客有過而問焉. 曰: "士生斯世, 莫不以取友爲急. 氣以相求, 利以相合, 剖心
析肝以相信也, 含杯握手以相狎也. 翕翕嘽逐, 詡詡笑語. 結義則山岳可移, 出
言則膠漆不固. 此古今之所重, 而進取之上務也. 先生則不然, 少而寡合, 長而
益奇, 矯矯離俗, 睪睪守雌. 居無與晤, 出無所之, 人載酒而誰從, 客過門而不
睨. 心與世違, 道與時背, 在城市而若隱, 泯形迹而自珍. 行則畏影, 處則畏人,
獨何故歟."

東園子曰: "噫! 子烏足以知我. 蓋聞友者, 友其德也. 孔子大聖, 猶樂有朋,

孟軻大賢, 亦云尙友. 況如吾者, 豈能無友以自輔乎. 觀今之爲友者, 利害相競, 反覆不常. 世皆圓鑿, 吾行則方, 時尙詭隨, 吾腸則剛. 脂韋迎合, 斂言苟悅, 吾不能與同趨. 心口燕越, 朝親暮敵, 吾不能與同態. 是用收身靜默之中, 反求一室之內, 取古聖賢書, 咸置座右, 朝夕覽觀, 以爲良友. 動與聖賢竝居, 坐與聖賢對話. 寤寐周程, 若與共時, 神交顏孟, 若與親炙. 觀其所行, 以輔吾過, 誦其所言, 以警吾惰, 至於歷論古人, 以求勝己, 兼通往史, 以資多聞, 儼然相責以善, 依然相會以文, 無日而不盍簪, 無時而不講習. 凡書中之訓戒, 卽吾友之善道, 書中之勉學, 卽吾友之忠告, 無利盡交衰之患, 有起余相長之益. 吾之取友, 不旣多乎."

客曰: "友則然矣. 師道之不傳也久, 先生豈有師乎."

東園子曰: "夫友以輔仁, 師以授業. 苟有友, 而無師以正之, 則不足謂學矣. 吾旣取聖賢書以爲友, 因以己心爲嚴師. 虔恭以奉之, 篤信以承之, 禮以爲贄, 敬以爲儀, 道德爲堂塾, 仁義爲皐比. 出入必稟, 動作必咨. 斯須不敢慢, 毫忽不自欺, 起居宴息, 翼然栗然. 一以事師者事心, 則心之所存, 卽師之所存. 豈必摳衣造席, 面命耳提, 然後謂之師焉. 大抵人皆有心, 心必有主, 方寸之中, 神明之府, 堯舜精一之法則備焉, 周孔道德之體用具焉. 操存則人, 放去則獸. 故師莫嚴乎心, 而執經非實, 師莫尙乎心, 而問學爲末. 沈潛乎博文約禮, 涵泳乎三省四勿, 事有所未當, 則質諸心以審其可否, 理有所可疑, 則反諸心以決其去就. 居突奧若親函丈, 處屋漏如在門墻, 庶幾覰高明之域, 升聖人之堂. 子歸而求之, 亦有餘師矣."

客曰: "韙哉. 先生卽所謂泰之師, 非泰之友也. 請從事於斯."(『芝峯集』卷21)

李廷龜

遊千山記 91쪽

人之局束生偏邦者, 率以朝天爲壯遊. 余於戊戌冬, 奉奏朝京. 時年尙少, 凡所歷, 必恣意探討. 其鶴野之大, 長城之壯, 望海亭之高爽, 採薇祠之淸絶, 潞河之驪檣, 天壇之環麗, 以至都邑之雄固, 土馬之精强, 宮廟之尊嚴, 省署之弘敞, 市廛之繁華, 鎭堡之棋布, 楡關北平柴市金臺之古迹, 皆壯觀也. 乃若奇山秀水, 則無可記者. 聞千山在遼陽西, 醫巫閭在廣寧北, 角山寺在山海關城曲之最高頂, 俱稱奇絶. 而去路六十里, 或三十里二十里, 迂且險, 官程不獲自由, 唯望見寄想而已.

歲甲辰, 又有奉奏行到遼, 得一秀才, 探千山道里. 遂不與譯輩謀, 厚遺騾主與之約, 自八里站, 迤南行五十餘里, 夕投山下村宿. 副价閔伯春書狀官李叔平從.

翌日淸. 早入靈遠寺, 或稱祖越寺. 寺門金榜, 曰人區別境. 佛殿扁, 曰千峯拱翠. 寺之法主僧普釗, 自號松峯, 迎於沙門, 引入別殿. 殿卽太監高淮舍施新構, 以爲遊賞留宿之地也. 諸僧爭薦櫻桃, 普釗別設茶果珍異諸品.

殿後有層樓, 高可數十丈. 從樓後石磴上二層, 有玉皇殿. 殿傍大石巖立, 刻曰太極石. 石左有鐘閣, 風動自響. 又上一層, 有觀音殿. 向之樓若閣若殿, 皆倚在峭壁, 杉松之屬被之. 而根柯屈盤, 扶疏偃仰, 若人栽培者. 又有大壁, 高可萬仞, 其面刻大字, 曰獨鎭群峯, 又曰含澤宣氣. 不知何物好事者, 緣何着手足, 做此危絶工夫. 豈劈山巨靈, 偶然施巧耶? 又上一層, 大峯中拆, 呀然爲大穴, 隱隱爲石門. 穿過數十步, 爲羅漢洞. 列坐三十餘浮屠, 左右石, 多刻名人學士詩及記.

折而北上窮其頂, 又有壁, 書曰振衣岡. 二佛庵, 踞其上小窪, 而磬聲時出九霄. 此其最高處. 境過淸不可久坐, 扶僧還靈遠寺. 僧進晩飯, 山蔬澗毛, 儘香美.

飯後步出沙臺, 石川繞之, 淙淙有聲. 跨以長橋, 延其檻爲水閣. 廚人進酒脯, 紓其困. 過溪有高岡, 與寺對峙, 岡上華構翼然, 繚以垣. 崇其殿扁, 曰巡按廳, 卽王巡按所建也. 山之眞面目, 森列眼前, 恰似金剛之眞歇臺.

左轉而行數里, 訪龍泉寺. 洞壑邃而險, 藤蘿蔽天. 主僧惠文號雲峯, 能詩善博奕. 壁有三簇, 諸學士所贈金字書跋及詩也. 小寮淸閴, 左右經卷茶爐, 蕭然無一塵. 幽泉淲淲, 穿石砌爲井爲臼, 繞戶而流, 其鳴乍大乍細. 僧設茶果, 迎款携之, 共賞西閣. 僧普眞所居也, 淸麗不是人間境界.

繞閣後攀藤, 上聖與庵. 伯春叔平困不能隨. 余與從者二人及僧普眞, 牽挽而登. 庵在重峯最深處, 一老僧獨居. 又上一峯, 有石爲壇. 廣可數百步, 大松盤其上. 老榦橫柯, 隱隱如蓋. 松下有新構精舍, 閴無人聲, 但見中堂香煙繚繞. 出戶始知有僧.

堂之左有房, 門垂緇帷. 普眞捲帷, 叉手禮之. 有僧年可五十餘, 碧眼長眉, 形如枯木, 跏趺坐若不見. 普眞道是朝鮮大學士來, 僧始起下, 坐我於椅子而揖之曰: "老釋入此山十餘年, 一未見世間人. 外國高官, 何自從遠來?" 余曰: "遠人探勝, 不覺誤入天台洞, 甚擾三淸淨界. 豈多生宿緣耶?" 僧擧手微哂. 床上松花松葉滿櫃, 一鉢盛淨水. 壁有宣皇帝金字御書賜讚大簇, 鉤開而下, 若示而誇之者. 豈山人亦好名耶? 坐久神淸魄動. 揖而退, 僧送至石壇外. 普眞云: "是僧絶粒不語, 已七八年. 今爲公出石壇, 且開口語, 宰相必有仙分矣."

從山腰轉數岡, 訪上元寺. 幽絶如龍泉, 淸峻不及靈遠. 暑暍且罷, 不得盡訪中元會仙等寺. 還到龍泉, 廚人已具夕飯, 日且下舂矣.

是山不甚雄大, 而奇峯峭壁, 束立如劍戟, 我國三角山合道峯, 則可以敵此. 而佛宇亭榭, 金碧焜燿, 一巖一洞, 俱有佳名稱. 石之如蹲虎如立人如剖大甕如垂天闕者, 殆不可數. 而路折必有臺, 臺上下必有奇松嘉樹, 多人力貴飾. 或造物之自奇, 非人力所到, 而類智巧者所施設, 是則三角道峯之所未有也.

夕驅車出宿洞外山村. 靈遠僧普釰, 龍泉僧惠文, 普眞與五六少僧, 攀轎不忍別, 送至五里許. 余各留詩爲別, 約於中秋回路, 趁楓菊更訪.(『月沙集』卷38)

箕城古鏡說 98쪽

萬曆庚申十一月初九日, 平壤正陽門外士人趙洽, 掘地得一鏡. 後面凸刻圓文二十字, 有東王公等語. 巡察使朴公叔夜, 得而奇之, 小敍識其事, 藏爲寶器.

都下喧傳說, 箕城得箕子鏡. 余雖病臥僻巷, 來言者甚多, 亟欲一見, 而無其便. 德平奇相國好古博物, 馳書求見, 朴觀察以撥騎齎送. 余仍得以寓目.

其鏡文環, 書連首尾, 未知何字爲首. 而朴觀察諸人, 皆讀爲東王公西周會年益壽民宜孫子吾陽陰眞自有道云. 見者, 以東王公爲箕子, 而西周會年爲孟津會年, 距于今二千八百八十餘年云.

余遂諦觀焉, 西周之周字, 乃囯字也. 囯是國之古字, 而特土蝕, 缺其中畫也. 余以會年之會字爲曾字, 曾乃增字之意. 眞自之眞字爲竟字, 竟乃鏡字也. 古人喜通用, 而不拘偏傍. 蓋以諸人所定觀之, 則文義不成, 又未知自何字始讀. 且其書乃隸字, 隸是李斯所製, 隸書始行於漢初, 其非西周會年之書, 則明矣. 東史云: "東明王始都成川, 其孫東川王移都平壤." 此在漢元帝末年間, 隸書之用古字, 如囯字曾字竟字, 皆漢書所載之古字, 則此鏡文之爲漢時書明矣.

所謂東明王東川王, 皆天孫也. 平壤之所稱東王坊, 卽其舊宮址, 而鏡之掘處, 在宮址二百步, 則此是東明王時鏡無疑矣. 圓文, 雖無首尾, 吾字上, 似有點標, 今當以吾字爲首而讀之, 曰吾陽陰鏡自有道東王公西國曾年益壽民宜孫子云云, 則文義稍通, 歲年似稱. 所謂東王公, 東明王也. 西國, 指沸流成川也. 有道, 用周書有道曾孫之語. 增年益壽, 祝君也. 民宜孫子, 祝民也. 大槩此鏡, 雖非箕子物, 其爲東明王時鏡, 則明矣.

今幾二千年, 古矣古矣. 東王騎麟馬上天, 而其時古器, 尙留人間, 豈非神異也. 神鼎之躍, 古劍之劚, 自古而然, 物之遭逢, 亦有時歟. 遂書顚末, 竝記管見, 以俟後之博雅.(『月沙集』 卷33)

象村集序 102쪽

余與玄翁, 結髮受書, 旣同升上舍, 又先後釋褐. 策名登朝, 荐承恩遇, 竝驅騷壇, 迭主齊盟. 癸丑之獄, 俱被縲絏, 戊午之禍, 我逐郊扉, 公仍遷荒. 逮際昌期, 公先入閣, 我又接武. 與公周旋於進退榮辱之間, 于今五十年所矣. 余老且病, 尙在人間, 思公不見, 見公之稿, 未嘗不掩卷一涕也.

公之在世, 公之籍, 已稍稍間出, 旣沒而始大傳. 睹其全者, 人人自廢, 渢渢乎, 大矣哉. 吾東方百餘年, 所未有之名家也.

嘗謂文章者, 天地之精, 而不朽之大業也. 其顯晦在人, 興喪係世道. 故君子得其時, 則精發而爲事業, 不得其時, 則精斂而爲文辭. 然而工文辭者, 或疏於世務, 任經濟者, 未遑於詞翰. 故自古作者多出於憂思困厄之中. 兩司馬病渴論腐, 其籍益富, 屈三閭澤畔懷沙, 其騷乃著. 斯非工於文者窮, 窮而後工也. 唐之燕許, 時稱館閣大手, 而事業則無聞, 宋之韓富, 功名著在方冊, 而詞華則不傳. 豈非人材有限, 天賦難全歟.

公早際先王右文之治, 歷敭詞掖, 黼黻鴻猷, 高文大冊, 多出公手中. 罹否運, 擯逐田野, 覃思墳典, 大肆力於斯文, 役僕百家, 睥睨千古, 上之先天奧義, 下之野史小說, 衆體俱該, 成一家焉. 蓋得之窮約者尤多. 及至協贊中興, 位隆三事, 精神文采之發爲經綸者, 皆足以炳琅一世. 豈天將降以大任, 畀以全才, 閱試於窮達顯晦之際, 使文章事業兼偉而竝卓耶. 觀於斯集, 可知也已.

記余與公實有平生之托, 旣銘公墓, 又序公稿, 後死之責, 余今不負矣. 九原難作, 誰能定吾文者. 悲夫!(『月沙集』卷40)

習齋集序 106쪽

文章一技也, 而必專而後工. 蓋非紛華富貴馳逐聲利者, 所能專也. 故自古工於詩者, 大率窮愁羈困, 不遇於時, 非工之能使窮, 窮自能專而專自能工也.

余觀習齋公之詩, 沖澹而有味, 典雅而無華, 是固臻於妙而得其精者也. 苟非窮於時者, 何能若是專哉. 然公以妙年大科, 聲華籍甚, 立朝五十年, 官至禮部侍郎, 不可謂窮也. 而於詩若是專何也.

余少也, 寓居公第之傍, 又與公之諸子遊. 常見公官閑罕出, 出則樸馬殘僮, 委蛇以行. 雖身縻簪笏, 而意在推敲, 入則閉戶靜坐, 諷詠自娛, 於物無所嗜好, 唯喜古書, 手不釋卷. 上自墳典, 以至諸子百家, 奇辭奧義, 極探窮搜, 孜孜兀兀, 樂之終身而不知倦. 此公之所以專於詩也.

然則公果無意於世, 而直爲操觚弄墨者流哉. 嘗聞公少與安公名世尹公潔相友善, 乙巳之禍, 二公俱陷不測, 自是擺落世事, 不復與人交游, 人有來訪者, 問無羔外, 不接一語, 凝然如泥塑人, 人莫敢窺其際.

家貧屢空, 妻子不免飢寒, 怡然不以爲意. 凡喜怒憂樂無聊不平, 必於詩而發之, 不以外慕榮辱動其專. 蓋寓智於詩而隱跡於吏者也.

嗚呼! 以公之文章德量, 倘能俯仰而諧俗, 則其成就事業, 豈可量也. 而乃韜光鏟彩, 絶意榮進, 與世相忘, 一混于詩, 此豈公之本心也. 嚮使公有可以致位鐘鼎, 笙鏞治道, 則豈必勤苦攻詩, 專於一技而止哉. 惟其不遇於一時, 故乃能大肆於詩, 而傳之於後世, 豈天以文章屬柄於公而使之專耶. 然則公之不遇, 亦天意也, 其視暫時榮耀, 泯沒無傳者, 爲如何哉.

觀公之詩, 可以想見公之遺風, 吁可尙也. 余懼世之人徒以文章視公, 而不知其全德達識之爲可師法, 遂書此弁之卷首云.(『月沙集』卷39)

愛閑亭記 110쪽

槐灘上流, 地僻而佳, 有翠壁澄潭長松脩竹之勝. 吾老友朴益卿, 築室而居之, 名其亭曰愛閑, 求記於薦紳間. 五峯李相公, 首爲文若詩, 易其名曰閑閑, 其意蓋以吾自閑之, 曰愛則猶外也. 益卿袖以示余, 若有不解者然曰: "亭名何居, 願聞子之說." 余就而繹之.

夫所謂閑者, 無事而自適之謂. 人必自閑而後人閑之, 役志於閑, 非眞閑也. 物之閑者, 莫鷗若也. 飛鳴飮啄, 自適其性, 非有意於閑. 而見者閑之, 夫豈自知其閑哉. 此五峯之言所以發也.

雖然閑公物也, 惟愛者能有之. 苟不愛焉, 則雖處煙霞水石之間, 其心猶役役也. 彼狗苟蠅營, 昏夜乞哀, 乾沒勢利, 卯酉束縛者, 固不知閑之爲何事. 奚暇於愛乎.

益卿世家京洛, 初非無意於仕宦者. 今乃謝紛華而樂寬閑, 一室蕭然, 不知老之將至. 朝於旭而閑, 夕於月而閑. 花於春而閑, 雪於冬而閑. 琴焉而愛其趣, 釣焉而愛其適. 行吟詩, 臥看書, 登高望遠, 臨水觀魚. 隨所遇而皆閑, 則名之以愛, 不亦宜乎. 愛之不已, 終至於不自知其閑, 則閑閑之意, 亦在其中矣. 斯固一而二, 二而一者也, 益卿何擇焉.

乃若湖山之勝, 余未嘗寄目, 竊就君所命八景者而爲之詠.(『月沙集』卷37)

寄葉署丞世賢 庚申朝天時 ^{113쪽}

向聞汪學士求見拙稿, 不佞敢隱乎? 不佞家世受書, 四代祖某, 三魁禮闈, 大鳴東國, 世聯簪組, 文獻足徵, 人稱三壯元家.

不佞雖甚無似, 小粗習古人糟粕, 自結髮屬文摛辭, 于今白種種矣. 早竊科第, 蓋嘗六典宗伯, 再秉文柄, 在館閣三十年, 應製諸文, 積有卷軸, 詩亦幾千篇矣. 然皆鄙俚荒僻, 何敢望作者之藩籬? 比如棲蟬伏蚓, 聲止於枯壤. 豈可邊爾災木, 以起千載雌黃? 以故所有詩文草本, 束之高閣, 都不帶來, 千金敝帚, 秪足自哂. 玆因盛敎, 只抄朝天紀行詩幷前行若干首, 通有百十篇, 奉呈左右, 覆瓿亦榮矣.

仍念聖朝文章之盛, 敻掩前古. 近世如李空同何大復李滄溟王鳳洲諸公, 高步騷壇, 迭主齊盟, 蓋詩出大曆以上, 文則駸駸乎兩京矣. 伏聞春坊大學士柱河汪老先生, 文章筆法, 擅天下聲, 下邦之人, 無由一望見道德光輝之盛, 而私心艶慕之久矣. 今因足下, 願得數十字銀鉤, 以表先人墓石前面. 竊聞已蒙金諾, 大君子忠信愛人之德, 至矣. 幽明榮感, 歿存銜結.

紀行一編, 只是沿途觸物排悶信筆之作, 俱非本色語, 誠不足以洨法眼. 而自惟不佞官位已極, 年迫六十; 一朝溘然, 同腐草木, 則天下誰知有李生者? 今者白首觀周, 重覩斯文濟濟之美, 聽於下風, 竊自增氣. 敢慕子長執鞭之義, 思得顔淵附驥之榮, 今以下里之音, 就正於大雅, 足下倘以是獻之老先生. 淸燕之暇, 一賜流覽, 或蒙弁之卷首, 以爲不朽盛事. 或蒙一言斤敎, 以爲千古華袞, 則風流文彩, 將見日月海東, 而玄晏之賜, 入地不忘. 足下幸爲遠人重致意焉.(『月沙集』卷34)

遣使日本議

使臣之送日本送馬島, 利害輕重, 逈然不同. 蓋歲遣之來去, 是馬島之所爲, 日本則了不相管, 信使之來去, 是日本之所欲, 馬島則不敢自擅. 但家康每使馬島, 轉請信使, 屢以不得請爲責, 至有遞換島主之意. 馬島因此, 凡有要求, 必以信使爲恐脅之資, 此所以始焉懇, 終焉乞, 乞而至於怒, 怒而至於劫也.

若其歲船之卷歸, 則謀也. 全於動兵, 則雖家康, 必不以新附之衆, 輕侵與國. 況馬島則命脈在於歲遣, 豈肯以一使之遲, 遽絶百年之好哉? 不過知我內無所恃, 故示怒之之意, 懼我而促之也. 彼雖懼我, 我不必懼, 凝然不動, 任他來去, 固無不可. 而中外憂遑, 駴目相視者, 蓋以天時人事, 反覆相參, 雖無釁, 足以召禍故也.

大抵通使是非, 不必論. 向者, 讐賊纔退之後, 旣不免爲生靈計, 遣使通好, 亦已奏知天朝矣. 厥後別無更絶之端, 家康自稱盡反秀吉所爲. 今又芟盡秀吉遺種, 混一倭域, 則要得一使以誇其衆, 是其實情. 在我似無必絶之道, 聖教所謂羈縻之策不可不講者, 此也. 然而謂之可絶而不送則已, 送則當送日本, 只送馬島, 計之拙也. 馬島挾日本之勢, 以謀劫我, 而一見歲船之歸, 遽送冠蓋於島窟, 則彼必窺我淺深, 而笑我之落其術中也.

若以偵探爲言, 則甚不然. 釜山之距馬島, 只隔一帶水, 馬島之距家康, 越三大海路數千里. 請使之情僞, 不往可知, 動兵之虛實, 雖往難知. 此與先送松雲之時有異. 伊時則歲遣未講, 通使未往, 今則倭船往來如織, 倭使長在釜館. 彼中情形, 豈必入島然後知哉.

事無大小, 當稟天朝, 處此機會, 貴在明白. 今宜咨報摠鎭, 備陳家康請使之情, 因以偵探刷還爲名. 直送剛方一官於日本, 以塞其責, 一邊先令東萊府使, 作書於島主, 諭之曰: "貴島屢以家康請使爲言, 朝廷已稟奏天朝. 不久當有回

원문　　　　　　　　　　　　　　　　　　　　　　　　　　381

下, 使臣亦當卽發. 但家康則時無直請之書. 家康若誠信求使, 則宜刷還人口,
迎候於馬島云." 則馬島奸謀, 可以逆折, 而在我處置得體, 伸縮有權矣.

區區愚見知此. 適承下詢, 冒昧畢陳, 伏惟上裁.(『月沙集』卷28)

申欽

樂民樓記 124쪽

宣宗大王卽位之四十年, 北虜忽刺溫稱兵犯邊, 俄又連結西胡老酋, 日耽耽伺
我釁郤. 宣宗大王赫然計有以鎭撫之, 迺命洛西張公, 往釐其師. 公至則卽禔身
肅軌, 挈擧維綱, 陽施陰閉, 落其牙角, 虜遂不敢出氣以逞, 而疆圉得無事. 環
北土數千里, 萎者膏, 暍者醒, 無不欲爲公一效用.

公顧瞻咸興城堞, 有不若制者曰: "地形者, 兵之助也, 剛柔皆得地之理也.
皆吾責也. 吾敢不虔." 諏諸將佐而克諧焉. 於是, 裁其廣袤, 匡其欹邪, 周阿隈
隩, 風氣畢萃, 其折中矩, 其句中規, 城之制大備焉.

直城之南, 舊有樂民亭, 圮於兵燹. 公拓其址而新之, 下爲砲樓, 上設燕閣, 役
擧而民不苦, 役訖而民樂之. 迹其事, 而仍其扁曰樂民樓.

余就而徵其實曰: "樓下有橋曰萬歲, 匯衆流而瀦于橋下, 方可五里. 濤波淪
漣, 望之若巨浸也. 橋外有野, 平楚彌迤. 一面際海, 窮睎而不可極也. 野外有
山, 皆自北而鶩, 魂砑穹窿, 上摩霄漢, 列者爲屛, 峙者爲壁, 輿衛於左右也. 斯
樓之至勝也. 如是者, 可以使民樂乎. 曰否.

吉日良辰, 賓筵旣張, 遙豜割臐, 游鱗入膾, 絲管迭奏, 觥籌交錯, 佳娃爭艶,
珥墮簪遺, 燭跋宵分, 萬舞縱橫者. 斯樓之至娛也. 如是者, 可以使民樂乎. 曰否.

部曲咸集, 僚屬攸同, 士介而馳, 馬御而騰. 磬控若翼, 縱送若組, 二矛重喬, 左拔右抽, 楚廣吳練, 風起電激. 擊鮮酣饗, 飫及踐更, 魚麗鵝鸛, 罔不合度. 斯樓之至觀也. 如是者, 可以使民樂乎. 曰否.

樓有至勝而不足以爲民樂, 有至娛而不之以爲民樂, 有至觀而不足以爲民樂, 則民固何樂乎此歟. 其亦無待於此而有足以爲樂者歟.

間者數年, 邊吏傳一檄, 則行齋居送, 鷄犬不寧. 而今公之來, 虜牧不南矣, 穤秇盈疇矣, 布縷盈機矣, 夜枕得高矣, 晝行無警矣. 是非吾民之足樂乎. 飢者待以食, 寒者待以衣, 幼者待以育, 老者待以養, 死者待以葬, 三尺立而不欺, 三令申而不犯, 居平則爲曝日, 有事則爲嚴霜. 是非吾民之足樂乎. 民旣具二樂矣, 公且侈之以斯樓之美, 則公之與民共樂者, 詎不彰明較著. 而民之樂之也不亦宜乎. 豈孟氏所謂賢者而後樂此者耶.

抑北路寔海東肴泒也. 昔嘗淪於胡羯, 而逮聖祖啓慶, 爲我國豐鎬, 黃楡白草, 化以桑麻, 氈裘毳幠, 化以袵席, 至今世守之踰二百年. 物盛而衰, 迨有日蹙之形, 則識者之憂有年所矣. 非公憂其憂而善處其憂, 則曷能轉憂爲樂, 而能享其樂耶. 若公者, 其敵王所愾而折衝樽俎者非耶.

然公之德政, 使民爲樂者, 非由於宣宗大王知人之明耶. 非由於當宁委任之專耶. 民知其樂, 而不知所由樂. 公能使民樂, 而不使知所由樂. 故先敍其樓之勝之可樂, 而次敍其民之至樂之不暇於外者, 重揭其樂之所由生, 以示公之民. 庶幾繼公之後者, 不失公之與民同樂之義."

公名晛, 字好古, 洛西其號也. 有大才, 濟以志氣, 異日輔理經邦, 蓋有待於公云. 萬曆庚戌旣望, 崇政大夫行知中樞府事兼知春秋館同知成均館事藝文館提學申欽記.(『象村稿』卷22)

民心篇 130쪽

仕于朝者有恒言矣. 不曰民心惡, 則必曰民俗薄. 民心固善矣, 民俗固厚矣, 人顧不之省也. 何以知之. 以宰民者知之.

今之宰民者, 非以賄用, 卽權倖之家也, 非權倖之家, 卽權倖之家之所拔也. 始乎賄者, 常卒乎墨, 始乎權倖者, 常卒乎虐. 墨然後賄償矣, 虐然後勢彰矣. 宰之者墨而爲所宰者未聞有旅拒, 宰之者虐而爲所宰者未聞有携貳. 朝而令曰: "民出麻絲." 則出之, 夕而令曰: "民出穀粟." 則出之. 八口不厭糠籺, 而奉上則無敢嗇也, 冤氣塡於膈臆, 而期會則無敢慢也. 吾未知爲民者惡乎, 宰民者惡乎. 爲民者薄乎, 宰民者薄乎.

民居下宰居上, 以下而論上, 雖直不售, 據上而論下, 雖詧莫驗, 上與下之不得其情久矣. 古者, 制國有典, 制民有經, 民之出財, 賦供租稅, 有恒數矣. 自夫國典壞民經毀, 民之租賦, 無乎不出. 經用耗則有非時之斂, 慶禮繁則有及時之需, 此則猶爲公用也. 由私而出者, 多於公用. 貢獻也, 苞苴也. 妻子之俸也, 僮御之求也, 諸凡帶貝冠鷄, 煬竈穴社者之所索, 無不出乎民. 以肥其家, 以澤其身, 民之困極矣. 而民猶恪守其分, 則心可謂善矣, 俗可謂厚矣. 而不自省而咎其民, 若是者, 不唯病吾民, 亦將以危吾國矣.

凡人之情, 見利莫能勿就, 見害莫能勿避, 利害之途, 乃民所向背也. 今之民, 利耶害耶, 當向耶當背耶. 管子曰: "善罪身者, 民不得罪也. 不能罪身者, 民乃罪之." 夫民之急緩, 繫乎上之人, 下無罪上之柄, 而顧云然者, 孟子所謂今而後得反之者也. 故稱其罪者强, 歸其罪者亡. 及其未背而利之, 則欲背者還向之矣, 待其已背而利之, 則欲向者盡背之矣, 可不愼歟. 賄出乎財, 財者藏乎民者也, 民散則財匱, 權藉乎國, 國者權之所憑依也, 國亡則權替. 欲傅其毛而先削其皮, 欲鬯其枝而先蹶其根, 不思也.

夫民視士, 士視大夫, 大夫視卿, 卿視君, 野視縣, 縣視州, 州視都, 都視朝, 交相傚也. 卿大夫苟賢矣, 宰民者不得獨不賢, 朝廷苟正矣, 州縣不得獨不正矣. 政之所先, 在順民心. 其所憂勞, 改以佚樂, 其所丘壑, 改以衽席, 其所畏避, 改以存安, 其所滯枉, 改以開釋, 則民心之善者加于善, 民心之厚者加于厚矣.

天有常象, 地有常形, 人有常性. 兼三常而一之, 在乎人君之常德. 君有常德, 則國有常法, 民有常產矣. 然使之至此者, 又非宰民者之所及也.(『象村稿』卷39)

書蕭何傳後 135쪽

大臣之事君, 以道不以術, 以誠不以僞. 以道則君亦以道使下, 以誠則君亦以誠應下, 而上下交孚矣. 苟以術以僞, 則其使之應之者, 安望其以道以誠也. 君臣之釁, 常自此始矣.

嘗見漢史, 蕭何畏高帝疑己, 買田宅自汚. 此可謂事君以道者乎, 事君以誠者乎. 爲國宗臣, 以汚其身, 則失爲臣之道也. 欲免於禍, 而陽爲玷累, 則非事君以誠者也. 二者無一可焉, 則其可謂之大臣乎.

高帝寬仁愛人, 豁達大度, 好謀能聽, 則若帝可謂不世之主也. 何之事帝幾年矣, 能以吾心之誠, 格帝之志, 君臣同德, 天地交泰, 則帝豈有疑何之心, 何亦豈有疑帝之疑己耶.

由其平日周旋於行陣之間者, 不出於智巧詐力之末, 上以是賊下, 下以是賊上. 故危亂之際, 不免禍福之怵其情, 而計乃無何, 爲此枉己之事而不知恥也. 不惟不知恥, 又自以爲得策, 吁亦異矣.

且當何之世, 如韓如彭, 有大功於天下, 而未見灼然有反狀者, 相繼誅僇. 韓之死, 何爲之. 何若明其反狀之不實, 而使高祖有以保全之, 則帝之於諸功臣, 亦必不至於疑忌. 而顧不此之思, 與呂后合謀誅殺, 略無顧藉. 殊不知疑信疑越, 是疑己之漸也. 欲以區區田宅, 止帝之疑, 不亦迂乎. 幸而帝之疑未深, 誠深則豈田宅自汚之可脫耶. 至於下廷尉數日, 幾就東市, 微王衛尉一言則殆矣.

造物本忌有心者. 有意於自汚, 而終陷於係械, 玆非術與僞之崇歟. 使何欲不陷於禍, 則曷不爲子房之高蹈, 而乃爲此市賈之相求. 孰謂何爲大臣也哉.

古之大臣, 放桐宮七年, 君不疑, 居東山三載, 德益彰, 道與誠之發也. 如是而後, 可謂曰大臣. 若何者, 其得列於大臣者, 可謂幸矣. 班固贊曰: "何起自刀筆吏, 碌碌未有奇節." 是知言哉.(『象村稿』卷36)

備倭說 139쪽

倭自新羅赫居世時, 已爲東國患. 羅季漸熾, 至高麗末益強. 乘麗之衰, 無歲不來侵. 遠而邊郡, 近而畿輔, 皆被其毒. 我太祖實翦薙之, 及啓王業, 倭患卽絶, 爲歲貢之一外府.

英廟癸亥, 來侵濟州, 爲邊將所獲. 餘賊遁歸對馬島. 遣李藝, 諭島主執送, 島主不敢匿, 執十三人付藝. 問之則乃曾犯中國地方者也. 英廟差陪臣辛引孫獻于帝. 中廟庚午, 三浦倭叛, 陷慶尙之薺浦熊川等城, 遣防禦使柳聃年黃衡討破之. 明廟乙卯, 寇全羅道, 陷達梁長興靈岩於蘭馬島康津加里浦, 殺兵使元績等, 京師戒嚴. 遣都巡察使李浚慶防禦使南致勤金景錫等擊平之. 宣廟丁亥, 寇損竹島, 殺萬戶李大源, 卽退.

凡二百年之久, 僅四入寇, 而皆敗退, 或自去. 朝廷狃於常勝, 且習恬嬉, 不加之意. 至己丑而橘康光求通信矣. 平義智玄蘇世俊獻禽獻馬獻俘矣. 宜若可以知狡計, 而朝廷莫之覺, 通信使黃允吉之廻, 其逆節已什八九萌, 而副使金誠一以爲必不來, 朝廷信之, 姑息玩愒, 不選一將, 不鍊一兵, 而賊已渡海矣. 遂致三京失守, 兩陵被掘, 八路丘墟, 五廟無主. 士女玉帛, 皆輦而南. 公私蕩析, 所在赤立, 兵火之慘, 自有載籍所未覩聞也. 雖宋之元嘉, 不如是甚也.

宣廟英明出天, 雖丁搶攘, 成算有定, 出城之日, 首召辛卯被罪諸臣, 斥罷當時誤事柄人, 使一時耳目, 噲然改觀, 大小人才, 無不宣力. 且奏告天朝, 天子赫然發兵糧萬萬, 首尾七年, 始攘却之. 而環幅員三千里, 騷然如鼎魚穴蟻, 萑莽極目, 白骨蔽野, 無復聊生之望矣.

賊退幾十餘年, 始漸拮据復業. 丙午, 倭酋源家康差人來報, 盡革秀吉之政, 代爲關白, 又要通信使. 朝廷以爲旣革秀吉之政, 則家康非所宜讎, 遂許遣使. 以呂祐吉爲上价, 慶暹爲副, 丁好寬爲贊价, 稱以回答使報之. 及其回, 刷還本國人口一千二百四十餘名. 自此倭之使人, 繹屬境上. 己酉, 更定約條, 丁巳, 復因其請, 遣吳允謙朴梓等通信. 凡十二年, 信使再往, 結好之勤, 視壬辰以前加厚矣.

夫倭之於我國, 不共一天者也. 退之不以我兵, 以天朝, 則其退之者幸也, 非武也. 其時適秀吉死爾, 苟不死, 則其退亦難知也. 卽其死, 幸而又幸也. 而我國顧玩於幸, 而仍墮其武, 武之不講, 視壬辰以前加怠矣. 余未知何故也.

統制使之任, 專爲備倭而設, 而自李舜臣之死, 代之者漸不如前人. 及比年, 朝廷用債帥, 視師之日, 卽胹削軍兵, 責出徵斂. 朝貴之賂遺, 近習之贈獻, 妻妾之財賄, 親舊之求索, 無一不出於此. 貴而金銀玉帛, 大而車馬米布, 微而衣裘履舃, 細而魚肉脩腊, 宜於耳目口鼻, 適於宮室居處者, 無一不出於此. 峨舸大艑, 盡入於權倖之門, 而禦賊之船, 敝陋而不理也. 水卒陸丁, 盡歸於折價之用, 而禦賊之伍, 缺絶而不問也.

噫! 其不懲於壬辰之禍哉. 壬辰可以懲而不懲, 則脫有緩急, 求欲如壬辰, 不可得也. 而上下迷不省悟, 余又未知何故也.

紀綱之壞毀久矣. 旣無道揆, 又無法守, 私相買賣者, 不加禁制. 市井賈販者, 持中朝物貨, 直走釜山倭市, 貿倭貨以返者, 日絡驛不絶. 倭私其資, 以使來者流連而不還, 以商來者纔往而復至, 無窮期矣. 而管此者, 東萊府使也. 曾聞祖宗朝揀選府使, 必得有淸名者遣之. 故市賈不得專恣, 倭商亦不敢濡滯. 今則不然, 府使之不爲市賈也者幾希, 朝家動靜, 倭無不詗悉. 是唯無釁, 釁之作, 懼不遠也.

非有以更張之, 國必更被倭患矣. 更張之策, 非可以他求者也. 唯不用債帥而已, 不任權倖而已, 不委近習而已. 近習之患除, 則權倖自杜, 權倖之敝革, 則債帥之用自絶. 交相須者也. 近習不除, 權倖不革, 債帥進用, 而欲免外憂, 非愚則狂也. 故古之言治理者, 擧攘外, 必曰修內. (『象村稿』卷33)

寄齋記 146쪽

有之而自有其有者妄, 有之而如不欲有者誣, 有之而恐失其有者饕, 無之而必欲其有者蹸. 唯有則有之, 無則無之, 惟無與有, 不適不莫, 我無加損焉者, 古之君子也. 若寄齋翁, 其有聞於此乎.

寄者寓也, 或有或無, 去來之未定者也. 人之在天地間, 其眞有耶, 其眞無耶, 以未生觀, 則本乎無也. 以已生觀, 則專乎有也. 泊其亡也, 則又返乎無也. 若然, 則人之生也, 寄於有無之際者也. 大禹有言曰: "生寄也, 死歸也." 信乎生非吾有, 天地之委形也. 生猶寄也, 況自外之榮辱乎. 自外之禍福乎, 自外之得喪乎, 自外之利害乎, 玆皆非性命也, 寄焉而已, 其可常乎. 自夫榮辱之不一也, 禍福之不一也, 得喪之不一也, 利害之不一也, 而人與之俱化, 孰知夫不一者化, 而其一者不化.

化者人, 不化者天. 合於天者, 必畸於人. 達者喩之曰: "安時處順." 聖人論之曰: "居易竢命." 隨境而懸解, 盡性而事天, 其歸一也. 寄之來也, 如無所寄, 寄之去也, 知其本無, 物寄於我, 而我不寄於物, 形寄於心, 而心不寄於形, 卽何所不可寄哉. 草不謝榮於春, 木不怨落於秋, 善吾生者, 所以善吾死也, 善處其寄, 則其歸也斯善矣.

余與寄翁, 同得罪, 余貶峽中, 翁遷海上, 余亦扁峽之居曰旅菴. 旅也寄也, 其義一也. 豈非同病者同道乎. 抑不知其旅其寄, 何時止, 而其不旅其不寄, 且寄之造物而已, 余與翁無事於其間也. 姑以余之素乎旅者, 書以寄之.(『象村稿』卷22)

穿井記 149쪽

余逐于朝, 纍于壽春. 寓戶長朴善蘭家. 家舊無井, 汲泉流飮之. 當夏則病其汚而溷. 余諏諸邑之老, 浚于家之西北限, 甃而貯之, 甛白澄澈, 有源而不竭, 喜與主人共之.

俄有客來語余曰:"在易之井之象曰:'君子以勞民勸相.' 蓋井, 養而不窮也. 養者非直自養也, 養民也. 養民也者, 君子之事也. 而初六'泥而不食', 九二'甕而敝陋', 至三而始渫, 至四而始甃, 五而乃食, 上而乃孚, 其德甚盛, 而其功甚艱. 今玆之井已渫矣, 其甃其食其孚, 蓋將有不期然而然者矣. 比子之身, 則蘊道洎德, 而猶有不食之惻, 其不類於玆井之湮而不開乎? 元吉在上, 王明受福, 則吾將以玆井之勿幕, 卜子之離祉也."

余笑而對曰:"有改邑, 無改井. 井何求焉? 汲以來者其望深, 汲以往者其欲充, 井何與焉? 盈而出之, 則不以汲而喪其盈, 虛而受之, 則不以不汲而恒於虛. 汲與不汲, 井固無事於其間也. 之井也不處於通衢大街之中, 而處於嵃岩邃壑之間, 不顯於列肆齊民之用, 而顯於畸人纍客之所, 其體與用, 信有似於余之履也, 用與舍, 未嘗不與井同. 而又未始不擊於天也, 則余亦無事於其間也. 姑與子, 撮芳進薦洞藻, 酌一勺而酬之."

因以書之, 丁巳首夏下浣也.(『象村稿』卷22)

玄翁自敍 153쪽

玄翁者, 何許人也. 以文名於世, 而翁不以文爲事, 以宦顯於朝, 而翁不以宦爲心, 以罪竄於外, 而翁不以罪爲撓. 無所嗜好, 無所經營, 視貧猶富, 處豐如約. 與人交, 人不得以親疏, 接乎物, 物不得以拘絆.

少志于學, 旁通九流, 粗涉其源, 未竟其歸, 晚好羲易, 有會於邵氏大地萬物之數, 而亦通匡略而已. 書無所不觀, 書籍之外, 翛然終日, 俗物不敢干也. 交遊盡一時勝流, 知翁者多, 而或知其文, 或知其行事. 有白沙翁者與翁比隣, 能知翁趣造, 翁亦知白沙. 白沙以直言得罪, 貶卒于北荒, 翁有絶絃之嘆, 無意於人世矣.

在謫中嘗自贊曰: "以爲玄翁也, 則齒缺髮禿, 面瘦體削, 非昔之玄翁, 以爲非玄翁也, 則泥而不滓, 困而愈亨, 是昔之玄翁. 其非者是耶, 其是者非耶. 吾且忘吾, 而不失其故, 吾所謂非昔之玄翁, 豈非是昔之玄翁. 天地一指, 萬物一馬, 四大雖合, 孰眞孰假. 噫爾玄翁, 能於天而不能於人者耶. 天邪人邪, 吾將歸之大化."

蓋識其實也. 所著有求正錄和陶詩及雜文雜詩若干編, 乃翁餘食也. 世未有知翁者, 安望後世之有朝暮遇乎. 翁別業在金村象頭山下, 一號象村居士云. 世稱玄翁, 仍以玄翁行.(『象村稿』卷21)

權韠

請誅賊子梁澤疏 158쪽

伏以先王之有天下, 首明人倫以立敎化, 誠以綱常之道, 如天地之不可易也, 如

日月之不可廢也. 敎旣立矣, 化旣行矣, 而猶慮夫賊仁害義者, 或出於其間, 故制爲五刑以威之, 其所以維持敎化者至矣. 世降俗衰, 敎化不行, 雖車裂體解, 前後相望, 而弑父弑君者, 往往有之, 況無嚴刑重法, 以威之, 則天下國家之事, 將有不可忍言者矣.

臣等謹按, 江華府人梁澤弑其父, 本府之民, 萬口如一. 具湘等十六人, 聯名報官, 其一鄕公論之發, 已不可掩. 而府使李用淳, 喬桐縣監李億昌, 前後所檢, 打傷之迹, 考之無寃錄, 如合符節. 則澤之弑父之狀, 無可疑矣. 而有司者, 諉以疑獄, 不擧典刑, 置之尋常之地, 到屍肉壞爛, 無可考驗然後, 託以改檢爲名. 至於不可檢, 則乃繫湘等十六人, 欲窮問言根所自出, 若將爲澤復讎者, 臣等竊惑焉.

今夫有司者, 豈盡無父之人哉, 又豈不知弑父者之不可一日容也. 所以朦朧掩覆, 以至今日者, 豈無其由乎? 彼澤本饒於財, 盡賣田宅, 以行賄賂, 擧鄕之人, 實所共知. 但未知入於誰門耳. 澤之弑父, 在於去年七月, 而用淳之初檢, 乃在於十一月, 億昌之覆檢, 在於今年二月. 其改檢也, 在於六月, 使天下之大逆, 偃臥獄中, 以待其老, 而宰相不知其失, 臺諫不言其非, 臣等竊恥焉.

嗚呼! 子焉而弑其父, 尙能以貨賂自衛, 淹延時月, 以至期年之久, 其他則又何說? 臣等竊見本府之民, 始聞此事, 莫不張膽扼腕, 今則人人惴恐, 反以湘等爲戒. 夫始之張膽扼腕, 此天理民彝之不容泯者也, 今之惴恐, 在上者使然也. 嗚呼! 爲人上者, 旣不能明人倫正風俗, 使人人行孝悌之道, 而乃使綱常莫大之變, 出於畿甸之間, 又不能明示典刑, 以快天誅, 而乃使自新之民, 失其本心. 臣等竊痛焉.

臣等將見天地易位, 日月失次, 三綱九法, 湮滅絶熄. 而天下之人, 父子不相殺者幾希矣. 言念及此, 豈止痛哭流涕而已哉. 伏願殿下赫然發怒, 快示明刑, 使天下之人, 昭然知弑逆者之無所容於覆載之間, 則天地旣塞而復開, 日月旣闇而復明, 三綱正, 九法立, 而天下之爲父子者定, 豈不快哉, 豈不盛哉! 不然, 臣等或將赴海而死, 或將被髮入山, 或將此走胡南走越耳. 寧能坐視禮義之邦, 化爲無父之國, 而冥然與禽獸爲群哉.

臣等生於輦轂之下, 早蒙菁莪之育, 而粗識彝倫之典矣. 流寓本府, 親見此事, 義不容默默, 而所以遷延到此者, 庶幾有望於士師. 今伏見推考敬差官趙廷芝挈家而來, 使梁澤妻孥, 出入於門屛之間, 所推喬桐律生之招, 明白的實, 而不以上達. 若是則弑父之賊, 終無時而可誅也. 臣等不勝區區憤惋之至, 謹沐浴以聞.(『石洲外集』卷1)

倉氓說 163쪽

氓有室于太倉之傍者. 不廢著, 不耕收, 每夕出而夜歸, 則必持五升米焉. 問所從得, 不告, 雖其妻兒, 莫覺也. 如是者積數十年. 其食粲如也, 其衣華如也, 而視其室則空如也.

氓病且死, 密詔其子曰: "倉之第幾柱, 有竅焉. 其大容指. 米之堆積于內者, 咽塞而不能出. 爾取木之如指者, 納于竅中, 迎而流之. 日五升卽止, 無取贏焉."

氓旣死, 子嗣爲之, 其衣食如氓時. 旣而, 恨竅小不可多取, 鑿而巨之, 日取數斗. 猶不足, 又鑿而巨之, 倉吏覺其奸, 拘而戮之.

噫! 穿窬小人之惡行, 苟能知足, 亦可以保身, 氓是也. 升斗利之細者, 苟不能知足, 亦可以殺身, 氓之子是也. 況君子而知足者耶? 況取天下之大利, 而不知足者耶? 高靈申賁夫爲余言.(『石洲外集』卷1)

從政圖說 166쪽

世之游閑者, 群居無事, 則聯數幅之紙, 列敍官班爵秩, 而附以升降黜陟之法. 削木爲六面, 刻德勳文武貪軟六字於其面, 如此者凡三顆. 於是數人對局, 呼而擲之, 隨其所得, 而升黜其班秩. 視班秩之貴賤, 以決其輸贏, 目之曰從政之圖, 其來蓋久.

余自少時, 不嗜此戲, 見儕輩爲之, 則必麾而去之. 歲丙申, 客于湖南, 一日偶步出野亭, 有數客方設此戲. 余從傍而諦視之, 有升而貴者, 有降而賤者. 或始黜而終陟, 或始陟而終黜. 疑亦有數存焉於其間也.

夫升而貴者, 未必皆賢, 降而賤者, 未必皆愚. 始黜而終陟者, 豈前拙而後巧, 始陟而終黜者, 豈前巧而後拙? 其所以升降黜陟者, 旣不可以賢愚巧拙論. 則但卜其偶不偶耳.

嗚呼! 余觀夫今之從政者, 其有不類乎是圖者耶. 或曰: "非偶也, 其機巧之智, 有以致之." 此說余未信之.(『石洲外集』卷1)

竹梧堂記 169쪽

羽之靈者曰鳳, 出于丹穴, 飛于四海. 非梧桐不棲, 非練實不食. 練實者, 竹實也. 高翔遼集, 與時顯晦. 故君子有取焉.

余友林子定, 築室于錦水之涯, 其園十畝, 鉅竹千挺. 切切交峙, 老梧一株, 直堂之東隅. 乃以之二物, 名堂, 蓋卽其所有, 而託義於鳳也.

仲秋之日, 余往造焉, 語至夜. 山月斜明, 梧陰在地. 有風颯然, 從竹所起. 徘徊中庭, 轉入軒戶. 子定欣然曰: "此亦足老死無戚戚者否?" 余應曰: "諾. 雖然時有否泰, 道有顯晦, 庸詎知子定不蹌蹌而儀于姚. 噦噦而瑞于姬耶? 若然者,子定欲久有此, 得乎?"子定不語, 垂頭而睡. 余喟曰: "鳳兮鳳兮"遂執燭以記. 今年萬曆戊戌, 余花山權某.(『石洲外集』卷1)

酒肆丈人傳 172쪽

昔者, 邵子居洛, 一日乘小車, 賞花於天津橋, 憩于酒肆之傍, 見一老翁, 鬚鬢皤然, 鉤簾而坐. 左手獵纓, 右手指邵子曰: "汝非邵雍耶?"邵子拱而對曰: "然." 曰: "汝非折天地之和, 離陰陽之會. 漏神之機, 洩道之密, 以取媚於世者耶? 若汝者, 古謂之天刑之民."

邵子矍然逡巡而進曰: "夫子何罪雍甚耶? 雍自少時, 讀先王之書, 至于今四十餘年矣. 言不敢有悖乎理, 行不敢有違乎道. 夫子何罪雍甚耶?"丈人嗢然而笑曰: "甚矣難悟哉, 子之惑也. 居吾語汝, 至道之精, 窈窈冥冥, 至道之極, 昏昏嘿嘿. 二儀相軋, 而萬化出焉者, 非有所輔相而然也. 五氣順布, 而四時行焉者, 非有所裁成而然也. 邃古之世, 其君愚芚, 其民朴鄙, 不識不知, 乃蹈乎大方. 凡天地之間, 有生之類, 裸者毛者, 羽者介者鱗者, 惝㤳者, 肯魁者, 趯趯而啾唧者, 咸得其所. 若此之時, 可謂至德也已. 自伏羲畫卦, 而大和散. 文王之演, 孔子之翼, 而元氣磔. 於是天下智者, 紛紛而起曰: '我善言易象', 相與跪坐而說之. 爲剛柔消長之辨者, 盈滿海內矣. 是故, 雲氣不待族而雨, 草木不待黃而落, 日月之光益以荒. 噫! 作易者之過也. 今汝盜竊陳搏之餘論, 作爲詭說, 命之曰先天之學, 誇奇以眩俗, 矜僞以惑世. 噫! 亂天下者, 必子之言夫."

邵子曰: "雍聞天地之精, 因卦以顯, 卦畫之蘊, 因辭以著, 無非所以開物成務之道也. 夫子以爲過, 敢問有說乎?"丈人曰: "吾藏於酒肆, 百有餘歲. 所釀日數十石, 而其味不爽. 故凡求酒者, 不之旁舍, 何則? 以能知酒之性, 而順以成之也. 吾於萬物, 唯酒之知. 吾將以酒喩道可乎? 夫酒之始也, 渾然一氣耳.

烏有所謂醇漓厚薄者哉. 至於釀之漉之, 壓之篘之而後, 清濁分焉. 於是醇者以漓, 厚者以薄, 而酒之性遷矣. 夫至道之凝, 非酒渾然歟. 伏羲釀之, 文王漉之, 孔子壓之, 而今子又將篘之. 吾恐窈冥者昭然, 昏默者的然, 而至道鑿矣. 然則所謂不敢悖者, 乃所以悖之也. 所謂不敢違者, 乃所以違之也. 我率天地之性而已, 何所知哉! 順天地之化而已, 何所爲哉! 夫一氣自運也, 四時自行也. 雨自施而物自壯也. 而子亦放道而行而已矣. 奈何竊竊焉知之, 弊弊焉爲之, 以自聖哉."

邵子逡蛇匍匐, 以面掩地, 定氣而後言曰: "夫子之論至矣. 雍敢不敬承明訓. 然竊有疑焉. 願夫子之卒敎之也. 伏羲文王孔子, 世所謂大聖人也. 而夫子之言若此, 然則彼三聖者, 皆不足法歟?" 丈人曰: "是故惡夫佞者. 子歸乎, 吾口閉矣."

邵子趨而退, 上車三失轡, 懱然不自得者間. 從者曰: "先生若有不豫色然." 邵子喟然嘆曰: "我治聖人之術, 亦已久矣. 自以爲道在我矣, 今聞酒肆丈人之言, 我誠小人也. 不敢更論道, 不敢更說易." 程子聞之曰: "隱者也." 使弟子往求之, 肆已空矣.

君子謂自古有道而隱於市肆者, 若嚴君平司馬季主之倫多矣. 酒肆丈人, 甚言雖若不經, 然往往與老莊合, 所謂遊方之外者非耶.(『石洲外集』卷1)

答寒泉手簡 178쪽

寂寥中無以自慰, 舍弟來, 得足下書幷詩. 多謝多謝. 足下云與子敏天翁輩, 作詩酒琴歌之樂, 令人益知離群索居爲可悲也.

又得前此一書, 喩以赴擧之意, 甚非相悉之辭也. 僕之不可遊於世, 自卜已熟, 豈可以啾啾者之故, 變初心哉. 若使操觚弄墨, 馳逐於白戰之場, 則我知啾啾者之益甚也. 動輒得咎, 古人所不免, 僕又何恨?

僕有古書數卷, 足以自娛, 詩雖拙, 足以自遣. 家雖貧, 亦可以具濁醪, 每把酒哦詩, 悠然自得, 不知老之將至. 彼呶呶者之於我何哉? 望足下無復言. 自餘當竢面. 不旣. 韠白.(『石洲別集』卷2)

許筠

石洲小稿序 182쪽

吾友權汝章, 弱冠工爲詩, 其高可出於古人, 而世未之貴重焉. 余每稱今之最能詩者, 必曰汝章汝章. 聞者始而怪, 中而笑, 終而信之, 亦不知其所至深淺也. 一日洪鹿門問曰: "汝章詩, 在國朝, 可方何人?" 余曰: "金文簡不得當也." 鹿門瞠而駭曰: "毋妄言." 余竊笑之曰: "佔畢特國朝大家, 人所稱說. 故姑以方之. 若論汝章之獨造玄解, 則淸右丞若也, 旨柳州若也, 婉而有味, 簡齋若也. 奚佔畢竝論哉."

汝章名位不能動人, 而世以目見賤之, 使其生於前古, 則人之仰之, 奚啻佔畢乎? 或以汝章少學力乏元氣, 當輸佔畢一着, 是尤不知詩道者. 詩有別趣, 非關理也, 詩有別材, 非關書也. 唯其於弄天機奪玄造之際, 神逸響亮, 格越思淵, 爲最上乘. 彼蘊蓄雖富, 譬猶談敎漸門, 其敢望臨濟以上位耶?

李實之平生伉偝, 少許可. 至於汝章, 則推以爲不可及. 然渠豈亦盡汝章之所至也. 汝章懶散, 不衷所著. 沈生拾其傳誦者數百篇, 弁曰石洲小稿, 以示余. 讀而嘻曰: "余言不誣哉. 卽此可覩汝章之全壓倒古人, 而冠冕一代. 非汝章而誰歟. 世之未貴重者, 於汝章奚病焉. 矧後世豈無知楊子雲者乎?" 遂加以批評.

時出以諷, 風纓纓生牙頰間, 不自知神之退擧於九霄. 噫其至哉! 汝章卽安東

權韠, 石洲其自號也. 其人品之高, 尤出於詩, 而世人之不相貴重, 愈甚於詩. 嗚呼惜哉!(『惺所覆瓿藁』卷4)

文說 186쪽

客問於許子曰: "當世之稱能古文者, 必以子爲巨擘. 吾見之, 其文雖若浩汗無涯涘. 而率用常語, 文從字順, 讀之則如開口見咽, 毋論解不解者, 輒無礙滯. 業古文者, 果若是乎."

余曰: "此其爲古也, 子見虞夏之典謨, 商之訓, 周之三誓·武成·洪範, 皆文之至者. 亦見有鉤章棘句, 以險辭爭工者否. 子曰: '辭達而已矣.' 古者, 文以通上下之情, 以載其道而傳, 故明白正大, 諄切丁寧, 使聞者曉然知其指意, 此文之用也. 當三代六經聖人之書, 與夫黃老諸子百家語, 皆爲論其道, 故其文易曉, 而文自古雅. 降及後世, 文與道爲二, 而始有鉤章棘句, 以險辭巧語, 爭其工者, 此文之厄也, 非文之至. 吾雖駑不願爲也. 故辭達爲主, 以平平爲文焉耳."

客曰: "不然. 子見左氏·莊子·遷·固, 及近代昌黎·柳州·歐陽子·蘇長公乎. 其文何嘗用常語乎. 況子之文, 不銓古而滔滔莽莽焉是事, 毋乃流於飫否."

余曰: "之數公之文, 亦何異於常耶. 以余觀之, 雖若簡若渾若深若奔放若倔奇, 率當世之常語, 而變爲雅. 眞可謂點鐵成金也. 後之視今文, 安知不如今之視數公文耶. 況滔滔莽莽, 正欲爲大, 而不銓古者, 亦欲其獨立, 奚飫爲. 子詳見之數公乎, 左氏自爲左氏, 莊子自爲莊子, 遷固自爲遷固, 愈·宗元·脩·軾, 亦自爲愈·宗元·脩·軾, 不相蹈襲, 各成一家. 僕之所願, 願學此焉. 恥向人屋下加屋, 蹈竊鉤之誚也."

客曰: "子之文, 旣平易流便, 其所謂法古者, 當於何求之."

余曰: "當於篇法章法字法求之. 篇有一意直下者, 或鉤連筦鑰者, 或節節生

情者. 或鋪敍而用泠語結者, 或委曲繁瑣而有法者. 章有井井不紊者. 有錯落而
不雜者, 有若斷而承前綴後者, 有極冗有極短者, 有說不了者. 字有響處斡處伏
處收拾處, 疊而不亂處, 强而不努處, 引而不費力處, 開闔處. 字不亮則句不
雅, 章不妥則意不續. 二者備而乃可以成篇. 余之文只悟此也, 古之文亦行此
也. 今之所謂解者, 亦未必覷此, 況不解者否.”

客曰: “善, 吾不及是夫.”(『惺所覆瓿藁』卷12)

送李懶翁還枳桓山序 191쪽

余少日, 嘗慕古之爲文章者, 於書無所不窺. 其瑰瑋鉅麗之觀, 亦已富矣. 及聞
東坡讀楞嚴, 而海外文尤極高妙, 近世陽明王守仁荊川唐順之之文, 皆因內典,
有所覺悟, 心竊艷之. 亟從桑門士求所爲佛說契經者讀之. 其達見果若峽決而
河潰, 其措意命辭, 若飛龍乘雲, 杳冥莫可形象. 眞鬼神於文者哉.

愁讀之而喜, 倦讀之而醒. 自謂不讀此, 則幾虛度此生也. 未逾年, 閱盡百函.
其明心定性處, 朗然若有悟解. 而俗事世累之絓於念者, 脫然若去其繫. 文又從
而沛然滔滔, 若不可涯者. 竊自負有得於心, 愛觀之不釋焉.

客歲待罪郡紱, 地僻訟簡, 日無事. 取少所讀四子濂洛書, 諦看之, 則所謂佛
子書論性論心, 雖曰近理, 而寔與吾敎每每相反. 其幻見空說, 種種背於天理.
假以明珠言之, 均是蚌生. 而儒謂珠由胎出, 佛謂珠入寄胎. 蓋以儒本諸天, 佛
由諸己. 是故, 七情發於中心云者, 吾儒之說. 而彼乃曰六入也五陰也, 卽此可
辨其眞僞哉. 其曰萬法歸一, 其曰不舍一法者, 稍近於道. 然徒有其意, 終無其
理. 雖能言之, 而實效則蔑如. 其果謂知道也耶.

善乎紫陽之言! 曰: “惡此理之充塞無間, 而使己不得一席無理之地以自安.
厭此理之流行不息, 而使己不得一息無理之時以自肆, 以求其所謂空無寂滅之

地而逃焉." 此論一出, 黃面老子, 亦當吐舌於冥冥中矣. 退之永叔之闢佛, 皆從其膚. 故緇者不爲屈, 蓋不讀其書故已. 若透骨觚而奏刀, 則渠安敢肆行於千載, 與周孔之敎, 爲角峙計也. 余見止是焉.

李懶翁少入楓岳, 師信如上人, 將祝髮, 因亂未果. 及長, 周流西塞者有年. 今春將返仙山, 更尋其師. 雖不蒙伽梨, 而欲盡讀內典, 修心存性, 如維摩詰龐居士. 來告余以行, 余曰: "君之爲此, 亦賢於懵學逐利者. 然觀是書, 固當先辨其眞僞. 若炤了其幻見空說, 背於天理, 乖於天道, 則其說不得爲吾惑, 而文足以助吾達矣. 若或少着乎心, 則恐駸駸入其中, 終流於因果罪福也, 不難哉. 懶翁其勉之哉."

噫! 余曾折肱於是, 故深知其患. 其以朱夫子所言者自省, 則斯亦可也夫. 遂臨岐而書此贈之.(『惺所覆瓿藁』卷4)

遊原州法泉寺記 196쪽

原州之南五十里, 有山曰飛鳳. 山之下有寺曰法泉, 新羅古刹也. 余嘗聞泰齋柳先生方善居于寺下, 權吉昌·韓上黨·徐四佳·李三灘·成和仲皆就學隷業於寺. 或以文章鳴於世, 或立功業以國, 寺之名, 由是而顯, 至今人能說其地.

余亡姉夫人, 葬于其北十里許, 每年一往省焉. 所謂法泉寺, 尙未之游. 今年秋, 乞暇而來, 稍間. 適有上人智觀訪余于墓菴, 因言己丑歲, 曾住法泉一臘, 游興遂發, 拉上人蓐食早行. 從峽路崎岖逾嶺, 至所謂鳴鳳山. 山不甚峻, 有四峯對峙如甃. 二川出於東西, 至洞口合爲一.

寺正據正中面南, 而燬於兵, 只有餘址頹礎, 縱橫於兔閪鹿逕之間. 有碑半折, 埋於草中, 視之乃高麗僧智光塔碑. 文奧筆勁, 不能悉其名氏, 眞古物而奇者. 余摩挲移晷, 恨不能摹榻也.

上人曰: "此利甚鉅, 當日住社幾千指. 我曾寓所謂禪堂者, 今欲認之, 不可辨矣." 相與噫噓者久之. 寺東偏有翁仲及短碣, 就看則三墓皆有表. 一則國朝政承李原之母之墳, 一則泰齋之藏, 而其子承旨允謙從焉.

余曰: "原之夫人, 卽吾之先祖野堂先生諱錦之女. 吾聞政丞初窆其母, 術者言其地有土氣, 終以是獲罪. 故子孫不敢從. 泰齋卽贅也, 其居此必因是而卒窮以死, 故仍卜兆也歟. 年代久遠, 不可知矣."

因徘徊俯仰, 不勝其弔古之懷. 謂上人曰: "人之有窮達盛衰, 固其命也. 而名之不朽, 不在於是. 原以佐命勳臣位台揆, 富貴權寵, 熏藉一時, 人皆仰而趨之. 終以此見忌廢死. 而允謙事莊憲王, 爲帷臣出入禁闥, 荐被恩渥, 竟至於喉舌納言, 可謂貴矣. 泰齋則抱負文行, 因家忠錮其身, 方窮阨時, 布褐不掩體, 日併食, 拾橡栗以自給, 枯槁於山中, 以了殘年. 今看其詩, 如孟參謀賈長江, 可知其困楚酸寒. 其比二公, 榮悴爲何如? 而至今數百年後, 人誦其文, 想見其爲人不替, 至令殘山野利, 非奇偉瑰秀之觀, 亦聞於世, 而載在輿地. 彼二公之芬華顯揚者, 今何在哉. 不徒其身之理沒, 而道其名, 人莫曉爲何代人. 然則與其享利於一時, 曷若流名於萬代乎? 使後人取舍, 其在是乎, 在彼乎?"

上人輾然曰: "公之言則是矣. 但千秋萬歲名, 寂寞身後事. 而古人亦有以名爲累, 不願知於人者, 抑獨何心耶?" 余大噱曰: "是汝家法也." 亟聯轡而回. 己酉秋九月二十八日記.(『惺所覆瓿藁』卷6)

豪民論 201쪽

天下之所可畏者, 唯民而已. 民之可畏, 有甚於水火虎豹. 在上者方且狎馴而虐使之, 抑獨何哉. 夫可與樂成, 而拘於所常見者, 循循然奉法, 役於上者, 恒民也, 恒民不足畏也. 厲取之而剝膚椎髓, 竭其廬入地出, 以供无窮之求, 愁嘆咄嗟, 咎其上者, 怨民也, 怨民不必畏也. 潛蹤屠販之中, 陰蓄異心, 僻倪天地間, 幸時之有故, 欲售其願者, 豪民也. 夫豪民者, 大可畏也.

豪民伺國之釁, 覘事機之可乘, 奮臂一呼於壟畝之上, 則彼怨民者聞聲而集, 不謀而同唱. 彼恒民者, 亦求其所以生, 不得不鋤櫌棘矜, 往從之, 以誅无道也. 秦之亡也, 以勝廣, 而漢氏之亂, 亦因黃巾. 唐之衰而王仙芝黃巢乘之, 卒以此亡人國而後已. 是皆厲民自養之咎, 而豪民得以乘其隙也. 夫天之立司牧, 爲養民也, 非欲使一人恣睢於上, 以逞溪壑之慾矣. 彼秦漢以下之禍, 宜矣, 非不幸也.

今我國不然. 地隘阨而人少, 民且呰窳偷惰, 无奇節俠氣. 故平居雖无鉅人雋才, 出爲世用, 而臨亂亦无有豪民悍卒倡亂首爲國患者, 其亦幸也. 雖然, 今之時與王氏時不同也. 前朝賦於民有限, 而山澤之利, 與民共之. 通商而惠工, 又能量入爲出, 使國有餘儲. 卒有大兵大喪, 不加其賦. 及其季也, 猶患其三空焉.

我則不然. 以區區之民, 其事神奉上之節, 與中國等. 而民之出賦五分, 則利歸公家者纔一分. 其餘狼戾於姦私焉. 且府無餘儲, 有事則一年或再賦, 而守宰之憑以箕斂, 亦罔有紀極. 故民之愁怨, 有甚王氏之季. 上之人恬不知畏, 以我國無豪民也. 不幸而如甄萱弓裔者出, 奮其白挺, 則愁怨之民, 安保其不往從, 而蘄梁六合之變, 可跂足須也. 爲民牧者, 灼知可畏之形, 與更其弦轍, 則猶可及已.(『惺所覆瓿藁』卷11)

祥原郡王冢記 205쪽

祥原郡之北十五里, 有村曰王山. 村之北有山隆然而起, 童無樹, 曰王冢. 丁未歲七月, 大雨水, 王冢崩.

村人趙璧者, 少爲僧稍解文. 聞其毀, 率其儕往審之. 則壙深二丈許, 甃石爲

花紋. 周四隅而不隧, 以石爲蓋. 揭則靑珉覆之, 灰以錮其縫. 中安瓦棺, 列弱
靈木偶瓷鼎彝甚多. 北有釭, 油實其半. 骨二堆猶在焉. 壙之南有石鍾埋土, 洗
而看之, 有神明大王墓五字款. 字畫大而拙. 璧會村父老, 畚鍤而土掩之.

夢有紅衣金腰神人, 遍謝於璧及同事者曰: "我王家神也. 蒙君等掩骼之惠,
當以登歲相報也." 是後連三年果大熟, 而老稚無瘥恙夭札者. 噫其神矣. 璧來
言於余如是. 余惟國家尠圖籍, 三國以前之事, 無可攷者. 神明王之號, 不現於
句麗史, 其非朱蒙嗣明矣. 冢且近成川, 成川古松壤國. 意者是其王歟, 吾不
敢知.

古者諸侯不隧, 墓而不陵. 聖人以厚葬爲非. 今王家則不隧而稱墓, 禮也. 不
藏金寶以啓盜, 智也. 又能致福於民, 以謝其惠, 仁也. 智仁而知禮, 則其生爲
令主, 死爲明神, 可知矣. 惜乎史氏之闕漏, 不著其名也. 因爲疏之, 以補石室
之遺云.(『惺所覆瓿藁』卷6)

金宗直論 209쪽

天下有私其利而竊其名者, 而世以爲君子者, 則人信之否. 曰吾未之信也. 何以
未斯之信耶? 以爲私歟, 以爲竊歟, 則雖出於道德仁義, 亦未免假爲, 況利與名
歟. 旣已私其利竊其名, 以誣一世, 自享其榮祿, 則固當畢智殫慮, 求稱其職分
之當爲, 可以少補其失, 乃反曰榮祿非吾志也. 偃然徒朱其軒, 徒赤其紱, 以終
其身, 則其罪不容誅矣.

金宗直近世所謂大儒也. 少嘗不肯仕, 先廟迫令赴擧, 不得已登第. 亦出入
於侍從華顯矣. 乃稱母老而勉仕, 及母以天年終, 猶仕不止. 其門人金宏弼, 或
規其無建白. 乃曰: "仕非吾志, 故不欲也." 若宗直者, 眞所謂私其利竊其名, 偃
然徒朱軒赤紱者也.

當靖亂日, 宗直非有祿食如彭年三問輩, 非素蒙恩如時習也. 特一鄕曲眇然韋帶之士, 於舊君無可死之義. 其不肯仕, 固已僞矣. 雖僞而已立其志, 則上縱逼之, 矢死不赴可也. 乃若怵禍而黽勉赴之者然.

旣釋褐, 珥筆記言, 而挾策伏細旃. 又以專城享其母, 其私其利者矣. 又欲竊其名, 號之於人曰: "吾有吾親, 吾終守西山之志." 旣脫母制, 則受敎之命. 十年之間, 躐取大司寇, 宜若休矣, 猶貪戀不去. 尸位素餐, 不爲職分之當爲. 及其門人言之, 則爲遁辭以答之, 是果可爲君子: 而罪當誅矣.

世之至今稱其人不替, 何哉? 余竊覰其爲人, 不過剟拾家學, 爲文墨以自拔者. 而其心則黠, 欲高其名, 以聳動一世人而惑主聽, 爲竊利地. 旣售其計, 則忖其才不足於康濟, 故似若可裕爲而不肯者, 爲藏拙之端, 其亦巧矣. 其作義帝文, 述酒詩, 尤爲可笑. 旣仕則是我君, 而乃詆之不遺餘力, 其罪尤甚. 身後之禍, 非不幸, 而抑天怒其黠且巧, 假手於人, 以顯戮之耶. 余憫世之人不求其形跡, 徒崇其名, 至今推以爲大儒, 故特表而著之.(『惺所覆瓿藁』卷11)

與石洲書 214쪽

在洛下得兄江都書, 唁僕失官. 此時僕已戒轄出都門, 來价置而告去, 忙不草復脩謝. 逋慢之罪, 安所逃乎.

僕辭家二日, 抵正卿永平潭墅. 泉壑溪山之勝, 不減昔年, 而所恨者, 臺館不起廢耳. 入室, 醇酒滿甕, 香蟻浮浮, 恨不拉吾兄以大白侑之. 聞之, 必流饞涎也. 至今城壁有孤竹荷谷詩, 淸楚可詠. 又有子敏詩, 恩恩不得和矣.

冒雨宿通溝, 踰斷髮嶺. 遙見萬二千峯, 環峭拱揖, 如迓吾行, 游興翩翩不自禁. 促馬入長安寺, 日已曛矣. 釋道觀自湖南來, 稍解文, 與語甚適. 明早携入十王百川洞, 峭拔地骨, 立水激瀉, 楓栝參天. 行十五里, 抵靈源宿.

曉向望高臺, 峽束崖斷, 攀鐵絚僅陟. 小憩於松蘿, 遂入萬瀑洞. 翫楊蓬萊八大字, 筆勢飛躍, 可與此山爭雄. 回至鳴淵, 夕休於表訓寺. 主僧曇裕設蒲供以待.

明登眞歇臺, 去藍, 步躋開心臺. 萬峯森在眼底, 不可名狀. 其峻拔而仰然, 若君之標秀特立, 其隗俄而頹然者, 若君之醉倒玉山. 對此足以慰吾懷也. 是十七夜, 待月於正陽樓東.

朝飯圓通, 取經於獅子峯, 宿普德窟, 歷火龍潭, 抵摩訶衍. 風泉杉檜, 徹曉磨戛作響, 如笙鶴冷冷於雲表. 卽由雲興登九井峯, 以雨不克上毗盧, 到寂滅下視星門洞, 衆壑嶙峋, 如長立扇.

海濤二僧言, 自此下抵朴達串, 可達於隱身臺. 余治蠟屐, 拂曙從白田而下, 繚曲行五里許, 始石叢立, 悍湍濆其中. 石皆作怪獸狀, 如欲相搏, 赤足躍流而濟.

午息于紫月庵, 庵正據內外山之間, 悉摠其勝, 蓋游人未嘗到也. 迤從南崖, 到佛頂臺. 少選風雷起於中堅, 大雲平鋪, 脚底電光, 閃閃輾轔, 慄不可頫眺. 俄歇則千瀑快垂於靑壁, 若玉虹爭矯然. 昏抵揄岾, 則鄭生斗源踵至, 玄談五更而睡.

留一日下山, 從百泉橋取途於迦葉洞, 宿于明波. 蓋三日浦, 舊所慣歷, 爲直向臨瀛計, 不復游也. 翌日見崔東皐於迲城, 懽甚, 挽二日留. 且問石洲今作何狀. 盡出其詩文以示, 觸目琳琅珠玉也.

因訪洛山舊踐, 則鄕者宿俱持壺來煖脚, 太守又以妓樂侈之, 浩然有安石東山之興焉. 以馬蹇留五日, 歸江陵外家枌楡, 僕不修謁已八年, 霜露之愴倍切矣. 邑東有小塾, 與學子五六人閉戶讀書, 欲了殘年, 未知天從人欲否.

海山壯游, 大略如斯. 當時若同吾兄, 則奚囊所收珠璧當富. 兄聞之, 必大愉快, 亦大恨嘅也.

宦情灰冷, 世味茶苦. 靜處之樂, 甚於軒裳, 豈肯捨我所便而爲人役役耶. 唯

404

是停雲之念, 結於中情, 地遠難聚, 懷不能遺. 秋候漸泹, 幸好侍二萱親, 以畢養志. 書不盡言, 言不盡意. 不備.(『惺所覆瓿藁』卷9)

與李汝仁 219쪽

簷雨蕭蕭, 爐香細細, 方與二三子, 袒跣隱囊, 雪藕剖瓜, 以滌煩慮. 此時不可無吾汝仁也. 君家老獅必吼, 令君作貓面郎, 毋爲老嬛畏縮狀. 門者持傘, 足以避霖霖. 亟來亟來. 聚散不常, 此會安可數數. 分離後雖悔可追.(『惺所覆瓿稿』卷21, 文部18)

金尚憲

谿谷集序 223쪽

東海之風表, 爲大國所從來遠矣. 殷太師始闡文敎, 歷世千有餘祀. 然而儒林文苑, 不少槪見, 何哉.

羅氏以來, 北學之士漸興, 惟孤雲名世. 勝國之際, 益以弘博, 惟牧隱晩出, 世莫有能抗之者. 繇此觀之, 文之爲技, 亦難矣哉.

逮我盛朝, 文運之隆, 視古爲烈, 文章之士, 指不勝屈. 而其間蔚爲大家, 追軌古昔者, 亦頗鮮覯. 宣陵之世, 畢齋獨步, 穆廟之時, 簡易高蹈. 若玄軒之負望儒林, 月沙之擅聲文苑, 從容館閣, 制作俱美.

于時谿谷張公, 又晩出而造焉, 亦莫有能抗之者. 余嘗以谿谷論於牧隱, 其大不如, 而其精過之, 文彩少遜, 而理則加密. 獨與世升降之氣, 不得不異爾, 自茲以下, 它可類知. 公之文章, 可謂盛矣. 大而非誇, 達者信之. 余言之徵, 後必有人也.

嗚呼! 公少余十八年. 至於譚藝, 輒虛師席而處焉. 復著橘翁說以詒之, 蓋取諸年歲雖少, 可師長也. 每成一篇, 不就正于公, 不敢以視人, 三都之作, 擬待玄晏而有傳也. 孰謂今日公先而我後也.

公之著述, 脫於兵火, 靡有散軼. 始知希世之寶, 鬼神營護, 渾金美璞, 鬱攸所不能災也. 豈不異哉. 公之胤子善澂, 以書來請曰: "先人之集今方鋟梓, 翁不可無一語以相斯役." 余雖昏耄, 亦何忍拒之也. 遂書平日衡於心者以爲敍.

昔梁昭明有言, 陶澂士白璧微瑕, 只是閑情一賦, 味斯言. 今之誚公者, 抑何甚歟. 余於是乎未嘗不爲之慨然. 壬午端陽下浣, 西磵老人敍.(『淸陰集』卷38)

南漢扈從賞加辭免疏 丁丑五月 227쪽

伏以臣本病人, 加以年老眵眊. 隕心於擢髮數罪之書, 失性於天地反覆之際, 形存神死, 有同土木. 無復有立朝從仕之望, 轉輾落流, 朝夕待盡. 不意伏聞南漢扈從諸臣俱受賞加, 而臣名亦在其中. 臣始焉驚疑, 終焉惻懼, 涉月經旬, 愈不自安.

方駕駐山城也, 大臣執政爭勸出城, 而臣敢以死守之義, 妄陳榻前, 臣罪一也. 降書文字, 所不忍見, 手毀其草, 痛哭廟堂, 臣罪二也. 兩宮親詣敵營, 臣既不能碎首馬前, 病又不得隨行, 臣罪三也. 臣負此三罪, 尙逭刑章, 豈敢與諸臣之終始羈鞚者, 均蒙恩數也.

伏乞殿下亟收成命, 以昭勸懲之道. 如臣濫側者, 必有公論改正之事, 而遠伏荒野, 聞見未逮, 猥此煩籲. 無乃謬乎.

且臣伏念寒暑不輟則裘葛不可廢, 敵國未滅則戰守不可忘. 伏願殿下, 克勤薪膽之志, 增修保障之地, 免使國家再辱焉. 嗚呼! 毋信一時之要盟, 毋忘前日之大德, 毋過恃虎狼之仁, 毋輕絶父母之邦. 誰能以此爲殿下懇懇陳戒乎.

夫以千里爲讎人役, 古今所羞. 每思先王奏文萬折必東之語, 不覺泣涕霑衣也. 伏願殿下, 念之哉念之哉. 臣狂惑迷亂, 又復妄發, 萬死萬死. 臣不勝惶恐戰灼之至. 謹昧死以聞.(『淸陰集』卷21)

群玉所記 231쪽

淸陰居士有章數十枚, 欹闕次玉, 纍纍滿函, 燦然爛然. 巾之襲之, 閣之于金臺之山石室之內, 命曰群玉之所. 居士性樸拙, 平生無玩好, 無藏畜, 獨於此嗜之, 若淫者之好好色. 雖有他好, 不與易也.

每章隨質異形, 隨形異篆, 隨篆異勢, 異有不異, 同有不同. 方以盡矩, 員以盡規. 長者欲其狹而細, 大者欲其莊而儼. 瘦不失之疏, 豐不失之密. 曲而不畔於直, 奇而不害於正. 皆法也.

依形肖貌, 各有題品, 疵美具著, 瑕瑜不掩. 常遇晴檐暖日, 掃席拂几, 陳列左右, 摩挲手弄. 眞藝苑之淸玩, 文房之祕珍也.

其一曰某印者, 居士姓名也. 厥形方, 厥篆錯, 厥畫陽. 四字之中, 三字大, 一字細, 而狀類之玄, 有地道變盈流謙之象. 次曰叔度者, 居士字也. 厥形同上, 厥書大篆, 厥畫陰. 古而不華, 如董江都學問, 非不純正, 而少精采. 曰淸陰者, 居士號也. 方形也, 玉筯也, 陽畫也. 其象如二童子綴耦, 間植玉戚, 周庠舞勺, 幼儀可觀.

曰兩朝經筵近臣者, 其形方而裘與上同. 篆也, 陽也. 資狀端正, 如霍子孟進止有常, 不失尺寸. 曰明哲保身者, 變倒薤法也, 方也, 陽也. 幽姿帶露, 如鮫女泣別, 點點成珠. 曰萬頃陂水者, 蚪蚪也, 錯也, 方也, 陽也. 首尾相銜, 橫亘不斷, 如河出崑崙, 貫中國而入于海.

曰太白山人者, 形方也, 篆上方也, 畫陰畫也. 陰體豐而極肥, 陽界微而僅辨. 宛然素質, 如楊子雲閉門草玄, 終歸尚白. 曰住世道人者, 變小篆也, 陽也, 形與上同. 疏爽正直, 如骨鯁之士, 惡圓喜方. 曰閑居有味者, 大篆也, 陽畫也, 形與上同. 體胖色睟, 如道德和順, 充實而有光輝之美. 曰正坐看書者, 陽之極, 細爲碧落者也. 一循古法, 不雜新奇, 如孟子論王道, 世俗謂之迂闊.

曰翠庭者, 鳥跡而陽者也. 綽約妍媚, 而鋒鋩凜然, 如孫夫人帳下, 茜裙雪鍔. 曰松柏堂者, 重陽成畫, 是謂刻符者也. 其外則滿, 其中則空, 如老氏之役, 虛心而實腹者. 曰一釣舟者, 兩儀體也. 陰變欲陽, 陽變欲陰, 若有若無, 如雷音設敎, 似空非空. 曰白鷗沙者, 雜體也, 陽也. 恢奇卓詭, 迥拔常倫, 如曾點氣象, 鳳翔千仞. 曰江山之助者, 陽也, 形小者也. 字字豪爽, 如李供奉長不滿七尺, 而仙風道骨, 有凌霄漢出宇宙之氣. 曰一塵不到處者, 形與上六者同. 方而以大間小, 錯也, 陽也. 旁四字極細密, 中一字奇崛非常, 如海賈鐵網中, 七尺珊瑚樹.

曰無俗軒竹映琴書者, 形一圜字七陽. 圜爲乾象, 七爲斗數, 如北斗懸空, 斟酌元氣. 曰岳北道人雲壑裏者, 形外天內地. 字陽包陰, 出奇破體, 如謝幼興縱意適情, 不拘繩檢. 曰清風滿室左右竹林者, 書同也, 錯同也, 形方而長. 尊陽姒於卑陰, 如謝太傅雙攜婉娩, 清標雅操, 不嫌風流. 曰再鳴以文賜暇東湖者, 一體分形, 上陽下陰, 長之類也. 天先於地, 柔承乎剛, 如子都少君共一鹿車, 清苦之節, 溫和之容, 見者悅慕.

曰有恒齋, 曰風雅遺音, 曰自是一王法, 曰隔千里共明月, 如此者凡八九枚. 字皆瘦, 形皆長, 如錢樞密廷諍獨立不去.

又有一古器, 不知何名. 上安博山, 山下有臺. 臺有雙股垂而人立, 窾識曰焚香默坐. 蓋比之盤盂之有銘, 而書愈密, 畫愈細, 如衛武公之自脩, 如切如磋,治之已精, 而益求其精者也.

茲其表表可述者. 此外若干枚, 箇箇精好, 如入王謝家, 階庭所見, 無非芝蘭玉樹, 不可殫狀. 嗚呼! 非盡圖書之妙者, 其孰能與論於此乎. 聊記之, 與同好者共之.(『淸陰集』卷38)

趙纘韓

哀鷹文 240쪽

壬寅冬, 畜一鷹, 乃伯氏送也. 長不滿一尺者二寸, 金其眸, 玉其爪, 劍吻而鉤距, 腦顙突聳, 尾翮整銳. 其短小精悍英猛俊烈之氣, 常颯颯動軒楹, 余甚珍之.

擾數日而獵之. 其始放也, 後雉數十丈而飛, 飛又不甚決, 獵者疑其不捷. 而望者曰: "鷹已出雉之前路矣." 遂與望者而望之, 則雉未及地, 而鷹之拏已加其後腦矣. 余與獵徒, 無不滿志. 又放之亦然. 三四放無不然. 或半空而摯. 余旣才之, 日放而日皆然. 隨放闊數而獲有多小焉.

忽一日獠于前嶺, 放之者緩不守機. 雉已入藪而鷹及之. 鷹及之而犬隨之. 其藪之奧穢, 乃蔦蘿荊莽之所纏織, 鷹欲攫雉而出, 則四方上下無可超脫. 而犬之呀呀者已在其後, 鷹無可逃. 竟被其噬, 而獵者之來後之.

嗚呼! 其命矣夫. 余從室窓而望之, 促獵者臂來, 則鷹之挺於臂, 猶攫竦, 小無摧沮色. 側目厲吻, 怒氣益勃勃. 意謂無傷, 近座隅而審之, 則腸之出外者半尺. 撫其瘡, 則胸膛洞開, 若剚匏割爪然. 雖欲得半餉之命, 得乎. 俄果低頭脅翼而死.

余悲憤不已, 卽瘞其屍于西丘之麓, 殺其狗而復其讎. 乃作文而哀之. 其文

曰:"蒼崖萬丈峙海中兮, 雲巢霧穴翊天公兮. 媲毫配猛卵驕雄兮, 始展鋒稜背
摩穹兮. 鳩鳥爲媒罹網籠兮, 來掣我鞲當嚴冬兮. 臂出登崔西日春兮, 千峯雪虐
飛走窮兮. 側瞬寒霄聳如峯兮, 翻身倏霍電鬪風兮. 孤雌所伏落榛叢兮, 猖然曰
玁玁所同兮. 嗅逐之疾先獠童兮, 張牙雪皓舌齶紅兮. 四出無路罔西東兮, 哀哀
謬噎碎錦胸兮. 終古雲長死呂蒙兮, 爲肉其龘磔厥猺兮. 憯何間物涕翻瞳兮, 嗚
呼英爽庶感通兮."(『玄洲集』卷14)

用拙堂記 244쪽

夫能焉之謂工, 不能焉之謂拙. 能者用而不能者屏, 則拙固工之奴也. 雖然, 工
者常勞, 拙者常逸. 勞之道, 似小人, 逸之道, 似君子, 小人之服役於君子, 固也.
庸詎知工爲拙之奴. 而拙爲工之君也哉. 何則. 莫工且勞者, 匠石陶冶, 而服役
於宰相, 莫工且勞者, 萬物之生生, 而聽命於造化. 然則心勞而身逸者, 宰相也,
用勞而體逸者, 造化也. 又庸知至拙之爲大工, 至勞之謂大逸也哉.

　然則公之所謂拙者, 不其大工. 而旣已養之於先公, 然後方且用之於我公, 是
知嚴之有舍人有檢詳者. 又豈非以堂之拙爲宰相之逸, 而或天先定其號, 以顯
其跡歟.

　雖然, 出而爲宰相, 不能退處於堂, 則是徒用其拙, 而不能處拙也. 其所謂用,
特用之於世, 而不用之於江湖也, 其魚鳥花卉風月之樂, 亦不得以供拙也. 其所
謂拙而逸者, 乃大工而勞於心也明矣. 用拙名堂之義, 抑未知工耶拙耶. 然則夫
孰知至拙之爲至工, 至工之爲至拙也. 夫如是, 則雖謂之用拙, 亦可. 雖謂之用
工, 亦可. 吾於工拙乎, 何辨焉. 是爲記.(『玄洲集』卷15)

贈崔燕岐序

吾於公之先大夫之詩, 有所感矣. 其韻淸而高, 其格和而嚴, 其詞淡而華. 讀之
使人興起, 藹然有感發懲創之端. 非得乎天而合於神者, 其能之乎? 信唐後之
希音也. 嘗擊節歎曰: "淸高者, 雅也, 和嚴者, 典也, 淡而華者, 質文稱也. 人之
從是政者, 苟以孤竹公之得於詩者施之, 則其亦庶乎其近矣."

旣而人有以吾公之試於邑者告之曰: "不猛而民自戢, 非雅歟? 不糾而民自服,
非典歟? 旣莅而職辦, 旣去而民懷, 非質文稱者歟?" 俄又以公之試度支者告之
曰: "不務簡而不煩者, 得乎雅者也. 不損下而致足, 則得乎典者也. 僚友吏胥服
其公而稱其能, 則得乎文質而不相悖者也."

噫! 試諸縣而旣如彼, 歷于郎而又如此, 斯可謂以先公之得於詩者施之者
歟? 父作子述, 其崔氏之謂矣. 談未卒, 公又得兹縣, 於其行也, 索余語甚勤, 余
謹應之曰.

"公之理是邦, 更可以他求者哉. 試以公之試於縣者, 足矣. 試以公之試於郎
者, 足矣. 今之爲政, 其如斯而已乎. 雖然, 先君子之鳴於詩, 若是其宏大, 則夫
豈以一縣官一郎佐之政, 而足述其萬一也哉. 其或試之於通都大邑, 試之於方
伯閫帥, 試之於三公之位, 而而贊一國之政, 然後方可謂唱和而酬酢矣. 噫, 崔
子其亦勉乎哉."(『玄洲集』卷15)

祭亡室文

惟靈, 受氣爽淑, 貞順天得. 弱失怙恃, 長娣是托, 哭泣之哀, 隣里側耳. 香火六
載, 孝聞日邇, 與我論婚, 長娣實倚, 癸巳之春, 始執棗栗, 內坦外夷.

德言吾悅, 以我浮靡. 就君鋤削, 毫釐有失, 峻責可法. 貞亮之容, 炳著于色,

死生之偕, 與之成說. 黽勉有亡, 箕帚糟糠, 秉婦之道, 主饋端明. 朋或自遠, 議厥酒食, 拭盤舉案, 賓友嘉服.

嗚呼哀哉! 曾未周年, 我遭母憂, 畢喪而還, 家食一秋, 賊燹猝逼. 海陸無路, 不陸而船, 實從叔母. 全家一葉, 海門風雨, 叔母病船, 泊下三鄉, 謂賊必遲, 淹度日星.

嗚呼哀哉! 避賊之謀, 吾實不臧. 九月十七, 日未中央, 凶礮忽動, 賊舸飛入. 嗷嘈奔竄, 僵屍草澤, 造次相失. 父子夫婦, 奉老蒼黃, 咫尺顚仆, 君不在傍. 天胡罔極, 呱失厥乳, 翌日命絶, 走瘞道周. 白刃交橫, 呼山叫海, 晝伏宵征. 喪子失妻, 胡忍人情, 吾戴吾頭?

此時猶生, 路出蒙灘, 眼迷南北. 忽遇一人, 問我何客, 吾告姓名. 他聞卽愕, 云子內君, 惟彼道側, 失君之故, 呼天乞死, 三赴于水, 三被婢止. 節義則高, 性命可憐. 吾驚急往, 他語果然. 握手噎泣, 聲畏虎聞. 謂必天誘, 此會未期. 自今相攜, 死何悔悲. 主嫗揮涕, 嘆我生逢. 君卽賣環, 備食以供, 食何下咽. 叔母不在, 欲共還尋, 賊已環蔽. 君時繭足, 行不進程, 走將何歸? 四面鳴槍, 一晝于林, 相視蒼茫.

嗚呼哀哉! 是夜悵悵, 周章野口, 前戈後刃, 靡左靡右, 困伏叢蔓, 夜盡日出. 日將亭午, 猶免賊逼, 午而至未, 竟與賊遌. 嗚呼哀哉! 君於此時, 勸我走避, 勿以我故, 坐致彼至. 俄然賊至, 君促我出, 我出突賊, 裸體徒襪. 一奴隨我, 走山得脫. 賊去卽下, 日已昏黑, 獨與擊叔, 訪君所伏, 哀哀已死, 屍血塗草, 謂必遇害, 撫屍踊悼.

嗚呼哀哉! 有刃在頸, 吾所佩刀. 君時自帶, 我昧其由. 豈意玆夕, 竟至自剄. 屍在林中, 吾獨奈何, 飢竄涌珍, 萬死苟活, 跟賊退勢, 反尋舊宅. 此時君骸, 已返故山, 十月其椸, 葬急以權. 明年暯春, 就食于洛, 過碁翌月, 爲君南國. 買棺改葬, 今已四齡.

嗚呼哀哉! 君爲我死, 我負君生. 君所寄鏡, 至今猶明. 今以新恩, 來掃君塋, 今猶告文, 何面幽冥. 嗚呼哀哉! 赴水雉頭, 凡婦猶或, 自刃自刎, 烈士難必. 勇矣哉君! 夫何能此? 烈矣哉君! 夫何至此? 勇矣烈矣! 如其節義. 生死合道, 如其貞矣. 旌閭掩幽, 責在於我, 勒碑記德, 責在於我. 余所不者, 有如此辭.(『玄洲集』卷14)

宋生傳 256쪽

宋生希甲, 懷德人也. 年旣十五六, 未有學, 鄕里視凡兒, 久益輕之. 忽奮曰: "士生世, 患無師, 不患學不立. 吾聞石洲權先生, 學博而行峻, 志潔而道高, 不以其皦皦章明者, 俯仰於溷濁, 托詩酒優游湖海, 以自晦匿者, 是可以爲吾師也." 卽日, 蹢僑負笈, 徒步入江華. 踦其門而拜之, 石洲一見輒奇之.

逐授漢書, 始甚扞格, 若不能解者. 唯其聰銳絶等也, 朝進而暯益就, 不數旬日, 誦數十篇, 無一字訛漏. 其徒十餘輩, 帖帖競後先, 人各殊學, 生常退坐默聽, 竝記兼誦, 通條貫節, 習於其所自業者. 日試之無不然.

嘗構書齋, 躬執役不以爲怠. 斲堅運重, 常兼數人之力. 木工之所未及治者, 就而伐之, 剖劂之功, 與素攻者無別. 繕之鎪之, 不數日而功訖. 木工吐舌曰: "力藝俱絶, 不可及矣." 其與諸生處也, 日未出而讀書, 詰朝則汲水撥火以自爨, 與之共食. 旣食則臂擔帶鎌, 斫山負薪而返. 返而又讀, 爇松明繼其晷, 以之達夜. 諸生之懶且慢者, 無不激而恪勤.

久之, 石洲遘厲疫, 幾不起, 諸相與往來者絶不通. 生常夜坐不寐, 未鷄而往, 止於舍外, 侯家人出, 謹詰其如何. 晝又往治藥, 夕又往問寢, 夜分乃還. 自書齋抵其舍, 幾十里, 一日之內, 三往三還, 如是者凡四十餘日. 及其小間, 則羅雀捕魚, 日備其匙著, 而生果繼其病, 幾死而甦.

又嘗絶糧, 切松葉和雪嚥之, 其友聞之, 裹飯往食之曰: "何不以告." 曰: "不欲煩人耳." 凡兩遭兄喪, 皆步走以葬之. 聞其疾則啼泣不食, 聞其訃則設位號哭, 哀動隣里. 隣里老少涕出歎曰: "宋生孝友出於天." 無不愛敬.

爲文以健偪, 不同俗爲務. 所著詩往往逼古, 氣力所在, 石洲亦稱不及. 旣而讀周子太極圖說張子西銘等書, 慨然有求道之志, 不復以瑰詞麗藻爲意. 砥礪刻苦, 益以成就爲期.

一日如有不樂, 其夕寢得夢, 自寫形字於空圈幾數百圈. 覺且夢, 輒如是者迨數日. 以此自卜其死, 然不以死生撓其中. 其後病稍已, 辭歸其家. 旣歸而疾革, 走書於其師石洲, 蓋其言不以己之疾痛爲念, 愈以其師窮苦爲慮. 竟以其疾終, 非信道篤事之如一者而能之乎.

嗚呼! 士之齋志就湮沒者, 古今何限, 而其所樹立篤確, 亦有如宋生者乎? 假其年而充其業, 則聖賢不難到. 而天於宋生, 旣生之而又夭之, 天其有意乎哉? 天其無意乎哉? 吁其可悲也夫! 倘所謂將來果且可畏, 則後之如宋生者, 亦不少. 吾又何悲哉! 雖然, 籍令宋生假其年充其業, 而世無知宋生之賢如今日, 則雖使宋生猶生, 不過爲一窮士而止耳. 吾雖欲不悲, 得乎? 然則其生也, 其死也, 俱可悲而無一不悲者. 吾安得不爲宋生悲, 而抑吾之悲宋生, 其獨悲宋生也歟?(『玄洲集』卷15)

崑崙核記 262쪽

廣成子遊于西極之野, 望見一山焉. 嶐嵩嵂崒, 與崑崙齊其高, 迤邐博敞, 與崑崙比其大. 無峯巒巖洞之峭, 無松檜林莽之茂, 不土而積, 不石而堅. 若木翳其左, 橙林聳其右, 信乎其瑰且異矣.

將欲登陟而望之, 途未半而忽遇三人焉. 就而問焉, 則其一曰: "吾乃友盤古而遠遊焉, 猶未嘗屆于是矣." 其一曰: "吾乃視滄海之億變, 而猶未嘗造乎是矣." 又其一者乃曰: "此乃吾師之所會之核而積而至于此者也. 桃之名曰洪, 又其名曰蟠. 乃在滄海之陽, 三千歲而一花之, 又三千而子之, 又三千而熟之, 每一熟於萬年之內. 而吾師歲食其一, 以其核而擲之. 此核之積而比其大於崑崙者也." 言訖, 就而視之, 則果然.

於是廣成子拜乎三人者之後曰: "吾以久稱於世, 乃今見此核之如崑崙, 然後始知彭殤之不等, 而朝菌大楓之相懸也. 小年之不及大年, 吾其與三老之謂乎." 三人者忽不見. 遂異而記之.(『玄洲集』卷15)

李植

己巳九月司諫院箚子 266쪽

伏以臣等, 俱以庸愞, 素昧臧否, 雖忝淸顯, 有同聾瞽. 其於時議之情變, 已事之是非, 實所未知, 不敢強爲之說. 第見比來朝紳之間, 氣色弗靖, 御批差除, 旨意非常. 此人材進退之機, 邦國否泰之本. 臣等以言爲職, 不容緘口, 略陳一二, 冀以裨補闕遺.

伏惟聖明勿以朋比之說, 視之朝廷, 軫念民事, 愼揀守令, 兼用侍從交差, 此固淸朝美事也. 若秤衡失當, 寄任非誠, 以譴罰行遣, 則不但人情危懼, 受任之人, 亦焉得以展布施措乎:

張維官經冢宰, 方主文柄, 大臣之次, 貴臣之首也. 雖有所失, 自當退之以禮. 羅州是四品官得除之地, 虞候都事, 亦居其上, 郡縣鎭堡, 視爲等夷, 其禮貌文牒之間, 卑辱甚矣. 若昔唐宋貶官, 雖下至於司馬司戶. 然而不簽書公事, 受員外置祿. 則是於尊貴體面, 無大傷損. 堂陛之制, 古人豈不致謹. 今維之貶官, 謂之前所未有, 非過言也.

朴炡兪伯曾等, 久淹下邑, 甫還侍從, 守令交差, 豈無他人? 今者次第特除, 聖意不無譴怒, 此朝紳之所以疑駭, 士論之所以傷沮者也.

臣等竊惟聖意特外此二人者, 豈不以前日分黨之說, 有以啓之耶. 夫二人者, 交遊之間, 論議頗峻, 其所取舍是非, 不能盡合於群情者, 容或不免. 謂是時論之過激者則近之矣, 謂之分黨則殆猶未也.

自昏朝變亂以來, 士大夫不樂進取, 惟懷藏遁. 及遭聖朝, 前後懇惻之旨, 每以朋黨爲戒, 已分之黨, 尚欲保合. 設令兪朴之論, 自欲標榜相異, 淸朝士大夫, 孰肯與之分背而相蹈乎. 況炡等, 始初只因糾摘一二人而有過差者, 遂有分黨之說. 若平心相處, 自當日遠日忘, 無復痕跡耳. 縱有新出浮薄之說, 臣等決知終不爲聖朝患也.

頃者, 大臣榻前啓論羅萬甲之意, 不過欲補外而裁抑之. 聞其在私第所論, 亦不過欲姑停銓望, 仍試州鎭而已. 大臣平章國事, 任怨盡言, 則其有不罄竭肺腑者乎, 其有不斟酌輕重者乎. 今殿下不徇大臣之議, 罪之加數等, 延及漸廣, 鬧端橫生. 反使大臣, 有所不安, 此果合於鎭定調劑之圖乎?

雖然, 萬甲張維之行, 朝廷既已力爭, 聖仁自當徐察. 炡等之出, 非大端枉屈, 則臣等又安敢保惜庇護, 以滋聖明之疑耶. 獨有區區私慮過計, 願爲聖明畢之.

殿下惡朋黨而欲去之, 此甚盛意, 顧其所以去之之術, 恐未盡也. 唐文宗謂去河北賊易, 去朝廷朋黨難. 夫以萬乘之威, 驅逐數十書生, 何至甚於去強寇之難乎. 顧其勢終有所甚難者何哉.

人材之難, 終古所嘆. 自古士大夫, 被朋黨之名者, 多是聰明材力爲衆所推之類也. 若其君相, 果能裁成保合, 不使潰裂, 則雖於同中有異, 異中有同, 終不害其爲大同也. 如或只據朋黨之名, 而務刮絶去之, 今日逐一人, 明日逐一人, 今年

去一黨, 明年去一黨, 則朝署之間, 人物掃盡, 其所登用, 必不過依阿不材之徒,
則雖謂之國空虛可也. 昔蘇軾譏王氏同俗之弊, 比之於瘠地之黃茅白葦, 去黨
之難, 亦何以異此.

大抵士論之携貳, 乃國家之大不幸, 其賢邪得失之跡, 未易明也. 若牛季之
是非, 元祐之三黨, 非但當年不能平, 後世亦不能定. 設使盡去其黨, 則李德裕
之政術, 程伊川之正學, 當竝在棄斥中矣. 其於世道何如耶.

若我朝朋黨之患, 則有由來矣. 銓郎柄重, 國政下移, 新進氣銳, 易生疵釁.
此實百年流弊, 反正以後, 猶未盡祛者也. 惟明主與廟堂心膂之臣, 講論一代賢
才妍媸短長, 無所遁隱, 然後培植而裁取之, 品藻序列, 任之勿疑, 則豈惟朋黨
色目, 自底消滌, 實亦天地交泰之會也. 惟聖明勿以人廢言. 則朝廷幸甚. 取進
止.(『澤堂集』別集 卷4)

送聖節兼冬至使全公湜航海朝燕序 273쪽

詩皇皇者華, 遣使臣也. 其首章曰:"皇皇者華, 于彼原隰. 駪駪征夫, 每懷靡及."
原隰敍所歷也, 每懷靡及, 言其勤也. 是時, 周家敷教內服, 邦畿之外, 地不過
千里, 執玉之役, 遠不過淮海之間方岳之內. 其所指原隰, 不過丈五之皐濡裳之
水耳. 然且悶悶焉念其行道之艱咨諏之遠, 被之樂章, 歌于宴犒, 此西周之盛
也. 逮其靡也, 大夫行役, 有獨勞獨賢之歎. 其詩曰:"或不知叫呼, 或慘慘畏咎.
或棲遲偃仰, 或王事鞅掌. 或湛樂飲酒, 或出入風議, 或靡事不爲."

德水子曰:"余讀詩至此, 知宵雅之變也. 鄒孟氏有言, 不得而非其上者非也.
人臣奉主之令, 圖國之事, 不共是懼, 何勞逸之足較. 北山大夫, 其亦未喩夫道
者乎.

國家自有遼梗, 泛海朝天之使, 歲一再行. 鯨濤萬里, 島嶼之出沒, 風飆之不

時, 往往蹈不測之危. 其由登而達于燕也, 跨九河經鉅野. 鞍馬之苦, 剽劫之虞, 動數千里, 方之于隰陟彼之詠, 計不啻相萬千也.

聖明龍飛, 手足視臣, 遣儀之縟, 資幣之腆, 一蹈祖宗故事. 雖有司者惜費而有所裁, 執法者陳義而有所摘, 惟溫旨輒寬假之, 卽西周忠厚何以加焉. 乃學士大夫出入之議, 則大不然, 增幣贄則疑其貨, 益傔從則疑其私, 加舡械則疑其怯, 取便途則疑其逸. 疑而不已, 謗訕飄起, 使夫行役之大夫, 慘慘惴惴, 懼譏畏彈, 反不覺燕齊之爲邀溟渤之爲險也. 嗚呼! 其可乎哉.

夫疑者, 非疑其事也, 疑其人也. 嗟乎! 不甚選其人, 而從而疑之, 人且救過之不給. 比閭之長, 且恐不辨, 而況越海萬里, 專對其職者乎. 今年簡使之遣也, 諫垣始欲重其選, 建請以見任近侍遣之. 由是吏部以承政院左承旨全公應命, 改少秋官以行.

全公敦厚而有守, 謹恪而有軌, 歷揚臺閣, 其聲實固孚於上下. 今又從近侍以出, 余知其不犯于士大夫之疑謗也果矣. 雖然不可恃也. 故於其祖餞之席, 將以歌皇華乎, 則懼或干世嫌也, 將以賦北山乎, 則懼或傷上德也. 乃略鋪區區私議, 以慰其征役之思, 又以先之館驛迎送諸使, 俾知全公之遣不偶然也."(『澤堂集』卷9)

送權生尙遠小序 278쪽

大抵有所挾而無所求難矣. 讀書以爲博, 攻詞以爲工, 其爲挾也, 豈淺尠哉. 有是挾而能不求利祿固難. 卽不求利祿者有矣, 而能不求名聞爲尤難. 持此二難, 久而不渝, 困窮而自泰, 斯又古今之至難也.

永嘉權生尙遠, 吾所謂博文攻詞人也. 然而不習科業而有時乎應擧, 自喜詞學而不期乎名世, 敝褐破鞋, 浮遊城市, 悠悠忽忽, 土苴形骸. 間或傲言高論,未嘗降辭色以少徇時好. 雖出入士友間, 寡與親善, 或見掃迹而去之.

噫! 生於其所挾與其所遭, 非有所利之, 而安之若命, 豈吾所謂古今之至難者非耶. 雖然君子進德修業, 盡吾性而已. 名有所不避, 祿有所當受. 過此以往, 聖人謂之索隱行怪, 非大中之道也.

權生好遊名山, 多方外交, 吾懼其道虛曠無所倚, 或流於異術. 故於其歸, 申以警之.(『澤堂集』卷9)

送蔡司書裕後赴北幕引 281쪽

向者, 僕訶北幕僅半年. 初非時選也, 又值上將張甚, 奴視文士, 有不快意, 輒齮齕之. 僕於時但日飮燒酒, 麾所可否事.

間奉方伯指揮, 一出六鎭. 仍得徧窺塞垣荒城古戍, 無遠不到. 或引老校舊裨, 登高指點, 詢問表裏山川, 外至靺鞨之墟.

慨想我祖宗開基啓霸, 侔迹岐雍, 與夫謀臣猛士鱗襲雲蒸, 佐成雄武有以也. 而憤今時胡虜之倔强, 爲之扼腕酸眦者, 累矣. 然此徒壯年粗心耳, 於旁人且不以相語. 況敢措一辭規一策, 妄自衒於油幢間耶?

今者大司馬, 以北路武將多不法而元戎困於籌畫, 請別選三司英俊, 充其幕佐. 銓衡再注, 而得蔡君伯昌.

君以妙齡登大科, 出入臺閣, 聲望高于時. 爲人端介深密, 不喜飮酒. 念朝廷選任之重, 嶷然有當官之心. 嗟乎! 此眞訶事哉.

君到北幕, 當日有所爲. 或有以僕向時之事, 導君以便逸者, 君第應之曰: "時不同故也."

崇禎庚午夏, 德水李植書于漢城西寓舍.(『澤堂集』卷9)

澤風堂志 284쪽

萬曆丙辰正月甲戌, 余在驪北康丘村舍. 于時時事大變, 驪鄕方有黨人之禍. 余亦懼及, 將去之, 筮居京, 遇萃之訟不吉, 筮湖南不吉, 筮嶺南不吉. 歎曰: "靡所騁矣." 乃筮砥平白鴉谷先隴之下, 遇大過之咸. 其爻曰: "枯楊生梯, 老夫得其女妻, 無不利." 解之曰: "庶幾哉! 其顚而復虺乎. 抑萌善之兆也."

其大象曰: "獨立不懼, 遯世無悶." 又歎曰: "斯聖人之事也. 余何敢當, 余何敢當. 或者神告之時象然乎? 世其宜遯而立其宜獨乎? 卽不懼無悶, 非聖賢孰能之, 子曰: '畏天命, 畏大人, 畏聖人之言.' 余小子又安敢迷斯象而褻斯義乎?" 初砥平地瘠, 又驪境也. 故不以占. 旣得卦, 始就居之. 越己未小堂成, 仍以爲扁.

堂之形似樓, 高十六尺. 中一間爲房, 依楹築土. 及半而安堗有窓. 壁外拓四楹爲周阿, 排板爲軒. 視堗之高, 廣半而袤倍, 無障蔽, 可環而延望. 軒下東偏地沮洳, 引泉爲方池, 池中留小堆, 樹以柳. 堂內實外虛, 池中有木, 皆澤風象也. 房內壁端, 列畫六十四卦, 竝其象辭, 南窓兩傍, 大書大過象辭八字. 堂制朴略, 上覆以木皮, 斤斲而已.

谷在萬山中, 堂又在谷內, 四隅周帀如盆盎. 松杉茂密, 沮洳中多檉柳, 無佳卉異石, 谷多沸泉, 泉聲可耳. 東南兩皐, 先隴在焉, 以朝夕瞻慕. 堂中雖遇歌酒, 不敢宴樂. 置書若干秩, 聚旁谷村學童數人, 諷誦章句, 倦則出谷沿澗, 游泳而歸.

蓋自始筮居, 迄今一紀. 其間雖或出而仕, 然常往來止留, 未始終歲違也. 而于其不懼無悶之義, 殆未有得. 嗚呼! 其衆人之歸而神明之棄乎? 述此志, 以識吾過, 且以示後之人.(『澤堂集』別集 卷11)

崔鳴吉

丙子封事 第一 290쪽

伏以臣病伏私室, 不與朝廷之議, 聞諸道路之傳, 今此金差之言, 悖慢凶狡, 有不忍聞. 凡有血氣, 孰不憤惋欲死.

竊聞句管問答, 廟堂籌畫, 辭直理當, 有足可觀. 然於臣心, 有不得不爲過慮者焉. 當初約和時, 朝廷以君臣大義, 反覆開陳. 彼雖犬羊, 亦有知覺. 故不敢强我以非義, 約爲隣國, 告天立誓. 十餘年間, 未有他說. 今忽發爲此言者, 何也.

且虜旣跨據大漠. 無所受制. 肆然稱帝. 誰復禁止. 而必欲藉口於我國者. 其心或難知. 我若只以口語答之. 則事跡晻昧. 無可據證. 如使驕虜反其辭說. 而誣我於天下. 其將何以自解乎.

臣之愚意, 例答之外, 別爲一書, 備陳僞號之不可僭, 臣節之不可易, 尊卑之等不可紊, 以明大義而存國體. 仍將虜書及我國所答, 移咨督府, 轉奏皇朝, 一面下諭八方, 訓飭兵馬, 以待其變. 使天下之人, 曉然知朝廷處置之明白, 然後可以折虜謀而壯士氣, 書之史册, 無愧辭矣.

且聞龍胡之行, 唯以春信弔祭爲名, 而汗書亦無別語. 其所謂悖書者, 乃八高山及蒙古王子書也. 答其循例之書, 而拒其悖理之言, 君臣之義, 隣國之道, 得以兩全, 於計爲宜. 況今山陵未畢, 守備未完, 權宜緩禍之策, 亦何可全然不思. 金差不妨招見, 所不可見者西撻耳. 西撻不必薄待, 所當嚴斥者悖書耳.

臣竊觀今日虜情, 特有早晚, 等是被兵. 但不可朦朧處置, 以致見賣, 過於落莫, 以促其兵耳. 城門閉言路開, 雖有悔端, 亦不濟事, 今日之勢可謂急矣. 而幸未至於目前被兵, 伏願殿下, 益加憤發, 先立大志. 如頃日諫臣筵臣之言, 多所採納, 收敍言事之臣, 勇革病民之政, 振拔人才, 激勵將士, 以慰臣民之望, 則人心旣悅, 國勢自固. 雖有外患, 亦不至大段顚沛矣.

臣之賤疾, 一向沈綿, 精神昏憒, 全不省外事. 而竊不任區區憂國之誠, 冒陳所懷, 唯明主裁之. 取進止.(『遲川集』卷11)

丙子封事 第二 ^{295쪽}

伏以臣五朔經營, 僅一入侍, 區區愚悃所欲陳者甚多. 而臣素拙於口談, 加以大病之餘, 神志昏憒, 不能十擧三四. 而所陳之言, 亦無一事獲蒙領可, 固知言不足用. 然不能無慨然于中也. 至如西事一款, 竊覸天意, 似若不以臣言爲妄, 而竟無採施之實. 此係安危大計, 不容但已.

近日臺閣之上, 人人皆言斥和, 獨諫院一劄, 言論甚正, 方略可採, 似非隨衆和附之比. 誠使廟堂之意專在於絶和, 則回啓之辭, 一何朦朧回護, 遂無一言一策之見施. 此不過元無定算, 特爲遷就之計者耳.

夫旣不能用諫院之論, 以決戰守之計, 又不能用臣之言, 以爲緩禍之謀, 一朝虜騎長驅, 不過體臣入守江都, 帥臣退處正方. 淸北列邑, 固將委以與賊, 安州一城, 勢必不能獨全. 生靈魚肉, 宗社播越, 到此地頭, 咎將誰任.

臣之愚意, 大駕進駐, 雖不可輕議, 體臣帥臣皆當開府於平安道, 兵使亦宜入處於義州, 約束諸將, 有進無退, 方合於戰守之常道. 且移書瀋陽, 備陳君臣大義, 仍言秋信不入送之由. 一以探虜情形, 一以觀彼所答. 彼若別無他心, 仍用兄弟之禮, 則依胡氏所論, 姑守前約, 內修政事, 以爲後圖, 務反石晉之前轍. 如其不然, 則固守龍灣, 背城一戰, 決安危於邊上. 雖或計非萬全, 猶愈於束手待亡. 捨此不圖, 一向婗婀, 欲言進戰, 不無疑懼之念, 欲言羈縻, 又恐謗議之來. 彼此不及, 進退無據. 江水將合, 禍迫目前, 所謂待汝議論定時, 我已渡江者, 不幸而近之矣.

臣竊痛焉. 今雖已晚, 猶或可爲. 伏乞殿下, 下臣此箚于廟堂, 無或如前掩置, 趁速議覆, 俾無日後之悔幸甚. 取進止.(『遲川集』卷11)

與張谿谷書 八書 299쪽

謹問, 此時哀兄, 氣力何以支保. 春序過半, 竊想靡逮之痛益復如新.

仍念今番南漢之圍出, 萬死得一生, 存君保國, 同歸故都, 此可謂不幸中萬幸. 而回思東魯禮義之邦未免鄭伯牽羊之歎, 莫非吾輩承佐之不忠. 而弟自淸陣晩歸, 則哀兄之姻丈淸陰金台與桐溪鄭台, 以斥和之領袖, 不問君上解兵圍, 保宗社, 而平安還都, 幷棄官直歸故鄕云.

斥和淸論, 上爲明朝, 下扶士論, 自是天地之常經, 古今之通義. 其所正論, 雖三尺童子, 所共知也. 吾輩亦豈不知乎. 弟吾輩旣是東國臣子, 則不念我君父, 而專爲中朝, 不無越津之嫌也. 萬曆皇帝再造之恩, 我東君臣孰不感戴, 而至若我國存亡之際, 則寧爲昔日再造而自就其亡哉.

此則東邦體國之臣, 必不爲皇朝而亡我國者, 義理堂堂, 實合聖賢之訓. 而金鄭兩台, 反昧此箇義理, 徒尙淸論於存國之後, 義理之執中道, 果其難也. 白刃可蹈, 而中庸不可能之論, 誠不虛矣.

雖然已過之事, 置之勿論, 而來頭之事, 又多難處, 此將奈何. 如兄高明, 不幸罪蟄, 如我淺識, 不幸當銓, 本以多謗寡助之身, 獨當衆鏑衆楚之中, 其將何以善處於淸論之間耶.

太酸迂儒, 淸論之難鎭, 殆甚於白登之解圍也. 不可不小抑太銳之氣, 觀其動靜, 徐徐解罪而進用之外, 似無他道. 哀意未知如何, 哀旣同事於存國, 又兼一邊之淸論. 故玆以仰議. 雖哀疚之中, 熟量善導, 至望至望. 不備.(문중본『遲川遺集』卷20;『增補譯註 遲川先生集』續集 卷2)

張維

白沙先生集序 304쪽

天之爲世道慮也至矣. 平陂往復, 世變之不能無者, 蓋繫於氣數, 天亦無能如
之何也. 然其變之將至也, 天必爲生英人偉士, 畀以其責, 使或成其事功, 或樹
其風烈, 而斯世斯道終有賴焉. 若夫人者, 其生也, 實得天地之間氣, 卓然不隨
存沒而顯晦, 欬唾笑談之遺, 皆可爲後世重. 古之人遠矣, 求之近代. 故相白沙
李公其庶幾乎.

國家自壬辰來, 遭大變者三焉. 倭寇之難, 國之不亡, 僅如一髮, 而公首建大
策, 請援於天朝. 旣而長本兵, 贊睿謨, 奔奏先後, 克成中興之業.

丁應泰之誣我也, 禍機之烈, 劇於壬辰, 卽天鑑一眩, 事有不忍言者. 廷臣失
氣踦蹋, 莫肯前當其鋒焰, 而公單車銜命, 赴訴帝庭, 使國誣洞雪, 而主憂以釋,
則其功益偉矣.

閔世而遭人倫之變, 奸臣逢惡, 請廢君母. 金塿之禍, 迫在晘夕, 人之所以爲
人者, 一朝隉地盡矣. 方且陳刀鋸列鼎鑊, 盛氣以脅言者. 而公明目張膽, 吐片
辭以定父子君臣之義, 竟坐此竄絶塞以沒. 然賴公 一言, 長秋咫尺地, 卒不得
以不測加焉, 則其所撑拄之而扶持之者, 殆有不可以言盡者. 雖謂之磊磊軒天
地可也.

本朝昇平二百年, 不幸當公之世, 三遭大變. 而三立奇節, 社稷靈長, 彝倫再
敍, 苟非天之所生而有得於間氣者, 其孰能與於此哉.

公才甚高學甚博, 爲文章有奇氣, 藻思涌溢, 踔厲不羈. 其至者去古人不遠,
而不至者亦非今人所能及. 顧公於此, 不甚屑意, 所著述往往棄稿不收. 故存者
不能多. 噫! 亦何待於多哉. 叔孫豹論不朽, 立言最後焉, 文章又立言之靡者. 公

之所樹立, 自足以照耀千秋, 區區文詞之傳否, 不足爲公輕重. 然自慕公之風者謀之, 卽陳蹤末迹, 皆欲其流傳永久, 況於精神之所運, 言語之所發者乎.

公之沒已一紀, 家集尙未行. 會李公顯英按關東, 與江陵李使君命俊, 皆故公客也, 慨然合筴, 彙公遺稿付剞劂, 而公諸子屬維引之. 維不佞, 弱冠以里中子, 獲及公門, 蒙國士之遇, 今而飾其固陋之辭, 以相茲役, 義不敢辭. 故略述公生平, 以見天之生公有不偶然者. 嗚呼! 不如是, 文章雖美, 何足以傳於遠, 後之覽者, 其亦知所本之哉. (『谿谷集』卷6)

送吳蕭羽出牧驪州序 309쪽

尊卑而榮辱之, 外內而輕重之, 仕宦者之常情也. 然君子之仕也, 爲義不爲利. 尊而不能擧其職, 不如卑之爲安也, 內而不能行其志, 不如外之爲愀也. 古之君子, 立乎人之本朝, 其用心蓋如是也.

世之所重者, 莫如將相, 其次臺省館閣. 然余觀於朝, 爲將相者, 其能有尊主庇民安邊制敵者乎. 爲臺省館閣者, 其能有讜言正色繩愆糾繆者乎. 若是而謂之擧其職行其志, 吾未信也.

嘗思而得其故, 此非其人之皆不材也, 勢不便也, 非其勢之不便於今日也, 蓋其來也久矣. 阨於時, 格於勢, 雖有其人, 亦將如之何哉.

若夫外職, 則異於是. 雖一州一縣之小, 其四封之內, 令焉而無不行也, 惠焉而無不究也, 有一利可時而興也, 有一害可時而去也. 卽有事出於上, 非吾所能奈何. 然其方便幹旋, 未嘗不在於我, 其行志擧職, 視處內者, 萬萬不侔焉. 此無他, 彼近君而勢分, 此近民而勢專故也.

吳公蕭羽早以才敏稱. 嘗歷踐華膴, 出按關東節, 以憂去. 服闋而入銀臺侍帷幄, 無何乞外得驪輿. 驪小州也, 蕭羽以近侍出, 議者咸以爲不宜, 蕭羽獨欣然意得也. 知蕭羽者或云:"蕭羽有親在堂, 驪雖小, 地近便於迎養. 且其處僻事簡, 有江山樓閣之勝, 理民之暇, 可以讀書探勝以自適也. 此蕭羽之所喜也."

余謂是固可喜. 然蕭羽之志, 未必獨爲是也. 彼其胸中之才, 恒勃勃自奇, 世人之所榮艷, 心有所不屑, 欲得民人社稷之地, 以小試其政事, 而惠澤元元, 爲他日經濟之基本, 此其志遠矣. 世之人何足以知之, 會蕭羽將行, 問言於余, 遂以是爲贈.(『谿谷集』卷6)

潛窩記 313쪽

始昌期甫以潛窩屬記也, 窩故未之有也. 今年昌期甫以疾謝事歸, 而窩亦成. 使謂余曰:"潛窩始爲吾有, 子其可終無一言乎."余曰:"諾."

夫潛之說, 始見於易之乾初與洪範之三德, 蓋易以時言而範以才言也. 才之不及於高明者, 謂之沈潛, 而時乎不可以見且躍焉, 於義當潛. 學焉而不量其才則無成, 動焉而違其時者凶, 此聖人垂戒之旨也. 今昌期甫之取諸潛者, 無乃與是異乎.

昌期甫早以魁科進, 高才直氣, 重於薦紳, 其當官任職, 一切以治辦聞, 則昌期甫之才, 有過焉而無不及也. 中歲蹇連, 係乎時矣. 中興之後, 際遭聖明, 數年中驟躋宰秩. 處臺閣則臺閣重, 任藩臬則藩臬治. 日者又以勁言讜議, 爲明主所嘉獎, 擢長諫垣, 旋貳夏卿. 今雖移疾就閑, 其遇時嚮用方未艾也. 若是而以潛自居, 其於名實何.

意者昌期甫之雅志, 自有所在, 而非斯之謂乎. 夫昭昭生於冥冥, 感通本乎寂然. 隱者顯之根, 而靜者動之君也. 尺蠖不屈則無以求伸, 龍蛇不蟄則無以存身. 故君子之爲道也, 用心於內, 寧闇然而晦, 不的然而暴. 及其至也, 修之屋漏者, 可以達乎四海, 斂之方寸者, 可以準乎天地. 潛之用若是其著也, 昌期甫儻亦有志於是乎. 揚子雲有言曰: "潛天而天, 潛地而地." 又曰: "仲尼潛於文王, 顏淵潛於仲尼." 古之論潛者, 於斯備矣. 若節信之著論, 陋且膚矣. 余不欲爲昌期甫道也.(『谿谷集』卷8)

漢祖不錄紀信論 317쪽

事之大不近於人情者, 自非忍心逆理拂人之性, 然而爲之者, 是必有深情隱旨, 而人未之知也. 詩不云乎? '無言不售, 無德不報.'

匹夫之於恩怨, 一飯睚眦, 猶思必報. 況以英雄之資, 據萬乘之尊, 操賞罰之柄. 乃獨於活己之德, 殉主之節, 功存乎社稷者, 顧忽焉無尺寸之報. 若漢高之於紀信, 此果於人情近乎? 苟能鉤深闡微, 直得其肺肝, 則高帝之不封信, 非忘而負之也, 蓋慼而諱之, 不欲擧其事焉耳.

嗟乎! 滎陽之圍急矣, 不有信之誑楚, 則高帝無能脫虎口矣. 信死而後高帝全, 高帝全而後漢得爲漢. 不然雖有良, 平, 信, 布百千輩, 其能辦天下乎? 然則信之功烈, 漢家萬世不可忘者, 三傑亦當遜其下矣.

天下既定, 大封功臣, 一戰之勞, 一畫之奇, 靡有不錄. 鄂千秋, 魏無知之屬, 至以一言取封爵, 山河之盟, 丹鐵之券, 輝映一世. 而信之奇功大節, 獨泯泯無稱, 褒恤之恩, 不及於泉壤, 錫賚之典, 不沾於苗裔, 則斯事也何能無後世議哉.

夫高帝素稱不吝賞功, 其於恩怨, 尤鑿鑿如也. 不如仲力之誚, 至發於上壽之日, 丘嫂轑羹之憾, 竟形於封姪之號. 蕭何以贏錢益邑, 盧綰以同里封王. 一恩一怨, 可謂不遺錙銖矣. 何獨於信而無情哉. 蓋其內有所慼, 而欲諱其事耳.

帝固悍忮中自大, 好謫人也. 方其與項王爭也, 崎嶇摧折, 百戰而百敗, 屢爲天下笑. 包羞忍詬, 幸而成功. 及其履九五之位, 臣四海之君, 威加海內之歌, 伯心王張. 當是時也, 喜伸而惡屈, 諱昔之爲蛇, 而誇今之爲龍, 此人情也. 夫信之誑楚以降楚也, 非信之降, 卽帝降也. 時移事往, 天下之耳目變矣. 若暴揚其事, 顯加褒錄, 於信榮矣, 於帝得無辱哉.

天下之人, 仰天子之威德, 不啻若神明然. 一朝乃聞其黃屋左纛, 曾請降於楚軍, 僅以身免, 流傳遠近, 想像而誦道之, 殆非所以尊帝王之神靈, 重大漢之威聲, 此帝之所深惡也. 寧沒信之功, 而不欲損己之名. 寧吾身負少恩忘德之譏, 而不欲使國家有傷威貶重之累.

群臣亦揣上指, 是故留侯贊雍齒之封, 滕公脫季布之誅, 而皆莫敢爲信訟其冤也. 故曰非忘而負之, 乃慙而諱之也.

或曰: 紀通之侯襄平, 說者以爲信之子. 信雖不封, 猶封也. 應曰: 按漢史諸侯表紀, 通以父成之功封, 成非信明矣. 以通爲信子, 說者之謬也. 曰: 然則帝之諱誑楚而不封信也, 得乎? 曰: 何爲其然也? 滎陽之事, 豈足諱哉. 不如是, 無以見王業之多艱, 天命之不易也. 有臣如信而沒其忠烈, 則臣子何勸焉. 諱其不當諱也, 沒其不可沒也. 帝於是乎蓋兩失矣.(『谿谷集』 卷3)

祭金而好文 323쪽

吁嗟而好. 世之所謂壽夭云者, 吾不知其何說也. 長於人者, 世謂之壽, 而未必長於天. 短於人者, 世謂之夭, 而未必短於天. 然則有長於天而短於人者, 則是人所夭而我所壽也. 吁嗟而好. 知此者誰哉.

子之病也, 我見之矣, 子之死也, 我聞之矣. 陰陽不能擾其閑, 二豎不能汨其舍, 氣愈萎而神愈王, 則病能困子而不能亂子矣. 言已閉而意不迷, 息將絶而覺不昏. 從容暇豫, 正席而瞑, 則死能亡子, 而不能奪子矣. 然則病之所能困與死之所能亡者, 固可謂短矣. 若其所不能亂與所不能奪者, 則豈遽止於二十五春秋而遂滅哉. 吁嗟而好. 知此者誰哉.

有母在堂, 有婦在房, 稚孤子子, 未免于懷抱, 此固生民之至痛, 人理之所不堪者. 然皆未足爲而好慟也. 獨恨嘉谷未遂, 嚴霜不待, 良驥就途, 華軸先摧, 求益之志莫遂, 可大之業未究, 使其沒而長者, 旣不能極其分, 而又不得令人人知之也. 此則豈特以悼吾子而已. 抑可爲斯道長痛耳. 吁嗟而好. 其知此也歟. 嗚呼哀哉.(『谿谷集』卷9)

詩能窮人辯 326쪽

古人以窮者多工詩, 工詩者多窮, 乃曰: "詩能窮人." 余獨以爲不然. 夫天之所以窮達人者, 與人異趣. 達於人者, 未必達於天, 則人之所窮者, 安知非天之所達乎. 請試辨之.

人有恒言曰: "仁者必壽, 有德者必得其位." 有位而壽, 斯乃世所謂達者也. 然而顏回之仁而三十而夭, 孔子之大聖而終身爲匹夫. 似可謂之窮矣. 雖然孰知夫二子乃有大達者存焉. 顏子不得其壽, 而死而不亡者, 亘宇宙而彌光, 仲尼無其位, 以萬世爲土, 則謂孔顏不達而窮者, 不知窮達者也. 蓋貴賤豐約之及其身者, 人之妄謂窮達者也. 而名聲芳臭之垂于後者, 乃天之所以眞窮達人者也. 乖於人而合於天, 失其妄而得其眞, 此固吾所謂達者也.

詩固小藝也, 不足擬於道德之大. 然而較諸富貴外物, 蓋亦天所畀者耳. 暢性情之微, 探造化之奧, 文繡不足以侔其華, 金玉不足以比其珍. 明可以被管絃, 幽可以感鬼神. 夫得是而有之者, 豈亦偶然而已哉. 殆是元精賦其靈性, 化工假其妙思, 日星之光華, 風雲之變化, 擧不能獨擅其功用. 故雖一藝之微, 而實與大化相流通.

然則天之以是畀人者, 蓋欲成萬世之名耳. 區區一時之窮達, 有不足論者矣. 故方其不遇於世, 無出人之名, 服人之勢, 憔悴困苦, 㐫然若不終日. 故子美飢走荒山, 浩然終於短褐, 李賀夭折, 陳三凍死. 其佗懷才坎壈者, 不可勝記, 則世固以是爲窮也.

若其所傳乎遠者, 怨仇不敢議其短, 君相不能奪其譽. 掩之而愈彰, 磨之而益光, 殘膏賸馥, 足以沾丐百代. 而一時富貴, 無能磨滅而不記者, 泯然與草木同腐而蚊蚋共滅, 則所謂達者果誰在乎.

嗚呼! 豐金玉者, 人謂之富, 服軒冕者, 人謂之貴. 孰知有富於金玉而貴於軒冕者乎. 富貴於身者, 猶謂之達, 況富貴於藝者而爲窮乎. 顯於一時者, 猶謂之達, 況顯於萬世者而爲窮乎. 人之所達者, 猶謂之達, 況天之所達者而不爲達乎. 由是以觀, 謂詩能窮人可乎, 能達人可乎. 詩猶足以達人, 況有大於詩者乎. 故曰: "窮於道德之謂窮, 通於道德之謂通." (『谿谷集』 卷3)

默所銘 331쪽

衆妙門, 無如默. 巧者語, 拙者默. 躁者語, 靜者默. 語者勞, 默者佚. 語者費, 默者嗇. 語者爭, 默者息. 道以默而凝, 德以默而蓄. 神以默而定, 氣以默而積. 言以默而深, 慮以默而得. 名以默而損, 實以默而益. 寢以默而泰, 寐以默而適. 禍以默而遠, 福以默而集. 語者悉反是, 得失明可燭. 故以名吾居, 宴坐窮昕夕(『谿谷集』卷2)

한국 산문선 전체 목록

백광훈(白光勳)
과거를 준비하는 아들에게(寄亨南書)

윤근수(尹根壽)
함께 근무하는 동료들에게(金吾契會序)

이산해(李山海)
구름보다 자유로운 마음(雲住寺記)
가만히 있어야 할 때(正明村記)
대나무 집(竹棚記)
성내지 않는 사람(安堂長傳)

최립(崔岦)
그림으로 노니는 산수(山水屛序)
성숙을 바라는 이에게(書金秀才靜厚願學錄後序)
한배에 탄 적(送林佐郎舟師統制使從事官序)
고산의 아홉 구비(高山九曲潭記)

유성룡(柳成龍)
옥처럼 깨끗하고 못처럼 맑게(玉淵書堂記)
죽어도 죽지 않는 사람(圃隱集跋)
먼 훗날을 위한 공부(寄諸兒)

조헌(趙憲)
혼자서 싸운다(淸州破賊後狀啓別紙)

임제(林悌)
꿈에서 만난 사육신(元生夢遊錄)

김덕겸(金德謙)
열 명의 손님(聽籟十客軒序)

오억령(吳億齡)
옥은 다듬어야 보배가 된다(贈端姪勸學說)

한백겸(韓百謙)
나무를 접붙이며(接木說)
오랫동안 머물 집(勿移村久菴記)

고상안(高尙顔)
농사짓는 백성을 위해(農家月令序)

이호민(李好閔)
한가로움에 대하여(閑閑亭記)

장현광(張顯光)
우리는 모두 늙는다(老人事業)

하수일(河受一)
농사와 학문(稼說贈鄭子循)

이득윤(李得胤)
사람을 살리는 것이 중요하다(醫局重設序)

차천로(車天輅)
시는 사람을 곤궁하게 만드는가(詩能窮人辯)

이항복(李恒福)
시인과 광대와 풀벌레(惺所雜稿序)

윤광계(尹光啓)
어디에서나 알맞게(宜齋記)
아들을 잃은 벗에게(逆旅說)

허초희(許楚姬)
하늘나라에 지은 집(廣寒殿白玉樓上樑文)

윤행임(尹行恁)
소동파 숭배자에게(與黃洮翁鍾五)
숭정 황제의 현금(崇禎琴記)

심노숭(沈魯崇)
연애시 창작의 조건(香樓謔詞敍)
내 인생 내가 정리한다(自著紀年序)

정약용(丁若鏞)
통치자는 누구를 위해 존재하나?(原牧)
카메라 오브스쿠라(漆室觀畫說)
토지의 균등한 분배(田論 一)
살인 사건의 처리(欽欽新書序)
직접 쓴 묘지명(自撰墓誌銘 壙中本)
몽수 이헌길(蒙叟傳)
홍역을 치료하는 책(麻科會通序)
수종사 유기(游水鍾寺記)
조선의 무기(軍器論 二)

조수삼(趙秀三)
소나무 분재 장수(賣盆松者說)
경원 선생의 일생(經畹先生自傳)

서유구(徐有榘)
「세검정아집도」 뒤에 쓰다(題洗劍亭雅集圖)
농업에 힘쓰는 이유(杏蒲志序)
의서 편찬의 논리(仁濟志引)
나무 심는 사람의 묘지명(柳君墓銘)
부용강의 명승(芙蓉江集勝詩序)
빙허각 이씨 묘지명(嫂氏端人李氏墓誌銘)
연못가에 앉은 시인(池北題詩圖記)
불멸의 초상화, 불멸의 문장(與沈穉敎乞題小照書)
책과 자연(自然經室記)

김조순(金祖淳)
미치광이 한 씨(韓顚傳)
이생전(李生傳)

김노경(金魯敬)
맏아들 정희에게(與長子書 甲子)

김려(金鑢)
진해의 기이한 물고기들(牛海異魚譜序)
「북한산 유기」 뒤에 쓰다(題重興游記卷後)

이면백(李勉伯)
비지 문장을 짓는 법(碑誌說)

유본학(柳本學)
검객 김광택(金光澤傳)
도심 속 연못과 정자(堂叔竹里池亭記)
사서루기(賜書樓記)

이학규(李學逵)
유배지의 네 가지 괴로움(與某人)
문장의 경계(答某人)
한제원 묘지명(韓霽元墓誌銘)
박꽃이 피어난 집(匏花屋記)
윤이 엄마 제문(哭允母文)

박윤묵(朴允默)
송석원기(松石園記)
수성동 유기(遊水聲洞記)

서경보(徐耕輔)
벼루를 기르는 산방(養硯山房記)

서기수(徐淇修)
백두산 등반기(遊白頭山記)
스스로 쓴 묘표(自表)

유희(柳僖)
『언문지』 서문(諺文志序)
제 눈에 안경 같은 친구(送朴伯溫遊嶺南序)

한국 산문선 4

맺은 자가 풀어라

1판 1쇄 펴냄 2017년 11월 24일
1판 3쇄 펴냄 2021년 9월 3일

지은이   유몽인 외
옮긴이   정민, 이홍식
발행인   박근섭, 박상준
펴낸곳   (주)민음사

출판등록 1966. 5. 19. (제16-490호)
주소   서울시 강남구 도산대로1길 62
          강남출판문화센터 5층 (06027)
대표전화 02-515-2000─팩시밀리 02-515-2007
홈페이지 www.minumsa.com

ISBN 978-89-374-1570-8 (04810)
      978-89-374-1576-0 (세트)

* 잘못 만들어진 책은 구입처에서 교환해 드립니다.